孙昌武文集
16

佛教文学十讲

中华书局

图书在版编目(CIP)数据

佛教文学十讲/孙昌武著. —北京:中华书局,2019.12
(孙昌武文集)
ISBN 978-7-101-14281-5

Ⅰ.佛…　Ⅱ.孙…　Ⅲ.中国文学–佛教文学–文学研究
Ⅳ.I207.99

中国版本图书馆 CIP 数据核字(2019)第 275162 号

书　　　名	佛教文学十讲	
著　　　者	孙昌武	
丛 书 名	孙昌武文集	
责任编辑	高　　天	
出版发行	中华书局	
	(北京市丰台区太平桥西里 38 号　100073)	
	http://www.zhbc.com.cn	
	E-mail:zhbc@zhbc.com.cn	
印　　　刷	北京市白帆印务有限公司	
版　　　次	2019 年 12 月北京第 1 版	
	2019 年 12 月北京第 1 次印刷	
规　　　格	开本/920×1250 毫米　1/32	
	印张 10¼　插页 2　字数 260 千字	
印　　　数	1-2000 册	
国际书号	ISBN 978-7-101-14281-5	
定　　　价	58.00 元	

孙昌武文集
出版说明

　　孙昌武先生，一九三七年生，辽宁省营口市人。南开大学教授，曾在亚欧和中国港台地区多所大学担任教职和从事研究工作。

　　孙先生治学集中在两个领域：中国古典文学和中国宗教文化。孙先生学术视野广阔，熟谙传统典籍和佛、道二藏，勤于著述，多有建树，形成鲜明的学术特色。所著《柳宗元传论》(人民文学出版社，1982)、《佛教与中国文学》(上海人民出版社，1988)、《道教与唐代文学》(人民文学出版社，2001)、《中国佛教文化史》(中华书局，2010)、《禅宗十五讲》(中华书局，2017)等推进了相关学术领域研究，在国内外广有影响；作为近几十年来中国传统文化研究成果，世所公认，垂范学林。

　　孙先生已年逾八秩。为总结并集中呈现孙先生学术成就，兹编辑出版《孙昌武文集》。文集收录孙先生已出版专著、论文集；另增加未曾出版的专著《文苑杂谈》、《解说观音》、《僧诗与诗僧》三种；孙先生在国内外学术刊物发表的论文未曾辑入论文集的，另编为若干集收入。孙先生整理的古籍、翻译的外国学者著作，不包括在本文集内。中华书局编辑部对文字重新进行了审核、校订，庶作为孙先生著作定本呈献给读者。

　　北京横山书院热心襄助文化公益事业，文集出版得其资助，谨致谢忱。

中华书局编辑部

二〇一九年五月

目　录

开讲的话

2009 年下学期，我在香港中文大学讲学。在中国语言及文学系开一门佛教文学课，在文化及宗教研究系开一门道教文学课。两门课都编写了讲义。2011 年 6 月，到北京开会，中华书局负责人顾青先生来酒店见面，说起这两种讲义，表示他们愿意出版。多年来，承中华历任主政者不弃，出了我不少书，包括著作、文集、整理点校的古籍，还有翻译的外国人论著。中华出书一向得严谨、认真的美誉，是我十分钦佩的。当时约定把两种讲义修订成"可读"的书，由他们出版。本书就是其中的一种。

讲义原本是给研究生讲课作参考的，考证、引证较多，头绪比较纷杂，也不讲究文采。修订成书，期望做到雅俗共赏。所求的"雅"，就是要保持教学开课体例，知识尽可能准确，又比较全面和系统，即有所谓"学术性"；"俗"，则努力做到表述比较生动，避免枯燥、艰深，有所谓"可读性"。这样，修订中就把原来讲义里较多的考证材料、征引文字加以删削，文字尽可能地简明确切，并有点趣味。全书仍按讲义原貌，分成十讲；每一讲包括相关知识介绍和作品释例两部分；正文和释例的作品避免重复，并都加了简单注释，为方便阅读，注释文字括注在本文之下。拟定的目标是作成供广大读者层欣赏的读物，又可作为进一步学习、研究参考的入门书。这样的目标看似简单，实际相当高远，是否能够达到则有待读者评价了。

　　宗教、文学，是性质、内涵、社会作用不同的意识形态。宗教是人类生活中十分重要的构成部分；文学反映社会生活，宗教内容自然包括在内。另一方面，宗教的形成、传播与发展，与文化各领域相关联，与文学（还有各类艺术）的关联尤其密切。宗教与文学二者相互容摄，密不可分：有些宗教经典、宗教宣传品具有文学性质，甚至本身就是严格意义的文学作品；众多文学作品宣扬宗教信仰，表达宗教内容，直接、间接地影响宗教的传播与发展。正是在这样的背景下，出现两栖于宗教与文学的作品群，即所谓"宗教文学"。但这是个界限很难划定、范围十分模糊的概念。具体到"佛教文学"，无论是给出定义还是验之实际，这种模糊状态同样十分明显：许多佛教典籍是否可算作文学作品很难确定；包含宗教内容，接受宗教影响的世俗作品更多，哪些可以算作"佛教文学"同样难下判断。这又正表明宗教与文学二者间相互影响与交融的广泛、深入程度。

　　但无论定义如何，范围如何划定，不争的事实是几个大的世界性宗教都形成悠久、丰厚的文学传统，积累大量优秀作品，它们无论作为宗教文献还是作为文学作品都具有重大价值。佛教起源于古印度（一般所谓"印度佛教"，是约定俗成概念。佛教创始人释迦牟尼出生在今尼泊尔。他生前活动在今印度共和国北部。早期佛教传播到今西北印、巴基斯坦北部、克什米尔地区、阿富汗南部一带。这也是中国佛教的来源地区），这是具有丰厚文化内涵的宗教；输入中国，在中国本土的思想、文化土壤上发展，实现所谓"中国化"，形成汉传佛教一系（佛教三大体系，在我国，藏传佛教传播于西藏、青海、内蒙古等地区，南传佛教传播于云南等地区，相应地均形成该系、该地区的佛教文化与佛教文学。传统上汉传佛教是中国佛教的主流，相应的研究也以汉传佛教为主体，而有关藏传佛教、南传佛教的研究则归属为专门学科）。外来的佛教融入中华民族文化之中，与儒家、道家和道教并列，成为中国传统文化的三大支柱之一。在这个过程中，佛教成为文学的载体，随着它的传播，一方面大批具有文学价值、有些本来就是真正文学作品的外来佛教经典陆续传译、介绍到中国；另一方面，中国僧俗创作出许多宣扬佛教或内容与佛教相关联的文学作品。这就被看作是中国的"佛教文学"。这是中国古代文学遗产的重要构成部分，对于中国文学的发展，对于佛教在中国的传播，都发挥了不可估量的作用与影响。

由于上述的定义模糊，下面只能笼统地归纳出几类作品，作为"佛教文学"加以讨论。

确立与传播宗教教义依靠经典。古印度佛教这样历史悠久、高度制度化、组织化的宗教结集了数量庞大的经典。随着佛教在中国传播、发展，从东汉后期到北宋中期，近千年间，大量经典从梵文、巴利文和各种西域"胡语"翻译成汉文（以后还有零星翻译，成绩和影响有限）。佛典的传译不只推动其在中国的弘传，作为文化交流的成果又具有多方面的价值与意义。其中相当一部分可以看作是文学作品，被称为"翻译文学"（梁启超《翻译文学与佛典》，《佛学研究十八篇》）或"佛教的翻译文学"（胡适《白话文学史》）。佛教经典分为经、律、论三大类，统称"三藏"。"经"，按佛教传统说法，乃是佛陀金口所说，实际只有少部分是佛寂灭之后靠弟子追忆记录下来的（即使这一部分，经过历代相传，也在相当程度上改变了原始面貌），大部分则是后世历代信徒的创作；"律"是僧团活动和僧人行为的规则，当初佛陀"因事制戒"，"随犯随制"，逐步制定出戒条，到部派佛教（大约佛灭百年之后，原始僧团内部基于教理和戒律的分歧发生分裂，分化为十八个到二十个部派，到公元纪元前后大乘运动兴起，这一阶段的佛教称为"部派佛教"）时期，各部派形成集合戒律条文的戒本，再以后每个戒条被附加上戒缘（出于什么因缘制戒）、犯缘（为什么、怎样犯戒）、开缘（犯戒之后如何解脱）等，成为"广律"；"论"是后世高僧大德（菩萨）阐释经、律的著作。

在中国,这三大类翻译著作,还有本土的阐释它们的著作,都泛称为"佛经",后来结成了汉文佛教大型丛书《大藏经》。古印度文化极富玄想、夸饰性格,在这种文化传统中结集起来的经典有相当部分具有浓郁的文学意趣。其中如描述佛陀"生平事迹"的佛传、颂扬佛陀前世善行的本生传说、宣说佛教义理的譬喻故事,可看作是高水平的文学作品。到大乘佛教(印度佛教于公元1世纪左右形成新的潮流,宣扬度脱无量众生到达涅槃彼岸,自称"大乘",贬称原始佛教、部派佛教为"小乘"。大乘佛教主张我、法两空,反对小乘追求自我解脱,发愿大慈大悲,普度众生)时期,又有大量新经典结成,许多亦富形象、悬想特色,成为佛教文学的新成就。荷兰中国学家许理和在其名著《佛教征服中国》里指出,自有记载的中国第一位译师安世高系统地翻译佛典,就"标志着一种文学活动形式的开始,而从整体上看来,这项活动必定被视为中国文化最具影响的成就之一"。

中国僧团(还有众多在家佛教信徒)积极地利用文学形式弘扬佛法,创作大量文学作品;他们不仅使用各种本土固有的文学体裁,还创造不少新体裁。鲁迅曾指出,东汉末年佛教输入,张皇鬼神,称道灵异,从晋至隋,出现许多传述佛教灵验、报应故事的"释氏辅教之书",成为草创阶段小说创作的一类。在唐代,僧人利用一种通俗的说唱形式讲经,称"俗讲",其底本"讲经文"乃是典型的宗教文学作品。这种边讲边唱、韵散结合的文艺形式对于讲唱文艺体裁如变文、宝卷、鼓词等的形成与发展,以至对于"说话"这一小说体裁的发展都起了重要推动作用。唐代禅宗兴盛,这是一个彻底"中国化"的、主要体现士大夫精神需求与情趣的宗派。它标榜"以心传心","不立文字",却创造出堆积如山的禅籍。大量语录、偈颂、灯录等所谓"禅文学"典籍中,不乏文学技巧高超、艺术特色鲜明,特别是语言表现极富特色的作品。"禅文学"对于当时和后世各体世俗创作影响很大。还值得注意的是,在古代中国,僧团是社会上文化程度较高的阶层,多有高学养、有才华的知识精英参与其中,成为推进佛教文化建设、从事文学创作的重要力量。历代僧人队伍中出现许多写诗作文的名家,宋元以后戏曲、小说等各体创作也多有僧人参与。这样,历代僧人参与文学活动,取得诸多业绩,创作大量作品。

佛教大体在两汉之际输入中国,逐渐在社会上流传、渗透,发挥影响。至两晋之际,"八王之乱","五马渡江",时逢乱世,从朝廷君臣到平民百姓相当普遍地接受、信仰佛教,佛教开始在思想文化领域发挥重大影响,它从而也成为文人和民间文学创作的重要内容。历数两晋直至近世的文坛大家,如谢灵运、颜延之、王维、白居易、柳宗元、苏轼、黄庭坚、李贽、袁宏道、龚自珍等等,都信仰佛教或热衷佛说;许多作家都从各自角度不同程度地关注、同情、亲近佛教,在作品中多方面地表现相关内容。即使如韩愈、欧阳修那样张扬兴儒辟佛之人,实际也接受佛教的某些影响,写过相关题材的作品。翻检各朝诗文总、别集,有关佛教内容的作品占相当大的比重。就民间创作说,敦煌写卷发现,人们得以了解唐五代民间文学创作繁荣情形。敦煌文书中宣扬佛教的,除了前面已经提到的"讲经文",还有用在讲经前后的压座文、解座文,宣讲佛理的"因缘"故事;另有狭义的"变文"、散体的话本,韵文的辞曲、俗赋,也有许多是表现佛教内容的。历代流行民间的韵文如通俗诗、民歌、俗曲等,散文如民间传说、寓言、说书等,许多是直接宣扬佛教义理的,从不同角度表现佛教内容的更多。古代民间创作多靠口耳相传,大量作品在流传中佚失了。敦煌文书中发现的作为典型实例,表明古代民间文学活动中"佛教文学"占有多么大的比重,取得多么大的成就。

宋元以来,中国文学的发展出现重大转变,小说、戏曲兴盛起来,逐步占据文坛创作的主流地位。相对照之下,以文人创作为主体的诗文则已度过了发展的鼎盛期。文学领域的这一变化与社会发展的重大转折相关联。隋唐以来,士族专政社会体制瓦解,城乡民众的平民文化随之逐步兴盛起来。小说(唐传奇、宋话本、明清的章回小说)和戏曲(宋南戏、元曲、明清传奇),无论是创作队伍还是接受对象,也无论是表现内容还是表现形式,都与传统的诗文创作截然不同。城乡广大民众,包括身处社会下层的文人、民间艺人成为戏曲、小说的基本创作者和接受者;戏曲、小说作品更多地表现他们的生活、思想与感情。宋元以来创作的许多小说、戏曲经典作品,如长篇章回小说《三国演义》《西游记》《红楼梦》,短篇小说集《聊斋志异》《阅微草堂笔记》,关汉卿、汤显祖的戏剧等等,主题当然不是佛教的,但它们的创作却都从佛教汲取资源:或者在观念上接受佛教的影响,或者利用佛教的构思方式,或者借鉴佛教的题材、故实、人物、语言,等等,总之它们的成就与佛教有相当密切的关联。就佛教自身发展说,宋代以降,理学兴起,具有高度理论内涵的宗派佛教衰落,"禅净合一"成为佛教的主要形态。所谓"家家观世音,户户阿弥陀","我法两空""人生如梦"等通俗教理,"六道轮回"、祸福报应等思想观念普及到城乡民众之中,表现在各类文学作品,特别是民间流行的小说、戏曲之中。以至许多学者曾指出,中国民众的佛教信仰是从流行的小说、戏曲得来的。

回过头再来看"佛教文学"定义。上面四大类作品,如果把界限放宽,都可算是佛教文学。但如果限定只有佛教信仰者所创作的、宣扬佛教信仰的作品才属于佛教文学,则第一、二类毫无疑问合乎标准;第四类则只能算是接受佛教影响的创作;第三类情况则较复杂:有些是基于信仰写作、为宣扬信仰创作的,另外大部分也只能算是佛教影响下的产物了。对事物的认识,定义只是分类工具。具体操作起来,任何分类都会有界限模糊的部分。讨论"佛教文学"这种复杂的文化现象更是如此。就探讨这一课题说,重要的不是分类,而是认识佛教对中国文学发展的影响与作用、成果与贡献。无论采取怎样的定义,如依上所述,都应当肯定中国古代佛教文学创作是十分丰富的，成就是相当巨大的，它们在整个古典文学遗产里占据重要地位，作为古代文学遗产的重要部分值得特别珍视。本书就是采取这样的立场，选取一些题目，对佛教影响中国文学的一些重要的、典型的方面加以介绍。

利用生动、形象的文学形式来宣扬佛教，能够发挥巨大的、不可替代的作用是不言而喻的。但一大批中国佛教文学作品的价值和意义还远不止此。举其荦荦大者，如它们是了解和研究中国佛教、佛教文化的重要文献；它们又是了解和研究古代中国与南亚、中亚文化交流的宝贵资料；作为外语翻译文献，它们对于研究汉语发展史和比较语言学的作用是不可替代的；等等；还有十分重要的一点：宗教本是广大民众的实践活动，佛教文学创作乃是民众佛教信仰实践的重要构成部分，它们反映古代中国人（包括各阶层创作者和接受者）对于佛教的认识、理解与要求，它们被创作、被传播、被接受，也在推动中国佛教的发展、演变，成为实现佛教"中国化"的重要力量。这样，中国佛教文学与整个中国佛教、中国文化的历史发展关系重大，是应当得到更多重视，加深了解的。

这样，一本有关中国佛教文学又能够兼具上述所谓"学术性"和"可读性"的读物就是适应需要的。作者和中华书局力求使本书成为这样一种读物。

孙昌武

2013 年 6 月于南开园

第一讲　佛　传

佛传是怎样结集成的？

　　佛教创始人释迦牟尼，俗称"佛""佛陀"，古印度人，后世尊为教主。"佛""佛陀"并不是特定人名，在古印度，这是普遍行用的观念，意谓智者、觉者。后来在佛教里，三世十方有无数的佛，比如著名的西方阿弥陀佛、未来弥勒佛等。不过通常还是以"佛陀"指称释迦牟尼。实际释迦牟尼也不是人名：释迦是族名；牟尼，梵语译音，宝珠、圣者的意思，连起来意谓释迦族的圣人。另有说法，说他姓乔达摩，名悉达多，前者意思是最好的牛，后者意思是事业成就者，也是表赞誉的美称。

　　古印度没有编年史传统，即使像佛陀这样的伟人生卒年也没有确切记载。据现存资料，他活了八十岁大体是被普遍承认的，据以推定的卒年则相差很大，有公元前544年、前486年、前384年等许多说法，依此来推算出他的生年。其中卒于公元前486年是汉传佛教看法。古代社会发展缓慢，人物活动时间相差一二百年关系不大。

　　佛陀作为历史上的真实人物，无疑是不世出的伟人，是执着的修道者、成功的求道者和热情的布道者；作为佛教创建者，是教主，是信徒膜拜的对象。他的人格、胸怀和意志，他的思想、学识和技艺，无论哪一方面都是十分杰出的。这样的人物，作为膜拜、颂扬的对象，正可作为传记文学的好素材。佛传文学塑造伟大佛陀的生动形象，在世界文学人物画廊里，堪称是杰出的典型之一。

据传佛陀寂灭之后，大迦叶带领众弟子追忆佛陀在世教导，阿难诵经，优波离诵律，诵出导师在什么时候、什么地方，对什么人、教导了什么或制定了什么戒条，这样形成了最早的"经"和"律"。实际如今可考传世最早的几部《阿含经》（"阿含"，梵语译音，"传承的说教"的意思；五部《阿含》中汉译四部，即《杂阿含经》《中阿含经》《长阿含经》《增一阿含经》）已是部派佛教时期的产物。不过可以确认其中所阐述的基本内容应是比较忠实地反映了佛陀教化的本来面貌的。在《阿含经》里已经有不少有关佛陀生平的段落。例如汉译《中阿含经》卷五六《罗摩经》里有一段：

> 我时年少，童子清净，青发盛年，年二十九。尔时极多乐戏，装饰游行。我于尔时，父母啼哭，诸亲不乐，我剃除须发，著袈裟衣，至信舍家，无家学道。

这是佛陀出家情节，还是第一人称的简单叙述，没有过多的描绘和夸饰，与后来大部佛传相关情节的精心刻画和大力修饰不同。又佛陀寂灭前后情况，汉译《长阿含经》卷二至四《游行经》（同本异译有西晋竺法护译《佛般泥洹经》、失译［译者名字失传］《般泥洹经》）比较详细地描写了佛陀晚年游行教化情形，最后一段描述佛陀即将寂灭，阿难"在佛后立，抚床悲泣，不能自胜，歔欷而言：'如来灭度，何其驶哉！世尊灭度，何其疾哉！大法沦曀（没落昏昧），何其速哉！群生（众生）长衰，世间眼灭。所以者何？我蒙佛恩，得在学地（佛弟子修证的一个阶段，尚未证得涅槃，修学尚有余地），所业未成，而佛灭度（涅槃）'"；佛陀得知阿难悲痛欲绝，劝告他："止！

止！勿忧，莫悲泣也。汝侍我以来，身行有慈，无二无量；言行有慈、意行有慈，无二无量。阿难，汝供养我，功德甚大。若有供养诸天（天神）、魔（魔罗，欲界第六天主）、梵（色界诸天）、沙门、婆罗门（古印度四种姓之首，以祭祀、诵经、传教为专业，为神权代表），无及汝者。汝但精进，成道不久。"最后写到佛陀涅槃，八族人分舍利，整个过程描摹得真切感人。正是在这类最初结集的、保存在经或律里的一些佛陀行事片段的基础上，到部派佛教时期，形成叙述佛陀一生业绩的完整的佛传。由于各部派关于佛陀的传说不尽相同，从部派佛教到大乘佛教佛陀观又不断发展变化，也就结集出许多部佛传。

关于佛教传入中国的情形，早期有关记载难于考实。比较可靠的记述是《三国志》注所引鱼豢《魏略》的说法："昔汉哀帝元寿元年，博士弟子景卢受大月氏王使伊存口授《浮屠经》。"元寿元年是公元前2年；大月氏是种族名，其先居住在今甘肃西部与青海邻接一带，汉文帝时被匈奴攻破，逐步西迁至阿姆河流域，公元1世纪创建贵霜帝国，是佛教兴行地区。佛教从那里东传中国是可信的。浮屠是"佛陀"的另一种译法，所谓《浮屠经》应当就是佛传一类作品。传播一种宗教，首先传授描写教主生平事迹的经典，容易被人接受。现在知名的第一位外来译家安世高翻译的经本里有《转法轮经》，就是佛传的一个片段，叙说佛陀成道后，在鹿野苑（在今印度北方邦贝拿勒斯西北七公里处）向他最初的五位弟子传授"四圣谛"事。谛，道理、真理的意思。"四圣谛"指四项真确的道理：苦（人生是苦，有逼迫义）、集（集起，苦的根源在生命从无明一层层缘生集起，直到老死）、灭（寂灭，涅槃，断绝缘生，不再轮回，达到解脱生灭的绝对境界，这是修道的目标）、道（修道的方法，分为八项，"八正道"，符合道义的行为和思想方式，当然以佛法为准），这是佛陀觉悟的基本内容。这就是所谓"初转法轮"。按古印度传说，统治天下的圣王掌握轮宝，可用来征服天下，无坚不摧。佛陀的教法能够征服天下，无所阻碍，因此被比喻为"法轮"，传播佛法则称"转法轮"。后来翻译的《杂阿含经》卷一五里的第三七九至四〇二经是长短不一的《转法轮经》，其中最简单的文本是：

> 如是我闻：一时佛住波罗奈仙人住处鹿野苑中。尔时世尊告诸比丘：有四圣谛。何等为四？谓苦圣谛，苦集圣谛，苦灭圣谛，苦灭道迹圣谛。佛说此经已，诸比丘闻佛所说，欢喜奉行。

佛传的片段自佛教输入中国早已被陆续翻译成汉语。现存汉译完整佛传，按所出年代主要有：东汉竺大力译《修行本起经》（约197年；异译吴支谦《太子瑞应本起经》、刘宋求那跋陀罗《过去现在因果经》），东汉昙果、康孟祥译《中本起经》（207年）、西晋竺法护译《普曜经》（308年；异译唐地婆诃罗《方广大庄严经》），东晋迦留陀伽译《十二游经》（393年），北凉昙无谶译、马鸣作《佛所行赞》（412—421年；异译刘宋宝云《佛所行经》），隋阇那崛多译《佛本行集经》（587—591年），宋法贤译《佛说众许摩诃帝经》（973—1001年）等，有些缺本不存。另有更多经典包含佛陀生平的描述。例如《贤愚经·须达起精舍品》，写舍卫国长者须达请佛、为造祇树给孤独园事，就是一个十分生动的佛传片段。《贤愚经》是北魏河西释慧觉等八位僧人到西域于阗参加法会，根据听讲记录写成的。这部经典结成时代靠后，表达方法更为成熟，作为西域流传的产物，具有鲜明的地方民族文化特色。

佛传的性质和内容

佛传被称为"赞佛文学"。它们首先是作为宗教圣典，为树立教主的神圣权威结集的;它们采取传记体裁,创作过程中借鉴、采用了古印度传统文学的表现方法。这两个方面决定它们成为特殊一类的传记文学作品,内容、结构、表现手法从而也形成一系列突出特点。

佛传创作的卓异之处在于,不论佛陀观如何变化,传主佛陀基本是作为现实的人来记述的:写他从生到死的人生历程,写他一生中遭遇到的各种矛盾冲突,写他和一般人同样的喜怒哀乐、理想与追求。这就决定了佛传作为文学传记的基本性格及其富于真实性、现实性的优点。另一方面,佛陀的一生又实现了从平凡人到神圣教主的转化,他又是作为宗教教主的特殊的人,因而他必然具有迥异于常人的性格、能力以至外貌。特别是大乘佛教阶段发展出新层次的佛身论、佛土论,主张佛有三身:法身、报身、应身(有其他说法)。法身指佛法,乃是佛的自性身、真身;经过历劫(梵语译音"劫波"的省略,极长远的时间)修行而成佛为报身,如阿弥陀佛,本来是过去世的法藏国王,发愿修行成佛;现世的释迦牟尼则是应身(或称化身),乃是法身应化到此娑婆世界的示现。三世十方有无数佛,他们各有自己的佛国土,释迦牟尼只是其中之一。这样,佛陀的地位被不断提升,逐渐增添神圣、神秘的性质,对他的描写中出现更多超人的神通、奇迹,作品的宗教性格与特征也就被更为突显出来。

尽管佛传有多种,但传主佛陀的经历均由八个大的段落构成。这八个段落描写八个相状,称为"八相成道""八相作佛"。这八相是:

下天:佛陀原来住在兜率天,在那里度过四千岁,时机成熟,乘白象降下此娑婆世界。

入胎:古印度迦毗罗卫国(在今尼泊尔南部)有净饭王(音译为首图陀那,从名称就知道这是个农业立国的地方),王妃摩耶夫人,佛陀乘白象由其左胁入胎。

住胎：在母胎内，行住坐卧、一日六时（日、夜的早、中、晚，计六时）为诸天（天神）说法。

出胎：四月八日于蓝毗尼园由摩耶夫人右胁出生，出生后七步能言："天上天下，唯我独尊。"七天后，摩耶夫人去世，是姨母波阇波提（意译大爱道）抚养大的。

出家：二十九岁出家。出家的原因有两说：一说目睹宫女睡态，形体丑陋，对世俗生活产生厌恶；另一说出宫游历，在四方城门见生、病、老死之苦和出家沙门之乐。

成道：出家后，经六年苦行成道。关于这段求道经历，不同作品记述颇有差异，基本情节是：参访不同派别的修道者，不契，进而自我沉思探索，最后来到摩揭陀国苦行林，在尼连禅河畔菩提树下觉悟得道，此地名为菩提伽耶（今印度比哈尔邦伽耶城南约十公里处）。

转法轮：如前所述，"转法轮"意谓传播佛法。成道后，首先在鹿野苑找到本是自己修道伴侣、意志不坚而离去的骄陈如等"五比丘"，说《转法轮经》。其后四十五年间说法游化，普度人、天，活动主要在今印度北部恒河流域的摩揭陀、拘萨罗、跋耆三国。他游化各地，度脱众人出家，包括不同派别的外道和家人，形成以大迦叶等"十大弟子"为核心的僧团。

入灭：晚年离开王舍城，游化至拘尸那迦城（今印度北方邦哥拉克浦县西郊外），在希拉尼耶伐底河畔娑罗双树下入于涅槃，世寿八十岁。所谓"涅槃"，即解脱轮回、入于不生不灭的绝对境地，是大乘佛教修道的最终目标。佛灭度后火化得舍利，分配给八族，各起塔供养。

这"八相成道"或无第三"住胎"而有"降魔"，位列第五"出家"之后，是说佛陀在菩提树下修道过程中，有魔王帅魔将、魔女前来骚扰，佛陀降伏之，次日，佛陀大悟。

这样，所有佛传内容不出"八相成道"基本情节，按顺序构成作品结构的基本框架。就今存汉译具体作品说,"八相"起讫不一定完整:有的从佛陀前生写起,有的从释迦族的祖先写起,有的从佛陀降生写起。还有如《修行本起经》只讲到出家,《中本起经》从转法轮开始,主要记述传道经历,二者是相衔接的。又虽然"八相成道"构成结集佛传的固定程式,但具体作品详略有所不同,描述、形容更有差异,因此不同作品所保有的艺术发挥空间大有不同。这种发挥主要有两类情形:一类是宗教性质的玄想,如描写从兜率天下降、从摩耶夫人右胁出生,以及后来修道时恶魔扰乱、成道后梵天劝请,等等,这是全然出于想象的情节。这类情节有神化人物的意图,往往又被赋予比喻的意义。例如恶魔扰乱的描写,实际是隐喻佛陀修道中思想搏斗的激烈而艰巨的过程。另一类则出于强化艺术效果的需要而加以渲染、夸饰,如对佛陀作为太子时的逸乐生活的描写、给太子强烈刺激的宫女们丑陋形态的刻画、得知太子出家后合宫忧悲情景的渲染、佛陀寂灭前后众弟子哀伤欲绝情形的描绘,等等,都十分真切、鲜明,造成强烈的煽情效果。另外基于前面所述佛陀观的变化,先后结集的作品对佛陀一生行事的解释有所不同。早期部派佛教作品里把佛陀描写成此娑婆世界的现实的人物,而依据大乘教理,佛陀示现于此世乃是他历劫修菩萨行终于成道的最后一个阶段。又如对于具体情节的说明,在较早的《佛所行赞》里,青年佛陀耽于婚姻家室之乐,被说成是现实人间的婚配;但是在《过去现在因果经》和《普曜经》里,作为太子的佛陀成婚则根本不同于世俗婚配,而是随顺世间娱乐景象的幻化,即不是真实婚姻而是施设譬喻,这就是所谓"方便"说或"幻影"说;又如关于佛陀入灭,《佛所行赞》里虽然已有法身常住观念的萌芽,但表现的基本是真实的人的逝世,并不如后来《大涅槃经》那样说成是佛陀的化身幻灭,而法身本是常住不变的。不过总体说来,佛传作为宗教文学作品,不同程度地把宗教性和艺术性两类描述技法巧妙结合起来,形成宗教文学创作独特的艺术风格与表现特色。

　　佛传的结集，当然也是后出转精，基本是后出的作品内容更完整、艺术水平更高。不过汉译篇幅最大的一部隋出《佛本行集经》，是一部六十卷的庞大经典，是由不同佛传汇集而成，但却不是汉译佛传里文学价值、艺术水平最高的。就结构的严整、情节的生动、描写技巧的高超等方面说，最杰出的是印度著名佛教文学家马鸣菩萨所造《佛所行赞》，这部作品在全部佛典翻译文学里也堪称典范之作。

马鸣的《佛所行赞》

　　如上所述，古印度没有编年史传统，很多人物、事件的年代难以确考，有些史实的年代反倒要利用佛教史料加以推算、印证。关于马鸣的情况也是如此。根据佛教方面的记载，他应当是公元 2 世纪人，活跃在贵霜帝国迦腻色迦王朝，是著名的佛教思想家和文学家。有关他的生平传说颇具戏剧性。据说他生于中天竺，原是婆罗门（印度古代宗教，约形成于公元前 10 世纪，以《吠陀》为主要经典，崇拜创造神梵天、持护神毗湿奴、破坏神湿婆三大主神）外道信徒，后来皈依佛教，迦腻色迦王进攻中天竺，他被带回犍陀罗（中亚古国，领地在今巴基斯坦之白沙瓦、阿富汗喀布尔、坎大哈以东一带）。印度阿育王（印度历史上第一个统一王朝的国王，约公元前 268—232 年在位）弘扬佛教，请他为沙门、外道说法，据传马匹都垂泪倾听，不再念食，故称"马鸣"。他博通众经，明达内（佛学）、外（世俗学问），又有文学才能。按佛教部派划分，他属于有部（说一切有部，音译萨婆多部，部派之一，主张一切诸法皆有自性，生、住、异、灭"有为四相"也属实有），这个部派富于文学传统。《佛所行赞》在印度流传很广，唐代义净写到访问印度当时这部经典的流行情形说：

> 又尊者马鸣亦造歌词及《庄严论》，并作《佛本行诗》，大本
> 若译有十余卷，意述如来始自王官，终乎双树（娑罗双树，指佛
> 陀入灭处），一代教法，并辑为诗。五天（五天竺，东、西、南、
> 北、中天竺全境）南海，无不讽诵。

马鸣的著作译成汉语的还有一部譬喻类经典《大乘庄严论经》；另
有论书《大乘起信论》，是介绍大乘佛教教理的纲领性著作，有梁真
谛和唐实叉难陀两种汉译本，中国历史上流行很广，影响很大，题
马鸣撰，中外部分学者认为是中土撰述的"伪论"。此外，20 世纪初
在中亚发现古典梵语戏剧《舍利弗故事》吐火罗文、回纥文文本片
段，是现存梵语文学中古老的戏剧作品，也被考定出自他的手笔。

《佛所行赞》采用古印度流行的宫廷诗体，汉译文二十八品，约
九千三百句四万六千字，是古代汉语里最长的叙事诗，比古乐府中
最长的叙事诗《孔雀东南飞》要长数十倍；内容从佛陀出生叙述到
圆寂后八分舍利，完整地描写了主人公的一生。就其结构的复杂、
情节的曲折生动和描写的细腻繁富说，更是中土古代叙事诗文所
不可比拟的。马鸣创作这部作品，一方面继承了佛教各部派经、律
中有关佛陀的传说和已经形成各种佛传的内容和写法；另一方面
又相当全面地借鉴和发展了古印度神话、婆罗门教圣书《吠陀》《奥
义书》和大史诗《摩诃婆罗多》《摩罗衍那》等传世经典的优秀传统。
这后一方面对于保障作品的文学水平尤其重要。古印度宫廷史诗
主要表现战争和爱情，并阐发治国做人的道理。就后一方面说，马
鸣在作品中大力宣扬佛教出世之道，通过描写佛陀的一生，塑造为
人行事的典范。就前一方面说，佛陀虽然没有参与战争，但写他修
道期间与恶魔的战斗，十分激烈、惊险；他的在俗生活，娶妻生子，
为了出家修道，克服内心矛盾，与家人发生冲突，等等，情节也相当
紧张。作品在广阔背景上，着力描绘一个出身王室，生活优裕，聪

慧、敏感、受过良好世俗教育的青年,经历人世的声色繁华和现实挫折,战胜主客观重重阻力,最终走上求道之路,场面的渲染、人物的刻画、心理的描写都显示出高度的艺术技巧,成为梵语古典文学最具代表性的优秀作品之一。另外,评价汉译《佛所行赞》,还应当表扬昙无谶的翻译水准。中国古代成规模的佛典翻译事业从安世高算起,到昙无谶,已经积累二百年左右经验。他的翻译技巧相当纯熟。如此长篇的著作,内容又包含佛教艰难的义理,单是把那些概念,还有音译的人名、地名、典故等等,纳入汉语五言诗体之中,难度就是相当大的。况且昙无谶本意是译经,并不是翻译文学作品,译文却做到既基本忠实于原文,又利用相当流畅的汉语来表达并相当地讲究文采,还在一定程度上保持了外语翻译作品的格调,这部作品从而成为一代译经的范本。

如上所述,《佛所行赞》以"八相成道"组织情节脉络,描写佛陀从一个"太子"成长为伟大教主的一生经历,着力塑造他作为"人"的典型性格。作品以佛陀为中心,周围有众多人物:在家时有他的眷属、侍从、宫人,出家后有他的弟子、信徒以至敌人,还有出于想象的天神、恶魔等。这些人物作为陪衬,从不同层面、不同角度起到突出传主的作用。就佛陀自身形象的描写看,排除那些神秘化的、超离现实的情节,青年的"太子"被描绘成一个聪明智慧、热情敏感、心怀慈悲的年轻人。他目睹现世的矛盾与苦难,善于思索,勇于反省,果敢地面对人生挑战;当他一旦意识到人生五欲之苦,就坚决地摒弃,义无反顾地走上艰难的求道之路;他既能经受苦行的磨炼,又能战胜恶魔的诱惑,信念极其坚定,意志极其强固。他对前来规劝他回家的人说:

　　……明人(真正的聪明人)别真伪,信(信仰)岂由他生?
　　犹如生盲人,以盲人为导,
　　于夜大暗中,当复何所从?
　　……我今当为汝,略说其要义:

> 日月坠于地，须弥（古印度神话山名，在四大洲中心）雪
> 山转，
>
> 我身终不易（改变），退入于非处！
>
> 宁身投盛火，不以义不举（行动），
>
> 还归于本国，入于五欲（色、声、香、味、触五境生起的情
> 欲）火！

他在求道过程中，善于批判地汲取众多修道者的经验教训，终于大彻大悟。当他体悟到解脱之乐的时候，又毫不利己，勇于承担，开始了传道施化的漫长生涯，直到八十高龄圆寂，病逝于游行弘法的道路上。这样，结集佛传的立意当然主要在颂扬作为导师的教主，但留给人们印象更深的是他伟大的人格，他探索真理的强烈欲望和不屈意志，他战胜内心矛盾和外界诱惑的勇气和毅力，他解救世人的大慈大悲的胸怀。这样的人格的内涵和意义，远远超出伟大的宗教教主之外，具有崇高的普世价值，成为人类精神史上的宝贵财富；从文学形象描绘角度看，则成功地塑造了一个思想内涵丰富、个性鲜明突出又极具艺术魅力的典型性格。

中土史传著述，以《左》《国》《史》《汉》为代表，注重"实录"，长于叙事，主要是通过行动、语言来刻画人物。对比之下，《佛所行赞》则更长于场面的描摹、环境的铺陈，特别是出于表达主题的需要，重视人物内心世界的刻画，用相当大的篇幅描写人物感情、情绪、感受等心理动态。这正是中土文学传统有所不足之处。如描绘太子出游，街头巷尾观赏太子风姿，其烘托手法与中国古诗《陌上桑》"行者见罗敷，下担捋髭须"一节类似，而就叙写的夸饰细腻说，后者远不及前者的铺张扬厉。又如描写太子出走、仆人车匿带着白马回宫，合宫悲痛万分，先描写车匿回归一路的心情，当来到王宫时：

> 宫中杂鸟兽，内厩（宫中马房）诸群马，

　　闻白马悲鸣,长鸣而应之。

　　谓呼太子还,不见而绝声(没有声息)。

　　后宫诸彩女,闻马鸟兽鸣,

　　乱发面萎黄,形瘦唇口干,

　　弊衣不浣濯,垢秽不浴身;

　　悉舍庄严(修饰)具,毁悴不鲜明,

　　举体无光耀,犹如细小星,

　　衣裳坏褴褛,状如被贼形。

　　见车匿白马,涕泣绝望归,

　　感结而号咷,犹如新丧亲,

　　狂乱而搔扰,如牛失其道。

接着描绘姨母瞿昙弥(异译波阇波提):"闻太子不还,竦身自投地,四体悉伤坏,犹如狂风吹,金色芭蕉树……";她回忆太子形容的美好和在宫中的优裕生活:"念子心悲痛,闷绝而躄地……";又描绘诸夫人特别是佛陀在俗妻子的悲痛,整个场面渲染得活灵活现。

　　《佛所行赞》大量使用夸张、比喻、排比等修辞手法,有助于造成繁富动人、离奇变怪的艺术效果,同样是中土文字所未见的。例如《离欲品》和《破魔品》连用"或"字构成排比句式,前者刻画宫女诱惑太子的种种媚态,后者描绘魔和魔女对太子的攻击、恐吓,都极尽形容、夸饰之能事。如写魔波旬形象:

　　或一身多头,或面各一目,

　　或复众多眼,或大腹身长。

　　或羸瘦无腹,或长脚大膝,

　　或大脚肥踵,或长牙利爪,

　　或无头目面,或两足多身……

如此连用三十余"或"字构成叠句,极力描摹出魔军的奇形怪状,令人恐怖。有的学者指出韩愈《南山》诗用"或"字至五十一次,就是借鉴马鸣的这一修辞手法。《佛所行赞》行文当然不如韩愈畅达自然，但它具有创新意义。这是这部作品发展汉语诗歌艺术技巧的一例。

　　佛传与所有佛典一样，叙写中多有不必要的繁琐罗列和较严重的程式化倾向，夸饰形容往往失去节度。这也是印度古典文学的一般特色。

汉译佛传对于中国文学的价值与意义

　　佛传作为宗教圣典，是为阐发、传播佛教教义结集的。其中保存了较早期的历史资料，对于研究佛陀本人的生平事迹，对于研究古印度史、古印度宗教史等都是具有重要价值的文献。而这样一个相当庞大的经典群，兼具宗教圣典和文学创作的双重性格，具有巨大的文学价值，又是宝贵的文学遗产。如英国学者查尔斯·埃利奥特所指出：

> ……他的传记之中更是属于传闻的部分，这些部分的历史意义虽然不大，但是提供了佛教艺术的主要题材，并且像他的生涯之中可靠的事迹一样影响了他的信徒们的心灵，甚至有过之而无不及……这些事迹是以无限度地使用神通和印度诗歌中常见的夸张手法来修饰润色的。（《印度教与佛教史纲》第 1 卷第 278 页）

这部分作品陆续传译到中国，发挥了多方面的作用，对于中国文学发展的影响尤其重大。

　　如前所述，佛传类经典是汉译佛经最早也是影响十分巨大的部分。从现有资料可以知道，早在汉末，佛传故事在中国僧、俗间已经相当流行。对文学的直接影响是南北朝时期文人也开始编撰佛传。重要的有梁僧祐的《释迦谱》，系抄集众经而成，材料很丰富，不过缺少文采。梁武帝又曾命虞阐、刘勰、周舍等编辑《佛记》三十卷，沈约作序，明确表示其立意在佛陀"妙应事多，亦加总辑"，因此"博寻经藏，搜采注说，条别流分，各以类附"（沈约《佛记序》）而加以整理成书。在同是出自梁武帝敕命、宝唱编辑的佛教故事总集《经律异相》里也收录不少佛传故事。这些是中国本土佛传文学的成果。与之相关联的又有中土文人创作许多赞佛作品，有关佛陀的故事传说亦广泛流传在民间。佛传又给中国各体艺术，特别是造像、绘画提供了题材和模式。晋宋以来，佛陀成为雕塑、绘画表现的重要内容。加上外来佛教艺术输入中国，中、外两大艺术传统得以结合，推动了中国佛教艺术的发展，取得丰硕成果。佛传对于推进中国造型艺术的发展贡献是十分巨大的。

佛传作为长篇叙事作品，以一个人物为中心展开故事，众多人物作为陪衬，复杂的情节组织到主人公生平线索之中，提供了长篇叙事文学的一种结构模式。而如《佛所行赞》那样上万行的长篇叙事诗，如《佛本行集经》那样几十万字韵散间行的人物传记，即使从篇幅说也是中国史书的单篇列传不能比拟的。中国长篇叙事文学发展本来比较滞后，佛传这种长篇单线的结构方式为后来长篇小说、戏曲创作的发展提供了借鉴。

中国古代史传具有"直笔""实录"的优良传统，追求作品的"辨而不华，质而不俚，其文直，其事核，不虚美，不隐恶"（《汉书·司马迁传》）。从文学创作角度看，其优长在表现生活的真实及其典型化，体现高度的现实精神；然而从艺术创造角度看，作者主观发挥的空间却受到相当大的限制。相对比之下，佛传作为宗教圣典，能够大胆地发挥艺术想象，利用多种多样的手段来形容、修饰和夸张，造成强烈的效果。上面举出的《佛所行赞》的段落可作例子，又如《佛本行集经》描写宫女们发现太子已经出走：

> 尔时太子宫内所有婇女睡寤，忽然唱言："不见太子！不见太子！"耶输陀罗既睹卧床，独自一身，不见太子，而大唱叫，作如是言："呜呼呜呼！我等今被圣子诳逗。"即大叫唤，以身投地，把撮尘土，以散头上；又举两手，自拔发毛，拗折打破身诸缨络，以扑于地；以手指爪攫裂四肢、身体皮肉，所著衣服，皆悉掣毁。举声大哭，出于种种酸楚痛言；又以余诸种种苦恼，逼切萦缠自身肢体……

如此细腻铺张的描写是中国文人作品中前所未见的。又如宝云译《佛本行经》第八品《与诸婇女游居品》描写太子与婇女入浴一段：

> 太子入池，水至其腰。诸女围绕，明耀浴池。犹如明珠，绕宝山王，妙相显赫，甚好巍巍。众女水中，种种戏笑：或相湮没；或水相洒；或有弄华，以华相掷；或入水底，良久乃出；或于水中，现其众华；或没于水，但现其手。众女池中，光耀众华，令众藕华，失其精光。或有攀丝，太子手臂，犹如杂华，缠著金柱。女妆涂香，水浇皆堕，旃檀木楂，水成香池……

这样浓艳的描写，在佛传里相当典型，中国宫体诗的香艳亦不能望其项背。佛传体现中土作家全然陌生的新的思维方式、表现方法和写作技巧，不仅给中国传记文学，也给一般文学创作以至著述提供了滋养和借鉴。

当然，佛传作为记录和赞颂宗教教主的文字，着力宣扬道德和教化，具有明显的训喻性格；叙事事件时间观念淡薄，想象、夸饰往往有悖常理，等等，这种种局限和古印度人习性耽于幻想、缺乏历史意识有直接关系。不过这些也是形成佛传独特风格的因素，其价值是应当加以具体分析的。

总之，佛传作为赞佛经典，塑造佛陀伟大的形象，给人们树立求道的典范，发挥强有力的教化作用；作为文学作品，又是传记文学的瑰宝，对于推动中国传记文学和一般叙事文学的发展起了重大的积极作用。这个庞大的作品群典型地体现了佛教文学在思想上和艺术上的普世的价值与意义。

作品释例

《佛所行赞》（马鸣造、北凉昙无谶译，选二品）

第一卷《厌患品第三》

外有诸园林，流泉清凉池，众杂华果树，行列垂玄荫（浓荫），异类诸奇鸟，奋飞戏其中，水陆四种花，炎色流妙香。伎女因奏乐，弦歌告太子，太子闻音乐，叹美彼园林，内怀甚踊悦，思乐出游观，犹如系狂象，常慕闲旷野。

父王闻太子，乐出彼园游，即敕（命令）诸群臣，严饰（装饰）备羽仪（侍从仪仗），平治正王路，并除诸丑秽，老、病、形残类，羸（léi，消瘦）劣、贫穷苦，无令少乐子，见起厌恶心。

庄严悉备已，启请求拜辞，王见太子至，摩头瞻颜色，悲喜情交结，口许而心留。众宝轩（有围棚的车）饰车，结驷（四套马）骏平流（形容骏马飞腾），贤良善术艺（技艺），年少美姿容，妙净鲜花服，同车为执御（驾御，指驾车）。街巷散众华，宝缦（没有彩色花纹的丝织品）蔽路傍，垣树（成行的树；垣，yuán，矮墙）列道侧，宝器以庄严（装饰），缯盖（丝绸车盖；缯，zēng，丝织品）诸幢幡（旌旗），缤纷随风扬。观者挟长路，侧身目连光，瞪瞩（凝视）而不瞬（不眨眼），如并青莲花。臣民悉扈从（随从），如星随宿王（大星；宿，xiù，星），异口同声叹，称庆世稀有。贵贱及贫富，长幼及中年，悉皆恭敬礼，唯愿令吉祥。

郭邑及田里，闻太子当出，尊卑不待辞，寤寐（醒着和睡着）不相告，六畜不遑（没有工夫）收，钱财不及敛，门户不容闭，宾士走路傍，楼阁、堤塘、树，窗牖（yǒu，窗户）、衢（qú，大路）巷间，侧身竞容目，瞪瞩观无厌。高观谓投地，步者谓乘虚（二句形容失魂落魄，高处观看的人摔到地下,走路的人以为上了天),意专不自觉,形神若双飞,虔虔(恭敬的样子)恭形观,不生放逸(放纵散乱)心。圆体臃支节(肢体饱满),色若莲花敷,今出处园林,愿成圣法仙(神圣的仙人,"仙"本是中土概念,翻译时借用)。太子见修涂(长路),庄严从人众,服乘鲜光泽,欣然心欢悦。国人瞻太子,严仪胜羽从,亦如诸天众(众天神),见天太子生。

时净居天(色界第四禅天)王,忽然在道侧,变形衰老相,劝生厌离心(弃世出家之心)。太子见老人,惊怪问御者:"此是何等人,头白而背偻(lǚ,脊背弯曲),目冥(眼睛看不清)身战摇,任杖(依靠手杖)而羸步(步履衰弱)? 为是身卒(cù,通"猝",突然)变,为受性(本性)自尔(自然如此)?"御者心踌躇,不敢以实答,净居加神力,令其表真言:"色变气虚微,多忧少欢乐,喜忘诸根(各种器官)羸,是名衰老相。此本为婴儿,长养于母乳,及童子嬉游,端正恣五欲(色、声、香、味、触五境生起的情欲),年逝形枯朽,今为老所坏。"太子长叹息,而问御者言:"但彼独衰老,吾等亦当然?"御者又答言:"尊(尊称对方)亦有此分(应分),时移形自变,必至无所疑,少壮无不老,举世知而求。"菩萨(此指佛陀)久修习,清净智能业,广殖诸德本,愿(志愿)果华(通"花",开花,指志愿成就)于今,闻说衰老苦,战栗身毛竖,雷霆霹雳声,群兽怖奔走,菩萨亦如是,震怖长嘘息。系心于老苦,颔头(低头)而瞪瞩,念此衰老苦,世人何爱乐?老相之所坏,触类(所接触的一切,此指所有的人)无所择,虽有壮色力,无一不迁变。目前见证相,如何不厌离! 菩萨谓御者:"宜速回车还,念念衰老至,园林何足欢?"受命即风驰,飞轮旋(还)本宫,心存朽暮(衰老)境,如归空塚间,触事不留情(谓无所系念),所居无暂安。

王闻子不悦,劝令重出游,即敕诸群臣,庄严复胜前。天(净居天)复化病人,守命在路傍,身瘦而腹大,呼吸长喘息,手脚挛枯燥,悲泣而呻吟。太子问御者:"此复何等人?"对曰"是病者,四大(地、水、风、火，构成人身）俱错乱，赢劣无所堪，转侧恃仰（依赖）人"。太子闻所说，即生哀愍心，问"唯此人病？余亦当复尔？"对曰"此世间，一切俱亦然，有身必有患（病），愚痴乐朝欢"。太子闻其说，即生大恐怖，身心悉战动，譬如扬波月，处斯大苦器（指身体），云何能自安！呜呼世间人，愚惑痴暗障（屏障，此指被蒙蔽），病贼至无期，而生喜乐心。于是回车还，愁忧念病苦，如人被打害，卷（通"蜷"）身待杖至，静息于闲宫，专求反世（与世俗相反）乐。

王复闻子还，敕问何因缘，对曰见病人，王怖犹失身（丧命），深责治路者，心结口不言。复增伎女众，音乐倍胜前，以此悦视听，乐俗不厌家，昼夜进声色，其心未始欢。王自出游历，更求胜妙园，简择诸婇女，美艳极姿颜（放纵有魅力），谄黠（谄媚而圆滑）能奉事，容媚能惑人。增修王御道，防制诸不净，并敕善御者，瞻察择路行。时彼净居天，复化为死人，四人共持舆（指灵车），现于菩萨前。余人悉不觉，菩萨、御者见，问"此何等舆，幡花杂庄严，从者悉忧戚，散发号哭随？"天神教御者，对曰"为死人，诸根坏命断，心散念识（意识）离，神逝形干燥，挺直如枯木。亲戚诸朋友，恩爱素缠绵，今悉不喜见，远弃空塚间。"太子闻死声，悲痛心交结，问"唯此人死？天下亦俱然？"对曰"普皆尔，夫始必有终，长幼及中年，有身莫不坏"。太子心惊怛（dá，忧伤），身垂车轼（车厢前扶手的横木）前，息殆绝而叹：世人一何误！公见身磨灭，犹尚放逸（放纵逸乐）生，心非枯木石，曾不虑无常。即敕回车还，非复游戏时，命绝死无期，如何纵心游！

御者奉王敕，畏怖不敢旋，正御疾驱驰，径往至彼园，林流满清净，嘉木悉敷荣，灵禽杂奇兽，飞走欣和鸣，光耀悦耳目，犹天难陀（龙王名，八大龙王之一，意译为喜龙王）园。

第一卷《离欲品第四》

太子入园林，众女来奉迎，并生希遇想，竞媚进幽诚（内心隐秘诚意),各尽伎姿态,供侍随所宜:或有执手足,或遍摩其身,或复对言笑,或现忧戚容,规(设法)以悦太子,令生爱乐心。众女见太子,光颜状天身,不假诸饰好,素体逾庄严,一切皆瞻仰,谓月天子来,种种设方便(变通办法),不动菩萨心,更互相顾视,抱愧寂无言。有婆罗门子,名曰优陀夷,谓诸婇女言:"汝等悉端正(谓容颜姣好),聪明多技术(技艺),色力亦不常,兼解诸世间,隐秘随欲方(满足情欲的秘方)。容色世稀有,状如王女形,天(天神)见舍妃后,神仙为之倾,如何人王子,不能感其情? 今此王太子,持心虽坚固,清净德纯备,不胜女人力。古昔孙陀利(以下列举传说中女子破坏仙人修道的例子),能坏大仙人,令习于爱欲,以足蹈其顶;长苦行瞿昙,亦为天后坏;胜渠仙人子,习欲(习染五欲)随沿流;毗尸婆梵仙,修道十千岁,深著(zhuó,贪恋)于天后,一日顿破坏。如彼诸美女,力胜诸梵行(修道行为),况汝等技术,不能感王子? 当更勤方便,勿令绝王嗣。女人性虽贱,尊荣随胜天,何不尽其术,令彼生染(污染)心?"尔时婇女众,庆闻(侥幸听到)优陀说,增其踊悦心,如鞭策良马,往到太子前,各进种种术:歌舞或言笑,扬眉露白齿,美目相眄睐(miàn lài,做媚眼),轻衣现素身(裸身),妖摇而徐步,诈亲渐习近,情欲实其心,兼奉大王旨,慢形(形态轻浮)媟(xiè,轻慢)隐陋(指隐秘处),忘其惭愧情。

太子心坚固,傲然不改容,犹如大龙象,群象众围绕,不能乱其心,处众若闲居。犹如天帝释(亦称帝释天,佛教护法神之一),诸天女围绕,太子在园林,围绕亦如是:或为整衣服,或为洗手足,或以香涂身,或以华严饰,或为贯璎珞,或有扶抱身,或为安枕席,或倾身密语,或世俗调戏,或说众欲事,或作诸欲形(情欲姿态),规以动其心。菩萨心清净,坚固难可转,闻诸婇女说,不忧亦不喜,倍生厌(厌离,指出世)思惟,叹此为奇怪,始知诸女人,欲心盛如是。不知少壮色,俄顷老、死坏,哀哉此大惑,愚痴覆其心。当思老、病、死,昼夜勤勖(xù,勉励)励,锋刃临其颈,如何犹嬉笑? 见他老、病、死，不知自观察，是则泥木人，当有何心虑！如空野双树，华叶俱茂盛，一已被斩伐，第二不知怖，此等诸人辈，无心亦如是。

尔时优陀夷，来至太子所，见宴默禅思，心无五欲（色、声、香、味、触，起人欲心，故亦称五欲）想。即白太子言："大王先见敕（命令），为子作良友，今当奉诚言。朋友有三种：能除不饶益，成人饶益事，遭难不遗弃。我既名善友，弃舍丈夫义，言不尽所怀，何名为三益？今故说真言，以表我丹诚：年在于盛时，容色得充备，不重于女人，斯非胜（殊胜）人体（事），正使无实心，宜应方便纳，当生软下心，随顺取其意。爱欲增憍慢，无过于女人，且今心虽背，法应方便随。顺女心为乐，顺为庄严具，若人离于顺，如树无花果。何故应随顺？摄受（接受）其事故，已得难得境，勿起轻易（轻忽，不在意）想，欲为最第一，天犹不能忘：帝释尚私通（以下列举传说中天神、仙人不能节制情欲的例子），瞿昙仙人妻；阿伽陀仙人，长夜修苦行，为以求天后，而遂愿不果；婆罗堕仙人，及与月天子，婆罗舍仙人，与迦宾阇罗，如是比众多，悉为女人坏，况今自境界，而不能娱乐？宿世（前世）殖德本（指善因），得此妙众具，世间皆乐著（爱恋执着），而心反不珍？"尔时王太子，闻友优陀夷，甜辞利口辩，善说世间相，答言"优陀夷，感汝诚心说。我今当语汝，且复留心听：不薄（轻视）妙境界，亦知世人乐，但见无常相，故生患累（疾患）心。若此法（泛指一切物质和精神现象）常存，无老、病、死苦，我亦应受乐，终无厌离心；若令诸女色，至竟无衰变，爱欲虽为过，犹可留人情。人有老、病、死，彼应自不乐，何况于他人，而生染著（习染迷恋）心？非常（无常）五欲境，自身俱亦然，而生爱乐心，此则同禽兽。汝所引诸仙，习著五欲者，彼即可厌患，习欲故磨灭；又称彼胜士，乐著五欲境，亦复同磨灭，当知彼非胜。若言假方便，随顺习近者，习则真染著，何名为方便？虚诳伪随顺，是事我不为，真实随顺者，是则为非法（不符合佛法）。此心难裁抑（抑制），随事即生著，著则不见过，如何方便随？处顺而心乖，此理我不见。如是老、病、

死，大苦之积聚，令我坠其中，此非知识（善知识，聪明人）说。呜呼
优陀夷，真为大肝胆，生、老、病、死患，此苦甚可畏，眼见悉朽坏，而
犹乐追逐！今我至佞（níng，弱劣）劣，其心亦狭小，思惟老、病、死，
卒（猝）至不预期，昼夜忘睡眠，何由习五欲？老、病、死炽然，决定
至无疑，犹不知忧戚，真为木石心。”

太子为优陀，种种巧方便，说欲为深患，不觉至日暮。时诸媒
女众，伎乐庄严具，一切悉无用，惭愧还入城。太子见园林，庄严悉
休废，伎女尽还归，其处尽虚寂，倍增非常想，俯仰（俯仰间，立即）
还本宫。

父王闻太子，心绝于五欲，极生大忧苦，如利刺贯心，即召诸群
臣，问欲设何方，咸言非五欲，所能留其心。

《贤愚经》[旧题北魏慧觉（或以为下
“昙学”之讹）等译，选一品]

（《贤愚经》是昙学、威德等八位北魏僧人到西域于
阗参加法会的听讲记录，后来由慧朗定名）

卷一〇《须达起精舍品》

如是我闻：一时佛在王舍城竹园（王舍城是古印度摩揭陀国首
府，在今印度比哈尔邦底赖雅附近，佛陀曾在那里的竹林精舍安居
说法）中止。尔时舍卫国（佛陀在世时憍萨罗国都城，国王波斯匿
崇佛，佛陀曾在此说法，在今印度西北部拉普底河南岸）王波斯匿
有一大臣，名曰须达，居家巨富，财宝无限，好喜布施、赈济贫乏及
诸孤老。时人因行为其立号，名“给孤独”。尔时长者生七男儿，年
各长大，为其纳娶，次至第六。其第七儿端政（端庄美好；政，同
“正”）殊异，偏心爱念，当为娶妻，欲得极妙容姿、端政有相（相貌
好）之女，为儿求之。即语诸婆罗门言：“谁有好女，相貌备足，当为
我儿往求索之。”

诸婆罗门便为推觅（寻找），辗转行乞，到王舍城。王舍城中，

有一大臣,名曰护弥,财富无量,信敬三宝。时婆罗门到家从乞。国法施人,要(yāo,约束)令童女持物布施。护弥长者时有一女,威容(仪态容貌)端正,颜色(容颜)殊妙,即持食出,施婆罗门。婆罗门见,心大欢喜:我所觅者,今日见之。即问女言:"颇有人来求索汝未?"答言:"未也。"问言:"女子,汝父在不?"其女言在。婆罗门言:"语令出外,我欲见之,与共谈语。"时女入内,白其父言:"外有乞人,欲得相见。"父便出外。时婆罗门问讯起居安和善吉:"舍卫国王有一大臣,字曰须达,辅相(宰相,这里是恭敬称呼)识不(fǒu,同"否")?"答言:"未见,但闻其名。"报言:"知不? 是人于彼舍卫国中,第一富贵;汝于此间,富贵第一。须达有儿,端正殊妙,卓略(谋略高明,谓聪明)多奇,欲求君女,为可尔不?"答言:"可尔。"值有估客(商人)欲至舍卫,时婆罗门作书,因之送与须达,具陈其事。

须达欢喜,诣王求假,为儿娶妇,王即听之。大载珍宝,趣(通"趋",去到)王舍城。于其道次(路上;次,行路居停处),赈济贫乏。到王舍城,至护弥家,为儿求妻。护弥长者欢喜迎逆,安置敷具(坐卧的床、褥之类)。暮宿其舍,家内搔搔(骚乱的样子),办具饮食。须达念言:今此长者,大设供具(供奉的东西),欲作何等? 将请国王、太子、大臣、长者、居士、婚姻(姻亲)、亲戚设大会耶? 思惟所以,不能了知,而问之言:"长者今暮躬自执劳,经理(操办)事务,施设供具,为欲请王、太子、大臣?"答言:"不也。""欲营婚姻、亲戚会耶?"答言:"不也。""将何所作?"答言:"请佛及比丘僧。"于时须达闻佛、僧名,忽然毛(指头发)竖,如有所得,心情悦豫(喜悦),重问之言:"云何名佛? 愿解其义。"长者答言:"汝不闻乎? 净饭王子,厥(其)名悉达,其生之日,天降瑞应(吉祥征兆)三十有二,万神侍卫,即行七步,举手而言:天上天下,唯我为尊。身黄金色,三十二相(三十二大人相,佛陀相貌上不同凡人的主要特征),八十种好(八十种微妙好,佛陀相貌上不同凡人的次要特征),应王金轮(应掌握金轮宝为王),典(管理,统治)四天下(四大洲,按佛教世界观,在须弥山四方,东弗婆提,西拘邪尼,南阎浮提[即人类居住的世界],北郁单越)。见老、病、死苦,不乐在家,出家修道,六年苦行,得一切智(无所不知的绝对智慧,佛智的一种),尽结(除尽烦恼;结,烦恼)成佛。降诸魔众十八亿万,号曰能仁(梵文"释迦牟尼"的意译)。十力(深心力、增上深心力、方便力、智力、愿力、行力、乘力、神变力、菩提力、转法轮力)无畏,十八不共(十八不共法:佛陀十八种功德法,文繁不录),光明照耀,三达(达到天上、人间、地狱)遐鉴(谓无远不知),故号佛也。"须达问言:"云何名僧?"护弥答言:"佛成道已,梵天(本是婆罗门教的主神之一,司创造,佛教吸收为护法天神)劝请转妙法轮(谓说法),至波罗奈(中印度国名,在今瓦腊纳西城西北约十公里处)鹿野苑(亦称"仙人住处",佛陀最初说法处)中,为拘邻(异译"俱利")五人(佛陀五位侍者憍陈如、额鞞、跋提、十力迦叶、俱利太子)转四真谛(四圣谛:苦、集、灭、道),漏(污染)尽结(烦恼)解,便成沙门(本意指出家人,此指僧人),六通(六种神通:神足通、天眼通、天耳通、他心通、宿命通、漏尽通)具足,四意(四念住:观身不净、受是苦、心无常、法无我)、七觉(七觉支:念觉支、择法觉支、精进觉支、喜觉支、猗觉支、定觉支、舍觉支)、八道(八正道:正见、正思惟、正语、正业、正命、正精进、正念、正定)悉练(全都练达)。上虚空中,八万诸天得须陀洹(意译"预流",小乘佛教修行的第一等果位),无量天人发无上正真道意(音译"阿耨多罗三藐三菩提",又译为"无上正等正觉",最高的觉悟)。次度郁卑迦叶兄弟千人(据传佛陀成道三年间为郁为[即郁卑]国迦叶兄弟三人说法,满千比丘),漏尽意解,如其五人;次第度舍利弗、目连(佛陀在竹林精舍教化的弟子)徒众五百,亦得应真(音译"阿罗汉",小乘修习的最高果位)。如是之等,神足(神足通)自在(谓无所不能),能为众生作良佑福田(僧能生福,故以比喻),故名僧也。"须达闻说如此妙事,欢喜踊跃,感念信敬,企望(希冀盼望)至晓,当往见佛。

诚报（精诚得报）神应，见地（见解）明晓，寻明即往。罗阅城（即王舍城，梵文音译）门夜三时开。初夜、中夜、后夜，是谓三时。中夜出门，见有天祠（供奉婆罗门教大神梵天的祠庙），即为礼拜，忽忘念佛，心自还暗。便自念言：今夜故暗，若我往者，傥为恶鬼、猛兽见害，且还入城，待晓当往。时有亲友命终生四天（修习禅定所得的色界四禅天），见其欲悔，便下语之："居士，莫悔也。汝往见佛，得利无量。正使今得百车珍宝，不如转足一步，往趣世尊，所得利深，过逾于彼。居士，汝去莫悔，正使今得白象、珍宝，不如举足一步，往趣世尊，利过于彼。居士，汝去莫悔，正使今得一阎浮提满中珍宝，不如转足一步，至世尊所，得利弘多。居士，汝去莫悔，正使今得一四天下满中珍宝，不如举足一步，至世尊所，所得盈利逾过于彼百千万倍。"须达闻天说如此语，益增欢喜，敬念世尊，暗即还晓，寻路往至，到世尊所。

尔时世尊知须达来，出外经行（修禅方式，在一定地方旋绕往来）。是时须达遥见世尊，犹如金山，相好威容，俨然炳著（光彩照人），过逾护弥所说万倍。睹之心悦，不知礼法，直问世尊："不审（不知道，请问语）瞿昙起居何如？"世尊即时命令就坐。时首陀会天（天神之一）遥见须达虽睹世尊，不知礼拜供养之法，化为四人，行列而来，到世尊所，接足（以头亲尊者之足，一种最高礼节）作礼，长跪（伸直上身跪拜）问讯起居轻利（轻松便利，谓安好）。右绕三匝（向右绕三圈，一种礼拜形式），却住一面。是时须达见其如是，乃为愕然，而自念言：恭敬之法，事应如是。即起离坐，如彼礼敬，问讯起居，右绕三匝，却住一面。尔时世尊即为说法：四谛微妙，苦、空、无常。闻法欢喜，便染（习染）圣法，成须陀洹（小乘佛教修习所的第二级果位），譬如净洁白叠（白色细棉布；叠，通"氎"）易染为色。长跪合掌问世尊言："舍卫城中如我伴辈，闻法易染，更有如我比不？"佛告须达："更无有二如卿之者。舍卫城中人多信邪（指外道），难染圣教。"须达白佛："唯愿如来垂神降屈，临履（来到）舍卫，使中众生除邪就正。"世尊告曰："出家之法，与俗有别，住止处所应当有异。彼无精舍（精美房舍，此谓僧人居所），云何得去？"须达白佛："弟子能起，愿见听许。"世尊默然。须达辞往，为儿娶妇竟，辞佛还家。因白佛言："还到本国，当立精舍，不知摸法（式样；摸，通"模"），唯愿世尊使一弟子共往敕示（指导）。"世尊思惟：舍卫城内婆罗门众，信邪倒见，余人往者，必不能办，唯舍利弗（佛陀十大弟子之一，"智慧第一"）是婆罗门种，少小聪明，神足兼备，去必有益。即便命之，共须达往。

须达问言："世尊足行，日能几里？"舍利弗言："日半由旬（古印度计程单位。一由旬的长度，我国古有八十里等诸说），如转轮王足行之法，世尊亦尔。"是时须达即于道次二十里作一客舍，计挍（计算；挍，通"校"）功作，出钱雇之，安止使人、饮食、敷具，悉皆令足。从舍卫国至王舍城，还来到舍。共舍利弗按行（出去察看）诸地，何处平博，中起精舍。按行周遍，无可意处。唯王太子祇陀（舍卫国波斯匿王太子）有园，其地平正，其树郁茂，不远不近，正得处所。时舍利弗告须达言："今此园中，宜起精舍。若远作之，乞食则难；近处愦闹（混乱嘈杂；愦，kuì，昏乱），妨废行道。"

须达欢喜，到太子所，白太子言："我今欲为如来起立精舍。太子园好，今欲买之。"太子笑言："我无所乏。此园茂盛，当用游戏，逍遥散志。"须达殷勤乃至再三。太子贪惜，增倍求价，谓呼价贵，当不能贾，语须达言："汝若能以黄金布地，令间无空者，便当相与。"须达曰："诺，听随其价。"太子祇陀言："我戏语耳。"须达白言："为太子法，不应妄语。妄语欺诈，云何绍继（继承[王位]）、抚恤人民？"即共太子，欲往讼了。时首陀会天，以当为佛起精舍故，恐诸大臣偏为（偏向）太子，即化作一人，下为详评。语太子言："夫太子法，不应妄语。已许价决，不宜中悔。"遂断与之。须达欢喜，便敕使人，象负金出。八十顷中，须臾欲满，残有少地。须达思惟：何藏（仓库）金足，不多不少，取当满足。祇陀问言："嫌贵置之。"答言："不也。自念金藏何者可足,当补满耳。"祇陀念言:佛必大德,乃使斯人轻宝乃尔,教齐是止,勿更出金:"园地属卿,树木属我。我自上佛,共立精舍。"须达欢喜,即然可之。即便归家。

　　当施功作,六师闻之(六师外道,佛陀在世时思想观念不同的六个主要派别的修道者,这里将其典型化为一类人),往白国王:"长者须达买祇陀园,欲为瞿昙沙门兴立精舍,听我徒众与共捔术(较量技艺;捔,jué,竞力)。沙门得胜,便听起立;若其不如,不得起也,瞿昙徒众住王舍城,我等徒众当住于此。"王召须达而问之言:"今此六师云:卿买祇陀园,欲为瞿昙沙门起立精舍,求共沙门弟子捔其伎术。若得胜者,得立精舍;苟其不如,便得不起。"须达归家,著垢腻(污垢油腻,肮脏)衣,愁恼不乐。时舍利弗明日到时,著衣持钵,至须达家。见其不乐,即问之曰:"何故不乐?"须达答言:"所立精舍,但恐不成,是故愁耳。"舍利弗言:"有何事故,畏不成就?"答言:"今诸六师,诣王求捔(较量)。尊人(对对方敬称)得胜,听立精舍;若其不如,遮不听起。比六师辈出家来久,精诚有素,所学技术无能及者。我今不知尊人技艺能与捔不?"舍利弗言:"正使此辈六师之众,满阎浮提,数如竹林,不能动吾足上一毛。欲捔何等,自恣(随自己意)听之。"须达欢喜,更著新衣,沐浴香汤,即往白王:"我已问之,六师欲捔,恣随其意。"国王是时告诸六师,今听汝等共沙门捔。

　　是时六师宣语国人:却后七日,当于城外宽博之处,与沙门挍。舍卫国中十八亿人,时彼国法,击鼓会众。若击铜鼓,八亿人集;若打银鼓,十四亿集;若打金鼓,一切皆集。七日期满,至平博处,打击金鼓,一切都集。六师徒众有三亿人。是时人民悉为国王及其六师敷施高座(高广座位)。尔时须达为舍利弗而施高座。时舍利弗在一树下寂然入定(进入禅定状态),诸根(眼、耳、鼻、舌、身、意六根)寂默,游诸禅定,通达无碍,而作念:此会大众习邪来久,憍慢自高,草芥(视如草芥)群生,当以何德而降伏之? 思惟是已,当以二德,即立誓

言:若我无数劫中,慈孝父母,敬尚沙门、婆罗门者,我初入会,一切
大众,当为我礼。尔时六师见众已集,而舍利弗独未来到,便白王
言:"瞿昙弟子自知无术,伪求技能。众会既集,怖畏不来。"王告须
达:"汝师弟子,校时已到,宜来谈论。"是时须达至舍利弗所,长跪
白言:"大德,大众已集,愿来诣会。"时舍利弗从禅定起,更整衣服,
以尼师檀(梵文音译,坐具)著左肩上,徐庠(安详)而步,如师子王,
往诣大众。是时众人见其形容、法服有异,及诸六师,忽然起立,如
风靡(倒下)草,不觉为礼。时舍利弗便升须达所敷之座。

　　六师众中有一弟子,名劳度差,善知幻术。于大众前咒作一
树,自然长大,荫复众会,枝叶郁茂,花果各异。众人咸言:"此变乃
是劳度差作。"时舍利弗便以神力,作旋岚风(盘旋飓风),吹拔树
根,倒著于地,碎为微尘。众人皆言:"舍利弗胜。今劳度差便为不
如。"又复咒作一池,其池四面皆以七宝(指金、银、琉璃、砗磲、玛
瑙、珍珠、玫瑰,有他说),池水之中生种种华。众人咸言:"是劳度
差之所作也。"时舍利弗化作一大六牙白象,其一牙上有七莲花,一
一花上有七玉女,其象徐庠往诣池边,并含其水,池即时灭。众人
悉言:"舍利弗胜,劳度差不如。"复作一山,七宝庄严,泉池树木,花
果茂盛。众人咸言:"此是劳度差作。"时舍利弗即化作金刚力士
(大力士;金刚形容无坚不摧),以金刚杵(天神所用法器)遥用指
之,山即破坏,无有遗余。众会皆言:"舍利弗胜,劳度差不如。"复
作一龙,身有十头,于虚空中雨种种宝,雷电振地,惊动大众。众人
咸言:"此亦劳度差胜。"时舍利弗便化作一金翅鸟王,劈裂啖之。
众人咸言:"舍利弗胜,劳度差不如。"复作一牛,身体高大,肥壮多
力,粗脚利角,爬地大吼,奔突来前。时舍利弗化作师子王,分裂食
之。众人咸言:"舍利弗胜,劳度差不如。"复变其身作夜叉鬼(梵文
音译,意译为能啖鬼),形体长大,头上火燃,目赤如血,四牙长利,
口自出火,腾跃奔赴。时舍利弗自化其身作毗沙门王(梵文译音,
四天王之一),夜叉恐怖,即欲退走,四面火起,无有去处,唯舍利弗

边凉冷无火，即时屈伏，五体投地，求哀脱命。辱心已生，火即还灭。众咸唱言："舍利弗胜，劳度差不如。"时舍利弗身升虚空，现四威仪（行、住、坐、卧行为规范），行住坐卧，身上出水，身下出火，东没西踊，西没东踊，北没南踊，南没北踊。或现大身满虚空中，而复现小；或分一身作百千万亿身，还合为一身；于虚空中，忽然在地，履地如水，履水如地。作是变已，还摄（收敛）神足，坐其本座。时会大众见其神力，咸怀欢喜。时舍利弗即为说法，随其本行（前世所修行）宿福因缘，各得道迹（道法）。或得须陀洹、斯陀含（梵文音译，小乘佛教所修得第二级果位）、阿那含（梵文音译，小乘佛教所修得第三级果位）、阿罗汉（梵文音译，小乘佛教所修得最高果位）者。六师徒众三亿弟子，于舍利弗所出家学道。

校技讫已，四众便罢，各还所止。长者须达共舍利弗往图（谋划、设计）精舍。须达手自捉绳一头，时舍利弗自捉一头，共经（经理）精舍。时舍利弗欣然含笑。须达问言："尊人何笑？"答言："汝始于此经地，六欲天（欲界六重天：四王天、忉利天、夜摩天、兜率天、乐变化天、他化自在天）中宫殿已成。"即借道眼，须达悉见六欲天中严净宫殿，问舍利弗："是六欲天，何处最乐？"舍利弗言："下三天中色欲深厚，上二天中憍逸自恣，第四天中少欲知足，恒有一生补处菩萨（菩萨志愿在五浊世界救世度人，一生处在成佛候补地位）来生其中，法训不绝。"须达言曰："我正当生第四天上。"出言已竟，余宫悉灭，唯第四天宫殿湛然（清澈的样子）。复更从绳，时舍利弗惨然忧色，即问："尊者，何故忧色？"答言："汝今见此地中蚁子不耶？"对曰："已见。"时舍利弗语须达言："汝于过去毗婆尸佛（过去七佛的第一佛，下面到迦叶佛依次为第六佛），亦于此地为彼世尊起立精舍，而此蚁子在此中生；尸弃佛时，汝为彼佛亦于是中造立精舍，而此蚁子亦在中生；毗舍浮佛时，汝为世尊于此地中起立精舍，而此蚁子亦在中生；拘留秦佛时，亦为世尊在此地中起立精舍，而是蚁子亦于此中生；拘那含牟尼佛时，汝为世尊于此地中起立精舍，而此蚁子亦在中生；迦叶佛时，汝亦为佛于此地中起立精舍，而此蚁子亦在中生。乃至今日，九十一劫（极长久时间；古印度传说世界经历若干万年毁灭重生，一周期为"劫"），受一种身，不得解脱。生死长远，唯福为要，不可不种。"是时须达悲怜愍伤。经地已竟，起立精舍。为佛作窟，以妙栴檀（檀香）用为香泥。别房住止千二百处，凡百二十处别打犍椎（梵文音译，钟磬）。

　　施设已竟，欲往请佛。复自思惟：上有国王，应当令知；若不启白，傥有慎恨。即往白王："我为世尊已起精舍，唯愿大王遣使请佛。"时王闻已，即遣使者，诣王舍城，请佛及僧："唯愿世尊临覆舍卫。"尔时世尊与诸四众（比丘，比丘尼，优婆塞，优婆夷），前后围绕，放大光明，震动大地，至舍卫国。所经客舍，悉于中止，道次度人无有限量，渐渐来近舍卫城边。一切大众持诸供具，迎待世尊。世尊到国，至广博处，放大光明，遍照三千大千世界。足指按地，地皆震动。城中伎乐，不鼓自鸣。盲视聋听，哑语（哑人说话）偻申（偻者直身；申，通"伸"），癃（lóng，足不能行）残拘癖（手足不能伸），皆得具足。一切人民男女大小睹斯瑞应，欢喜踊跃，来诣佛所。十八亿人都悉集聚。尔时世尊随病投药，为说妙法，宿缘所应，各得道迹。有得须陀洹、斯陀含、阿那含、阿罗汉者；有种辟支佛（梵文音译，意译为"缘觉"，谓生于无佛之世，因前世因缘而得果者）因缘者；有发无上正真道意者，各各欢喜，奉行佛语。

　　佛告阿难："今此园地，须达所买；树木华果，祇陀所有。二人同心，共立精舍，应当与号'太子祇树给孤独园'，名字流布，传示后世。"尔时阿难及四部众，闻佛所说，顶戴奉行。

第二讲　本生经

"本生"的含义与本生经的结集

《本生经》形成于部派佛教时期。"本生"观念建立在当时的佛陀观和业报轮回教理基础之上,又与印度古代传统宇宙观有关系。根据佛教教理,身、口、意"三业",即身所行、口所说、意所念,都会得"果"即报应;前世的业决定现世的"果",现世的业决定来世的"果",这就形成"轮回"。有情即众生(指一切生物)身处无尽的轮回之中,承受生、老、病、死之苦。只有在历劫修行中积累善行,到一定阶段方能得到解脱,最终证得涅槃。"涅槃"一词的原义有火焰熄灭的意思。作为修证目标,生命之火熄灭了,达到不生不灭的永恒、绝对境界,就是"涅槃"了。按通俗理解,也即是超脱苦海而成佛了。释迦牟尼就是遵循这样的规律修行成佛的。就是说,释迦牟尼也有他作为有情的过去世,在历劫修行中积累善行,终于成就佛果。"本生"记录的就是他在前世轮回中积累善行的事迹。又不同于古代中国重人伦、重政治、重教化、"不语怪、力、乱、神"的传统,按古印度人的思维方式,现实的生物——人类、动物、植物以至神话传说里的神祇、精灵、物怪等等,都同样活跃在世界上,纳入宇宙一体轮回果报的链条之中。本生传说典型地体现了这种文化传统和思维方式，如昙无谶所出《大般涅槃经》卷十五《梵行品》里所说：

> 何等名为《阇陀伽经》？如佛世尊本为菩萨修诸苦行，所谓比丘当知，我于过去作鹿、作罴、作獐、作兔、作粟散王（国王人数众多，犹如粟米）、转轮圣王、龙、金翅鸟，诸如是等行菩萨道时所可受身，是名阇陀伽。

"阇陀伽"是"本生"的译音，这里是说，佛陀在证得佛果前，作为菩萨在历世轮回（《梵网经》说佛陀曾"来此世界八千返"，是说他曾经无数次降生此娑婆世界）中，曾转生为动物罴、獐、兔，人间的国王、转轮圣王、天神龙王、金翅鸟，等等。作为菩萨，行菩萨道，积累功德，所受报应之身，即形成"本生"。记录这些善行的故事，赞美佛的过去世，就构成《本生经》（本来意义的"本生谈"是关于佛陀的。后来又有关于三世诸方佛如阿閦佛、阿弥陀佛以至佛弟子、后世信仰者的类似故事，有的学者也把它们归到本生一类）。在佛典翻译文学中，《本生经》或叫做"本生谈"，是艺术价值很高也是古今中外受到普遍欢迎的部分之一。它们被称为古印度"民间寓言故事大集"（季羡林主编《印度古代文学史》，第135页），是可以和希腊伊索寓言、中国诸子寓言并称的古代世界寓言文学的宝典。

《本生经》的形成大体与结集佛传同时，二者都是部派佛教时期的产物。今印度中央邦马尔瓦地区阿育王始建的桑奇一号大塔，创建于公元前3世纪中至公元前1世纪初，牌坊是公元前2世纪巽伽王朝建立的，上面有本生和佛传故事浮雕，表明当时已有本生故事流行。数量众多的同类作品被陆续创作出来。其中不少篇章是以富商即佛经里称为"长者"的人为主人公的，显然是古代印度商业发达时期的产物。东晋法显西行求法，在天竺曾访问本生故事里讲到的菩萨割肉贸鸽、施眼、舍身饲虎等处（当然这些只是传说的宗教圣地）；在师子国（今斯里兰卡），他遇到王城供养佛齿，在仪式上"王便夹道两边，作菩萨五百身以来种种变现：或作须大拏，或作睒变，或作象王，或作鹿、马，如是形象，皆彩画庄校，状若生人"（《法显传》）。在玄奘所著《大唐西域记》里，同样记载了许多当时在五印流行的本生故事。义净在所著《南海寄归内法传》写到他旅印时佛教"赞咏之礼"，"取本生事，而为诗赞……如译可成十余轴"；"南海诸岛有十余国，无问法俗，咸皆讽诵"，可见本生故事在南亚各地长期流行情形。

　　在南传佛教巴利文佛典里，保留有完整的《本生经》，即五部《阿含》中《小尼迦耶》（《小部》）的第十部经，共547个故事。实际这部经也已不是原编，是大约5世纪由斯里兰卡比丘用巴利文写出的。我国南北朝时期曾传译过一部《五百本生经》，从名称看有可能就是这部经，后来佚失了。现存汉译《阿含》仅存四部，《小尼迦耶》未译，所以中国没有完整的巴利文《本生经》译本。比较集中地保存本生故事的汉译佛典有十几部，其他经、律、论里散见的也不少。其中吴支谦所出《菩萨本缘经》（计包含8经）、康僧会所出《六度集经》（计包含82经）、西晋竺法护所出《生经》（计包含39经）、失译《菩萨本行经》（计包含12经）等，都是早出集中存录本生故事的经典；各部派在结集"三藏"时大量把本生故事编入其中，那些流行广泛的著名故事在汉译佛典里大体均有相应译文，而且往往不止一种；此外，各种不同类型的譬喻经以及《贤愚经》《杂宝藏经》里亦包含有不少本生故事；佛传如《佛本行集经》里也编入不少。这样，本生故事作为典型的佛教文学作品在汉译佛典里就占有相当篇幅并得以流传广远，进而影响世俗文学创作及民间口头传说。

本生故事的结构、思想内容及其伦理意义

　　《本生经》是在古印度文化传统中形成的，与古代印度大史诗和民间文学创作有密切关系。如《六度集经》卷五第四十六经的国王本生和《杂宝藏经》里的"十奢王缘"，情节合起来就是印度古代史诗《罗摩衍那》的提要；而见于多种佛典的尸毗王救鸽故事又见于《摩诃婆罗多》；更多作品取材古印度神话、传说、寓言、奇闻、笑话（愚人故事）等，体裁包括散文、诗歌、格言等。根据历史家考察，如"顶生王本生""大善见本生"等许多以国王为主人公的故事，是根据古印度先王传说改编的；又占有相当大比重的以动物为主人公的故事，则多是利用民间流传的寓言加以附会的。当然也有些是佛教徒编造的，这类作品往往也借鉴了民间文学创作的手法。又佛教流行西域，当地也创作不少本生故事，如在西域结集成书的《贤愚经》里就包含这类作品；佛教输入中国，中国人也依照外来模式编造这类故事。不过后出的基于明确的赞佛或辅教目的的编造的故事情节往往是程式化的，表达也缺乏民间创作那种活泼、清新的格调，很容易被区分出来，文学价值不大。

　　早期本生与一般早出佛典一样，应是先有偈颂，然后不断充实、丰富，增添散文叙述，故事情节也逐渐复杂、完整。不过这一过程在汉译里已难以见到痕迹。汉译本生故事一般是散体叙事，间有偈颂，也有些是韵、散结合文体。结构则保持把作为佛陀前世的菩萨行事纳入赞颂佛陀、宣扬教理的框架之中，每一篇分为三部分：第一部分是佛陀在现世说法，这同于一般佛典的"序分"，即故事的缘起，这一部分比较简单；接下来是作为主体的故事，相当于一般佛典的"正宗分"，描述佛陀在历劫过去世的一段行事，他身为

菩萨,或示现为动物如鹿、猴、兔、鸽等,或示现为国王、贵族、商人、平民、穷人、婆罗门等,精勤修道,积累善行;最后一部分回到现世,由佛陀出面,说明他过去世的行事与现世人事的关联,指出当初行善的某某就是自己,作恶的某某就是现在加害或反对他的人,故事里如另有他人也与现世某人相对应,这一段起点明故事喻意的关键作用,相当于一般佛典里的"流通分"。在巴利文原典里,在过去世故事之后有偈颂,然后有一段解释偈颂的文字,汉译里没有这两段。这样,汉译本生故事这种以菩萨过去世行事为中心的三段式固定结构,情节比较单纯,而"人物"性格善恶分明,寓意清晰。这也保持了民间文学创作的特色。

许多本生故事颂扬菩萨善行,体现了宝贵的人文精神和积极的伦理内容。追求人性的提升与完善本是佛教的宝贵传统,人间伦理是佛教教义的重要内容。佛陀所制戒律多具有普世的伦理价值。富于伦理精神也是早期佛典的主要特征。舍己救人是本生故事里常见的主题,如著名的尸毗王以身代鸽故事就十分典型。这个故事的汉译见于《杂宝藏经》《菩萨本生鬘论》《大庄严经论》等多部经典中。故事说曾有大国王名尸毗(以下情节、引文根据《菩萨本生鬘论》卷一),生性仁慈,爱民如子;其时三十三天的天帝释(又称"帝释天""释提桓因"等,天神,忉利天即三十三天之主)即将命终,世间佛法已灭,诸大菩萨不复出世,大臣毗首告以阎浮提今有尸毗王,志固精进,乐求佛道,当往投归;天帝释听了,决定加以考验,说偈曰:

> 我本非恶意,如火试真金;
> 以此验菩萨,知为真实不。

他让毗首变成一只鸽子,自己变成一只鹰,鹰追逐鸽子来到国王面前,鸽子惊恐地躲藏到国王腋下。鹰作人语对国王说:"今此鸽者,是我之食;我甚饥急,愿王见还。"国王说:"我本誓愿,当度一切。

鸽来依投,终不与汝。"鹰说:"大王今者,爱念一切,若断我食,命亦不济。"他又说必须吃血腥的鲜肉。结果国王决定以身代鸽,他取利刀自割股肉。鹰又要求分量一定与鸽相等。国王让人取来秤,把从身上割下的肉和鸽子分别放到两端秤盘,股肉割尽,较鸽身犹轻,以至臂、肋、身肉割尽,轻犹未等。最后,国王奋力置身秤盘,心生喜足。天帝释问:"王今此身,痛彻骨髓,宁有悔否?"国王说不,并发誓说:"我从举心,迄至于此,无有少悔如毛发许。若我所求,决定成佛,真实不虚。得如愿者,令吾肢体,当即平复。"当他发出这一誓愿时,身体恢复如初。这时候天神、世人,都赞叹为稀有,欢喜踊跃,不能自已。故事的最后,佛告诉大众:"往昔之时,尸毗王者,岂异人乎?我身是也。"这个故事立意在赞颂菩萨功德,结尾处更明著训喻的意义,把毗尸王舍己救人的精神表现得淋漓尽致。另有很多故事表达同样主题,如见于多种经典的萨埵太子舍身饲虎事、《六度集经》里的鹿王本生等。

有些本生故事宣扬人间孝道,更容易在中土传播并被接受。如《六度集经》里的睒子本生。说睒子有"至孝之行"(以下情节、引文据《六度集经》卷五《忍辱度无极章第三》),在山泽中奉养失明的年老父母,国王打猎,他误中毒矢,死前托付国王照顾父母;父母听说爱子死了,让国王领到尸体处,终于祈祷天神,救活了儿子;国王"遂命群臣自今以后,率土人民皆奉佛十德之善,修睒至孝之行,一国则焉。然后国丰民康,遂致太平",最后佛说:"时睒者,吾身是;国王者,阿难是;睒父者,今吾父是;母者,吾母舍妙("摩耶"异译)是;天帝释者,弥勒(又译为"慈氏",按佛经所说,他生于南天竺婆罗门家,将继承佛位,先佛入灭,生于兜率天内院,经过那里的四千岁〔人间的五十七亿六千万年〕,下生人间,于华林园龙华树下成正觉,三会说法)是也。"这种宣扬"奉佛至孝之德"的故事,与中土伦理正相符合。中土人士的早期佛教论著《理惑论》里即曾利用这个故事替佛教作辩护,后来西秦法坚又译出单行的《睒子经》。

　　作为宗教经典,当然有些本生故事会突出表现宗教意义。见于《大涅槃经》里的雪山童子"舍身闻偈"事是本生故事里最为动人的篇章之一。说当初世尊在世修菩萨道(以下情节、引文据《大般涅槃经》卷一四《圣行品》),作婆罗门,在雪山苦行,叫做"雪山大士"或"雪山童子";天帝释为了试验他的诚心,变做罗刹(恶鬼),向他说过去佛所传半偈:"诸行无常,是生灭法。"童子听了,心生欢喜,四面观望,只见罗刹,就对他说:"大士,若能为我说是偈竟,吾当终身为汝弟子。"罗刹说:"我今定为饥苦所逼,实不能说。"他又说所食惟人暖肉,所饮惟人热血,但自己已无力取杀。童子答说:"汝但具足说是半偈,我闻偈已,当以此身奉施大士。"罗刹就说出后半个偈:"生灭灭已,寂灭为乐。"童子听了,就在石头上、墙壁上、树木上、道路上,书写这个偈,然后升高树上,投身地下。这时罗刹现天帝释形,接取其身体,雪山童子以此功德超生十二劫。原来这雪山童子就是佛陀的前身。这里所说的偈就是所谓"雪山偈",又名"无常偈",它与"法身偈"(又名"缘起偈":"诸法从缘起,如来说是因,彼法因缘尽,是大沙门说。")、"七佛通戒偈"("诸恶莫作,诸善奉行,自净其意,是诸佛教。")是阐明佛教基本教义的三个偈。在这个故事里,歌颂了雪山童子为求法而不惜身命的大无畏品格。扬弃其宗教训喻意义,这种为追求真理不畏牺牲的精神,是有普遍教育意义的。

　　本生故事里也常常描写恶人恶行,和菩萨善行做对比,加以强烈谴责。其中经常出现的人物是提婆达多(另译"调达")。他本是在俗佛陀的从兄弟,佛教史上记载他随佛出家,但与佛陀意见不一,分裂教团;在本生故事里,他被表现为佛陀的敌人、教团的叛逆者、极恶之人。《六度集经》卷六有九色鹿故事,汉译又有单行《九色鹿经》,说菩萨昔为九色鹿(以下引文据单行《九色鹿经》),曾从大水里救出溺人,溺人感谢他,表示要为他作奴仆供驱使;九色鹿拒绝了,告以"欲报恩者,莫道我在此,人贪我皮角,必来杀我";时有国王夫人欲得九色鹿皮作褥，得鹿角作拂柄，国王在国内悬赏，若有能得九色鹿者，分给他一半国土；溺人闻王赏重，心生恶念，就告发了鹿的去处；国王捕到鹿，鹿说明原委，国王十分惭愧，严责溺人，放了鹿，下令国内不得驱逐此鹿，结果众鹿数千皆来依附，国家太平，灾害不生。佛陀说："尔时九色鹿者，我身是也；时溺人者，今调达是。"这个故事也用来说明鹿野苑地名缘起，体裁属于地方风物传说。故事谴责调达，本有宗教内涵，但揭露以怨报德的恶行，客观寓意和中土寓言"东郭先生"类似。又《法句譬喻经·譬喻品》里的"雁王"故事，是佛陀对阿阇世王讲述的。阿阇世是摩揭陀国王，结交调达，囚禁父母，相关情节在《观无量寿经》里有详细描写。他后来终于悔过，佛陀寂灭后结集佛经，他曾作为护法。雁王本生说过去世有国王，喜食雁肉，常遣猎师捕雁，日送一只，以供王食；时有雁王带领五百只雁，飞来求食，为猎师所得；群雁惊恐飞去，有一雁联翩追随，不避弓箭，悲鸣吐血，昼夜不息；猎师感怜其义，即放雁王，并具以告王，王感其义，断不捕雁；佛告阿阇世王："尔时雁王者，我身是也；一雁者，阿难是也；五百群雁，今五百罗汉是也；食雁国王者，今大王是也；时猎师者，今调达是也。前世以来，恒欲害我，我以大慈之力，因而得济，不念怨恶，自致得佛。"这个故事用现世阿阇世王的行事作背景，批判杀戮恶行，颂扬佛陀不念积恨、以德报怨的功德，体现鲜明的现实批判意义。又如《六度集经》里的长寿王本生，说长寿王仁恻慈悲，愍伤众生，而邻国小王却"执操暴虐，贪残为法，国荒民贫"，闻长寿王国土丰富，怀仁不杀，无兵戈之备，即兴兵来犯；长寿王以为如果抵抗，"胜则彼死，弱则吾丧，彼兵吾民，皆天生育，重身惜命，谁不然哉！全己害民，贤者不为也"，即弃国而去；后来他又把身命布施给慕名来归的梵志，让他向贪王告发，领得重赏；他死后，儿子长生做了贪王园监，得到信任，尽管有机会杀死贪王，却"赦而不戮"；佛告诸沙门："时长寿王者，吾身是也；太子者，阿难是；贪王者，调达是。"这个故事本是宣扬忍辱的，但两个国王的对比却体现了仁爱慈悲的政治理想。不过其中宣扬对恶采取不抵抗、宽赦无边态度,则显得消极了。许多以国王为题材的本生故事批判暴虐、贪婪,赞扬仁民爱物、恻恻为怀,宣扬和平、富足、国泰民安的社会理想。《六度集经》国王本生里大臣说"宁为天仁贱,不为豺狼贵",百姓则说"宁为有道之畜,不为无道民矣",鲜明地表达了人们对清明政治的渴望。至于汉译文字里多使用"仁""德""孝""忠"等词语,多表现"天""命"之类观念,则是借用儒家观念来凸显主旨了。典型的例子还有《六度集经》里的普明王本生,描写的也是一位"慈惠光被,十方歌懿,民赖其休,犹慈子之宁亲也"的贤王;时有邻国王贪残,嗜食人肉,至命杀人以供;群臣谏净说:"违仁从残,即豺狼之类矣;去明就暗,瞽者之畴矣;替济自没,即坏舟之等矣;释润崇枯,即火旱之丧矣;背空向室,即石人之心也矣……"并说"豺狼不可育,无道不可君",贪王终于被逐出国;但他为了复国,向树神发誓,要杀一百个国王贡献,已捕捉九十九个,最后捕到了普明王;贪王从王受偈,终于悔过自新而命终,经历世轮回,到佛出世时,又受所师梵志教唆,告以杀百人,斩取手指,即可成仙;他杀到九十九人,得佛教化,成佛弟子。经文最后佛告诸比丘,普明王者,吾身是也。这个故事在《贤愚经》卷一一被发挥,成为情节更复杂生动的《无恼指鬘品》,其中揭露国王残酷杀戮的恐怖情节,可看作是古印度社会的真实写照,对于暴虐政治的谴责和批判是相当强烈、深刻的。这类故事所表现的仁爱观念与中土政治理念相通,易于被接受并受到赞赏。

值得注意的是,汉译佛典里的本生故事特别凸显出大乘佛教慈悲为怀、自利利他、普度众生的精神。这与大乘佛教在中土作为主流流行的形势有关。前面说过,本生故事本是部派佛教的产物,本来编辑在各部派"三藏"之中。但它们被大乘信徒所重视和利用,许多故事又被编入大乘经、论之中,并按大乘观念做出新的解释与发挥。在中土最早大量集中传译本生故事的是三国时期活动在东吴的康僧会,他所译《六度集经》包含八十二个故事,从名称看就知道是按大乘"六度"(度,梵文译音"波罗蜜"意译,意谓菩萨自行化他,由生死之此岸度涅槃之彼岸)编排的,全经分为六章八卷,"人物"分别被表现为布施度、戒度(持戒)、忍辱度、精进度、禅度(禅定)、明度(智慧)的典型。这样,结集这部经显然受到大乘思想影响,经文中亦多用大乘观念对本生故事的寓意加以阐发。

如上所说,现存本生故事有些是后世信徒制作的。这类作品多数是出于宣教目的编撰的,难免教条化、程式化的弊病。如《贤愚经》卷一《梵天请法六事品》,写佛陀成道后,梵天请求说法,他讲了六个前世舍身求法故事:施舍妻子、剜身燃灯、身上斫千铁钉、投大火坑等,基本是利用已有的故事情节,作观念的图解,则没有多少文学价值了。

本生故事的艺术表现特点

中国自先秦时期已形成神话、传说和寓言创作的优良传统。但无论是行文体制,还是表现方法,中土这类作品与外来的本生相比都有重大差异。本生故事作为赞佛文学的一类,内容体现统一的思想内涵,形式上也有一定的程式,它们分开来是单个故事,合起来又成为一个整体。它们创造出寓言文学的一种类型,不论在宗教文学史上,还是在中国民间文学史和汉语翻译史上,都是极富艺术特色的创作成果。

作为寓言文学的本生故事,内容上的一个重要特点是其表现对象开阔,人、动物、各类天神等等各种真实的与幻想的"人物"出现在同一个舞台上,在无限广阔、光怪陆离的背景中演绎出新颖奇异、生动活泼的故事。这种表现方式是与中国先秦寓言基本以人事为题材大不相同的。在佛教理念中,处在历劫轮回之中的各类有情之间本来没有界限,神通变化观念又赋予他们化身变形的能力。动物像人一样思维、行动,和人交往、对话;天神、夜叉等化作人的形象,参与人世活动;如此等等,所有善的、恶的各类有情活跃在统一世界里,在这个世界里他们的命运遵循同样的原则,接受同样的果报。结集《本生经》就这样把佛法当做唯一正确的理念、规律来宣扬。值得称许的是,本生故事基本是把情节归结到善与恶的冲突,立意则在惩恶扬善,而其善恶观念基本又是与普世标准相合的。

出于悬想的本生故事的构想大胆、新颖而离奇。美丽的九色鹿,六只巨牙的白象,形状怪异的二头鸟等等"人物";满是宝藏的华丽龙宫,坚固而又神秘的金城、银城、铁城、琉璃城,令人恐怖的罗刹国等等"地点";人力淘尽大海水,鹦鹉利用翅膀沾水扑灭山火,潜入龙宫寻求如意宝珠等等"情节";如此奇思异想,令人惊诧,也留给叙写无限广阔的空间。这类例子已能够体现突出的艺术特色。再如《杂宝藏经》的《莲华夫人缘》,主题在宣扬"敬重父母",故事讲雪山边有一仙人,婆罗门种,"不生男女,不得升天",常在石上小便,有母鹿舔小便处,感受精气怀孕,生一女,"花裹其身,从母胎出,端正殊妙";仙人知是己女,便取养育,"渐渐长大,既能行来,脚蹈地处,皆莲花出";后来乌提延王出猎,娶为夫人,五百婇女中最为上首;夫人生五百卵,盛在箧中,王大夫人嫉妒,以五百面段取代,把卵箧抛在恒河里,夫人宠衰,不得再见国王;时恒河下游有萨耽菩王取得卵箧,其五百夫人各取一卵,卵子张开,中有童子,养育长成五百力士;乌提延王常向萨耽菩王索取贡献,后者不堪其苦,五百力士遂将大军讨伐乌提延王;乌提延王大恐,不得已请教仙人,仙人告知可求救于莲华夫人;乌提延王"即如仙人言,还来忏谢莲华夫人。共忏谢已,庄严夫人,著好衣服,乘大白象,著军阵前。五百力士举弓欲射,手自然直,不得屈伸,生大惊愕。仙人飞来,于虚空中语诸力士：'慎勿举手，莫生恶心。若生恶心，皆堕地狱。此王及夫人汝之父母。'母即按乳，一乳作二百五十岐，皆入诸子口中。即向父母忏悔，自生惭愧"，二百五十子和二王皆成辟支佛。故事最后佛陀说："尔时仙人，即我身是。我于尔时遮彼诸子，使于父母不生恶心，得辟支佛。我今亦复赞叹供养老父母之德也。"这个故事讲仁孝的道理，情节曲折离奇，其中如莲华夫人伴随莲花出生，行走步步生莲花，衬托她的美丽端庄；夫人生一荚五百卵，每枚卵中出一力士，两乳各射出二百五十只奶水到力士口中，涉想奇绝，匪夷所思；全篇文字也相当活泼、流畅。

《本生经》善于使用夸张、渲染手法，这也是民间口头创作的一般特色，而在古印度文化传统中，这一点发挥得更为突出。故事描写菩萨种种善行，施舍也好，忍辱也好，往往做到让人不可思议；与之相对比，那些恶人、恶行之恶毒，同样达到不可想象的极点。例如前面介绍的尸毗王以身代鸽故事，菩萨不只割剥自己全身血肉净尽，最后更献出身命。又例如太子须大拏善施故事（以下情节、引文根据《六度集经》卷二《布施度无极章·须大拏经》），他陆续向穷人施舍宫中的金银珍宝、车马田宅，向敌国施舍行莲花上白象，因此被国王驱逐出宫，临行前又请求国王允许布施七日，布施了自己的饮食衣被、七宝诸珍，去国路上一次次施舍了自己的宝服、妻子的珠玑、车、马、自己和妃子曼坻、两个儿子的衣服，来到六千里外的檀特山中，一无所有的太子又向贫婆罗门施舍了两个儿子，帝释诸天试其诚心，又求其妻子，也欣然施舍。描写这些施舍情节，又极尽夸饰渲染之能事。如施舍两儿一段：

　　太子右手沃澡（灌洗），左手持儿，授彼梵志。梵志曰："吾老气微，儿舍遁迈（远逃），之其母所，吾缘获之乎？"太子弘惠，缚以相付。太子持儿，令梵志缚，自手执绳端，两儿躄（bì，扑倒）身宛转父前，哀号呼母曰："天神地祇，山树诸神，一哀告吾母意，云两儿以惠人，宜急舍彼果，可一相见。"哀感二仪，山神怆然，为作大响，有若雷震。母时采果，心为怺怺（惊恐不安的样子），仰看苍天，不睹云雨，右目瞤（rún 又 shùn，眼跳），左腋痒，两乳湩（dòng，乳汁）流出相属。母惟之曰："斯怪甚大，吾用果为？急归视儿，将有他乎？"委果旋归，惶惶如狂……妇还，睹太子独坐，惨然怖曰："吾儿如之，而今独坐。儿常望睹吾以果归，奔走趣吾，躃地复起，跳踉（跳跃）喜笑，曰'母归矣，饥儿饱矣'，今不睹之，将以惠人乎？吾坐儿立，各在左右，睹身有尘，竞共拂拭。今儿不来，又不睹处，卿以惠谁，可早相语。祷祀乾坤，情实难云，乃致良嗣。今儿戏具泥象、泥牛、泥马、泥猪，杂巧诸物，纵横于地，睹之心感，吾且发狂，将为虎狼鬼魅盗贼吞乎？疾释斯结，吾必死矣。"太子久而乃言："有一梵志，来索两儿，云'年尽命微，欲以自济'，吾以惠之。"妇闻斯言，感踊躃地，宛转哀恸……

奇特的情节利用这样极度夸张的手法描绘出来，会让人忽略艺术表现失去尺度的弊端，取得强烈的煽情效果。

在汉语翻译佛教经典里，本生故事又体现了相当独特的风格。它们的行文显然不同于多数经、论那种不厌反复的说理思辨和堆砌繁复的铺衍修饰，情节单纯，主题明晰；其中"人物"的描绘、事件的刻画更为贴近真实生活，更符合人情之常；它们多使用想象、夸张、象征等表现手段，造成强烈的艺术效果。这些都在很大程度上保持了民间创作的现实精神、生活气息和生动、活泼的表现格调。这也是"本生"这一体裁（下面将要讲到的譬喻经也一样）与民间传说本来具有渊源关系决定的。

本生故事众多，表达有限的主题，又采用同样的结构方式，教条化、程式化是不可避免的。许多故事情节涉想过于离奇，描述过于惨毒、阴森、恐怖，往往夸饰无度，不合情理。这些又体现了民间文学创作艺术表现的幼稚、粗糙一面。

《本生经》与下面将介绍的譬喻经乃是古印度寓言文学的宝

典。《本生经》本是作为佛教经典结集起来的，这类经典又成为民间神话传说的载体。民间创作被纳入经典之中，使这类经典增添了文学性质，强化了表达效果。从事结集经典的，多是具有相当高的文化素养的人，他们在结集经典过程中固然给民间作品附加上宗教内涵，但对于其思想内容与表现艺术又都有所丰富和提升。从这样的角度看，《本生经》的结集对于印度寓言文学的发展是有贡献的。《本生经》作为佛教经典输入中国，文字浅俗，内容生动，易于流通，对于弘扬佛教起到独特作用；这样一批艺术特色鲜明、表现手法新颖的作品介绍到中国，许多本生故事流传在各族民众之中，文人和民间创作从内容到形式对这类故事都多所借鉴；它们又给中国的造像、绘画提供了重要题材，在造型艺术领域发挥了重大影响。

作品释例

《佛说九色鹿经》（吴支谦译）

昔者菩萨（指称前世轮回中的佛陀）身为九色鹿，其毛九种色，其角白如雪，常在恒水（恒河）边饮食水草。常与一乌为知识（相识、朋友）。

时水中有一溺人，随流来下，或出或没，得著树木。仰头呼天："山神、树神、诸天、龙神，何不悯伤（可怜）于我？"鹿闻人声，走到水中，语溺人言："汝莫恐怖！汝可骑我背上，捉我两角，我当相负出水。"既得着岸，鹿大疲极。溺人下地，绕鹿三匝（zā，一圈），向鹿扣头，乞与大家（对方的恭敬称呼）作奴，供给使令，采取水草。鹿言："不用汝也，且各自去。欲报恩者，莫道我在此。人贪我皮角，必来杀我。"于是溺人受教而去。

是时国王夫人夜于卧中梦见九色鹿，其毛九种色，其角白如雪，即托病不起。王问夫人："何故不起？"答曰："我昨夜梦见非常之鹿，其毛九种色，其角白如雪。我思得其皮作坐褥，欲得其角作拂柄（"摔子"把），王当为我觅之。王若不得者，我便死矣。"王告夫人："汝可且起。我为一国之主，何所不得！"

王即募（悬赏）于国中："若有能得九色鹿者，吾当与其分国而治，即赐金钵（bō，盛东西的盘形器皿）盛满银粟，又赐银钵盛满金粟。"于是溺人闻王募重，心生恶念："我说此鹿，可得富贵。鹿是畜生，死活何在（何在乎，有什么关系）？"于是溺人即便语募人言："我知九色鹿处。"募即将溺人至大王所，而白王言："此人知九色鹿处。"王闻此言，即大欢喜，便语溺人："汝若能得九色鹿者，我当与汝半国。此言不虚。"溺人答王："我能得之。"于是溺人面上即生癞疮。溺人白王："此鹿虽是畜生，大有威神，王宜多出人众，乃可得耳。"王即大出军众，往至恒水边。

时乌在树头，见王军来，疑当杀鹿。即呼鹿曰："知识且起，王来取汝。"鹿故不觉。乌便下树，踞其头上，啄其耳言："知识且起，王军至矣。"鹿方惊起，便四向顾视。见王军众，已绕百匝，无复走地，即趣王车前。时王军人即便挽弓欲射。鹿语王人："且莫射我！自至王所，欲有所说。"王便敕群臣："莫射此鹿。此是非常之鹿，或是天神。"鹿重语大王言："且莫杀我。我有大恩，在于王国。"王语鹿言："汝有何恩？"鹿言："我曾活王国中一人。"鹿即长跪，重问王言："谁道我在此耶？"王便指示车边癞面人是。鹿闻王言，眼中泪出，不能自止。鹿言："大王，此人前日溺深水中，随流来下，或出或没，得着树木，仰头呼天，山神、树神、诸天、龙神，何不愍伤于我。我于尔时，不惜身命，自投水中，负此人出。本要（约定）不相道。人无（而）反复，不如负水中浮木。"王闻鹿言，甚大惭愧，责数其民，语言："汝受人重恩，云何反欲杀之？"

于是大王即下令于国中：自今以往，若驱逐此鹿者，吾当诛其五族。于是众鹿数千为群，皆来依附，饮食水草，不伤禾稼。风雨时节，五谷丰熟，人无疾病，灾害不生。其世太平，运命化去。

佛言：尔时（那时，当时）九色鹿者，我身是也。尔时乌者，今阿难（佛陀的堂弟，佛陀的十大弟子之一）是。时国王者，今悦头檀（即净饭王，佛陀在俗父亲）是。时王夫人者，今先陀利（另译"孙陀利"，淫女，曾在大众中谤佛）是。时溺人者，今调达（又译为"提婆达多"，佛陀的堂弟，曾是他的弟子，后率五百众离去，是僧团的叛逆者）是。调达世世与我有怨，我虽有善意向之，而故欲害我。阿难有至意，得成无上道。菩萨行羼提波罗蜜（"六度"之一，意译"忍辱"），忍辱如是。

《六度集经》（吴康僧会译，选一则）

卷五《忍辱度无极章》

昔者菩萨，厥名曰睒（shǎn），常怀普慈，润逮（惠及）众生，悲愍群愚，不睹三尊（即"三宝"，佛、法、僧）。将其二亲，处于山泽。父母年耆（qí，六十岁以上的人），两目失明。睒为悲楚，言之泣涕，夜常三兴（屡屡起身），消息（信息，引申为问候）寒温。至孝之行，德香熏乾（道德名声远扬；乾，qián，天），地祇、海龙、国人并知。奉佛十善（不杀生、不偷盗、不邪淫、不妄语、不两舌、不恶口、不绮语、不贪、不嗔、不痴），不杀众生；道不拾遗，守贞不娶；身祸都息。两舌（搬弄是非，离间他人）、恶骂、妄言、绮语，谮谤邪伪，口过都绝。中心众秽，嫉恚贪饕（贪得无厌；饕，tiè，贪吃），心垢（指烦恼）都寂。信善有福，为恶有殃。

以草茅为庐，蓬蒿为席，清净无欲，志若天金。山有流泉，中生莲华，众果甘美，周旋（围绕）其边，凤兴（早晨起来）采果，未尝先甘（品尝）。其仁远照，禽兽附恃（依附）。二亲时渴，睒行吸水。迦夷国（即迦毗罗卫国，佛陀所生之地）王入山田猎，弯弓发矢，射山麋鹿，误中睒胸。矢毒流行，其痛难言。左右顾眄，涕泣大言："谁以一矢杀三道士（有道之士）者乎！吾亲年耆，又俱失明，一朝无我，普当殒（yǔn，损毁，死亡）命。"抗声哀曰："象以其牙，犀以其角，翠

（翠鸟）以其毛。吾无牙、角、光目之毛，将以何死乎？"王闻哀声，下马问曰："尔为深山乎？"答曰："吾将二亲，处斯山中，除世众秽，学进道志。"王闻睒言，哽噎流泪，甚痛悼之，曰："吾为不仁，残夭物命，又杀至孝。"举哀云："奈此何？"群臣巨细，莫不哽咽。王重曰："吾以一国救子之命，愿示亲所在。吾欲首过（自己承认过错）。"曰："便向小径，去斯不远，有小蓬庐，吾亲在中。为吾启（报告）亲，自斯长别，幸卒余年，慎无追恋也。"势复举哀，奄忽（急速）而绝。

　　王逮（及）士众，重复哀恸，寻所示路，到厥亲所。王从众多，草木肃肃有声，二亲闻之，疑其异人，曰："行者何人？"王曰："吾是迦夷国王。"亲曰："王翔兹（来到这里；翔，步行），甚善。斯有草席，可以息凉，甘果可食。吾子汲水，今者且还。"王睹其亲以慈待子，重为哽噎。王谓亲曰："吾睹两道士以慈待子。吾心切悼（十分哀伤；切，深），甚痛无量。道士子睒者，吾射杀之。"亲惊怛（dá，伤痛）曰："吾子何罪，而杀之乎？子操（操守，做事）仁恻，蹈地常恐地痛，其有何罪，而王杀之？"王曰："至孝之子，实为上贤。吾射麋鹿，误中之耳。"曰："子已死，将何恃（依靠）哉！吾今死矣。惟愿大王，牵吾二老，著子尸处，必见穷没（指死亡），庶同灰土。"王闻亲辞，又重哀恸，自牵其亲，将至尸所。父以首著膝上，母抱其足，鸣（吻）口吮足，各以一手扪其箭疮，椎胸搏颊，仰首呼曰："天神地神，树神水神，吾子睒者，奉佛信法，尊贤孝亲，怀无外之弘仁，润逮草木。"又曰："若子审（确实）奉佛至孝之诚，上闻天者，箭当拔出，重毒消灭，子获生存，卒其至孝之行；子行不然，吾言不诚，遂当终没，俱为灰土。"

　　天帝释、四天大王（护世四天王，天帝释之外将：东方持国天王、南方增长天王、西方广目天王、北方多闻天王）、地祇、海龙，闻亲哀声，信如其言，靡不扰动。帝释身下谓其亲曰："斯至孝之子，吾能活之。"以天神药灌睒口中，忽然得苏。父母及睒，主逮臣从，悲乐交集，普复举哀。王曰："奉佛至孝之德，乃至于斯。"遂命群臣："自今之后,率土人民皆奉佛十德之善,修睒至孝之行,一国则(效法)焉。"然后国丰民康,遂致太平。

佛告诸比丘："吾世世奉诸佛至孝之行,德高福盛,遂成天中之天(天中天,佛陀尊号之一),三界独步。时睒者,吾身是;国王者,阿难是;睒父者,今吾父是;母者,吾母舍妙(即摩耶夫人)是;天帝释者,弥勒是也。"菩萨法忍度无极行忍辱如是。

《杂宝藏经》(北魏吉迦夜共昙曜译,选一则)

卷二《六牙白象缘》

昔舍卫国有一大长者,生一女子,自识宿命(前世因缘决定的命运),初生能语,而作是言："不善所作,不孝所作,无惭所作,恶害所作,背恩所作……"作此语已,默然而止。

此女生时,有大福德,即为立字,名之为贤。渐渐长大,极敬袈裟,以恭敬袈裟为缘,出家作比丘尼。不到佛边,精勤修习,即得罗汉(阿罗汉果)。悔不至佛边,便往佛所,向佛忏悔。佛言："我于彼时,已受忏悔。"诸比丘疑怪问佛："此贤比丘尼,何以故从出家以来不见佛? 今日得见佛忏悔,有何因缘?"

佛即为说因缘:昔日有六牙白象,多诸群众。此白象有二妇,一名贤,一名善贤。林中游行,偶值莲花,意欲与贤、善贤夺去。贤见夺花,生嫉妒心:彼象爱于善贤,而不爱我。时彼山中有佛塔,贤常采花供养,即发愿言:我生人中,自知宿命,并拔此白象牙取。即上山头,自扑而死。寻生毗提醯(xī)王家作女,自知宿命。年既长大,与梵摩达王为妇。念其宿怨,语梵摩达言："与我象牙作床者,我能活耳。若不尔者,我不能活。"梵摩达王即募猎者:若有能得象牙来者,当与百两金。即时猎师,诈披袈裟,挟弓毒箭,往至象所。时象妇善贤,见猎师已,即语象王："彼有人来。"象王问言："著何衣服?"答言："身著袈裟。"象王言："袈裟中必当有善无有恶也。"猎师于是遂便得近,以毒箭射。善贤语其夫:"汝言袈裟中有善无恶,云何如此？"答言："非袈裟过，乃是心中烦恼过也。"善贤即欲害彼猎师。象王种种慰喻说法（安慰劝说），不听令害。又复畏五百群象必杀此猎师，藏著歧间（小路），皆遣远去。问猎师言："汝须何物，而射于我？"答言："我无所须。梵摩达王募索汝牙，故来欲取。"象言："疾取。"答言："不敢自取。如是慈悲覆育（养育）于我，我若自手取，手当烂堕。"白象即时向大树所，自拔牙出，以鼻绞捉，发愿而与，以牙布施：愿我将来拔一切众生三毒（贪、嗔、痴，佛法所说的根本烦恼）之牙。猎师取牙，便与梵摩达王。尔时夫人得此牙已，便生悔心，而作是言："我今云何取此贤胜净戒之牙。"大修功德，而发誓言：愿使彼将来得成佛时，于彼法中，出家学道，得阿罗汉。

　　汝等当知：尔时白象者，我身是也；尔时猎师者，提婆达多是也；尔时贤者，今比丘尼是也；尔时善贤者，耶输陀罗（佛陀在俗为悉达多太子时的夫人）比丘尼是也。

《贤愚经》（北魏慧觉等译，选一品）

卷一一第五三经《檀腻䩭品第四十六》

　　如是我闻：一时佛在舍卫国祇树给孤独园。尔时国内有婆罗门宾头卢埵阇（十六罗汉之一，优填王臣下，出婆罗门十八大姓），其妇丑恶，两眼复青。纯有七女，无有男儿。家自贫困，诸女亦穷。妇性弊恶，恒骂其夫。女等更互来求所须，比（每）未称给（称心如意供给），瞋目啼哭。其七女夫臻集（齐集）其舍，承待供给，恐失其意。田有熟谷，未见践治（处理，指收割、储藏等），从他借牛，将往践之。守牛不谨，于泽亡失。时婆罗门坐自思惟：我种何罪，酸毒兼至？内为恶妇所骂，七女所切（谴责），女夫来集，无以承当，复失他牛，不知所在。广行推觅，形疲心劳，愁闷恼悷。偶到林中，值见如来坐于树下，诸根（眼、耳、鼻、舌、身、意六根）寂定，静然安乐。时婆罗门以杖拄颊，久住观之，便生此念：瞿昙（佛陀的姓，"乔达摩"的异译）沙门今最安乐，无有恶妇骂詈斗诤，诸女熬恼，贫女夫等烦损愁苦，又复无有田中熟谷，不借他牛，无有失忧。佛知其心，便语之曰："如汝所念，如我今者静无众患，实无恶妇咒诅骂詈，无有七女懊恼于我，亦无女夫竞集我家，亦复不忧田中熟谷，不借他牛，无有亡忧。"佛告之曰："欲出家不？"即白佛言："如我今者，观家如冢（坟墓），妇女众缘如处怨贼。世尊慈愍听（接受）出家者，甚适鄙愿。"佛即告曰："善来（欢迎之辞；佛陀称"善来"，即得具足戒），比丘！"须发自落，身所著衣变成袈裟，佛为说法，即于坐处诸垢（烦恼）永尽，成阿罗汉。阿难闻之，叹言："善哉！如来权导（以权变诱导）实难思议。此婆罗门宿种何庆（善事），得离众患，获兹善利，犹如净氎易染为色？"佛告阿难："此婆罗门非但今日蒙我恩泽，离苦获安，过去世时亦赖我恩，免众厄难，复获安快。"阿难白佛："不审（不知），世尊，过去世时云何免救，令其脱苦？"佛告阿难："谛听谛听，善思念之，吾当为汝广分别说。"阿难白佛："诺，当善听。"

　　佛告阿难："乃往过去阿僧祇劫（阿僧祇，梵语译音，无量大数），有大国王，名阿波罗提目佉，晋言（译经时当晋代，指汉语）端正，治以道化，不枉（冤屈）民物。时王国中有婆罗门，名檀腻䩭，家理空贫，食不充口，少有熟谷，不能治之，从他借牛，将往践治。践谷已竟，驱牛还主。驱到他门，忘不嘱付，于是还归。牛主虽见，谓用未竟，复不收摄。二家相弃，遂失其牛。后往从索，言已还汝，共相诋谩（辱骂）。尔时牛主将檀腻䩭诣王债（讨）牛。适出到外，值见王家牧马之人，时马逸走，唤檀腻䩭为我遮马。时檀腻䩭下手得石，持用掷之，值脚即折。马吏复捉，亦共诣王。次行到水，不知渡处。值一木工，口衔斫斤（斧子），褰衣垂（将要）越。时檀腻䩭问彼人曰：'何处可渡？'应声答处，其口开已，斫斤堕水，求觅不得。复来捉之，共将诣王。时檀腻䩭为诸债主所见催逼，加复饥渴，便于道次（途中）从沽酒家乞少白酒，上床饮之。不意被下有小儿卧，压儿腹溃。尔时儿母，复捉不放：'汝之无道，枉（犯过错）杀我儿。'并共持著，将诣王宫。到一墙边，内自思惟：我之不幸，众过横集，若至王所，傥能杀我；我今逃走，或可得脱。作是念已，自跳踯墙，下有织公，堕上即死。时织公儿复捉得之。便与众人，共将诣王。

"次复前行，见有一雉住在树上，遥问之曰：'汝檀腻羇今欲那去？'即以上缘（因缘，事件）向雉说之。雉复报言：'汝到彼所，为我白王，我在余树鸣声不快，若在此树鸣声哀好。何缘（缘故）乃尔？汝若见王为我问之。'次见毒蛇，蛇复问之：'汝檀腻羇今欲何至？'即以上事具向蛇说。蛇复报言：'汝到王所，为我白王，我常晨朝初出穴时身体柔软，无有众痛，暮还入时身粗强痛，碍孔难前。'时檀腻羇亦受其嘱。复见母人，而问之言：'汝欲何趣？'复以上事尽向说之。母人告曰：'汝到王所，为我白王，不知何故，我向夫家思父母舍，父母舍住思念夫家。'亦受其嘱。

"时诸债主咸共围守，将至王前。尔时牛主前白王言：'此人借我牛去。我从索牛，不肯偿我。'王问之曰：'何不还牛？'檀腻羇曰：'我实贫困，熟谷在田，彼有恩意，以牛借我，我用践讫，驱还归主，主亦见之。虽不口付，牛在其门，我空归家。不知彼牛竟云何失？'王语彼人：'卿等二人俱为不是。由檀腻羇口不付汝，当截其舌；由卿见牛不自收摄，当挑汝眼。'彼人白王：'请弃此牛，不乐剜眼截他舌也。'即听和解。马吏复言：'彼之无道，折我马脚。'王便为问檀腻羇言：'此王家马，汝何以辄打折其脚？'跪白王言：'债主将我从道而来，彼人唤我令遮王马，高奔叵驭（不可驾驭；叵，pǒ，不可），下手得石，捉而掷之，误折马脚，非故尔也。'王语马吏：'由汝唤他，当截汝舌；由彼打马，当截其手。'马吏白王：'自当备马，勿得行刑。'各共和解。木工复前云：'檀腻羇失我斫斤。'王即问言：'汝复何以失他斫斤？'跪白王言：'我问渡处，彼便答我，口中斫斤失堕渠水，求觅不得，实不故尔。'王语木工：'由唤汝故，当截其舌；担物之法，礼当用手，由卿口衔，致使堕水，今当打汝前两齿折。'木工闻是，前白王言：'宁弃斫斤，莫行此罚。'各共和解。时酒家母复牵白王，王问：'檀腻羇，何以乃尔枉杀他儿。'跪白王言：'债主逼我，加复饥渴，彼乞少酒，上床饮之，不意被下有卧小儿，饮酒已讫，儿已命终，非臣所乐。唯愿大王当见恕察。'王告母人：'汝舍沽酒，众客猥多（杂多；猥，杂），何以卧儿置于坐处，覆令不现？汝今二人俱有过罪。汝儿已死，以檀腻羁与汝作婿（丈夫），令还有儿，乃放使去。'尔时母人便叩头曰：'我儿已死，听各和解，我不用此饿婆罗门用作夫也。'于是各了，自得和解。时织工儿复前白王：'此人狂暴，蹑（踩）杀我公。'王问言曰：'汝以何故枉杀他父？'檀腻羁曰：'众债逼我，我甚惶怖，越墙逃走，偶堕其上，实非所乐。'王语彼人：'二俱不是。卿父已死，以檀腻羁与汝作公（父亲）。'其人白王：'父已死了，我终不用此婆罗门以为父也。'听各共解，王便听之。

　　"时檀腻羁身事都了，欣踊无量，故在王前，见二母人共诤一儿，诣王相言。时王明黠（聪明；黠，xiá，机敏），以智权计（设计）语二母言：'今唯一儿，二母召之。听汝二人各挽一手，谁能得者，即是其儿。'其非母者于儿无慈，尽力顿牵，不恐伤损；所生母者于儿慈深，随从爱护，不忍曳挽（拉扯）。王鉴真伪，语出力者：'实非汝子，强挽他儿，今于王前道汝事实。'即向王首：'我审虚妄，枉名他儿，大王聪圣，幸恕虚过。'儿还其母，各尔放去。复有二人共诤白氎，诣王纷纭，王复以智如上断之。时檀腻羁便白王言：'此诸债主将我来时，于彼道边有一毒蛇，殷勤（恳切）倩（qiàn，让）我寄意白王：不知何故，从穴出时柔软便易，还入穴时妨碍苦痛，我不自知何缘有是？'王答之言：'所以然者，从穴出时无有众恼，心情和柔，身亦如是。蛇由在外，鸟兽诸事触娆其身，瞋恚隆盛，身便粗大，是以入时碍穴难前。卿可语之：若汝在外，持心不瞋，如初出时，则无此患。'复白王言：'道见女人倩我白王：我在夫家念父母舍，若在父舍复念夫家，不知所以何缘乃尔？'王复答言：'卿可语之：由汝邪心，于父母舍更畜傍婿，汝在夫家念彼傍人，至彼小厌，还念正婿，是以尔耳。卿可语之：汝若持心舍邪就正，则无此患。'又白王言：'道边树上见有一雉，倩我白王：我在余树鸣声不好，若在此树鸣声哀和，不知其故何缘如是？'王告彼人：'所以尔者，由彼树下有大釜金，是以于上鸣声哀好；余处无金，是以住上音声不好。'王告檀腻羁：'卿之多过，吾已释汝。汝家贫穷，困苦理极，树下釜金应是我有，就用与汝，卿可掘取。'奉受王教，一一答报，掘取彼金，贸易（交易）田业，一切所须，皆无乏少，便为富人，尽世快乐。"

佛告阿难："尔时大王阿婆罗提目佉者，岂异人乎？我身是也；尔时婆罗门檀腻羁者，今婆罗门宾头卢埵闍（佛弟子，十六罗汉之一）是。我往昔时免其众厄，施以珍宝，令其快乐；吾今成佛，复拔彼苦，施以无尽法藏宝财。"尊者阿难及诸众会，闻佛所说，欢喜奉行。

《金光明经》（北凉昙无谶译，选一品）

卷四《流水长者子品第十六》

佛告树神："尔时流水长者子于天自在光王国内，治一切众生无量苦患已，令其身体平复如本，受诸快乐，以病除故，多设福业，修行布施，尊重恭敬。是长者子作如是言：'善哉，长者！能大增长福德之事，能益众生无量寿命，汝今真是大医之王，善治众生无量重病，必是菩萨善解方药。'

"善女天，时长者子有妻，名曰水空龙藏，而生二子：一名水空，二名水藏。时长者子将是二子，次第游行城邑、聚落，最后到一大空泽中，见诸虎、狼、狐、犬、鸟、兽，多食肉血，悉皆一向驰奔而去。时长者子作是念言：是诸禽兽何因缘故一向驰走？我当随后逐而观之。时长者子遂便随逐，见有一池，其水枯涸，于其池中多有诸鱼。时长者子见是鱼已，生大悲心。时有树神示现半身，作如是言：'善哉！善哉！大善男子，此鱼可愍，汝可与水。是故号汝名为流水。复有二缘名为流水，一能流水，二能与水。汝今应当随名定实。'时长者子问树神言：'此鱼头数为有几所？'树神答言：'其数具足，足满十千。'善女天，尔时流水闻是数已，倍复增益生大悲心。

善女天，时此空池，为日所曝，唯少水在，是十千鱼将入死门，四向宛转，见是长者，心生恃赖，随是长者所至方面，随逐瞻视，目未曾舍。是时长者，驰趣四方，推求索水，了不能得，便四顾望。见有大树，寻取枝叶，还到池上，与作阴凉。作阴凉已，复更推求，是池中水本从何来，即出四向周遍求觅，莫知水处。复更疾走，远至余处，见一大河，名曰水生。尔时复有诸余恶人，为捕此鱼，于故上流悬险之处，决弃（指决堤）其水，不令下过。然其决处，悬险难补，计当修治，经九十日、百千人功，犹不能成，况我一身？时长者子速疾还反，至大王所，头面礼拜，却住一面，合掌向王，说其因缘，作如是言：'我为大王国土人民治种种病，渐渐游行至彼空泽，见有一池，其水枯涸，有十千鱼，为日所曝，今日困厄，将死不久，惟愿大王借二十大象，令得负水，济彼鱼命，如我与诸病人寿命。'尔时大王即敕大臣：'速疾供给。'尔时大臣奉王告敕，语是长者：'善哉，大士！汝今自可至象厩中，随意选取，利益众生，令得快乐。'是时流水及其二子，将二十大象从治城人借索皮囊，疾至彼河上流决处，盛水象负，驰疾奔还，至空泽池。从象背上，下其囊水，写（同"泻"）置池中，水遂弥满，还复如本。时长者子于池四边仿佯而行，是鱼尔时亦复随逐循岸而行。时长者子复作是念：是鱼何缘随我而行？是鱼必为饥火所恼，复欲从我求索饮食，我今当与。善女天，尔时流水长者子告其子言：'汝取一象最大力者，速至家中启父长者，家中所有可食之物，乃至父、母饮啖之分，及以妻子、奴婢之分，一切聚集，悉载象上，急速来还。'尔时二子如父教敕，乘最大象往至家中，白其祖父说如上事。尔时二子收取家中可食之物，载象背上，疾还父所，至空泽池。时长者子见其子还，心生欢喜，踊跃无量，从子边取饮食之物，散着池中，与鱼食已，即自思惟：我今已能与此鱼食，令其饱满，未来之世当施法食（指佛法）。

　　"复更思惟：曾闻过去空闲之处有一比丘，读诵大乘方等（方广平等，形容大乘经）经典，其经中说：若有众生临命终时得闻宝胜如

来(施饿鬼法中五如来中的南方宝胜如来)名号,即生天上。我今
当为是十千鱼解说甚深十二因缘(即下文"无明缘行"至"生缘老
死";"无明"等十二支依次缘起,构成三世两重因果,形成轮回报
应),亦当称说宝胜佛名。时阎浮提中有二种人,一者深信大乘方
等,二者毁呰(诋毁;呰,zǐ,通"訾")不生信乐。时长者子作是思
惟:我今当入池水之中,为是诸鱼说深妙法。思惟是已,即便入
水,作如是言:'南无(归命,皈依)过去宝胜如来、应供、正遍知、明
行足、善逝、世间解、无上士、调御丈夫、天人师、佛世尊("如来"以
下为佛十号)。宝胜如来本往昔时行菩萨道,作是誓愿,若有众生
于十方界(十方世界;东、西、南、北、东南、西南、东北、西北、上、
下十方,十方有情世界无量无边)临命终时闻我名者,当令是辈即
命终已寻得上生三十三天(即忉利天,欲界之第二天,在须弥山顶
上,中央为帝释天,四方各有八天)。'尔时流水复为是鱼解说如是
甚深妙法,所谓无明缘行、行缘识、识缘名色、名色缘六入、六入缘
触、触缘受、受缘爱、爱缘取、取缘有、有缘生、生缘老死,忧悲苦
恼。善女天,尔时流水长者子及其二子说是法已,即共还家。

　　"是长者子复于后时宾客聚会醉酒而卧。尔时其地卒(同
"猝")大震动,时十千鱼同日命终。既命终已,生忉利天;既生天
已,作是思惟:我等以何善业因缘,得生于此忉利天中?复相谓言:
'我等先于阎浮提内堕畜生中,受于鱼身。流水长者子与我等水及
以饮食,复为我等解说甚深十二因缘,并称宝胜如来名号,以是因
缘令我等辈得生此天,是故我等今当往至长者子所报恩供养。'尔
时十千天子从忉利天下阎浮提,至流水长者子大医王家。时长者
子在楼屋上露卧眠睡,是十千天子以十千真珠、天妙璎珞置其头
边,复以十千置其足边,复以十千置右胁边,复以十千置左胁边,雨
曼陀罗华(梵语音译,一年生草本,俗称风茄儿,又意译为"悦意
花")、摩诃(梵文音译,意译为大)曼陀罗华积至于膝,作种种天乐
出妙音声。阎浮提中有睡眠者皆悉觉寤,流水长者子亦从睡寤。

是十千天子于上空中飞腾游行，于天自在光王国内处处皆雨天妙莲华。是诸天子复至本处空泽池所复雨天华，便从此没，还忉利宫，随意自在，受天五欲（色、声、香、味、触；忉利天属欲界，仍享受五欲之乐）。

　　"时阎浮提过是夜已，天自在光王问诸大臣：'昨夜何缘示现如是净妙瑞相、有大光明？'大臣答言：'大王当知，忉利诸天于流水长者子家雨四十千真珠、璎珞及不可计曼陀罗华。'王即告臣：'卿可往至彼长者家，善言诱喻，唤令使来。'大臣受敕，即至其家，宣王教令，唤是长者。是时长者寻（随即）至王所，王问长者：'何缘示现如是瑞相？'长者子言：'我必定知是十千鱼其命已终。'时大王言：'今可遣人审实是事。'尔时流水寻遣其子至彼池所，看是诸鱼死活定实。尔时其子闻是语已，向于彼池。既至池已，见其池中多有摩诃曼陀罗华积聚成蕺（zì，积聚），其中诸鱼悉皆命终。见已即还，白其父言：'彼诸鱼等悉已命终。'尔时流水知是事已，复至王所，作如是言：'是十千鱼悉皆命终。'王闻是已，心生欢喜。"

　　尔时世尊告道场菩提树神："善女天，欲知尔时流水长者子，今我身是；长子水空，今罗睺罗（佛陀在俗之子，后随佛出家，为其十大弟子之一）是；次子水藏，今阿难是；时十千鱼者，今十千天子是。是故我今为其授阿耨多罗三藐三菩提（梵文音译，意译为无上正等正觉）记（授记，佛陀所作预记）。尔时树神现半身者，今汝身是。"

第三讲　譬喻经

佛教经典的譬喻和譬喻经

佛教经典中有一批以"譬喻"命名的《譬喻经》,这是狭义的譬喻经。而更多经典或包含譬喻故事,或具有譬喻意义,如著名的《法华经》,也有人看作是广义的譬喻经。而从一定意义说,全部所谓"佛典文学"作品都可看作是譬喻说法。这一讲介绍狭义的《譬喻经》,这是"佛教文学"作品重要一类。它们和《本生经》类似,具有民间文学渊源,体现民间创作特色,但无论是思想内容还是表现手法又都有自身的特点。

佛教经典多用譬喻。这是说法教化的"方便施设"。早出《杂阿含经》记载佛陀教诲:

今当说譬,大智慧者以譬得解。

同样的看法见于不同佛典。如上已指出,《阿含经》较多保持佛陀当初说法原貌,即多用譬喻。《法华经·方便品》上有佛对舍利弗说:过、未、现诸佛"以无量无数方便,种种因缘譬喻言辞,而为众生演说佛法"。又说:

　　　　舍利弗，我今亦复如是，知诸众生有种种欲，深心所著（贪恋），随其本性，以种种因缘譬喻言辞方便力而为说法。舍利弗，如此皆为得一佛乘一切种智（佛智，知一切诸佛道法的最高智慧）故。

大乘论师龙树在《大智度论》里也指出：

　　　　譬喻为庄严（装饰）议论，令人信著故……譬如登楼，得梯则易上；复次，一切众生著世间乐，闻道德、涅槃则不信不乐，以是故，眼见事喻所不见。譬如苦药，服之甚难，假之以蜜，服之则易。

这都清楚说明佛教传统上对于譬喻说法的重视和积极利用譬喻的理由。

　　佛典初传中土，其善用譬喻的特点已引起人们注意。牟子《理惑论》（中国本土早期佛教论著，一般认为是东汉末牟子所作）里记载当时攻击佛教的言论，说"佛经说不指其事，徒广取譬喻，譬喻非道之要。和异为同，非事之妙，虽辞多语博，犹玉屑一车，不以为宝矣"。这是指责佛典里的比喻把两个不同事物拉扯在一起，于事无益，就像一车碎玉，并不值得宝贵。而作辩解一方则引用圣人之言作例子："自诸子谶纬，圣人秘要，莫不引譬取喻，子独恶佛说经牵譬喻耶？"这是说中国的圣人典籍、诸子百家也都广用譬喻，对佛经使用譬喻的批评并无道理。

　　佛典所说"譬喻"有多重意义。一种是指修辞方法，即现代汉语的比喻。这是为了说明一个事物（修辞上的本体）利用另一事物（修辞上的喻体）来比附。这种手法在佛经里常见。例如鸠摩罗什译《金刚经》里著名的一个偈：

　　　　一切有为法，如梦、幻、泡、影，如露亦如电，应作如是观。

所谓"有为法"，指处在生、住、异、灭流转中的现象界的一切事物，都如梦、幻等等。这里是六个"如"（修辞上的喻词），六个比喻。这是对大乘我、法两空教理的简要说明，俗称"六如偈"。《维摩经·方便品》说明"人我空"，用了更多比喻：

> 诸仁者（对方的尊称），是身无常……是身如聚沫，不可撮摩；是身如泡，不得久立；是身如炎，从渴爱生；是身如芭蕉，中无有坚；是身如幻，从颠倒起；是身如梦，为虚妄见；是身如影，从业缘（业指身、口、意之所作，为招苦乐果报的因缘）生；是身如响，属诸因缘（一切事物因缘和合而生；分开来一般因指内在条件，缘指外部条件）；是身如浮云，须臾变灭；是身如电，念念不住；是身无主为如地；是身无我为如火；是身无寿为如风；是身无人为如水……

下面还有"如草木瓦砾""如丘井"等，这一连串比喻，修辞上称为"博喻"。

把修辞的比喻加以扩展，成为一种表达技巧，即平常所谓"打比方"，也是佛典里常用的。例如《四十二章经》（古代佛教经录认为这是汉代翻译的第一部佛经，但多有疑问，不过早出是可以肯定的）说如果人有罪过而不能自己改悔，那么"罪来归身，犹水归海，自成深广矣"；其中又说到"恶人害贤者，犹仰天而唾，唾不污天，还污己身；逆风坋（fèn，尘污）人，尘不污彼，还坋于身"。《中阿含经》里有《箭喻经》，另有单行《佛说箭喻经》，是说佛在舍卫城祇园精舍时，弟子中有尊者摩罗鸠摩罗，思考一些问题不能解决："世间有常，世间无常？世间有边，世间无边？命是身，命异身异？有如此命终，无有命终，有此无有此无有命终？"这都是宇宙观、人生观的根本问题：世间一切是否无常？宇宙有没有界限？灵魂与肉体是否合一？生命是否有界限？佛陀用有人中箭作譬喻说："若有人身中毒箭，彼亲属慈愍之，欲令安稳，欲饶益之，求索除毒箭师。于是彼人作是念：我不除箭，要知彼人己姓是、字是、像是，若长若短若中……我不除毒箭；要当知彼弓为是萨罗木，为是多罗木……我不除毒箭；要当知彼筋若牛筋，若羊筋，若牦牛筋……"佛陀说如果这样无益地纠缠下去，中箭的人早就死掉了。佛陀的教法注重解决人生面临的实际问题，即所谓"生死事大"，要求人们"从修梵行（修道）"，他这样打比方，教导弟子不要沉迷于那些无实际效益的抽象思辨。这是作为表现手法的比喻。

把表现手法的比喻加以扩展，利用具有情节的故事来说明道理，这就是"寓言"。鲁迅曾出资刻印《百喻经》，在序言中说：

> 尝闻天竺寓言之富，如大林深泉，他国艺文，往往蒙其影响。

这是说，寓言丰富是印度文学的特点和优长。中国古代著述也有利用寓言的传统，例如《庄子》《韩非子》《列子》等都是寓言文学的宝典。但是比较起来，从总体看，这类譬喻故事在佛典里所占比重更大，遍布经、律、论"三藏"，而且有许多篇幅较长、情节曲折、寓意深刻的作品。它们体现出高超的艺术技巧，译介到中国，给中国文学提供了丰富、有益的借鉴。

汉语佛典里以"譬喻"立名、集录譬喻故事的经典现存多部：题为吴康僧会所出《旧杂譬喻经》、题为支娄迦谶所出《杂譬喻经》、失译《杂譬喻经》、比丘道略集、鸠摩罗什所出《杂譬喻经》、僧伽斯那撰、南齐求那毗地所出《百句譬喻经》即《百喻经》等。另有两种《法句经》，西晋法炬、法立所出《法句譬喻经》和姚秦竺佛念所出法救撰《出曜经》，同样集录许多譬喻故事。上述譬喻经的前两部从译语和译文风格看，不像是康僧会或支娄迦谶所译出，不过它们出于佛教传入中土早期是可以肯定的。另外，在梁天监（502—519）年间宝唱等编、"抄经律要事，皆使以类相从"的《经律异相》里，还有选自《十卷譬喻经》《譬喻经》（一卷，引文不见现存诸本《譬喻经》佚文）等的段落；又《出三藏记集》卷二《新集条解异出经录》所录《譬喻经》条下，列出安世高所出《五阴譬喻》一卷、竺法护所出《譬喻三百首经》二十五卷（原注：无别题，未详其名）、释法炬所出《法句譬喻》六卷、求那毗地所出《百句譬喻经》十卷、康法邃所出《譬喻经》十卷并注明"右一经五人出"，这是把五部经当作同本异译。可是今存释法炬和求那毗地的两部经，并非同本；另三部则情况不明；《经律异相》录有佚文的《十卷譬喻经》应即康法邃所出。《出三藏记集》卷四《新集续撰失译杂经录》还著录《杂譬喻经》六卷、《旧譬喻经》二卷、《杂譬喻经》二卷、《譬喻经》一卷、《譬喻经》一卷（原注：异出）、《法句譬喻经》一卷（原注：凡十七事，或云《法句譬经》）、《杂譬喻经》一卷（原注：凡十一事。安法师载《竺法护经目》有《譬喻经》三百首二十五卷，混无名目，难可分别。今新撰所得，并列名定卷，以晓览者。寻此众本，多出大经，虽时失译名，然护公所出或在其中矣）；卷五《新集抄经录》里著录《抄法句譬经》三十八卷。这些都表明，魏晋以来曾有众多以"譬喻"为名的经典广为流通。僧祐著录"失译杂经"曾指出，这类经典一卷已还者五百余部，"率抄众经，全典盖寡。观其所抄，多出《四含》《六度》《地道》《大集》《出耀》《贤愚》及《譬喻》《生经》，并割品截偈，撮略取义，强制名号，仍成卷轴"。实际上多数《譬喻经》应是出于中土人士的经抄（现存"譬喻经"除《百喻经》有梵文原本外，其他均不见外语原典）。正因为是抄撮而成，这些经典收录的故事多有相互重复的。

除了这些立名"譬喻"的经典之外，还有两种经典亦属同类。一种是单本《譬喻经》，《出三藏记集》里列有一大批这类经典名目，如《恒河譬经》《须河譬喻经》《马喻经》《鳖喻经》等。周叔迦在所著《释典丛录》里论《天尊说阿育王譬喻经》：

> 东晋佚名译。按此经所记，率取故事以证嘉言，约如我国《韩诗外传》体例。凡十二则……大率取譬浅近，引人皈信，与《杂宝藏经》《百喻经》等，殊途同归。取此种经典，与六代《搜神记》《颜氏家训》互相辜较，天竺思想影响中土程度，亦可窥

一二矣。

其中更多有并不以"譬喻"立名的，如下面将要讲到的《柰女耆婆经》。另一种是别有标题的譬喻故事集，如题为支谦译《撰集百缘经》、马鸣撰、鸠摩罗什译《大庄严经论》、北魏慧觉等出《贤愚经》、北魏吉迦夜共昙曜出《杂宝藏经》等，都集录许多譬喻故事。

汉译《譬喻经》结集譬喻故事的情况多种多样。有些是从佛经里抄出的，有些则是创作的；从外语翻译的，有些是印度的，有些是西域"胡族"的。其中思想上更富新意、艺术上特色鲜明的是与民间创作有渊源关系的部分。这类作品与本生传说类似，许多是利用已有的民间作品编写的，另有些是利用民间资料创作的。他们都不同程度地保存了民间文学的艺术风格与特色。

譬喻经的思想内容及其哲理意义

如果说本生故事以丰富的伦理内涵见长，那么譬喻故事包含更多哲理内容。从取材看，本生故事基本是玄想、臆造的产物，而譬喻故事更多取材于现实生活的真实情境，用来作比喻的像是真人实事。又与中土著述相比较，从体制看，中土寓言基本夹叙在论说之中，是表达观点的辅助，佛教《譬喻经》（狭义的）则单独成篇来表达寓意；从风格看，佛教譬喻故事表述也更为机智风趣，更富幽默感。

譬喻故事的结构有基本固定模式：主题故事采用散体或夹有偈颂，结尾有简单一段话点明主旨，这主旨必然是发明佛法的。由于许多故事往往体现更普遍、更深刻的哲理，人们寻绎之后会超越点明的主旨而另有心得，给人以启发和教益；而由于另有含蕴，耐人寻味，也就会取得很好的艺术效果。例如失译《杂譬喻经》卷下第二十九"瓮中见影"故事：

> 昔有长者子，新迎妇，甚相爱敬。夫语妇言："卿入厨中，取蒲桃酒，来共饮之。"妇往开瓮，自见身影在此瓮中，谓更有女人，大恚，还语夫言："汝自有妇，藏著瓮中，复迎我为？"夫自得入厨视之，开瓮见己身影，逆恚（反而怨怒）其妇，谓藏男子。二人更相忿恚，各自呼实。有一梵志（修道者），与此长者子素情亲厚，遇与相见夫妇斗，问其所由，复往视之，亦见身影。恚恨长者，自有亲厚藏瓮中，而阳（假装）共斗乎？即便舍去。复有一比丘尼，长者所奉，闻其所诤如是，便往视瓮中，有比丘尼，亦恚舍去。须臾有道人（僧人），亦往视之，知为是影耳，喟然叹曰："世人愚惑，以空为实也。"呼妇共入视之，道人曰："吾当为汝出瓮中人。"取一大石，打坏瓮，酒尽，了无所有。二人意解，知定身影，各怀惭愧。比丘为说诸要法言，夫妇共得阿惟越致（不退转，是菩萨阶位，谓不退转成佛进路）。
>
> 佛以为喻：见影斗者，譬三界（欲界、色界、无色界）人不识五阴（亦译"五蕴"，色、受、想、行、识，构成人身的五个要素）、四大（地、水、风、火）、苦、空，身三毒（贪、嗔、痴），生死不绝。佛说是时，无数千人皆得无身（无我）之决（诀，关键）也。

这一篇字数不多，情节比较曲折，构思也很巧妙：夫妇相斗，然后梵志、比丘尼分别参与进来，都被瓮里影像所迷惑，最后僧人出来揭破真相，原来是"以空为实"。这已道出故事的一层寓意，即主观认识会把虚幻的现象错误地当作真实。经典结集者在后面加上一段佛说，则是用佛法"人我空"的"空"来取代故事客观上所表明的与"实"相对的"空"。这种解说是把故事所包含的有认识价值的客观道理附会到佛理上了。而读者加以揣摩，就会超脱最后的"佛以为喻"，认识到故事包含的具有普世哲理的寓意。同样的情形，如《旧杂譬喻经》道人根据象的足迹判断是怀孕母象;《百喻经》第十《三重楼喻》写不想造下两层屋而拟直接造第三层的愚人,经文最后对于寓意都有说明:前一个故事说"夫学当以意思维",意思是学习佛法要注重思索领悟;后一个故事则教育弟子"精勤修敬三宝",不要"懒惰懈怠"。然而读过故事,不难了解其中所体现的普遍哲理。

　　比起本生传说来,由于譬喻故事取材与现实生活关联更为密切,内容往往能够更直接地反映故事产生当时的社会世相,更多体现社会批判内涵,往往也能够更明晰地表达一定的政治理想。如《旧杂譬喻经·祸母》故事,讲过去有个国家,富足安乐,但国王贪心不足,忽发奇想,派人到邻国买"祸",结果祸害了民众,闹得饥荒遍地,故事结尾说:"坐(由于)厌乐(满足于安乐),买祸所致。"故事寓意是戒"贪"的,但客观上也是对统治者残暴荒唐的揭露和讽刺。比丘道略集《杂譬喻经》第十四经《蹋口唾》,说外国有个小人,谄媚贵人,看见每当贵人吐痰,有人竞相用脚擦去,一次他发现贵人想唾,竟举足蹋他的嘴,最后点明喻意说:"此喻论议时,要须义出口,然后难(反驳)也。若义在口,理未宣明,便兴难者,喻若就口中蹋之也。"这是把寓意限制在佛法论辩之中,是说驳难要在对方把意见表白清楚之后,但实际这个故事是利用一个可笑情节,讽刺谄上骄下的世态。特别是在一些有关国王的譬喻故事里,常常带着鲜明爱憎拿贤明国王与残暴国王做对比,揭露暴君滥杀无辜、贪得无厌、盘剥百姓、侵略别国的罪行,对仁政爱民的国君加以赞扬。《杂宝藏经》里一个故事揭露国王"七事非法":"一者耽荒女色,不务贞正;二者嗜酒醉乱,不恤国事;三者贪著棋博,不修礼教;四者游猎杀生,都无慈心;五者好出恶言,初无善语;六者赋役谪罚,倍加常则;七者不以义理,劫夺民财。由此七事,能危王身。"又指出"倾败王国"的"三事":"一者亲近邪佞谄恶之人,二者不附贤圣不受忠言,三者好伐他国不养人民。"这是对统治者贪残罪行相当全面、深刻的揭露与总结。《贤愚经》卷八《盖事因缘品》说到国王出游,借鉴佛陀为太子时出游四门情节,写他"见诸人民耕种劳苦",问大臣人民何以如此,大臣回答说:"国以民为本,民以谷为命。若其不尔,民命不存;民命不存,国则灭矣。"这就简洁、清楚地阐发了以民为本的政治主张。又如《贤愚经》卷六《尼提度缘品》,写"极贱"的除粪人尼提度受度出家,成阿罗汉,佛陀对波斯匿王解释说:"凡人处世,尊卑贵贱,贫富苦乐,皆由宿行(指历世所做的业),而至斯果。仁慈谦顺,敬长爱小,则为贵人;凶恶强梁,骄恣自大,则为贱人。"卷五《散檀宁品》写五百乞儿出家,佛陀说:"我法清净,无有贵贱。譬如净水,洗诸不净,若贵若贱,若好若丑,若男若女,水之所洗,无不净者……"这样的故事当然都表现特定的教理内容,但其中的人性平等观念是十分宝贵的。

相当一部分譬喻故事富于伦理训喻内容,是与本生传说类似的,这也是因为二者同样有民间创作的渊源。当初结集这类故事的主旨多是指示修道方式和态度的。如《旧杂譬喻经》写鹦鹉以翅羽取水,欲扑灭山中大火,意在说明求道的精进,但客观上也是表扬一种"知其不可而为之"的不屈意志;《杂宝藏经》卷一《弃老国缘》,说过去有一弃老国,国法驱弃老人,有一大臣孝顺,在地下掘一密室孝养老父,借老父的智慧替国王解答了天神提出的问题,终于使王改变弃老法令,这则直接宣扬仁孝敬老意识,十分符合中土伦理观念。譬喻故事里宣扬戒绝贪、瞋、痴,提倡施舍、忍辱、精进努力的篇章很多。如《贤愚经》卷三《贫女难陀品》,讲佛经里常常提到的"贫女一灯"故事,本来是宣扬施舍的,但那种为了达到一定目标而精诚努力的精神所体现的普遍伦理意义又是十分感人的。

这样,譬喻经可看作是古印度人智慧的结晶。扬弃它们宗教教化的外衣,其中包含的丰富而深刻的哲理、教诫具有普世价值,值得珍视。

譬喻经的艺术表现特点

　　中国古代诸子著述多用、善用寓言以明理。中国的这类作品遵循"辞达"写作原则，一般情节单纯，少作修饰，言简意赅。而形成于古印度文学传统中的譬喻故事虽然多取材现实生活，构想真实情境，而组织情节、描写人物、描绘场面等又善于发挥想象，比起中国古代寓言来，艺术手法、表达方式更为生动活泼，富于情趣。

　　许多譬喻故事涉想新奇，情节曲折，描写细腻，与大多是粗陈梗概的中国寓言故事相比较，更多创意，也更有趣味。例如比丘道略辑《杂譬喻经》里的"木师与画师"故事：

　　　　昔北天竺有一木师，大巧，作一木女，端正无双，衣带严饰，与世女无异，亦来亦去，亦能行酒看客（斟酒招待客人），唯不能语耳。时南天竺有一画师，亦善能画。木师闻之，作好饮食，即请画师。画师既至，便使木女行酒擎食，从旦至夜。画师不知，谓是真女，欲心极盛，念之不忘。时日以暮，木师入宿，亦留画师，令住止，以此木女，立侍其侧。便语客言："故留此女，可共宿也。"主人已入，木女立在灯边，客即呼之，而女不来。客谓此女羞故不来，便前以手牵之，乃知是木，便自惭愧。心念口言：主人诳我，我当报之。于是画师复作方便（计谋），即于壁上画作己像，所著被服与身不异，以绳系颈，状似绞死，画作蝇鸟，著其口啄。作已闭户，自入床下。天明，主人出，见户未开，即向中观，唯见壁上绞死客像，主人大怖，便谓实死，即破户入，以刀断绳。于是画师从床下出，木师大羞，画师即言："汝能诳我，我能诳汝，客主情毕（感情决裂），不相负也。"

　　　　二人相谓：世人相诳惑，孰异于此。时彼二人信知诳惑，

66

各舍所亲爱,出家修道。

这样的作品,描摹世态人情,宛然如画;用了夸张手法,但入情入理;而对雕刻和绘画的高超技艺的描写生动逼真,反映了古印度艺术的高度水准。又失译《杂譬喻经》"织氎公"故事,说他年近六十,有个漂亮夫人,应征出去打仗,需要自备行装武器,夫人给他一个盛粮五升的器具和一枚长一尺的梭子,告诉他如果损失了就不和他过了,结果他在战场上把东西顶在头上,勇往直前,取得大胜,论功行赏,子孙享福。作品最后说:"此世间示现,因缘所得,佛借以为喻。"这个老年工匠和漂亮夫人生活中趣味盎然的故事本是惧内笑话,谑而不虐,被牵扯到因缘报应的说教上来。

譬喻经作为优秀的讽刺文学作品,浓厚的幽默情趣是其突出特色。古印度流行一种讽刺愚人的笑话,不少譬喻故事从中取材。从辛辣的讥刺到不乏善意的嘲笑,奇思异想,极富风趣,造成强烈的喜剧效果,体现了民间创作开朗、乐观的风格。《旧杂譬喻经》卷上第二十写妇人富有,金银为男子骗取,被狐狸嘲笑;什译《杂譬喻经》第二十三写田舍人至都下,见人以热马屎涂背治疗鞭伤,回家命家人鞭背;第二十五写一蛇头尾争大,尾在前行,结果堕火坑而死,都寓意深刻而有趣味。

5世纪印度僧伽斯那撰、南齐求那毗地译《百喻经》是后出《譬喻经》的精品,集录九十八个故事。以前的几部《譬喻经》还有些悬想的神话传说情节,《百喻经》则基本取材现实生活,叙写简短生动,富于生活气息;笔锋犀利,妙趣横生,耐人寻味;虽然同样附有教理意义的说明,但内含的客观寓意更为明显。例如"效其祖先急快餐喻",说有个人饮食急吞,不避其热,妻子问他:"此中无贼劫夺人者,有何急事,匆匆乃尔,不安徐食?"夫答妇言:"有好密事,不得语汝。"妻子听了,以为他有秘术,一再追问,才回答说:"我祖父已来,法常速食,我今效之,是故疾耳。"最后指出故事是讽刺世间凡夫不达正理,不知善恶,作诸邪行,不以为耻,却说我祖父已来就这样做,实则这个故事是对墨守成规的教条态度的辛辣讥讽。又如"愚人食盐喻",说愚人吃东西,发现用盐味美,竟空口食盐,最后点明寓意是讽刺外道,实则深刻表明了做事必须"适度"的哲理。还有如前面已经介绍的《三重楼喻》,形象地说明做事必须循序渐进,不可忽视客观规律,不能急躁冒进。这样,一个个风趣幽默的小故事,阐发具有普世意义的大道理,显示人生处世的大智慧。

在《贤愚经》等后出经集里,出现一批篇幅更长,情节、结构更复杂的寓言故事。其中许多是把譬喻、本生、因缘等组合在一起的。常见的有两种结构方式:一种是在现实情节中组合往昔、前世情事的复合式,另一种是一个情节引出另一个情节的连环式。有些把两种结构方式结合起来,成为多种情节相互关联的更复杂的组合。前者如《贤愚经》里的《无恼指鬘品》,在述说佛陀在世时波斯匿王子鸠仇魔罗受佛陀教化出家得阿罗汉道之后,接着加入痤陋比丘善声因缘,讲了四个鸠仇魔罗前世受佛陀教化故事。又前一讲作品释例已全文过录的《贤愚经·檀腻羁品》结构更复杂,是后一种结构方式的范例:主人公是个穷婆罗门,生活困顿,从佛出家,佛告以阿难前世因缘:过往阿僧祇劫有婆罗门名檀腻羁,贫困饥饿;接着是他的一系列倒霉经历:丢失了借别人的牛,打折别人的马脚,过河时让木工丢了斧子,等等,由一个情节引出另一个情节;在被捉前往王宫的路上,又有雉、蛇和一位母亲向他提出问题;到国王那里,赶上国王聪明断案,使他终于得以解脱;而事情结束,檀腻羁又看到国王评判二母争子案子,逐一地解答了雉等的问题。又如《佛说奈女祇域因缘经》,描写一个从奈树上出生的奈女,与瓶沙王生了一个儿子,生时手持针药囊,后来他学习医术,成就医道;接着描述他医治四个病人的事迹:照见五脏,开腹破颅等;然后又为南方大国热毒攻心、动辄杀人的蟒子国王治好了病,并让他请佛加以超度;最后补叙了奈女前世因缘。这实际是个颂扬"神医"的作品,也反映了古代印度医学发展的成就。这样,一些长篇譬喻故事有单一的主人公,叙述线索围绕着这一个人物展开,仍保持着口头传说的基本格局。这种复线的、连环的或两者组合起来的复杂结构,提供了长篇叙事作品的新模式,对于中国叙事文学的发展有所贡献。

《譬喻经》对古代作家创作的影响

从以上介绍可以看出,《譬喻经》体现了古印度寓言文学高度发达水平,其构想的新颖奇特、描述的生动鲜明,与中国寓言和一般叙事作品相比较,显示了明显的艺术特色,给中国文学创作提供了多方面借鉴。这里仅举出影响古代作家创作的几个例子。

吴均《续齐谐记》里"阳羡书生"是六朝志怪小说名篇,取材《旧杂譬喻经》,基本是利用原来的故事情节加以生发。脱卸其宗教意义的解说,描绘更加细致、生动、有情趣,成为纯属怪异之谈的优秀小说作品。

柳宗元在古代文人中寓言创作成就杰出。他信仰佛教,熟悉佛书,他的寓言从内容到体制显然都受到佛典譬喻故事的影响。著名的《柳州三戒》的《黔之驴》取材附北凉录失译《大方广十轮经》里的譬喻:

> 譬如有驴著师子皮,自以为师子。有人远见,亦谓师子。驴未鸣时,无能分别,既出声已,远近皆知非实师子。诸人见者,皆悉唾言:此弊恶驴,非师子也。

柳宗元的《黔之驴》借鉴了这个简单构想,无论是思想内涵或是艺术表现显然都已提升到更高水平。他的《蝜蝂传》写一种负重小虫,人去其负,持取如故,又好上高,极其力不已,卒坠地死,讽刺人的贪婪冒进，立意则取自《旧杂譬喻经》第二十一经"蛾缘壁相逢，争斗共坠地"。他的寓言结构也借鉴了《譬喻经》，同样是先讲述故事，最后用一句话点名题旨。

后世点化佛典譬喻故事的著名例子有苏轼的《日喻》，构想是从《六度集经·镜面王经》里盲人摸象故事脱化而来：

> ……王曰："将（众盲人）去以象示之。"臣奉王命，引彼瞽人，将之象所，牵手示之。中有持象足者，持尾，持尾本者，持腹者，持胁者，持背者，持耳者，持头者，持牙者，持鼻者。瞽人于象所，争之纷纷，各谓己真彼非。使者牵还，将诣王所。王问之曰："汝曹见象乎？"对言："我曹俱见。"王曰："象何类乎？"持足对言："明王，象如漆筒。"持尾者言如扫帚，持尾本者言如杖，持腹者言如鼓，持胁者言如壁，持背者言如高机，持耳者言如簸箕，持头者言如魁（斗），持牙者言如角。持鼻者对言："明王，象如大索。"复于王前共讼言："大王，象真如我言。"镜面王大笑之曰："瞽乎，瞽乎！尔犹不见佛经者矣。"便说偈言：
>
> 　　今为无眼曹，空诤自谓谛（真实无谬的道理），
> 　　睹一云余非，坐（因为）一象相怨。

这里堆砌比喻、排比的行文，喋喋不休的语气，略含讥讽的幽默口吻，体现古印度民间创作风格。相比较之下，苏轼的《日喻》讲"道可致而不可求"的道理，第一段即借鉴上文的构想和写法，而加以变化、整饰，文字更简练、精美：

> 生而眇者不识日，问之有目者，或告之曰："日之状如铜盘。"扣盘而得其声。他日闻钟，以为日也。或告之曰："日之光如烛。"扪烛而得其形，他日揣（持）龠（钥匙），以为日也。日之与钟、龠亦远矣，而眇者不知其异，以其未尝见而求之人也……

作者就此加以议论之后，又另做一个比喻："南方多没人（善潜水的人），日与水居也，七岁而能涉，十岁而能浮，十五而能没矣。夫没者岂苟然哉？必将有得于水之道者，日与水居，则十五而得其道；生不识水，则虽壮，见舟而畏之。"如此联用比喻，则又同于佛典常用的"博喻"技法。

以上是古代文人创作直接化用《譬喻经》的例子。佛经譬喻故事在构思、情节、语言、表现手段等更多方面潜移默化地、更广泛地影响中土文人创作。值得注意的是，佛教结集《譬喻经》，在譬喻故事里把佛法与宇宙、人生的真实事象关联起来，让人通过真实可信的事象来认识、体悟抽象的、艰深的佛法。这种利用具体形象来阐发理念的做法，正通于中土文学传统的"明道""载道"原则。这无论作为观念，还是具体写作方法，都给古代文人创作提供了多方面有益借鉴。

作品释例

《杂譬喻经》（失译，选二经）

第二五经

昔外国有人多种白氎草（棉花），若过时不取，失色不好。至时大雇客（客作，雇工；即下面的"作人"），晨夜兼功，略不得息。主人以作人勤苦，大为作好肉羹。故饭时羹欲熟，香气四闻，有一老鸱（鹞鹰）当其上飞，爪攫（huò，捕取）粪，正堕著羹中。厨士见之，即欲断取，即消散尽。厨人念曰：欲更作羹，时节已晚；欲持食（sì，给人吃）人，中有不净。计此少粪，不足败味，可食人，但自当不啖耳。客皆来，坐饭斟羹。客作既厨，且饥食之其羹。客呼厨士人："取好肉以噉之。"厨士知不净，恐失人意，强咽吞之，不以为味也。

佛借以为喻：三界（欲界、色界、无色界）众生，脱（倘若）美色欲，莫睹不净，展转惑沉，犹于饥夫食美羹者；菩萨大士入生死，教现受、色（受，五蕴之一，感受；色，也是五蕴之一，现象界的一切事物。这里色、受指代五蕴和合的人身），具了（完全了解）不净、不甘、不乐，若厨士强食其肉、吞而咽之，不味者矣。

第二七经

昔者海边有树木，数十里中有猕猴五百余头。时海水上有聚沫，高数十丈，像如雪山，随潮而来，住于岸边。诸猕猴见，自相与语："吾等上是山头，东西游戏，不亦乐乎！"时一猕猴便上，头径下没水底。众猕猴见，怪久不出，谓沫山中快乐无极，是以不来，皆竞踊跳入沫聚中，一时溺死。

佛借以为喻：海者，谓生死海也；沫山者，五阴（五蕴，色、受、想、行、识）身也；猕猴者，人识神（意识）也。不知五阴无所有，爱欲痴著（渴爱，贪欲，愚痴，执着），从是没生死海，莫有出期。故维摩诘（据《维摩诘经》，为毗耶离城长者，深谙佛法的居士，该经即以他为主要人物；下面引语见支谦译《佛说维摩诘经》卷上《善权品》）言："是身如聚沫，澡浴强忍。"

《旧杂譬喻经》（吴康僧会译，选三经）

卷上第十八经

昔有国王，持（管理）妇女急（严厉），正夫人谓太子："我为汝母，生不见国中，欲一出，汝可白王。"如是至三。太子白王，王则听。太子自为御车，出群臣于道路，奉迎为拜。夫人出其手，开帐，令人得见之。太子见女人而如是，便诈腹痛而还。夫人言："我无相（没有脸面）甚矣。"太子自念："我母当（尚且）如此，何况余乎？"夜便委国去，入山中游观。

时道边有树，下有好泉水。太子上树，逢见梵志（指修道者）独行，来入水池浴，出饭食，作术吐出一壶。壶中有女人，与于屏处作家室。梵志遂得卧。女人则复作术，吐出一壶，壶中有年少男子，复与共卧。已，便吞壶。须臾梵志起，复内妇著壶中，吞之已，作杖而去。太子归国白王："请道人及诸臣下，持作三人食，著一边。"梵志既至，言："我独自耳。"太子曰："道人当出妇共食。"道人不得止，出妇。太子谓妇："当出男子共食。"如是至三，不得止，出男子共食已，便去。王问太子："汝何因知之？"答曰："我母欲观国中，我为御车，母出手令人见之。我念女人能（如此）多欲，便诈腹痛还。入山，见是道人藏妇腹中，当有奸。如是女人奸不可绝，愿大王赦宫中，自在行来。"王则赦后宫中，其欲行者，从志也。

师曰："天下不可信女人也。"

附：吴均《续齐谐记·阳羡书生》（陶宗仪《说郛》卷一一五下）

阳羡许彦，于绥安山行，遇一书生，年十七八，卧路侧，云脚痛，求寄鹅笼中。彦以为戏言，书生便入笼，笼亦不更广，书生亦不更小，宛然与双鹅并坐，鹅亦不惊。彦负笼而去，都不觉重。前行息树下，书生乃出笼，谓彦曰："欲为君薄设。"彦曰："善。"乃口中吐一铜奁子，奁子中具诸馔殽，珍羞方丈，其器皿皆铜物，气味香旨，世所罕见。酒数行，谓彦曰："向将一妇人自随，今欲暂邀之。"彦曰："善。"又于口中吐一女子，年可十五六，衣服绮丽，容貌殊绝，共坐宴。俄而书生醉卧，此女谓彦曰："虽与书生结妻，而实怀怨，向亦窃得一男子同行，书生既眠，暂唤之，君幸勿言。"彦曰："善。"女子于口中吐出一男子，年可二十三四，亦颖悟可爱，乃与彦叙寒温。书生卧欲觉，女子口吐一锦行障遮书生，书生乃留女子共卧。男子谓彦曰："此女子虽有心，情亦不甚，向复窃得一女人同行，今欲暂见之，愿君勿泄。"彦曰："善。"男子又于口中吐一妇人，年可二十许，共酌戏谈甚久。闻书生动声，男子曰："二人眠已觉。"因取所吐女子，还纳口中。须臾，书生处女乃出，谓彦曰："书生欲起。"乃吞向男子，独对彦坐。然后书生起，谓彦曰："暂眠遂久，君独坐，当悒悒邪？日又晚，当与君别。"遂吞其女子、诸器皿，悉纳口中，留大铜盘，可二尺广，与彦别曰："无以藉君，与君相忆也。"

彦太元中，为兰台令史，以盘饷侍中张散。散看其铭，题云是汉永平三年作。

卷上第二十三经

昔有鹦鹉，飞集他山中。山中百鸟、畜兽，转相重爱，不相残害。鹦鹉自念：虽尔（如此），不可久也，当归耳。便去。却后数月，大山失火，四面皆然（通"燃"）。鹦鹉遥见，便入水，以羽翅取水，飞上空中，以衣毛间水洒之，欲灭大火。如是往来、往来。

天神言："咄（duō，叹词），鹦鹉，汝何以痴！千里之火，宁为汝两翅水灭乎？"鹦鹉曰："我由（亦）知而不灭也。我曾客是山中，山中百鸟、畜兽皆仁善，悉为兄弟。我不忍见之耳！"天神感其至意（至诚之意），则雨灭火也。

卷下第三十九经

昔有鳖，遭遇枯旱，湖泽干竭，不能自致有食之地。时有大鹄集住其边，鳖从求哀，乞相济度（救济）。鹄啄衔之，飞过都邑上。鳖不默声，问此何等，如是不止。鹄便应之。应之口开，鳖乃堕地，人得屠裂食之。

夫人愚顽无虑，不谨口舌，其譬如是也。

《杂譬喻经》（比丘道略集，选三则）

十四、与贵人蹹唾喻

外国小人事（侍奉）贵人，欲得其意。见贵人唾地，竞来以足蹹（tà，践踏）去之。有一人不大健剿（勇健捷便），虽欲蹹之，初不能得。后见贵人欲唾，始聚口时，便以足蹹其口。贵人问言："汝欲反耶？何故蹋吾口?"小人答言:"我是好意,不欲反也。"贵人问言:"汝若不反,何已至是?"小人答言:"贵人唾时,我常欲蹋唾。唾才出口,众人恒夺我前,初不能得。是故就口中蹋之也。"

此喻论议(辩论)时要须义出口,然后难(批驳)也。若义在口,理未宣明,便兴难者,喻若就口中蹋之也。

十七、恶雨喻

外国时有恶雨,若堕江湖、河井、城池水中,人食此水,令人狂醉,七日乃解。时有国王,多智善相(预测),恶雨云起,王以知之,便盖一井,令雨不入。时百官群臣食恶雨水,举朝皆狂,脱衣赤裸,泥土涂头而坐王厅上。唯王一人,独不狂也,服常所著衣,天冠璎珞,坐于本床。一切群臣,不自知狂,反谓王为大狂,何故所著独尔。众人皆相谓言:"此非小事。"思共宜之。王恐诸臣欲反,便自怖惧,语诸臣言:"我有良药,能愈此病。诸人小停,待我服药,须臾当出。"王便入官,脱所著服,以泥涂面,须臾还出。一切群臣见皆大喜,谓法应尔,不自知狂。

七日之后,群臣醒悟,大自惭愧,各著衣冠而来朝会。王故如前赤裸而坐,诸臣皆惊怪而问言:"王常多智,何故若是?"王答臣言:"我心常定,无变易也。以汝狂故,反谓我狂,以故若是,非实心也。"

如来亦如是。以众生服无明水(喻"无明"如水),一切常狂。若闻大圣常说诸法不生不灭、一相(诸法性空,唯一空相)无相(空相亦空,是为无相)者,必谓大圣为狂言也。是故如来随顺众生,现说诸法是善、是恶,是有为、是无为(有为,有为法,指因缘和合而成的现象界;无为,无为法,非因缘和合而成、无生灭变化的绝对;此佛法所谓有为与无为均只是一种方便)也。

二十三、田舍人喻

昔有田舍人,暂至都下,见被鞭持热马屎涂背。问言:"何故若是?"其人答:"令疮易愈,而不作瘢。"田舍人密著心中。后归家,语其家人言:"我至都下,大得智慧。"后家人问言:"得何等智慧?"便呼奴言:"持鞭来,痛与我二百鞭。"奴畏大家(主人),不敢违命,即痛与二百鞭,流血被背,语奴言:"取热马屎来,为我涂之,可令易愈,而不作瘢。"语家人言:"汝知之不? 此是智慧。"

此喻下戒道人(下品受戒出家修行者),本遇明师受戒,即得见他受戒,便捐弃本戒,更作白衣(古印度俗人穿白衣)以坏法身(此指受戒得法之身),喻受二百鞭,流血被背也;方求更受,如马屎涂也。

《百喻经》(僧伽斯那撰、齐求那毗地译,选十则)

(一)愚人食盐喻

昔有愚人,至于他家,主人与食,嫌淡无味。主人闻已,更为益盐。既得盐美,便自念言:所以美者,缘有盐故;少有尚尔,况复多也。愚人无智,便空食盐。食已口爽(口干),返为其患。

譬彼外道(非佛教修道者,此指断食苦行外道),闻节饮食可以得道,即便断食,或经七日,或十五日,徒自困饿,无益于道。如彼愚人,以盐美故,而空食之,致令口爽,此亦复尔。

(二)愚人集牛乳喻

昔有愚人,将会宾客,欲集牛乳,以拟供设,而作是念:我今若预于日日中㲉(gòu,挤奶)取牛乳,牛乳渐多,卒无安处,或复酢(cù,发酸)败,不如即就牛腹盛之,待临会时当顿㲉取。作是念已,便捉牸牛(母牛;牸,zè,雌性畜牲)母子,各系异处。却后一月,尔乃设会,迎置宾客。方牵牛来欲㲉取乳。而此牛乳即干无有,时为众宾或瞋或笑。

愚人亦尔:欲修布施,方言待我大有之时,然后顿施。未及聚顷,或为县官(官府)、水火、盗贼之所侵夺,或卒命终,不及时施。

彼亦如是。

（一〇）三重楼喻

往昔之世，有富愚人，痴无所知。到余富家，见三重楼，高广严丽，轩敞疏朗，心生渴仰，即作是念：我有财钱，不减于彼，云何顷来而不造作如是之楼？即唤木匠而问，言曰："解作彼家端正舍不？"木匠答言："是我所作。"即便语言："今可为我造楼如彼。"是时木匠即便经地（丈量土地）、垒墼（jī，砖坯）作楼。愚人见其垒墼作舍，犹怀疑惑，不能了知，而问之言："欲作何等？"木匠答言："作三重屋。"愚人复言："我不欲下二重之屋，先可为我作最上屋。"木匠答言："无有是事。何有不作最下重屋而得造彼第二之屋？不造第二，云何得造第三重屋？"愚人固言："我今不用下二重屋，必可为我作最上者。"时人闻已，便生怪笑，咸作此言："何有不造下第一屋而得上者？"

譬如世尊四辈弟子（比丘、比丘尼、优婆塞、优婆夷），不能精勤修敬三宝，懒惰懈怠，欲求道果，而作是言："我今不用余下三果（阿那含，须陀洹，斯陀含），唯求得彼阿罗汉果。"亦为时人之所嗤笑，如彼愚者等无有异。

（一九）乘船失釪喻

昔有人乘船渡海，失一银釪（yú，钵盂），堕于水中。即便思念：我今画水作记，舍之而去，后当取之。行经二月，到师子诸国（师子国，今斯里兰卡），见一河水，便入其中，觅本失釪。诸人问言："欲何所作？"答言："我先失釪，今欲觅取。"问言："于何处失？"答言："初入海失。"又复问言："失经几时？"言："失来二月。"问言："失来二月，云何此觅？"答言："我失釪时，画水作记，本所画水与此无异，是故觅之。"又复问言："水虽不别，汝昔失时乃在于彼，今在此觅，何由可得？"尔时众人无不大笑。

亦如外道不修正行，相似善中，横计（固执）苦困，以求解脱，犹如愚人失钗于彼而于此觅。

（二八）为妇贸鼻喻

昔有一人，其妇端正，唯其鼻丑。其人出外，见他妇女面貌端正，其鼻甚好，便作念言：我今宁可截取其鼻，著我妇面上，不亦好乎！即截他妇鼻，持来归家，急唤其妇："汝速出来，与汝好鼻。"其妇出来，即割其鼻，寻以他鼻著妇面上。既不相著，复失其鼻，唐（徒然）使其妇受大苦痛。

世间愚人亦复如是：闻他宿旧沙门、婆罗门有大名德，而为世人之所恭敬，得大利养（财利），便作是念言：我今与彼便为不异。虚自假称，妄言有德，既失其利，复伤其行，如截他鼻，徒自伤损。世间愚人亦复如是。

（三三）斫树取果喻

昔有国王，有一好树，高广极大，当生胜果（好的果实），香而甜美。时有一人来至王所，王语之言："此之树上，将生美果，汝能食不？"即答王言："此树高广，虽欲食之，何由能得？"即便断树，望得其果。既无所获，徒自劳苦。后还欲竖，树已枯死，都无生理。

世间之人亦复如是：如来法王有持戒树（譬持戒如种树），能生胜果，心生愿乐，欲得果食，应当持戒，修诸功德；不解方便，返毁其禁（戒律），如彼伐树，复欲还活，都不可得。破戒之人亦复如是。

（四四）欲食半饼喻

譬如有人，因其饥故，食七枚煎饼。食六枚半已，便得饱满。其人患悔，以手自打而作是言：我今饱足，由此半饼；然前六饼，唐自捐弃。设知半饼能充足者，应先食之。

世间之人亦复如是：从本以来，常无有乐，然其痴倒（愚痴颠倒），横生乐想。如彼痴人，于半番饼，生于饱想。世人无知，以富贵为乐。夫富贵者，求时甚苦；既获得已，守护亦苦；后还失之，忧念复苦，于三时（整天，古印度把一天时间分为昼三时晨朝、日中、日没和夜三时初夜、中夜、后夜）中都无有乐。犹如衣食，遮（蒙蔽）故名乐，于辛苦中，横生乐想。诸佛说言：三界无安，皆是大苦，凡夫倒惑，横生乐想。

（四六）偷牦牛喻

譬如一村，共偷牦牛而共食之。其失牛者逐迹至村，唤此村人问其由状，而语之言："尔在此村不？"偷者对曰："我实无村。"又问："尔村中有池，在此池边共食牛不？"答言："无池。"又问："池傍有树不？"对言："无树。"又问："偷牛之时在尔村东不？"对曰："无东。"又问："当尔偷牛，非日中时耶？"对曰："无中。"又问："纵可无村及以无树，何有天下无东、无时，知尔妄语，都不可信，尔偷牛食不？"对言："实食。"

破戒之人亦复如是：覆藏（掩藏）罪过，不肯发露，死入地狱。诸天善神以天眼（天眼通；修道所得，能见六道诸物）观，不得覆藏，如彼食牛，不得欺拒。

（六○）见水底金影喻

昔有痴人，往大池所，见水底影有真金像，谓呼有金。即入水中，挠泥求觅，疲极不得。还出复坐，须臾水清，又现金色。复更入里，挠泥更求觅，亦复不得。其如是，父觅子，得来见子，而问子言："汝何所作，疲困如是？"子白父言："水底有真金，我时投水，欲挠泥取，疲极不得。"父看水底真金之影，而知此金在于树上。所以知之，影现水底，其父言曰："必飞鸟衔金，著于树上。"即随父语，上树求得。

凡夫愚痴人，无智亦如是，于无我阴中（阴即"蕴"，五蕴），横生有我想。如彼见金影，勤苦而求觅，徒劳无所得。

（六九）效其祖先急速食喻

昔有一人，从北天竺至南天竺。住止既久，即聘其女，共为夫妇。时妇为夫造设饮食。夫得急吞，不避其热。妇时怪之，语其夫言："此中无贼劫夺人者，有何急事，匆匆乃尔，不安徐食？"夫答妇言："有好密事，不得语汝。"妇闻其言，谓有异法，殷勤问之。良久乃答："我祖父已来，法常速食，我今效之，是故疾耳。"

世间凡夫亦复如是：不达正理（指佛法），不知善恶，作诸邪行，不以为耻，而云我祖父已来作如是法，至死受行，终不舍离。如彼愚人习其速食以为好法。

第四讲　大乘经的文学价值

大乘佛教与大乘经的文学性质

上面简单介绍了佛典翻译文学中艺术价值突出的几类。这几种体裁的创作都是部派佛教时期兴盛起来的,都具有民间文学的渊源,都可看作是严格意义的文学创作。后出的大乘经同样继承和发扬了佛陀重视、利用文学手段的传统,不断结集起来的大乘经体现鲜明、丰厚的文学性质。日本一位著名学者和辻哲郎曾说:

> 大乘经首先是"文学创作",这是在立足于自由立场上阅读经典时不得不立即承认的。(《佛教伦理思想史》)

佛陀寂灭后的百余年间,僧团的教法、组织、戒律基本保持他在世时的原貌,在佛教史上是所谓"原始佛教"时期;其后教团发生分裂,形成十八个到二十个部派,是为"部派佛教"时期。"原始"和"部派"时期的佛教被称为"小乘佛教"。这是贬义的称呼,用车子作比喻,小车子只能超度少数人到达涅槃彼岸。公元纪元前后,出现革新思潮即所谓"大乘佛教"。当初佛陀在鹿野苑宣讲《转法轮经》,核心观念是"人我空",即"人我"乃五蕴(色、受、想、行、识)和合而生成，五蕴解散则归于"空"。"人我空"是小乘教理的基本主张。大乘佛教在此基础上大大前进一步，主张"法我空"。如前面引述《金刚经》所说，"一切有为法，如梦、幻、泡、影，如露亦如电，应作如是观"，即主张宇宙中现象界的一切都是因缘生、无自性的，处在生、住、异、灭的变化流转之中。前面已经说过，大乘佛教发展出新的佛身论、佛土论，进一步神化教主佛陀，具有更浓厚的玄想性格。大乘佛教又提倡自度、度人的菩萨观念，菩萨发愿所有众生没有得度则永住五浊恶世，即处在候补成佛的地位，是即所谓"一生补处"。这就不仅表现了普度众生理想的高远，更突出显示了现实救济的性格，从而得以在更广大的社会阶层中传播。这个佛教新派系构筑起庞大而又严密的教理、教义体系，陆续结集众多新层次的大乘经典。此后印度本土和中亚长时期大、小乘并行，但从基本发展形势看，大乘佛教占据了主流地位。在中国，虽然大、小乘经典均相当全面地被译介，但在教理层面接受和发挥的主要是大乘佛教。这也是因为大乘教理内容更符合本土文化传统，也更符合民众的实际需要，因此大乘经也更为流行。特别是经过长期翻译实践，翻译技巧逐步成熟，那些具有高度学养、精通中外文的译师们翻译的大乘经译本，文字精美畅达，讲究表达技巧；另一方面许多经典体现浓厚的文学性质，如上引日本学者和辻哲郎所说乃是广义的"文学创作"，可以作为文学作品来欣赏。

　　当然不是所有大乘经都可以看作文学作品。确立大乘教理的是一大批长短不一的《般若经》，其中虽然也穿插一些有情节的故事，但基本是反复重叠的论说。它们特别以细密的概念分析、严密的逻辑推理见长。后来随着大乘佛教的发展，结集许多新层次的大乘经，不少采用叙事的、更富形象性的表现形式。它们的写作风格与《般若经》截然不同，具有浓郁的文学情趣，可看作广义的文学创作的即是这一类作品。

　　大乘经的结构，开头一句"如是我闻"，据说结集佛经是根据弟子阿难追忆口述，这是阿难的语气；接着他说佛"一时"即某个时候、在什么地方、对什么人说法，这是佛说法的时、地、人因缘；然后利用主要篇幅纪录佛对弟子等的说法内容，乃是经的主体部分；最后佛结束说法，咐嘱流通。这样就提供出一个适合叙事的结构形式，给叙说有情节的故事提供了方便。那些被看作佛教文学的大乘经就是在这样的框架下来展开情节、进行叙事的。这类经典有的里面有一个主人公贯穿整部作品，例如下面将要介绍的《维摩诘所说经》，主人公是维摩结居士；《无量寿经》，主人公是法藏国王。更多的经典则是多篇经文组合而成的经集，例如下面将要介绍的《法华经》《华严经》。它们没有贯穿全文的统一、完整的故事情节，每一部分（品）行文风格也不一致。但从总体看，这两类经典都刻画"人物"，述说故事，符合文学描绘形象的基本要求；它们的语言都相当精美，注重修饰，使用所谓"文学语言"；结集它们也都不同程度地利用了古印度文学创作的资源，因此可以说它们是广义的文学作品。但这也就意味着它们不是严格意义的文学作品。前面介绍的本生经、譬喻经虽然被附会上佛理，但主体并没有脱卸民间文学创作的面貌，因此是真正的宗教文学；大乘经不论采取什么样的艺术手法，具有多么高的文学价值，它们是为了宣扬佛教作为宗教典籍结集的，它们本质上是佛教经典。或可以说它们是两栖于宗教与文学的产物。

　　几部富于情趣、译笔高超的著名大乘经对中国文人、中国文学的影响是十分巨大的。在古代"三教"并立的环境下，文人大抵程度不同地接触、同情、熟悉、热衷乃至信仰佛教，这些大乘经成为他们研习、教养或玩赏的读物。它们给文学创作提供了思想、观念、事典、语言等，启发文人的创作思路，有力地促进了文学的发展与创新。它们对中国文学的贡献是不可低估的。

　　下面介绍几部重要的、对文学影响巨大的大乘经。

《妙法莲华经》

　　《妙法莲华经》，简称《法华经》，是一部重要大乘经，被称为"经王"。竺法护于太康七年（286）初译《正法华经》，即广受中土民众欢迎；后来以鸠摩罗什译本《妙法莲华经》最为流行。这部经的中心思想是大乘般若空观，即世间万物千差万别，唯一的真实本质是"诸法实相"，也就是真如、法性、"空"相。众生修行则要远离诸识，彻悟"实相"，获得无所不知的"一切种智"，成就佛果。又佛教各部派，小乘和大乘教理分歧，矛盾难以调和，《法华经》提出"三乘归一"，即"声闻乘"（亲自听闻佛陀教化而觉悟者）、"缘觉乘"（又称辟支佛，观十二因缘之理而觉悟者；与声闻乘同属小乘）和"菩萨乘"（即大乘）归于"佛乘"，从而弘扬大乘。

　　胡适指出"《法华经》（《妙法莲华经》）虽不是小说，却是一部富于文学趣味的书。其中的几个寓言，可算是世界文学里最美的寓言，在中国文学上也曾发生不小的影响"（《白话文学史》）。这部经一再说到佛陀"以无数方便，种种因缘，譬喻言辞，演说佛法"，利用譬喻阐明教理是它的一大特点。胡适说的"最美的寓言"指其中"朽宅"（火宅）、"穷子""药草""化城""系珠""凿井""医师"七个譬喻故事，它们合称"《法华》七喻"，是这部经里表述最生动、文学性最强的部分。

　　比起譬喻经里的寓言故事，"《法华》七喻"体现更为发达的形态。它们使用佛典叙事常用的极力夸饰、反复形容的手法，篇幅更长，构思更巧妙，写法也更细腻、更讲究文采。例如著名的"朽宅喻"，说有大长者，其年衰迈，财富无量，多有田宅及诸僮仆，其家广大，唯有一门，忽然火起，焚烧舍宅；长者诸子若十、二十、或至三十,于火宅内,乐著嬉戏,不觉不知,不惊不怖,火来逼身,苦痛切己,心不厌患,无求出意;其时长者知诸子心各有所好,种种珍玩奇异之物,告诉他们:"汝等所可玩好,希有难得。汝若不取,后必忧悔。如此种种羊车、鹿车、牛车,今在门外,可以游戏。汝等于此火宅,宜速出来,随汝所欲,皆当与汝。"其时诸子闻父所说,心各勇锐,互相推排,竞共驰走,争出火宅;长者各赐诸子等一大车,其车高广,众宝庄校(装饰),驾以白牛,肤色充洁,形体殊好;是时诸子,各乘大车,得未曾有,本非所望,出离火宅。这里"火宅"象征五浊恶世(佛教认为现世五浊:劫浊,时逢恶运,灾难频生;烦恼浊,充满贪、嗔、痴等烦恼;众生浊,众生资质低劣,苦多乐少;见浊,邪见流行;命浊,恶业受报,寿命短促),世人沉溺其中,不自觉悟;羊车、鹿车、牛车象征声闻、缘觉、菩萨三乘,皆为方便施设,大白牛车象征佛乘,是救世唯一要道,乃一乘真实之旨,这即是"三乘归一"之说。这个譬喻是近五千字的长篇,先是长行散体,后为四言偈颂,使用排比、夸张手法,对火宅的险恶、恐怖极力渲染,突显出离恶世的紧迫和施行救济的必要,从而阐发颂扬佛乘的主旨。"穷子喻"则是另一种写法:说有人年幼,离开父亲,久住他国,至五十岁,十分穷困;其时其家大富,财宝无量,穷子佣赁展转,来到自家,遥见其父有大力势,心怀恐怖,疾走而去;长者见子,心大欢喜,即遣人急追,结果穷子惊愕惶怖,闷绝在地;长者知道其子心理不能适应,设法逐渐引导;先是雇用他除粪二十年,直到长者有疾,自知将死,对穷子说:"我今多有金银珍宝,仓库盈溢,其中多少,所应取与,汝悉知之。我心如是,当体此意。所以者何? 今我与汝,便为不异,宜加用心,无令漏失。"从此穷子接受嘱托,管理金银珍宝及诸库藏;又经一段时间,长者知道其子心智已经正常,临终时正式认子归宗,让他继承家业。这个故事的寓意是说众生悉为佛子,由于在生死中久受热恼,迷惑无知,迷恋小法(邪门外道),只有巧设方便,随机诱导,方能实现大乘教化。这个故事的写法与"火宅喻"又有所不同,所写为世态人情之常,贫富的对比,生活细节的刻画,都仿佛现实生活的真实情境。这样的故事更富生活气息,更入情入理。再如"化城喻":

> 譬如五百由旬险难恶道,旷绝无人怖畏之处,若有多众,欲过此道至珍宝处。有一导师,聪慧明达,善知险道通塞之相,将导众人欲过此难。所将人众,中路懈退,白导师言:"我等疲极,而复怖畏,不能复进;前路犹远,今欲退还。"导师多诸方便,而作是念:"此等可愍,云何舍大珍宝而欲退还?"作是念已,以方便力,于险道中过三百由旬,化作一城,告众人言:"汝等勿怖,莫得退还。今此大城,可于中止,随意所作。若入是城,快得安隐。若能前至宝所,亦可得去。"是时疲极之众心大欢喜,叹未曾有:我等今者免斯恶道,快得安隐。于是众人前入化城,生已度想,生安隐想。尔时导师,知此人众既得止息,无复疲倦,即灭化城,语众人言:"汝等去来,宝处在近。向者大城,我所化作,为止息耳。"

这是佛作为导师所做的比喻:众生生死烦恼,如在险道长远,佛以方便说三乘权化,譬如化城,诱导鼓励众生克服险阻,坚定信心,达到既定的目标。这是根据海市蜃楼现象所做的譬喻。这样,《法华经》的这些譬喻构想奇妙,情节生动,富于情趣,本身就成为引导信众的美妙"化城"。

《法华经》的另一个重要内容是宣扬大乘菩萨思想,赞扬菩萨道,描写了药王、大乐说、常精进、常不轻、华德等众多菩萨的修行功德。其中以《观世音普门品》里的观世音菩萨(《正法华》译为"光世音";鸠摩罗什旧译"观世音",简称"观音";玄奘新译"观世自在""观自在")最为典型,他以无限慈悲、广大神通救世度人:"若有无量百千万亿众生受诸苦恼,闻是观世音菩萨,一心称名,观世音菩萨即时观其音声,皆得解脱。"他应化为三十三身(实际是指无数化身)降临人世,即时解救人们面临的苦难,突显出神奇、强大的救济功能。他作为大乘佛教救济精神的体现、佛陀在人世间的代表,得到重现世、重人生的汉地民众的欢迎。随着观音信仰的弘传,历代出现许多观音灵验传说,其中许多篇章可作为叙事文学作品欣赏。观音形象、观音故事被广泛表现在戏曲、小说、文人和民间文学创作之中,成为对中国文学发挥重大影响的神祇。

值得表扬的是,竺法护是翻译技巧相当纯熟的优秀译师,而鸠摩罗什重译《法华》,在他的译本基础上进一步加以修饰、改订,行文更加流畅,词藻更加华美,又在一定程度上保持了外语原文的格调、语趣,形成别具风格的优美译文。这样也就大为提高了这部经典的文学价值,使它广受历代文人的喜爱和赞赏,也有助于它发挥对文学创作的影响。

《维摩诘所说经》

《维摩经》同样是集中阐明大乘教理的经典,也是另一部文学情趣极其浓郁的经典。其内容的突出特点是注重宣扬居士思想。印度古代佛教教团由出家的比丘、比丘尼组成,另有男、女居士优婆塞、优婆夷作为外护,构成信仰者"四众"。按佛陀本来教法,出家修行要比在家高一等,受到在家人的供养。随着大乘佛教形成和发展,在家信众增多,逐渐扩展势力,反映这种新动向,陆续出现一批宣扬居士思想的经典。《维摩经》就是这类经典的典型代表。在中国仁孝伦理强势的思想文化环境中,在家修行的居士佛教受到欢迎。特别是广大士大夫阶层,他们要觅举求官来安身立命,很多人信仰佛教是"外服儒服而内修梵行";又历代王朝大体采取"三教"并举方针,知识阶层中调和儒、释成为潮流,也促进了各种形态的居士信仰与修行实践。《维摩经》张扬在家居士教理，给居士佛教提供一个典范，从而成为在中国知识阶层中最受欢迎的经典之一。

这部经最早有三国时期吴支谦译本，后来什译更为流行。支译本题《维摩诘说不思议法门经》，什译题《维摩诘所说经》，这样的标题已表明这部经不同于佛经一般是佛陀出面说法，它的主角是维摩诘，由维摩诘来"说"。维摩诘作为贯穿全经的主要人物，以他为主角来展开富于戏剧性的描述，有人把它看作一部三幕戏剧。

这部经塑造出维摩诘这样一位信仰诚挚、学养高深、个性十分突出的在家居士形象，体现了在大乘佛教发展中形成的具有丰富思想内涵和重大革新意义的潮流。本经的序分即《佛国品》开头部分，叙说佛在毗耶离城庵罗树园向众比丘、菩萨、天、人说法，其时有五百长者子宝积说偈赞佛，表示"愿闻得佛国土清净"，进而请问"菩萨净土之行"，表示立志建设佛国土，佛陀为此说了"若菩萨欲得净土，当净其心，随其心净则佛土净"的强调信仰者内心修养的道理。接着《方便品》，维摩诘出场，他是一位在家居士，过着世俗生活，享有资财、家属之娱，行为放达，游戏人间，但是信心坚定，教养极高，代表大乘革新潮流中形成的新型的理想人格。他以无量方便饶益众生，示疾说法。佛陀命令他的十大弟子、四位菩萨前往探病，但是这些声闻弟子见解、行为远不及维摩诘，他们一一推托，各自追忆以前和维摩诘交往受到讥弹的往事。接着，佛陀命文殊师利前往"问疾"，诸菩萨、大弟子、释、梵、天王等千百天、人随同，一起进入毗耶离大城。这时候维摩诘"以神力空其室内，除去所有及诸侍者，唯置一床，以疾而卧"，告文殊从痴有爱（贪恋）则我病生，一切众生病故我病。当下同行的舍利弗（佛弟子，智慧第一）久立思坐，维摩诘显示神通，向东方须弥灯王佛借来三万二千狮子宝座。文殊师利和维摩诘对谈论辩，维摩诘借此机会广为说法。后来维摩诘又以神通力，把诸大众及狮子座置诸掌内，往诣庵罗树园，闻佛说法，佛为广说诸佛功德及解脱法门。佛告舍利弗"有国名妙喜，佛号无动，是维摩诘于彼国没而来生此"，维摩诘亦示现神通，不起于座，以其右手断取妙喜世界，置于此土。接着佛告释提桓因（天帝释）此经功德，"诸佛菩提皆从是生"，信解、受持此不可思议解脱法门并依之而行，即是依法供养如来。然后指出，过去无量阿僧祇劫前有药王如来，受转轮圣王宝盖及其眷属供养，王有千子，一子名月盖，勤行精进，从药王如来秉受"法供养"，得成正觉。佛说宝盖即今宝炎如来，千子即今贤劫中千佛，月盖即前世释迦。最后流通分，佛陀劝嘱奉行、流通这部经典。

《维摩经》是大乘佛教的纲领性经典，其中精确、深刻地论述了诸法"毕竟空""无所缘""无决定性"的道理。在"以空遣法"的"空平等观"的基础上，"统万行则以权智（随机说法的方便）为主，树德本则以六度（"度"，音译"波罗蜜"，为超度到生死彼岸的修行方法；六度指布施、持戒、忍辱、精进、禅定、智慧）为根"，指示"不尽有为（为，造作，因缘所生都属有为），不住无为（无为，无因缘造作，即实相空）"的解脱法门。它打通世间和出世间的界限，提出"不舍道法而现凡夫事""不断烦恼而入涅槃"的主张，大力张扬居士信仰，从而进一步发挥佛法的现实精神，凸显出大乘佛教积极入世的性格。这种思想对于佛教在中国的具体环境下发展是起了巨大推动作用的。

《维摩经》在文学上的成就及其影响，首先在于它生动、鲜明地塑造了一位境界高深的在家居士典型：

> 尔时毗耶离大城中有长者，名维摩诘，已曾供养无量诸佛，深植善本，得无生忍（诸法实相不生不灭，为无生法，安住此法即得"无生法忍"，简称"无生忍"）；辩才无碍，游戏神通……虽处居家，不著三界；示有妻子，常修梵行（断绝淫欲的清净行为）；现（示现）有眷属，常乐远离；虽服宝饰，而以相好（相好，"大人相"和"微妙好"，"神圣"人物的形体特征，佛陀具三十二大人相、八十种微妙好）严身；虽复饮食，而以禅悦（入于禅定的愉悦心态）为味；若至博弈戏处，辄以度人；受诸异

道，不毁正信；虽明世典，常乐佛法；一切见敬，为供养中
最……入讲论处，导以大乘；入诸学堂，诱开童蒙；入诸淫舍，
示欲之过；入诸酒肆，能立其志……

他享尽人世的荣华富贵、饮食声色，却又是实践佛法、精神上超越
的人。随着情节进展，在人物相互交锋中不断深入展现他的个性。
例如文殊师利前往问疾一段，浩浩荡荡的队伍渲染出问疾的热闹
气氛，相对照之下，维摩诘却在空无所有的方丈内隐疾而卧。这一
方面突显他的威望，另一方面也表现出他内心的坚定和沉稳。他
不为外物所诱，表明他思致深刻，境界远远高出众人。维摩诘和文
殊师利的对谈，更充分地显示了他的智慧，丰富了他的性格。文殊
师利本是远比众人高明的人物，但比起维摩诘来却相差悬殊。文
殊师利的性格同样是相当鲜明的。他是众菩萨中的翘楚，在众声
闻、菩萨都心怀畏惧、不敢前往问疾的情况下，他敢于承担，有责任
感，不畏艰难地担负起佛陀交给他的任务。在和维摩诘对谈中，他
虚心好学，谦恭有礼。他衬托出维摩诘的伟大，同时也显示出自己
的伟大。经中出现的其他人物，如大迦叶、舍利弗的性格也很突
出。维摩诘作为经典的主人公，树立起一个在家修行的居士典范。
这样的形象十分契合沉溺世间享乐而又希求解脱的中土官僚士大
夫的精神需要，也得到历代文人的普遍赞赏与欢迎。

　　《维摩经》不仅善于构造故事，安排情节，极富戏剧性，又发挥
大乘经大胆玄想的特长，善于描写不可思议的神通变化。这也是
"宗教文学"的固有特征。其中如"室包乾坤""天女散花""请饭香
积""手接大千"等设想都极其奇妙。如"借座灯王"：

　　　　舍利弗见此室中无有床座，作是念：斯诸菩萨大弟子众，
当于何坐？长者维摩诘知其意，语舍利弗言："云何，仁者，为
法来耶？求床座耶？"……尔时长者维摩诘问文殊师利："仁者
游于无量千万亿阿僧祇国，何等佛土有好上妙功德成就师子

之座(譬佛为人中师子,佛所坐为"师子座")?"文殊师利言:
"居士,东方度三十六恒河沙国有世界,名须弥相,其佛号须弥
灯王,今现在。彼佛身长八万四千由旬,其师子座高八万四千
由旬,严饰第一。"于是长者维摩诘现神通力,即时彼佛遣三万
二千师子座,高广严净,来入维摩诘室。诸菩萨、大弟子、释、
梵、四天王等昔所未见。其室广博,悉皆包容三万二千师子
座,无所妨碍;于毗耶离城及阎浮提四天下,亦不迫迮,悉见如
故……尔时维摩诘语舍利弗就师子座。舍利弗言:"居士,此
座高广,吾不能升。"维摩诘言:"唯,舍利弗,为须弥灯王如来
作礼,乃可得坐。"于是新发意(发心,指树立信仰心)菩萨及大
弟子即为须弥灯王如来作礼,便得坐师子座。

如这样奇异夸饰的描写是中国传统文学中所不见的,它们特别给
后来中国志怪、传奇和神魔题材作品创作直接提供了借鉴。

《维摩经》语言简练精粹,如"一切众生,悉皆平等""随其心净
则佛土净""无利无功德,是为出家""菩萨为众生故入生死""不断
烦恼而入涅槃""夫求法者,不著佛求,不著法求,不著众(僧众)求"
等等,都相当精确地阐释佛理,成为表达教义的格言。说理中又善
用比喻,新颖而贴切,如"殖种于空,终不得生""不下巨海,终不能
得无价宝珠""欲行大道,莫示小径,无以大海,内于牛迹""高原陆
地,不生莲花,卑湿淤泥,乃生此花"等等。还有大段排比,如上面
"借座灯王"接下来的一段:

舍利弗言:"居士,未曾有也,如是小室,乃容受此高广之
座,于毗耶离城无所妨碍,又于阎浮提聚落、城邑及四天下诸
天、龙王、鬼神宫殿亦不迫迮。"维摩诘言:"唯,舍利弗,诸佛菩
萨有解脱,名不可思议。若菩萨住是解脱者,以须弥(又称"妙
高山",据说高八万四千由旬,按佛教宇宙观,它是包括阎浮提
等四大洲的一小世界的中心)之高广内芥子中,无所增减,须

弥山王本相如（如实，如法）故，而四天王、忉利诸天不觉不知
己之所入。唯应度者乃见须弥入芥子中，是名住不思议解脱
法门。又以四大海水入一毛孔，不娆鱼鳖鼋鼍水性之属，而彼
大海本相如故，诸龙、鬼神、阿修罗（梵文音译，意译为"非天"，
有情轮回六道之一）等不觉不知己之所入，于此众生亦无所
娆。又舍利弗，住不可思议解脱菩萨断取三千大千世界，如陶
家轮著右掌中，掷过恒河沙世界之外，其中众生不觉不知己之
所往，又复还置本处，都不使人有往来想，而此世界本相如故。
又舍利弗，或有众生乐久住世而可度者，菩萨即延七日以为一
劫，令彼众生谓之一劫，或有众生不乐久住而可度者，菩萨即
促一劫以为七日，令彼众生谓之七日……舍利弗，我今略说菩
萨不可思议解脱之力，若广说者，穷劫不尽。"

这里使用一连串比喻，这些比喻又极富形象，极尽夸诞之能事，把
佛法"不可思议"形容得淋漓尽致。《维摩经》作为译经文体的一个
范本，丰富了汉语语汇、修辞方法和表现手段，成为历代文人的必
读书，广泛、深远地影响着历代文学创作。

《华严经》

《华严经》是规模更为宏大的经典，内容描述佛成道后，凭借普
贤、文殊等大菩萨示现因行果德如杂花庄严，广大圆满，无尽无碍。
汉语有三译，流行的是东晋佛陀跋陀罗所出六十卷本《华严》。全
经按说法地点七处，按场面八会，更充分地发挥了大乘佛教的玄想
性格。前两会佛陀在成道的菩提道场和普光法堂说法，从第三会
移到忉利天宫、夜摩天宫等处，第七会又回到普光法堂，第八会在
佛陀圆寂的逝多林。说法的佛陀已不是修道成佛的沙门释迦牟

尼,而是遍满十方、常住三世、总该万有的真理化身、十相具足的法身卢舍那佛;说法的对象不仅有佛弟子,还有众多菩萨;说法的背景是万德圆满、妙宝庄严、无限华丽神秘的诸佛境界。有的学者把它比作规模宏大的神魔小说。

《华严经》宣扬世界乃是毗卢遮那佛的显化,认为世间万物,相互含容,圆融无碍,一尘映世界,瞬息含永远,因此佛与众生,佛土与秽土,佛国与世间相互交融,而证悟这种"法界缘起"教理,即进入佛地而成佛。不过证悟要经过艰苦修习过程,计十个阶段(称为"十地""十住"),成就菩萨觉行,最后获得佛智。写修行十个阶段部分有单本《十住经》,是其中一个重要的、广有影响的部分。《华严经》乃是长时期结集成的经集。

《华严经》里具有更高文学价值的是第八会,叙说佛陀示现种种神变,使诸菩萨获得无数大悲法门,文殊师利率大众辞佛南行,到福城东,在庄严幢娑罗林中说法,有善财童子等二千人前来听法;善财童子一心求菩萨道,在普贤教示下,辗转南行,寻访五十三位善知识,听受无数广大甘露法门,终于证入法界。这就是六十《华严》里占十七卷的《入法界品》。善财童子的寻访经历,情节生动,人物众多,形象鲜明,含义深刻。有人把《华严经》的这一部分比作英国著名的宗教小说——约翰·班扬所著《天路历程》。

《华严经》描绘大胆玄想的境界,场面极其恢弘开阔,行文汪洋恣肆,中土作品中前所未见;其词采华丽繁富,描述绮丽神秘,艺术特色鲜明,更多体现外来翻译格调,对中国文学创作的影响也是相当巨大的。

宣扬净土信仰的经典

佛教经典在中国流传广远、影响巨大的还有净土经。净土信仰是大乘佛陀观、佛土论演进过程中形成的一个新的信仰潮流，随之结集一大批净土经典。在中国，盛行的主要是宣扬兜率天弥勒信仰和西方弥陀信仰的经典。宋、元以降，"禅、净合一"成为中国佛教的主要形态，民间形成"家家观世音，户户弥陀佛"习俗，西方弥陀信仰更为流行。

阿弥陀佛和弥勒佛都是所谓"报身佛"，即经过修行得果报而成佛。宣扬西方阿弥陀佛信仰的主要有《无量寿经》《阿弥陀经》和《观无量寿经》，俗称"净土三部经"，是西方弥陀净土信仰的基本典据；弥勒信仰的内容分为上生信仰和下生信仰两部分，宣扬上生信仰的有北凉沮渠京生所出《弥勒上生经》等，宣扬下生信仰的有鸠摩罗什所出《弥勒下生成佛经》和《弥勒成佛经》等，相关经典包括异译本主要有六部，俗称"弥勒六部经"。弥陀和弥勒信仰为人们提供了得救的方便途径，又指示求道的出路和前途，受到社会各阶层的普遍欢迎。

《无量寿经》今存五个译本，通行的两卷本一般作三国魏康僧铠译，不过这一点多有疑问。这部经述说佛陀在王舍城耆阇崛山，应阿难之请，说过去自在王佛时，有国王法藏出家为比丘，在佛前立下四十八大愿，累计无量功德，于十劫前成佛，号无量寿。四十八愿的主要精神是拯救所有众生往生净土，誓言这些愿望不得实现便不取正觉成佛。这是"一生补处"的菩萨本愿思想，集中体现佛教关怀、解救众生，为众生而不惜身命的本怀。经中指明"三辈往生"的前景，即把众生分为三类：上辈舍家离欲为沙门，即出家人；中辈在家修善，指信佛居士；下辈是一般平时不做功德的人。这"三辈"虽然有在家、出家的区别，功德不同，得果不同，但除了犯五逆重罪和诽谤佛法者，即使是平时不做功德的人，只要临终发心念佛，就一样能够往生净土，这就向广大民众敞开了佛国大门。这也是弥陀信仰持续争得广大信众的原因。这部经里观音已作为阿弥陀佛胁侍出现，乃是"净土三身佛"的滥觞。观音作为引领众生往生净土的接引佛，是又一种能够吸引信众的功能和功德。

《观无量寿经》，简称为《观经》，刘宋畺良耶舍译，宣讲三福、十六观往生净土的修行法门。三福指世福（孝亲、敬师、戒杀等善业）、戒福（持戒）、行福（依佛法修行）；"十六观"指大乘禅观十六种观想念佛方法，包括观想三辈往生行相等。这部经的缘起是一个凄婉动人的故事，说阿阇世王原本是摩揭陀国太子，听信提婆达多挑唆，把父王频婆娑罗幽禁在七重室内；他的母亲韦提希夫人以苏蜜掺和麦麨（炒面）涂在身上，又用璎珞盛葡萄浆蜜，趁探访时送给国王吃，使国王得以存活；后来被阿阇世发现，囚禁了夫人；夫人忧愁憔悴，生厌离心，遥礼耆阇崛山，向佛祈祷；佛陀与目犍连、阿难现身王宫，韦提希表示志愿往生阿弥陀佛极乐世界。她就是这部经听佛说法的对象。韦提希闻佛说法，欢喜悟解，得无生法忍。这个韦提希夫人拯救丈夫的故事生动感人，几个人物性格鲜明。特别是对韦提希夫人的刻画，不但写出她求道的热心和执着，更表现她作为妻子的忠贞、智慧、坚强、刚烈，这就树立了一个女子诚挚求道的典范。

弥勒信仰里上生信仰和下生信仰相结合，比起弥陀信仰来构成更复杂的内容。弥勒上生是说他本是中印波婆利国人，曾师事婆罗门教，后来接受佛陀教化，成为佛弟子，得佛授记（佛陀对发心众生授予当来必定作佛的预记），未来作佛，先佛入灭，上升兜率天。所谓兜率天，为欲界第四重天；"兜率"意为"知足"，即五欲境知止足的意思。这就是所谓"弥勒净土"。弥勒下生是说他作为菩萨正在兜率天待机，到其寿四千岁、约人间五十七亿六千万年之后、攘佉转轮圣王时，正法治化，四大宝藏应时出现，他将降神于大婆罗门家，自右胁生，出家学道，在金刚庄严道场龙华菩提树下成佛，先后在龙华树下华林园中为人、天众生三会说法，广度群生。这一信仰向人们允诺未来的美好世界，预言在久远的未来幸福时代弥勒将降临人间。这样，弥勒信仰虽然同样是大乘佛陀观与佛土观的产物,但具有不同于西方弥陀信仰的内涵。弥陀净土在十万亿佛土之外的遥远西方,是神秘的佛国;而弥勒净土在欲界六天之中,对于有情更为接近,从一定意义说具有更鲜明的现实性格。弥勒作为未来佛,允诺未来美好世界改天换地,在中国历史上往往被作为颠覆现实秩序的思想武器,被一些民众反抗活动和民间秘密宗教所利用。这应当是它的弘传不及弥陀信仰的原因。

净土类经典把无限美妙的佛国展现在人们面前。如弥陀经典上说,弥陀净土在过十万亿国土的西方,"名曰极乐,其土有佛,号阿弥陀,今现在说法……其国众生无有众苦,但受诸乐,故名极乐"。这样无限美好的理想世界当然是苦难众生所向往和欢迎的。鸠摩罗什所出《阿弥陀经》文字华美,把极乐世界的景象清晰、生动地展现在人们面前:

> 又舍利弗,极乐国土,七重栏楯,七重罗网,七重行树,皆是四宝周匝围绕,是故彼国名曰极乐。又舍利弗,极乐国土有七宝池,八功德水充满其中,池底纯以金沙布地,四边阶道金银、琉璃、颇梨(玻璃)合成。上有楼阁,亦以金、银、琉璃、颇梨、砗磲(一种玉石)、赤珠、马瑙而严饰之。池中莲花大如车轮,青色青光,黄色黄光,赤色赤光,白色白光,微妙香洁。舍利弗,极乐国土成就如是功德庄严。又舍利弗,彼佛国土,常作天乐,黄金为地,昼夜六时天雨曼陀罗华,其国众生常以清旦,各以衣裓盛众妙华,供养他方十万亿佛,即以食时,还到本国,饭食经行(在一定地方旋绕往来,是修道方法)。舍利弗,极乐国土成就如是功德庄严。复次舍利弗,彼国常有种种奇妙杂色之鸟,白鹄、孔雀、鹦鹉、舍利、迦陵频伽、共命之鸟,是诸众鸟,昼夜六时出和雅音,其音演畅五根(信根、精进根、念根、定根、慧根,五者为一切善法之根本)、五力(信力、精进力、念力、定力、慧力)、七菩提分(又称"七觉支":择法菩提分、精进菩提分、喜菩提分、轻安菩提分、念菩提分、定菩提分、舍菩

提分)、八圣道分(又称"八正道":正见、正思惟、正语、正业、正命、正精进、正念、正定),如是等法,其土众生闻是音已,皆悉念佛、念法、念僧。舍利弗,汝勿谓此鸟实是罪报所生。所以者何?彼佛国土无三恶趣(地狱、饿鬼、畜生)。舍利弗,其佛国土,尚无三恶道之名,何况有实?是诸众鸟,皆是阿弥陀佛欲令法音宣流变化所作。舍利弗,彼佛国土,微风吹动诸宝行树及宝罗网,出微妙音,譬如百千种乐,同时俱作,闻是音者,皆自然生念佛、念法、念僧之心。舍利弗,其佛国土成就如是功德庄严。

这样的描写,利用排比堆砌的夸饰手法,把现实景物和幻想事物集中、杂糅在一起,创造出华彩纷呈的画面,比起中国传统辞赋的排比词藻更为生动鲜明,也就能够造成强烈的艺术效果。同样《弥勒上生经》里的兜率天是欲界诸天,描绘的景象更像是现实中统治者享乐生活的缩影:

智慧威德,五欲众具,快乐安隐,亦无寒、热、风、火等病,无九恼苦(佛陀示现此俗所遭遇的九种灾难,文繁不具);寿命具足八万四千岁,无有中夭;人身悉长一十六丈,日日常受极妙安乐,游深禅定以为乐器……有一大城名翅头末,纵广一千二百由旬,高七由旬,七宝庄严,自然化生七宝楼阁,端严殊妙庄校清净,于窗牖间列诸宝女,手中皆执真珠罗网,杂宝庄校以覆其上,密悬宝铃声如天乐。七宝行树,间树渠泉,皆七宝成,流异色水,更相映发,交横徐逝,不相妨碍,其岸两边纯布金沙。街巷道陌广十二里,悉皆清净,犹如天园扫洒清净。有大龙王名多罗尸弃,福德威力,皆悉具足,其池近城,龙王宫殿如七宝楼,显现于外,常于夜半化作人像。以吉祥瓶盛香色水,洒淹尘土,其地润泽譬如油涂,行人往来无有尘坌。是时世人福德所致。巷陌处处有明珠柱,光喻于日,四方各照八十

由旬，纯黄金色，其光照耀昼夜无异，灯烛之明犹若聚墨，香风
时来吹明珠柱，雨宝璎珞，众人皆用，服者自然如三禅乐（三禅
天的快乐，三禅天为色界第三天，名定生喜乐地）。处处皆有
金、银、珍宝、摩尼珠等，积用成山，宝山放光，普照城内，人民
遇者皆悉欢喜，发菩提心……时世人民若年衰老，自然行诣山
林树下，安乐淡泊，念佛取尽，命终多生大梵天（指离淫欲的色
界诸天）上及诸佛前。其土安隐，无有怨贼劫窃之患，城邑聚
落无闭门者，亦无衰恼水火刀兵，及诸饥馑毒害之难。人常慈
心，恭敬和顺，调伏诸根，如子爱父，如母爱子，语言谦逊，皆由
弥勒慈心训导，持不杀戒，不啖肉故……

从文学表现角度讲，净土经典提供了理想化的、令人无限憧憬的美
好世界的图景。它们夸饰的行文、华丽的词藻，利用重叠、堆砌等
修饰手段加强效果的表现手法，创造出虚幻缥缈却又真切动人的
印象，无论是构思方式，还是写作手法，都给中国重写实、重人事
的艺术传统注入了新成分。净土也成为中国文学、艺术表现的题
材，并为描摹理想世界提供了一种范本。这就不仅开拓了文学艺
术的表现领域，更潜移默化地影响作家、艺术家的创作思维和表现
方式。

　　以上简单介绍几部大乘经，是在中国流传广泛也是历代文人
所熟悉、对于文学创作造成巨大影响的经典。就对于中国文学发
展的总体意义看，除了其自身的文学成就、文学价值值得重视，它
们又成为历代文学创作可资借鉴的宝贵资源，促进了中国文学的
创新与进步。它们作为中国文学遗产的构成部分，值得加以珍重。

　　又"三藏"里的论藏所收的"论"，是后世学僧阐释佛法的著作，
基本是论说体裁。但不少作品的论说技巧、语言修辞达到相当高
的艺术水平；论说中往往穿插偈颂，如歌如诗，像是精致的说理诗；
其中又包含许多譬喻、本生故事，等等，都体现出相当的文学价值，
许多部分可看作是文学作品。下面"作品释例"选录《修行道地经》

里的一品，为部派佛教说一切有部（简称"有部"，音译"萨婆多部"，此部派主张，生、体、异、灭"有为四相"悉是"实有"，过去、来来体亦实有，故称"一切有"；而此"有"皆因缘所生，故又称"说因部"。此部派在中国佛教发展中影响巨大）论师僧伽罗叉（意译众护）所造，是讲佛教文学常常引录的，附在本讲，仅供管窥。

作品释例

《妙法莲华经》（鸠摩罗什译，节选）

卷二《譬喻品》（节选）

……尔时佛告舍利弗："我先不言诸佛世尊以种种因缘、譬喻言辞方便说法，皆为阿耨多罗三藐三菩提耶？是诸所说，皆为化菩萨（佛、菩萨以神通力变化而成的菩萨身）故。然舍利弗，今当复以譬喻更明此义，诸有智者以譬喻得解。

"舍利弗，若国邑、聚落有大长者，其年衰迈，财富无量，多有田宅及诸僮仆。其家广大，唯有一门，多诸人众，一百、二百乃至五百人止住其中。堂阁朽故，墙壁隤落（倒塌；隤，tuí，崩颓），柱根腐败，梁栋倾危，周匝俱时欻然（欻，xū，忽然）火起，焚烧舍宅。长者诸子若十、二十或至三十在此宅中。长者见是大火从四面起，即大惊怖，而作是念：我虽能于此所烧之门安隐（平安）得出，而诸子等于火宅内乐著（贪恋）嬉戏，不觉不知，不惊不怖，火来逼身，苦痛切己，心不厌患，无求出意。舍利弗，是长者作是思惟：我身手有力，当以衣裓（gé，衣服前襟）若（或）以机案从舍出之。复更思惟：是舍唯有一门，而复狭小，诸子幼稚，未有所识，恋著戏处，或当堕落，为火所烧；我当为说怖畏之事：此舍已烧，宜时疾出，无令为火之所烧害。作是念已，如所思惟，具告诸子：'汝等速出！'父虽怜愍，善言诱喻，而诸子等乐著嬉戏，不肯信受，不惊不畏，了（全）无出心，亦复不知何者是火，何者为舍，云何为失，但东西走戏、视父而已。尔时长者即作是念：此舍已为大火所烧，我及诸子若不时出，必为所焚，我今当设方便，令诸子等得免斯害。父知诸子先心各有所好，种种珍玩奇异之物，情必乐著，而告之言：'汝等所可玩好，稀有难得，汝若不取，后必忧悔。如此种种羊车、鹿车、牛车今在门外，可以游戏。汝等于此火宅，宜速出来，随汝所欲，皆当与汝。'尔时诸子闻父所说珍玩之物，适其愿故，心各勇锐，互相推排，竞共驰走，争出火宅。是时长者见诸子等安隐得出，皆于四衢道中露地而坐，无复障碍，其心泰然，欢喜踊跃。时诸子等各白父言：'父先所许玩好之具，羊车、鹿车、牛车，愿时赐与。'舍利弗，尔时长者各赐诸子等一大车，其车高广，众宝庄校，周匝栏楯，四面悬铃，又于其上张设幰（xiǎn，车前的帷幔）盖（车盖），亦以珍奇杂宝而严饰之；宝绳绞络，垂诸华缨，重敷绾綖（wǎn yán），安置丹枕；驾以白牛，肤色充洁，形体姝好，有大筋力，行步平正，其疾如风，又多仆从而侍卫之。所以者何？是大长者财富无量，种种诸藏（财宝）悉皆充溢，而作是念：我财物无极，不应以下劣小车与诸子等。今此幼童，皆是吾子，爱无偏党，我有如是七宝大车其数无量，应当等心各各与之，不宜差别。所以者何？以我此物周给一国犹尚不匮（kuì，缺少），何况诸子？是时诸子各乘大车，得未曾有，非本所望。舍利弗，于汝意云何？是长者等与诸子珍宝大车宁有虚妄不？"舍利弗言："不也，世尊，是长者但令诸子得免火难，全其躯命，非为虚妄。何以故？若全身命，便为已得玩好之具，况复方便于彼火宅而拔济之。世尊，若是长者，乃至不与最小一车犹不虚妄。何以故？是长者先作是意：我以方便，令子得出，以是因缘，无虚妄也。何况长者自知财富无量，欲饶益诸子，等与大车？"

佛告舍利弗："善哉！善哉！如汝所言。舍利弗，如来亦复如是，则为一切世间之父，于诸怖畏、衰恼、忧患、无明、暗蔽永尽无余，而悉成就无量知见、力无所畏，有大神力及智慧力，具足方便、智慧波罗蜜，大慈大悲，常无懈倦，恒求善事，利益一切，而生三界朽故火宅，为度众生生、老、病、死忧悲，苦恼（即嗔）、愚痴（即痴）、暗蔽（即贪）三毒之火，教化令得阿耨多罗三藐三菩提。见诸众生为生、老、病、死忧悲、苦恼之所烧煮，亦以五欲财利故，受种种苦，又以贪著、追求故，现受众苦，后受地狱、畜生、饿鬼之苦，若生天上及在人间，贫穷、困苦、爱别离苦、怨憎会苦，如是等种种诸苦，众生没在其中，欢喜游戏，不觉不知，不惊不怖，亦不生厌，不求解脱，于此三界火宅东西驰走，虽遭大苦，不以为患。舍利弗，佛见此已，便作是念：我为众生之父，应拔其苦难，与无量无边佛智慧乐，令其游戏。舍利弗，如来复作是念：若我但以神力及智慧力，舍于方便，为诸众生赞如来知见、力无所畏者，众生不能以是得度。所以者何？是诸众生未免生、老、病、死忧悲、苦恼，而为三界火宅所烧，何由能解佛之智慧？舍利弗，如彼长者，虽复身手有力而不用之，但以殷勤方便，勉济诸子火宅之难，然后各与珍宝大车。如来亦复如是，虽有力无所畏而不用之，但以智慧、方便于三界火宅拔济众生，为说三乘声闻、辟支佛、佛乘，而作是言：汝等莫得乐住三界火宅，勿贪粗弊色、声、香、味、触也，若贪著生爱，则为所烧，汝速出三界，当得三乘声闻、辟支佛、佛乘。我今为汝保任（担保）此事，终不虚也。汝等但当勤修精进。如来以是方便诱进众生，复作是言：汝等当知，此三乘法皆是圣所称叹，自在无系，无所依求，乘是三乘，以无漏（离去烦恼；漏，烦恼）根（五根）、力（五力：信、精进、勤念、定、慧）、觉（七觉支：念、择、精进、喜、轻安、定、舍）、道（八正道）、禅定、解脱三昧（意译"定""正受"，息虑凝心，安住不动）等而自娱乐，便得无量安隐快乐。舍利弗，若有众生内有智性，从佛世尊闻法信受，殷勤精进，欲速出三界，自求涅槃，是名声闻乘，如彼诸子为求羊车出于火宅；若有众生从佛世尊闻法信受，殷勤精进，求自然慧，乐独善寂，深知诸法因缘，是名辟支佛乘，如彼诸子为求鹿车出于火宅；若有众生从佛世尊闻法信受，勤修精进，求一切智、佛智、自然智、无师智、如来知见（上述诸智均指佛智，含义侧重点不同），力无所畏,愍念安乐无量众生,利益天、人,度脱一切,是名大乘,菩萨求此乘故,名为摩诃萨(菩萨通称),如彼诸子为求牛车出于火宅。舍利弗,如彼长者见诸子等安隐得出火宅,到无畏处,自惟财富无量,等以大车而赐诸子;如来亦复如是,为一切众生之父,若见无量亿千众生以佛教门,出三界苦,怖畏险道,得涅槃乐,如来尔时便作是念:我有无量无边智慧、力、无畏等诸佛法藏(以佛法含藏无量性德,故称法藏),是诸众生皆是我子,等与大乘,不令有人独得灭度,皆以如来灭度而灭度之。是诸众生脱三界者,悉与诸佛禅定、解脱等娱乐之具,皆是一相一种圣所称叹,能生净妙第一之乐。舍利弗,如彼长者初以三车诱引诸子,然后但与大车,宝物庄严,安隐第一,然彼长者无虚妄之咎,如来亦复如是,无有虚妄,初说三乘引导众生,然后但以大乘而度脱之。何以故? 如来有无量智慧、力、无所畏诸法之藏,能与一切众生大乘之法,但不尽能受。舍利弗,以是因缘,当知诸佛方便力故,于一佛乘分别说三。"佛欲重宣此义,而说偈言:

"譬如长者,有一大宅,其宅久故,而复顿弊。

堂舍高危,柱根摧朽,梁栋倾斜,基陛隤毁,

墙壁圮(pǐ,坍塌)坼,泥涂褫(chǐ,剥夺)落,覆苫(shān,草帘子)乱坠,椽梠(lǔ,屋檐)差脱。

周障(遍布)屈曲,杂秽充遍,有五百人,止住其中。

鸱、枭、雕、鹫,乌、鹊、鸠、鸽,蚖(yuán,蜥蜴)、蛇、蝮(毒蛇)、蝎,蜈蚣、蚰蜒,

守宫(一种蜥蜴)百足,鼬狸、鼷鼠,诸恶虫辈,交横驰走。

屎尿臭处,不净流溢,蜣螂诸虫,而集其上,

狐、狼、野干(兽名,似狐),咀嚼践蹋,嚌(jì,尝)啮死尸,骨肉狼藉。

由是群狗,竞来搏撮,饥羸慞惶,处处求食,

斗诤揸(zhā,捕捉)掣,嘊喍(ái chái,犬斗貌)嗥吠,其舍恐怖,

变状如是。

处处皆有，魑魅、魍魉，夜叉、恶鬼，食啖人肉。

毒虫之属，诸恶禽兽，孚（fū，孵卵）乳产生，各自藏护。

夜叉竞来，争取食之，食之既饱，恶心转炽，

斗诤之声，甚可怖畏。鸠盘荼鬼（佛教传说中吸精气的鬼），蹲踞土埵（duǒ，坚硬的土），

或时离地，一尺二尺，往返游行，纵逸嬉戏，

捉狗两足，扑令失声，以脚加颈，怖狗自乐。

复有诸鬼，其身长大，裸形黑瘦，常住其中，

发大恶声，叫呼求食。复有诸鬼，其咽如针。

复有诸鬼，首如牛头，或食人肉，或复啖狗，

头发蓬乱，残害凶险，饥渴所逼，叫唤驰走。

夜叉、饿鬼，诸恶鸟兽，饥急四向，窥看窗牖。

如是诸难，恐畏无量。是朽故宅，属于一人，

其人近出，未久之间，于后舍宅，欻然火起……”

《维摩诘所说经》（鸠摩罗什译，节选）

卷上《不思议品》（节选）

……尔时舍利弗见此室中无有床座，作是念：斯诸菩萨、大弟子众当于何坐？长者维摩诘知其意，语舍利弗言："云何，仁者，为法来耶？求床座耶？"

舍利弗言："我为法来，非为床座。"

维摩诘言："唯，舍利弗，夫求法者，不贪躯命，何况床座？夫求法者，非有色、受、想、行、识之求，非有界（六根、六境［色、声、香、味、触、法］、六识总括为十八界）、入（六根为内六入，六境为外六入）之求，非有欲、色、无色（以上三界）之求。唯，舍利弗，夫求法者，不著佛求，不著法求，不著众（僧众）求。夫求法者，无见苦求，无断集求，无造尽证（证灭）、修道之求。所以者何？法无戏论（非

理无义的言论）。若言我当见苦、断集、证灭、修道，是则戏论，非求法也。唯，舍利弗，法名寂灭，若行生灭，是求生灭，非求法也。法名无染，若染于法乃至涅槃，是则染著，非求法也。法无行处，若行于法，是则行处，非求法也。法无取舍，若取舍法，是则取舍，非求法也。法无处所，若著处所，是则著处，非求法也。法名无相，若随相识，是则求相，非求法也。法不可住，若住于法，是则住法，非求法也。法不可见、闻、觉、知，若行见、闻、觉、知，是则见、闻、觉、知，非求法也。法名无为，若行有为，是求有为，非求法也。是故，舍利弗，若求法者，于一切法应无所求。"说是语时，五百天子（天神）于诸法中得法眼净（谓得法眼通，明见真谛）。

尔时长者维摩诘问文殊师利言："仁者游于无量千万亿阿僧祇国，何等国土有好上妙功德成就师子之座？"

文殊师利言："居士，东方度三十六恒河沙国有世界，名须弥相，其佛号须弥灯王，今现在。彼佛身长八万四千由旬，其师子座高八万四千由旬，严饰第一。"

于是长者维摩诘现神通力，即时彼佛遣三万二千师子之座，高广严净，来入维摩诘室。诸菩萨、大弟子、释（天帝释）、梵（梵天）、四天王等昔所未见。其室广博，悉皆包容三万二千师子之座，无所妨阂（阻隔不通；阂，hé，从外面关门）；于毗耶离城及阎浮提四天下（四大洲：东胜身洲、南赡部洲［亦作南阎浮提洲］、西牛货洲、北俱卢洲）亦不迫迮，悉见如故。尔时维摩诘语文殊师利就师子座，与诸菩萨、上人俱坐，当自立身如彼座像。其得神通菩萨即自变形为四万二千由旬，坐师子座。诸新发意菩萨及大弟子皆不能升。

尔时维摩诘语舍利弗就师子座。舍利弗言："居士，此座高广，吾不能升。"

维摩诘言："唯，舍利弗，为须弥灯王如来作礼，乃可得坐。"

于是新发意菩萨及大弟子即为须弥灯王如来作礼，便得坐师子座。

舍利弗言：“居士，未曾有也，如是小室，乃容此高广之座，于毗耶离城无所妨阂，又于阎浮提聚落、城邑及四天下诸天、龙王、鬼神宫殿亦不迫迮。”

维摩诘言：“唯，舍利弗，诸佛、菩萨有解脱，名不可思议。若菩萨住是解脱者，以须弥之高广内（通“纳”）芥子中，无所增减，须弥山王本相如（如法，实相）故，而四天王及忉利诸天不觉不知己之所入。唯应度者，乃见须弥入芥子中，是名不可思议解脱法门。又以四大海水入一毛孔，不娆（扰乱）鱼、鳖、鼋、鼍水性之属，而彼大海本相如故。诸龙、鬼神、阿修罗（意译“非天”，六道之一）等，不觉不知己之所入，于此众生亦无所娆。又舍利弗，住不可思议解脱菩萨，断取三千大千世界，如陶家（陶器工匠）轮著右掌中，掷还恒沙世界之外，其众生不觉不知己之所往，又复还置本处，都不使人有往来想，而此世界本相如故。又舍利弗，或有众生乐久住世而可度者，菩萨即演七日以为一劫，令彼众生谓之一劫；或有众生不乐久住而可度者，菩萨即促一劫以为七日，令彼众生谓之七日。又舍利弗，住不可思议解脱菩萨以一切佛土严饰之事，集在一国，示于众生；又菩萨以一佛土众生置之右掌，飞到十方，遍示一切，而不动本处。又舍利弗，十方众生供养诸佛之具，菩萨于一毛孔皆令得见；又十方国土所有日、月、星宿，菩萨于一毛孔普使见之。又舍利弗，十方世界所有诸风，菩萨悉能吸著口中，而身无损，外诸树木，亦不摧折；又十方世界劫尽烧时（古印度传说一劫结束时大火焚烧一切），以一切火内于腹中，火事如故，而不为害；于于下方过恒河沙等诸佛世界，取一佛土，举著上方，过恒河沙无数世界，如持针锋举一枣叶而无所娆。又舍利弗，住不可思议解脱菩萨能以神通现作佛身，或现辟支佛身，或现声闻身，或现帝释身，或现梵王身，或现世主身，或现转轮王身。又十方世界所有众声，上、中、下音，皆能变之，令作佛声，演出无常、苦、空、无我之音，及十方诸佛所说种种之法，皆于其中普令得闻。舍利弗，我今略说菩萨不可思议解脱之力，若广说者，穷劫不尽。"

　　是时大迦叶闻说菩萨不可思议解脱法门，叹未曾有，谓舍利弗："譬如有人于盲者前现众色像，非彼所见，一切声闻闻是不可思议解脱法门，不能解了为若此也。智者闻是，其谁不发阿耨多罗三藐三菩提心！我等何为永绝其根，于此大乘，已如败种（腐烂种子）。一切声闻闻是不可思议解脱法门，皆应号泣，震动三千大千世界；一切菩萨应大欣庆，顶受此法。若有菩萨信解不可思议解脱法门者，一切魔众无如之何。"

　　大迦叶说是语时，三万二千天子皆发阿耨多罗三藐三菩提心。

　　尔时维摩诘语大迦叶："仁者，十方无量阿僧祇世界中作魔王者，多是住不可思议解脱菩萨，以方便力教化众生，现（示现）作魔王。又迦叶，十方无量菩萨，或有人从乞手足、耳鼻、头目、髓脑、血肉、皮骨、聚落、城邑、妻子、奴婢、象马、车乘、金银、琉璃、车磲、玛瑙、珊瑚、琥珀、真珠、珂贝（一种贝壳）、衣服、饮食，如此乞者，多是住不可思议解脱菩萨，以方便力而往试之，令其坚固。所以者何？住不可思议解脱菩萨有威德力，故行逼迫，示诸众生如是难事。凡夫下劣，无有力势，不能如是逼迫菩萨，譬如龙象蹴踏，非驴所堪。是名住不可思议解脱菩萨智慧方便之门。"

《佛说阿弥陀经》（鸠摩罗什译）

　　如是我闻：一时佛在舍卫国祇树给孤独园，与大比丘僧千二百五十人俱，皆是大阿罗汉、众所知识，长老舍利弗、摩诃目乾连、摩诃迦叶、摩诃迦栴延、摩诃拘缔罗、离婆多、周梨盘陀迦、难陀、阿难陀、罗睺罗、憍梵波提、宾头卢颇罗堕、迦留陀夷、摩诃劫宾那、薄俱罗、阿㝹（nóu，同"㺱"）楼驮（又译作"阿那律"。以上佛弟子名，计十六人，为佛陀十六大弟子），如是等诸大弟子并诸菩萨摩诃萨文殊师利法王子、阿逸多菩萨、乾陀诃提菩萨、常精进菩萨，与如是等诸大菩萨及释提桓因（即天帝释）等无量诸天、大众俱。

　　尔时佛告长老舍利弗："从是西方过十万亿佛土,有世界名曰极乐,其土有佛号阿弥陀,今现在说法。舍利弗,彼土何故名为极乐? 其国众生无有众苦,但受诸乐,故名极乐。又舍利弗,极乐国土,七重栏楯(栏杆)、七重罗网、七重行树,皆是四宝周匝围绕,是故彼国名曰极乐。又舍利弗,极乐国土有七宝池,八功德水充满其中,池底纯以金沙布地,四边阶道金、银、琉璃、颇梨合成。上有楼阁,亦以金、银、琉璃、颇梨、砗磲、赤珠、马瑙而严饰之。池中莲花大如车轮,青色青光,黄色黄光,赤色赤光,白色白光,微妙香洁。舍利弗,极乐国土成就如是功德庄严。又舍利弗,彼佛国土,常作天乐,黄金为地,昼夜六时天雨曼陀罗华,其国众生常以清旦,各以衣裓盛众妙华,供养他方十万亿佛,即以食时,还到本国,饭食经行。舍利弗,极乐国土成就如是功德庄严。复次舍利弗,彼国常有种种奇妙杂色之鸟,白鹄、孔雀、鹦鹉、舍利(鸟名)、迦陵频伽(传说中的好声鸟)、共命之鸟(传说中的一头两身鸟),是诸众鸟,昼夜六时出和雅音,其音演畅五根、五力、七菩提分、八圣道分,如是等法,其土众生闻是音已,皆悉念佛、念法、念僧。舍利弗,汝勿谓此鸟实是罪报所生。所以者何? 彼佛国土,无三恶趣(即三恶道:地狱、饿鬼、畜牲)。舍利弗,其佛国土,尚无三恶道之名,何况有实? 是诸众鸟,皆是阿弥陀佛欲令法音宣流变化所作。舍利弗,彼佛国土,微风吹动诸宝行树及宝罗网,出微妙音,譬如百千种乐,同时俱作,闻是音者,皆自然生念佛、念法、念僧之心。舍利弗,其佛国土成就如是功德庄严。

　　"舍利弗,于汝意云何? 彼佛何故号阿弥陀? 舍利弗,彼佛光明无量,照十方国,无所障碍,是故号为阿弥陀。又舍利弗,彼佛寿命及其人民无量无边阿僧祇劫,故名阿弥陀。舍利弗,阿弥陀佛成佛已来于今十劫。又舍利弗,彼佛有无量无边声闻弟子,皆阿罗汉,非是算数之所能知,诸菩萨亦复如是。舍利弗,彼佛国土成就如是功德庄严。

　　"又舍利弗，极乐国土众生生者皆是阿鞞跋致（另译"阿惟越致"，既不退转），其中多有一生补处，其数甚多，非是算数所能知之，但可以无量无边阿僧祇劫说。舍利弗，众生闻者应当发愿，愿生彼国。所以者何？得与如是诸上善人俱会一处。舍利弗，不可以少善根福德因缘得生彼国。舍利弗，若有善男子、善女人闻说阿弥陀佛，执持名号，若一日、若二日、若三日、若四日、若五日、若六日、若七日，一心不乱，其人临命终时，阿弥陀佛与诸圣众现在其前，是人终时心不颠倒，即得往生阿弥陀佛极乐国土。舍利弗，我见是利，故说此言。若有众生闻是说者，应当发愿生彼国土。

　　"舍利弗，如我今者赞叹阿弥陀佛不可思议功德。东方亦有阿閦鞞佛、须弥相佛、大须弥佛、须弥光佛、妙音佛，如是等恒河沙数诸佛，各于其国出广长舌相（佛的三十二相之一，舌广而长，象征善说法），遍覆三千大千世界，说诚实言，汝等众生当信是称赞不可思议功德一切诸佛所护念经；舍利弗，南方世界有日月灯佛、名闻光佛、大焰肩佛、须弥灯佛、无量精进佛，如是等恒河沙数诸佛，各于其国出广长舌相，遍覆三千大千世界，说诚实言，汝等众生当信是称赞不可思议功德一切诸佛所护念经；舍利弗，西方世界有无量寿佛、无量相佛、无量幢佛、大光佛、大明佛、宝相佛、净光佛，如是等恒河沙数诸佛，各于其国出广长舌相，遍覆三千大千世界，说诚实言，汝等众生当信是称赞不可思议功德一切诸佛所护念经；舍利弗，北方世界有焰肩佛、最胜音佛、难沮佛、日生佛、网明佛，如是等恒河沙数诸佛，各于其国出广长舌相，遍覆三千大千世界，说诚实言，汝等众生当信是称赞不可思议功德一切诸佛所护念经；舍利弗，下方世界有师子佛、名闻佛、名光佛、达摩佛、法幢佛、持法佛，如是等恒河沙数诸佛，各于其国出广长舌相，遍覆三千大千世界，说诚实言，汝等众生当信是称赞不可思议功德一切诸佛所护念经；舍利弗，上方世界有梵音佛、宿王佛、香上佛、香光佛、大焰肩佛、杂色宝华严身佛、娑罗树王佛、宝华德佛、见一切义佛、如须弥山佛，如是等恒河沙数诸佛，各于其国出广长舌相，遍覆三千大千世界，说诚实言，汝等众生当信是称赞不可思议功德一切诸佛所护念经。

　　"舍利弗，于汝意云何？何故名为一切诸佛所护念经？舍利弗，若有善男子、善女人，闻是经受持者，及闻诸佛名者，是诸善男子、善女人皆为一切诸佛共所护念，皆得不退转于阿耨多罗三藐三菩提。是故，舍利弗，汝等皆当信受我语及诸佛所说。舍利弗，若有人已发愿，今发愿，当发愿，欲生阿弥陀佛国者，是诸人等皆得不退转于阿耨多罗三藐三菩提，于彼国土若已生，若今生，若当生。是故，舍利弗，诸善男子、善女人若有信者，应当发愿生彼国土。舍利弗，如我今者称赞诸佛不可思议功德，彼诸佛等亦称说我不可思议功德，而作是言：释迦牟尼佛能为甚难稀有之事，能于娑婆国土（意译"忍土"，指释迦牟尼教化之地，即现今人间），五浊恶世，劫浊、见浊、烦恼浊、众生浊、命浊中得阿耨多罗三藐三菩提，为诸众生说是一切世间难信之法。舍利弗，当知我于五浊恶世行此难事，得阿耨多罗三藐三菩提，为一切世间说此难信之法，是为甚难。"

　　佛说此经已，舍利弗及诸比丘、一切世间天、人、阿修罗等，闻佛所说，欢喜信受，作礼而去。

《修行道地经》（天竺众护造、西晋竺法护译，选一品）

卷三《劝意品》

　　修行道地（修行能生善果，故谓道地），以何方便自正其心？吾曾闻之：昔有国王，选择一国明智之人以为辅臣。尔时国王设权方（计谋）无量之慧，选得一人，聪明博达，其志弘雅，威而不暴，名、德俱足。王欲试之，欲知何如？故以重罪欲加此人，敕告臣吏，盛满钵油而使擎之，从北门来，至于南门，去城二十里，园名调戏，令将到彼。设所持油堕一滴者，便级（斩首）其头，不须启问。于是颂曰：

　　　　假使其人到戏园，承吾之教不弃油，

当敬其人如我身，中道弃油便级头。

尔时群臣受王重教（严格教令），盛满钵油以与其人。两手擎之，甚大愁忧，则自念言：其油满器，城里人多，行路车马、观者填道。譬如水定而风吹之，其水波扬，人亦如是，心不安隐。退自念言：无有一人而劝勉我言莫恐懅（jù，焦急、惧怕）也，是器之油擎至七步尚不可诣，况有里数耶？此人忧愦（忧愁昏乱），不知所凑，心自怀懅。于是颂曰：

睹人、象、马及车乘，大风吹水心如此，

志怀怖懅惧不达，安能究竟了此事？

其人心念：吾今定死，无复有疑也。设使擎钵，使油不堕，到彼园所，尔乃活耳。当作专计：若见是非而不转移，唯念油钵，志不在余，然后度耳。于是其人安行徐步，时诸臣兵及众观人，无数百千随而视之，如云兴起围绕太山。于是颂曰：

其人擎钵心坚强，道见若干诸观者。

众人围绕而随之，譬如江海兴大云。

当尔其人擎钵之时，音声普流，莫不闻知，无央数（不可数）人皆来集会。众人皆言：观此人衣、形体、举动定是死囚。斯之消息乃至其家，父母宗族皆共闻之，悉奔走来，到彼子所，号哭悲哀。其人专心，不顾二亲、兄弟、妻子及诸亲属，心在油钵，无它之念。于是颂曰：

其子啼泣泪如泉，若干种泣哭叹父，

心怀怖懅不省亲，专精秉志而持钵。

众人论说，相令称噭（jiào，呼叫），如是再三。时一国人普来集会，观者扰攘，唤呼震动，驰至相逐，躄（bì，仆倒）地复起，转相登蹋，间不相容。其人心端，不见众庶。于是颂曰：

众人叫唤不休息，前后相逐不容闻，

而擎油钵都不观，如雹雨空无所伤。

观者复言："有女人来，端正姝好，威仪、光颜，一国无双，如月盛满，星中独明，色如莲华，行于御道（都城大道）。像貌巍巍，姿色逾人，譬如玉女（神女），又若忉利天王之后，字曰护利，端正姝好，诸天人民，莫不敬重。于今斯女昭昭如是，能八种舞，音声清和，闻者皆喜。"于是颂曰：

举动而安详，歌舞不越法，

其心怀欢喜，感动一切人。

歌颂声则悲，其身而逶迤（姿态宛转），

不疾亦不迟，被服顺政齐。

七种微妙音，奇述（新奇技艺）有五十，

三处（心、身、相）而清净，宫商节相和。

身从头至足，庄严宝璎珞，

语言而美雅，犹若甘露降。

尔时其人一心擎钵，志不转动，亦不察视。观者皆言："宁使今日见此女颜，终身不恨，胜于久存而不睹者也。"彼时其人虽闻此语，专精擎钵，不听其言。于是颂曰：

巧便而安详，其舞最巧妙，

一切人贪乐，譬如魔之后，

能动离欲者，何况于凡夫？

来往其人边，擎钵心不倾。

当尔之时，有大醉象放逸奔走，入于御道。众人相谓："今醉象来，踏蹴吾等，而令横死。"此为魃（bá，造成旱灾的鬼怪）魅（精怪）化作象形，多所危害，不避男女，身生疮痍，其身粗涩，譬若大髀（bì，大腿），毒气下流，舌赤如血，其腹委地，口唇如垂，行步纵横，无所省录（顾及）。人血涂体，独游无难，进退自在，犹若国王。遥视如山，暴鸣哮吼，譬如雷声，而擎其鼻，瞋恚忿怒。于是颂曰：

大象力强甚难当，其身血流若泉源，

踏地兴尘而张口，如欲危害于众人。

其象如是恐怖观者，令其驰散，破坏兵众。诸众奔逝，一切睹者而欲怖死，能拔大树，践害群生，虽得杖痛，无所畏难。于是颂曰：

> 坏众及群象，恐怖人或死，
>
> 排拨诸舍宅，奔走不畏御。
>
> 名闻于远近，刚强以为德。
>
> 憍慢无所录，不忍于高望。

尔时街道、市里坐肆诸买卖者，皆㦷收物，盖藏（储藏）闭门，畏坏屋舍，人悉避走。又杀象师，无有制御，瞋恚转甚，蹈杀道中象马、牛羊、猪犊之属，碎诸车乘，星散狼藉。于是颂曰：

> 诸坐肆者皆盖藏，伤害人、畜碎车乘，
>
> 睹见如是闭门户，狼藉如贼坏大营。

或有人见，怀振恐怖，不敢动摇；或有称怨，呼嗟泪下；或有迷惑，不自觉知；有未著衣，曳之而走；复有迷误，不识东西；或有驰走，如风吹云，不知所至也。中有惶慄，以腹拍地；又人穷逼，张弓安箭而欲射之；或把刀刃，意欲前挌。中有失色，恍惚妄语；或有怀瞋，其眼正赤；又有屏住，遥睹欢喜，虽执兵仗，不能加施。于是颂曰：

> 于斯迷怖慄，亦有而悲涕，
>
> 或愕无所难，又有执兵仗，
>
> 愁愦躄地者，邈绝（魂飞魄散）不自知，
>
> 获是不安隐，皆由见醉象。

彼时有人晓化象咒，心自念言：我自所学调（调教）象之法，善恶之仪，凡有八百，吾观是象，无此一事，吾今当察从何种出：上种有四，为是中种、下种耶？以察知之，即举大声而诵神咒。于是颂曰：

> 天王授金刚（谓利器，此指咒语），吾有微妙语，
>
> 能除诸贡高（骄横），羸劣能令强。

彼人即时举声称曰："诸觉明者，无有自大，亦不兴热（热恼，焦

灼），弃除恩爱，承彼奉法，修行诚信之所致也，象捐贡高，伏心使安。"说此往古先圣二偈言：

　　　　"淫泆（yì，放荡）及怒、痴，此世三大憍，
　　　　诚道无诸垢（烦恼），众热为以消。
　　　　用彼至诚法，修行亦如是，
　　　　大意供象王，除惑舍贡高。"

　　尔时彼象闻此正教，即捐自大，降伏其心，便顺本道，还至象厩，不犯众人，无所娆害。其擎钵人，不省象来，亦不觉还。所以者何？专心惧死，无它观念。于是颂曰：

　　　　见象如暴雨，而心未曾乱，
　　　　其雨虽止已，虚空亦不悦；
　　　　其人亦如是，不省象往还，
　　　　执心擎油钵，如藏宝不忘。

　　尔时观者扰攘驰散，东西走故，城中失火，烧诸宫殿及众宝舍，楼阁高台现妙巍巍，辗转连及。譬如大山无不见者，烟皆周遍，火尚尽彻。于是颂曰：

　　　　其城丰乐严正好，宫殿屋舍甚宽妙，
　　　　而烟普熏莫不达，火炽如人故欲然。

　　火烧城时，诸蜂皆出，放毒啮人。观者得痛，惊怪驰走。男女大小，面色变恶，乱头衣解，宝饰脱落。为烟所熏，眼肿泪出。遥见火光，心怀怖懅，不知所凑，辗转相呼。父子、兄弟、妻息、奴婢，更相教言："避火！离水！莫堕泥坑，尔乃安隐。"于是颂曰：

　　　　愁忧心怀不自觉，家室、亲属及仆从，
　　　　乘诸象、马悲哀出，言有大火当避舍。

　　尔时官兵悉来灭火。其人专精，一心擎钵，一滴不堕，不觉失火及与灭时。所以者何？秉心专意，无它念故。于是颂曰：

　　　　有众人迷惑，如鸟遇火飞，
　　　　其火烧殿舍，烟出如浮云，

　　头乱而惊怖，避烟火驰走。

　　一心在油钵，不觉火起灭。

是时五色云起，天大雷电。于是颂曰：

　　既兴大雾非时雨，风起吹云令纯阴，

　　虚空普遍无清天，犹暴象群云如是。

　　尔时乱风起，吹地兴尘，沙砾、瓦石，填于王路，拔树折枝，落诸华实。于是颂曰：

　　风起扬尘而周普，兴云载水无不遍，

　　暴风忽冥不相见，雷电俱降无不惊。

　　彼时大云而焰掣电（闪电），霹雳落堕，孔雀皆鸣，天便放雨，堕于诸雹。虽有此变，其人不闻，所以者何？专念油钵。于是颂曰：

　　其放逸象时，犹如大云兴，

　　堕雹失火、风，拔树坏屋舍。

　　其人不睹见，何善谁为恶，

　　不觉风云起，但观满钵油。

　　尔时其人擎满钵油，至彼园观，一滴不堕。诸臣、兵吏悉还王宫，具为王说所更众难，而人专心擎钵不动，不弃一滴，得至园观。王闻其言，叹而则曰："此人难及，人中之雄！不顾亲属及与玉女，不惧巨象、水、火之患、雷电霹雳。吾闻雷声，愕然怖懅，虽有启白，不省其言。或有心裂而终亡者，或有怀驹而伤胎者。人民所立，悉不自觉，虽遇众难，其心不移。如是人者，无所不办，心强如斯，终不得难，地狱王考（通"拷"，拷问），能食金刚。"其王欢喜，立为大臣。于是颂曰：

　　见亲族泣涕，及醉象暴乱，

　　虽遭诸恐难，其心不移易。

　　王睹人如此，心坚定不转，

　　亲爱而弘敬，立之为大臣。

　　尔时正士其心坚固，虽遭善恶及诸恐难，志不转移，得脱死罪，既自豪贵,寿考长生也。修行道者,御心如是,虽有诸患及淫、怒、痴来乱诸根,护心不随,摄意第一,观其内体,察外他身,痛("触"的古译,知觉)、痒("受"的古译,感受)心法亦复如是。于是颂曰:

　　如人擎油钵,不动无所弃,
　　妙慧意如海,专心擎油器。
　　若人欲学道,执心当如是,
　　意怀诸德明,皆除一切瑕:
　　若干之色欲,再兴于怒、痴。
　　有志不放逸,寂灭而自制,
　　人身有病疾,医药以除之;
　　心疾亦如是,四意(四意趣:平等意趣、别时意趣、别义意趣、补特伽罗[众生,有情]意乐意趣)止除之。

　　心坚强者,志能如是:则以指爪坏于雪山,以莲华根钻穿金山,则以锯断须弥宝山。其无有信,不能精进,而怀谀谄,放逸喜忘,虽在世久,终不能除淫、怒、痴垢。有信、精进、质直、智慧,其心坚强,亦能吹山而使动摇,何况而除淫、怒、痴也? 故修行者欲成道德,为信、精进、智慧、朴直调御其心,专在行地(身、口、意行,以能生果报故曰地)。于是颂曰:

　　直、信而精进,智慧、无谀谄,
　　是五德除瑕,离心无数秽。
　　采解无量经,自觉斯佛教,
　　但取其要言,分别义无量。

第五讲　诗僧与僧诗

僧诗创作是中国僧团的传统

东晋以降，佛教僧团急速扩展，文化水平大幅度提高，培养出一批能文善艺的僧人，另又有些士大夫栖身佛门，僧侣中文名卓著并留有文集的，即有支遁、慧远、汤惠休、惠琳等人。到唐代，随着禅宗发展，又有一批才华卓著的"诗僧"出现，宋、元、明、清，历朝都有僧人步其后尘。独具特色的僧诗创作丰富了诗坛，成为中国古代诗歌遗产值得重视的部分，对于佛教的发展，对于历代文坛都造成相当大的影响。

中国僧诗创作结合了两方面传统：一是翻译佛教经典使用偈颂的传统。外来佛教经典组织、分类有所谓"十二部经""十二分教"。其中的"伽陀"（汉语"偈"是其译音简化），意译为"孤起"，是独立的偈颂；另一类"祇夜"，意译为"应颂"，是重复散体说教的偈颂。大量运用偈颂韵语是翻译经典文体的重要特征。译成汉语的许多经典的行文体制是韵散结合的。翻译佛典偈颂采取诗歌形式，有些表现技巧精致的确实可以看作是外语翻译诗歌，不过大多数格律并不严格，一般诗意也不浓厚。早期中国僧、俗写作赞佛、辅教作品即多借鉴翻译经典的这种偈颂体裁。再是中国诗歌创作的传统。中国是诗的国度，从《诗》《骚》起直到如今，诗歌一直是文学创作的主要体裁。诗歌在中国不但被用来言志、缘情、体物，还被用来论政、咏史、述学等等，当然可以用来表达佛教内容。特别是历朝有一批知识精英参加僧团，他们有诗歌创作的教养，也就有把佛教内容纳入诗歌创作之中的需要和可能。这样，外来翻译经典的偈颂传统与中国的诗歌创作传统相结合，造成僧诗创作长久兴旺、发达的局面，也形成这部分诗作艺术上的某些特征。

关于僧诗创作，白居易《题道宗上人十韵诗序》里有一段话：

> ……予始知上人之文为义作，为法作，为方便智（善巧方便的智慧，即实智）作，为解脱性（解脱指涅槃，涅槃之性即佛性）作，不为诗而作也。知上人者云尔。恐不知上人者，谓为护国、法振、灵一、皎然之徒与？

他为僧人道宗诗作序，理所当然要称赞道宗的诗，说他的诗是"为义作，为法作，为方便智作，为解脱性作"，即为张扬"佛法"而创作。作为对比，他提出护国等几个人，都是当时活跃在社会上的"诗僧"，说他们这些人"为诗而作"，即写的是与一般诗人同样的诗。道宗的作品，如今没有留存，应当是宣扬佛理或表达信仰的；护国等几个人是中唐著名诗僧，作品具见《全唐诗》，多数是内容和形式大体与世俗诗人作品类似的诗。

白居易说的两种情况，实际也是历来僧诗创作的两个"传统"。比如北周释亡名有《五苦诗》，包括《生苦》《老苦》《病苦》《死苦》《爱离》五首，附《五盛阴》一首。其中《病苦》：

> 拔剑平四海，横戈却万夫。一朝床枕上，回转仰人扶。壮色随肌减，呻吟与痛俱。绮罗虽满目，愁眉独向隅。

这是用通俗语言来解说佛教"苦谛"之一的病苦，主旨在表达佛理，"诗味"寡淡。又如南朝刘宋的汤惠休，曾为官，后出家，诗风侧艳。

所作《杨花曲》三首,是民歌风的小诗:

> 葳蕤华结情,宛转风含思。掩涕守春心,折兰还自遗。
>
> 江南相思引,多叹不成音。黄河西北去,衔我千里心。
>
> 深堤下生草,高城上入云。春人心生思,思心长为君。

这几首诗清丽自然,涉想奇妙,颇得江南乐府风韵,这是地地道道的"诗人之诗",看不出与佛教的关系,有评论说"绮丽之诗,自惠休始"(《刘师培学术论著》)。这两类诗都不能体现"僧"诗的独特面貌与价值。

值得注意的是僧诗中的另一类型作品。僧人本应是遗世独立的修道者,群居在僧院"方外"环境之中,度过不同于世俗的修道生活,会形成独特的心态和情趣。在中国传统政治体制之下,当然有受到统治者优宠、依附权势的高级沙门,但也有不少如慧远那样"不事(侍奉)王侯,高尚其事"、坚持晦迹苦修、不慕荣利的"高僧"。特别是那些由于各种原因弃世出家的人,包括不同程度地受到现实体制压迫、具有批判意识的知识分子,他们寻求拒斥社会威压、摆脱名缰利锁的出路,在佛教空净、超然、寂寥的境界中得到精神安慰;他们利用诗歌来抒写独特的内心感受和精神体验,创作出内容与风格迥异的作品,从而给诗歌创作传统注入了新的内容、新的艺术表现技巧。具有独特价值、值得特别称许的僧诗主要是这类作品。

刘禹锡在《澈上人文集纪》里说"世之言诗僧多出江左"。所谓"江左",指长江下游江东地方。中唐时期诗僧活跃于"江左",有社会的和教团内部的条件。"安史"动乱,中原凋敝,江左地区基本保持安定,乱后更成为中原财赋仰赖之地,那里的经济、文化得到发展,并吸引大批士大夫聚居。有些人是为了躲避战乱而流寓;另一些人则把那里当作营生或栖身之地;再是由于朝廷倚重江左财赋,多派遣有政能文才的重臣、干吏出任地方官,他们当中不少人本身就是文人,热心招引、结纳文士,等等。这几类人物都又多有支持、亲近、信仰禅宗的。而就佛教僧团情况论,当时"教外别传"的禅宗发展臻于极盛,江左是禅宗活动的重要中心之一。禅宗把烦难的修持简化为自性清净的体悟功夫,破除繁琐戒律束缚,进一步打破僧、俗界限;开放的禅门吸纳众多文人,又有许多禅师参与各种社会活动,包括从事诗歌创作。如前所述,佛教本来就有创作偈颂的传统,宗门又大兴写作禅偈之风,这对推动诗僧的活动也起了巨大作用。

这样,自佛教发达的东晋,历朝僧团中都有人写诗,僧人中出现不少诗人;禅宗兴盛,开放的禅风又培养出一批以诗为业的诗僧。他们留下大量作品,许多是思想内容与艺术表现富于创意、具有独特价值、在诗歌史上造成一定影响的。宋代以降,"禅教合一"成为潮流,禅宗向教门回归,禅宗兴盛时期那种狂放自由风气逐渐收敛,当初那种类型的诗僧也就不复存在,但僧诗创作作为传统仍绵延不绝,名家、名作历代多有。直到明清之际的遗民文学、近代维新与革命文学创作之中,都包含僧诗创作的成绩。

贯　休

《唐才子传》里记载唐代诗僧"乔松于灌莽,野鹤于鸡群者"八人:灵一、灵澈、皎然、清塞、无可、虚中、齐己、贯休,并说"皆东南产秀,共出一时",即全都出于江左。其中前五位基本活动在中唐,大体涵盖"安史之乱"后半个世纪时期,只是无可时间靠后。后面三个人活跃于晚唐、五代,这是又一个诗僧辈出的时期。经过黄巢起义大动乱,这一时期割据的强藩纷纷独立,终于形成"五代十国"分裂局面,中原地区战乱不绝,江南和两川则比较安定,当地的统治者采取一些保境安民、发展生产的措施，又容纳文人，比较注重文事。后来蔚为大国的"曲子辞"就是在这一时期在西蜀、南唐兴盛起来的。佛教的情形，唐武毁佛以后，禅宗恢复很快，这与其宗风不重经戒、与世俗社会结合紧密有关，也是因为得到各地割据强藩的支持和保护。如镇冀镇之于临济宗、闽南王氏之于雪峰一系、南汉刘氏之于云门宗，以及后来南唐李氏之于法眼宗等。其时不少士大夫到藩镇求取出路，也给禅师与士大夫交游提供了条件。这种种因素促成新一代诗僧活跃，其时两位杰出代表是贯休和齐己。

　　贯休（832—912），字德隐，有《禅月集》。他七岁在家乡兰溪（今浙江兰溪市）和安寺出家，勤奋好学，十几岁时和邻院童子处默于精修之暇作诗唱和，十五六已颇有诗名。青年时期的贯休山居修道，和诗人方干、李频结交，并曾上书处州（今浙江丽水市）刺史段成式，这些都是当时的名流，也是诗人。约在咸通四、五年（863—864），他移居洪州（今江西南昌市）开元寺，又结交在那里的诗人陈陶。陈陶不求闻达，恣游名山，自称"三教布衣"。当时在洪州还有诗僧栖隐、处默、修睦与处士沈颜、曹松、张凝、陈昌符等，他们诗歌酬唱。后来他又到吴越等处，再访方干于旧居，并结识诗人周朴。这样，他云游四方，结交僧俗诗友，开阔视野，丰富见闻。当时强藩钱镠割据江东，乾宁三年（896）领镇海、浙东两镇节度使（治今浙江杭州市），据说贯休曾前往拜谒，献诗说：

　　　　贵逼人来不自由，龙骧凤翥势难收。满堂花醉三千客，一
　　剑霜寒十四州（当时江东十四州）。鼓角揭天嘉气冷，风涛动
　　地海山秋。东南永作金天柱，谁羡当时万户侯。

又据说钱镠得到献诗之后，让他把"十四州"改为"四十州"，流露扩张领地野心，他坚决不从，匆匆离去，表示自己如闲云野鹤，哪里都可以栖身。不过按诸历史，这并非事实。不过这种传说却能够体现他不媚权贵精神的一面。后来他西至武昌，会见诗僧栖一；又到

江陵，依荆南节度使（治荆州，今湖北荆门市）成汭。当时的荆州文人荟萃，贯休结交在那里的吴融、令狐涣、姚洎、王溥、韩偓等人。他不久离开荆州。这一次离去的原因，史料记载不一。据《十国春秋》，说是因为得罪成汭，被递解到黔中；据《五代史补》，则说是不得意自动离去的。此后他又游黔中、南岳，在长沙会见诗僧齐己。天复三年（903）前后至蜀，正当镇帅王建准备立国称帝的时候。他曾向王建献《尧铭》《舜铭》，这当然有颂谀意味，又显然所望匪人，却也表明他对于清明政治的期望。在前蜀，他和王建重臣也是著名文人的韦庄、毛文锡、欧阳炯等往还唱和。这样，贯休生逢乱世，本是"方外"僧人，却不得不奔走在豪门权贵之间，形如俳优、清客；可是他阅历很多，交游很广，又关注世事，具有强烈正义感，所见所闻形之于诗，往往大胆抨击，言辞激烈，造成强烈的讽刺效果。据说王建僭位后游龙兴寺，有诸王贵戚陪侍，招贯休，令诵近作，他读了《公子行》（《全唐诗》卷八二六收录《少年行》三首，此为其中之一）：

> 锦衣鲜华手擎鹘，闲行气貌多轻忽。稼穑艰难总不知，五帝三皇是何物。

这样，贯休虽然依附权势，却能够坚持批判姿态，在唐末五代暗淡的诗坛上，留下一批可读的作品。

有评论说贯休诗写得"粗"。他的表现技巧确实不及稍后的齐己，可是就题材的广阔和思致的高远论，贯休则显然超过后者。贯休比齐己年长三十岁左右，亲身经历黄巢战乱，目睹割据强藩的纷争劫夺和民众所受苦难，一些作品相当真实地反映了现实的黑暗和严酷。如《阳春曲》：

> 畏口莫学阮嗣宗（籍），不言是非非至公。为手须似朱云辈，折槛英风至今在。男儿结发事君亲，须学前贤多慷慨。历数雍熙房（玄龄）与杜（如晦），魏公（魏徵）、姚公（崇）、宋开府

（曤），尽向天上仙宫闲处坐。何不却辞上帝下下土，忍见苍生
苦苦苦。

这首诗题下有注"江东广明初作"。广明元年（880）春，黄巢起义军
攻下江东，同年入长安。诗中表示反对像诗人阮籍那样作无谓
的慨叹，希望出现汉代朱云那样直言敢谏、肃清朝廷的大臣，又讽
刺当政者自比为唐初治世能臣房、杜等却尸位素餐，无视民隐，诗
的结句更直接倾诉对于民生苦难的痛切感受。他还写了《富贵曲
二首》《陈宫词》《行路难》等，对权悻的倒行逆施和世道的腐败黑暗
加以揭露和抨击。如《偶作五首》其一：

> 谁信心火多，多能焚大国。谁信鬓上丝，茎茎出蚕腹。尝
> 闻养蚕妇，未晓上桑树。下树畏蚕饥，儿啼亦不顾。一春膏血
> 尽，岂止应王赋。如何酷吏酷，尽力搜将去。蚕蛾为蝶飞，伪
> 叶空满枝。冤梭与恨机，一见一沾衣。

中、晚唐诗颇多写蚕妇题材的，但写得如此痛切、深刻的并不多见。
又如《酷吏词》，对酷吏的控诉尖锐激烈，指陈天下滔滔，逃避无所，
正是现实状况的真实写照。贯休的一些描写战事军旅的诗写得也
很有气势。宋代诗僧智圆《读禅月集》诗称赞说："属兴难忘水与
山，救时箴戒出其间。读终翻恨吾生晚，不得斯人一往还。"贯休那
些具有强烈的政治内容和激烈抗争性格的作品是晚唐诗坛颇具光
彩的创作成果。他有诗《读离骚经》等，对屈原表示敬仰，又在《古
意九首》里说"常思李太白，仙笔驱造化"，他的一些诗确实能够发
扬屈原、李白一派的传统精神，在当时是很难得的。

贯休作为诗僧，写得最多的当然是禅悟修道和赠答应酬的诗。
这类作品里有在艺术上颇为精致的，如代表作《山居诗二十四首》。
这篇组诗是咸通（860—874）年间在南昌开始创作，中和元年（881）
避乱于山寺，修改定稿。其第一、二首：

> 休话喧哗事事难，山翁只合住深山。数声清磬是非外，一

个闲人天地间。绿圃（园地）空阶云冉冉，异禽灵草水潺潺。无人与向群儒道，岩桂（《楚辞》淮南小山《招隐士》："桂树丛生兮山之幽……山气巃嵸兮石嵯峨"，"岩桂"象征隐士所居）枝高更好攀。

难是言休即便休，高吟静坐碧峰头。三间茅屋无人到，十里松关独自游。明月清风宗炳社，夕阳秋色庾公楼（在江西九江，传说为晋庾亮镇江州时所建）。修心未到无心（心无所著）地，万种千般逐水流。

这组诗表面是抒写山居之适意，实则发露自己的处境和心情。与他同时的著名诗人吴融评论他的诗"多以理胜，复能创新意，其语往往得景物于混茫自然之际，然其旨归，必合于道"（《禅月集序》），《山居诗》正切合这样的评价。

贯休有些小诗也写得简净透脱，意象鲜明。如《招友人宿》：

银地无尘金菊开，紫梨红枣堕莓苔。一泓秋水一轮月，今夜故人来不来。

又《马上作》：

柳岸花堤夕照红，风清襟袖辔璁珑。行人莫讶频回首，家在凝岚一点中。

这样的作品，体现贯休创作精美、迥永的一面。

贯休欣赏孟郊、贾岛，这也是当时诗坛风气使然。他有《读孟郊集》诗说："清刳霜雪髓，吟动鬼神司。举世言多媚，无人师此师。"孟、贾诗风凄苦寒俭，以"苦吟"著称，构思奇辟，注重造句、练字功夫。贯休赞赏他们，体现其艺术趣味的另一方面。他身处晚唐五代黑暗衰败时代，欣赏、赞美李白那种盛世培养出来的积极奋进精神，在创作中也有意模仿，但心境难免萧飒悲凉，写作又走向琐细幽僻、偏枯雕凿一途。这就颇与孟、贾类似了。如有句"乳鼠穿荒壁,溪龟上净盆"(《桐江闲居作十二首》),"浮藓侵蛮穴,微阳落鹤巢"(同上),"石獭衔鱼白,汀茅侵浪黄"(《秋末入匡山船行八首》),"印缺香崩火,窗疏蝎吃风"(《寄怀楚和尚二首》),等等,都是涉想不凡、难以入诗的景物,着力模画,造成的意境幽僻琐细,流于险怪了。

贯休又是取得独特成就的画家和书家。所画罗汉著名,形象奇崛险怪;书法行、草、隶、篆俱佳,逸荡可喜。两方面都对后世造成相当影响。

齐　己

齐己(864—943),俗姓胡,字得生,益阳(今湖南益阳市)人,自号"衡岳沙门",有《白莲集》。他幼孤贫,居家近大沩山(在潭州,今湖南长沙市),据说七岁时为寺院放牛,就用竹枝画牛背作小诗,老僧异之,遂鼓励他出家。其后游历江、湘一带,曾住长沙道林和庐山东林等寺,后来到京城长安。他遍览名胜,诗名渐高,曾到襄州(今湖北襄阳市),拿自己的作品请教大诗人郑谷,据说其《早梅》诗有句曰:"前村深雪里,昨夜数枝开。"郑谷说:"数枝非早也,未若一枝佳。"当时齐己不觉下拜说:"我一字师也。"这个传说,有不同版本,难以考实。不过据当时人孙光宪的《白莲集序》,郑谷确有赠诗赞扬他:"格清无俗字,思苦有苍髭。讽味都忘倦,抛琴复舍棋。"表明他写诗颇费苦心,着力推敲。他又到豫章(江西南昌市)西山,访问施肩吾、陈陶故居。天复(901—904)年间,后来自立为楚国国主的马殷割据湖南,招纳文士,有沈彬、廖凝、刘昭禹、李宏皋、许中雅、诗僧虚中、尚颜等,齐己来到长沙,俨然成为文坛盟主。应是在这个时候,他曾和贯休见过面。前面提到成汭割据江陵,后继者高季兴据其地,搜聚四方名节之士,齐己前往依附,龙德元年(921)被礼接于龙兴寺,净院安置,给其月俸,命为僧正。他在荆州日久,交往欧阳炯、贯休弟子昙域、可准等人。他一生交游见于诗作的,还有诗人陆龟蒙、司空图、李洞和诗僧修睦、自牧等,均为一时名家。齐己晚年曾再度入长安。时值后唐明宗李嗣源第二子从荣在其病危时起兵,欲夺取皇位,失败被杀。齐己被从荣接纳,从荣败死,齐己险些罹祸。

齐己和贯休一样游走四方,广泛参学,接触社会实际,对现实矛盾、民生疾苦亦多有了解。和贯休一样,他以"闲云野鹤"的姿态奔走于强权豪势之间,内心是充满矛盾的,有诗说:

> 禅外求诗妙,年来鬓已秋。未尝将一字,容易谒王侯。

但不事王侯只是他内心的志愿,在乱世之中不得不投靠权势。而客观现实让他对于统治者的残暴、腐败有更深入的了解。他有《看金陵图》诗说:

> 六朝图画战争多,最是陈宫(指南朝臣后主,荒淫亡国)计数讹。若爱苍生似歌舞,隋朝自合耻干戈。

这首诗借六朝覆灭影射现实,指斥统治者劫夺征战,不恤民命,暗示残虐地对待百姓不可避免败灭的命运。

齐己写了不少揭露社会黑暗、同情民间疾苦的诗。其中有些用乐府体,如《猛虎行》《苦热行》《西山叟》等,颇能发扬中唐"新乐府运动"讽时刺世的精神。又如《耕叟》:

> 春风吹蓑衣,暮雨滴篛笠。夫妇耕共劳,儿孙饥对泣。田园高且瘦,赋税重复急。官仓鼠雀群,共待新租入。

这样的作品,以质朴的语言揭露苛政暴赋对民众的残害,与晚唐杜荀鹤、皮日休、聂夷中的同类诗歌相似。他的《乱后经西山寺》诗写"松烧寺破是刀兵,谷变陵迁事可惊",描绘亲身经历战祸带给他的沉痛印象；他的《谢炭》诗写寒冬珍惜炭火："必愿吞难尽，唯愁拨易销。"没有切身体验恐怕难于写出这样曲折的心态，结尾又写道："豪家捏为兽，红进锦茵焦。"以鲜明的对比，揭露贫富不均的沉痛现实；他的《读岘山碑》立意新奇，不是正面歌颂当年羊祜的功德及其如何受到民众爱戴，而说"何人更堕泪，此道亦殊时……那堪望黎庶，匝地是疮痍"，在今昔对比中揭露当今世道黑暗。这类作品清楚表明齐己虽依附豪门，却并非受人豢养的奴仆，而能够持比较清醒的批判态度，代民众抒写不平和愤慨。

齐己的五言律清润平淡，兼有冷峭之致，后人称赞仍能保有唐调。如前面提到的《剑客》诗：

> 拔剑绕残樽（樽中有残酒），歌终便出门。西风满天雪，何处报人恩。勇死寻常事，轻仇不足论。翻嫌易水（在今河北易县境，战国时荆轲为燕太子丹往刺秦王，丹在易水边为他饯行，高渐离击筑，荆轲和而歌曰："风萧萧兮易水寒，壮士一去兮不复还！"）上，细碎动离魂（离人思绪）。

这首诗描写义士反抗强暴、不畏牺牲、只身慷慨赴敌的情景，发露作者精神世界的另一侧面。当然作为诗僧，齐己的更多作品或抒写修道体验，或描写自然风光，或表现交际应酬。这后面几类作品中也颇有可读的篇章，如《秋夜听业上人弹琴》：

> 万物都寂寂，堪闻弹正声（雅正音乐）。人心尽如此，天下自和平。湘水泻秋碧，古风吹太清（天空）。往年庐岳（庐山）奏，今夕更分明。

四十个字描写琴音，清通闲雅，而寄托遥深。又《登祝融峰》：

> 猿鸟共不到，我来身欲浮。四边空碧落，绝顶正清秋。宇宙知何极，华夷见细流。坛西独立久，白日转神州。

这首诗感叹宇宙悠远，人世变迁，意境高远，在晚唐五代诗里是不

可多见的。又《早梅》诗,是前面已经提到过的名篇:

万木冻欲折,孤根暖独回。前村深雪里,昨夜一枝开。风
递幽香去,禽窥素艳来。明年如应律,先发望春台。

古人截取这首诗的前四句,成为精美绝句。全篇情景鲜明,特别是
写出了"早"梅的神韵,在盎然生机中暗示一种强韧、昂扬的风格,
在古今咏梅诗中堪称佳作。主要是根据这类作品,后来有人置齐
己的成就于贯休之上。

　　齐己与贯休同样推重贾岛、孟郊,这也是一时风气使然。他的
《经贾岛旧居》诗说:"若有吟魂在,应随夜魄回。地宁销志气,天忍
罪清才。"《览延栖上人卷》诗又说:"贾岛苦兼此,孟郊清独行。"他
赞赏孟、贾,首先是因为自己怀才不遇而引为同调;又和贯休一样,
赞赏并有意追模孟、贾作诗的苦吟功夫。他在《寄郑谷郎中》诗中
曾说"觅句如觅虎";写到自己的创作体验又说:"诗在混茫前,难搜
到极玄。有时还积思,度岁未终篇。"(《寄谢高先辈见寄二首》之
二)这样,他的不少作品着力雕琢字句,如"影乱冲人蝶,声繁绕堑
蛙"(《残春》),"鹤归寻僧去,鱼狂入海回"(《严陵钓台》),等等,也
和贯休所作相似,意境同样过于奇辟、窘狭、琐细了。

　　唐代的诗僧,行事作风、创作风格很不相同。例如晚唐有一位
广宣,名噪一时,出入宫廷,是典型的朝廷御用诗人,作品基本是朝
廷的应制、酬唱之作。又大多数诗僧受制于生活境界,精神境界比
较窘狭,创作内容比较偏枯,写作格调比较简淡,字里行间流露出
所谓"酸馅气""蔬笋气",令人不喜。还有另如钱锺书所指出,许多
诗僧"貌为缁流,实非禅子"(《谈艺录》),实际身份与一般文人无
别,所作乃是前面所说"诗人之诗"一类,别无特色,诗艺上殊少贡
献。迁延到宋代,仍有许多诗僧活动。宋初有所谓"九僧",即淮南
惠崇、剑南希昼、金华保暹、南越文兆、天台行肇、汝州简长、青城维
凤、江东宇昭、峨眉怀古九人,作品合集名《九僧诗集》。欧阳修已

经说其作品当时不见流传，司马光则说他们留下的作品可观者数联而已。其后北宋诗僧著名者有道潜（参寥）和惠洪，南宋有被列入江西诗派的"三僧"如璧、善权和祖可，其创作成绩有限。

明　本

　　元代在蒙古族统治之下，经济、文化发展都遭受相当严重的阻碍和破坏。而就中国佛教总体发展形势看，其思想理论层面虽已鲜有创新，但在文化领域仍发挥相当大的影响。元朝廷和蒙古族上层信仰藏传佛教萨迦派，注重发挥其镇护国家、祈福降祥、消灾除难、粉饰太平的宗教功能。而为了确保对所征服广大汉地的控制，对于传播广泛、影响巨大的汉传佛教同样加以推崇和支持。由于蒙古统治者实行种族压迫政策，大量汉族知识分子沉沦社会下层，有些人出家为僧，给僧团文化活动提供了动力。这也成为一代僧诗创作得以兴盛的条件。

　　在元代，唐宋时期那种以诗为业的诗僧已不复存在，从事僧诗创作的多数是有地位、有影响的宗师。他们参悟修道，导训门徒，留有法语偈颂，写诗乃是"副业"。面对异民族的统治和压迫，僧团的政治态度发生分化，大体形成依附朝廷和苦修隐居两大派。元代僧诗创作，属到后一派的僧人成就为大。其中中峰明本是十分杰出而又具有鲜明特色的一位。

　　明本（1263—1323），俗姓孙，以住天目山中峰得号"中峰""天目中峰"，以筑幻住庵居住号"幻住道人"。依临济宗法系计算，他是南岳二十三世，临济下十九世。

　　临济宗到宋代分化出黄龙、杨岐两派，杨岐派圆悟克勤弟子中著名者有大慧宗杲和虎丘绍隆二人，门下传承有绪，分别形成所谓

"大慧派"和"虎丘派"。其中大慧派在传统上热衷世事，多热心结纳高官大僚，得到朝廷推重。而对比之下，属于虎丘派的大抵淡泊世情，晦迹修道。入元，面对异民族政权，出于虎丘一系的雪岩祖钦(？—1287)及其门下，进一步发扬该派宗风。其嗣法弟子高峰原妙(1238—1295)，吴江(今江苏苏州市)人，在临安东天目山龙须岭、武康双髻峰栖身苦修。元兵攻克临安(1276)，门徒散去，他仍掩关坚坐，绝食兼旬，参修不辍。到南宋最终灭亡的宋祥兴二年(元至元十六年，1279)，他趁夜逃到天目山西峰，见狮子岩拔地千仞，崖石林立，遂于其地营造草庵，后来又在山壁凿造石洞，名"死关"而居。至元二十年(1283)，信士洪乔祖在狮子岩左建狮子正宗禅寺；二十八年(1291)，俗弟子、两浙运使瞿霆发又在莲花峰施建大觉禅寺，学徒云集，遂成一大道场。他直到圆寂(元贞元年，1295)没有下山。明本即是他的弟子。

明本，南宋景定四年(1263)生于南宋首都临安府附近的钱塘(今浙江杭州市)。次年，蒙元改燕京为中都，改元至元，这个强大政权已把统一中国的行动提到日程。明本生长在这风雨飘摇时代，又处在军事冲突激烈地区。他九岁丧母；十五岁礼佛燃臂，决志出家；至元二十三年(1286)二十四岁，已经是蒙古人平定南方之后，入天目山参谒高峰原妙；次年，依原妙出家于狮子院；再次年，受具足戒。禅宗学徒依例要广泛参学，遍访名师，而明本一生只以原妙一人为师。可见师资道合之无间，也可知明本个性的孤傲。

在蒙古大军攻克临安次年二月，元朝廷即派遣僧人南下，接着又任命杨琏真加为江南释教总统；至元二十八年，在建康设立管理江南佛教的行宣政院，三十年移驻杭州。行宣政院使由担任江浙行中书省丞相或平章政事的蒙古人或色目人兼领。朝廷又继承南宋的"五山十刹"制度。所谓"五山"，指径山兴圣万寿禅寺、灵隐山景福灵隐寺、南屏山净慈寺(以上均在今浙江杭州市)、天童山景德寺、阿育王山广利寺（以上在今浙江宁波市）；十刹指今浙江、江苏、福建十座大刹。这些大寺作为朝廷直接管理的"官寺"，住持按世俗官署等级和官僚晋升制度升迁，充分体现出蒙元朝廷统治下汉传佛教"御用化""官僚化"加深的程度以及对于新征服地区佛教管理的严格。

明本作高峰嫡传弟子，在门下参究修行十年。高峰迁化（元贞元年，1295）之前，把大觉禅寺托付给他，他推辞不受，把首座之位让给师兄弟祖雍，即飘然下山。在到他去世的近三十年间，云游山林江湖，居无定所，深自韬晦，躲避权势，拒绝荣崇，继承、发扬了高峰门风。他作为众望所归的宗师，作风又与高峰那种山居苦修、孤峭严冷有所不同，采取更为放达自如、任运随缘的态度；又和赵孟頫等文坛名士交好，热衷著述、说法，留下许多法语、语录、偈颂以及诗文。

他离开天目山，先后到杭州西湖东南吴山、吴门（今江苏苏州市）、安徽天柱山、庐山、金陵（今江苏南京市）等地云游。大德三年（1299）冬，在太湖之南、吴兴（今浙江湖州市）弁山资福寺后的黄沙坑建幻住庵，是为后来在不同地点创建幻住庵之始。所谓"幻住"，义取大乘佛教的"如幻三昧"（觉悟一切诸法如幻的三昧；三昧，禅定）。次年，再游吴门，于阊门之西雁荡结庵而居，赵孟頫题匾额为"栖云"。越三年后，乞食云游江浙各地，或结庵而居，或船居水上，曾应请回天目山，在师子岩山居苦修。他屡经官府举荐，大寺征辟，一再坚辞不受。元仁宗累欲召见阙廷，亦终不一至。元英宗即位（1321）之后，行宣政院强请他主持五山第一位的杭州径山，亦辞退书状。至治三年（1323），圆寂于天目山东岗之草庵。文宗天历二年（1329），朝廷谥号"智觉"，塔曰"法云"，诏奎章阁学士虞集撰塔铭。元统二年（1334），大普庆寺住持善达密的里（汉名慈寂）表奏《广录》三十卷入藏，元顺帝加赐普应国师。著述有弟子辑《天目中峰和尚广录》三十卷和《天目明本禅师杂录》十卷、《梅花百咏》

《幻住庵清规》等。

作为一代佛教宗师,他主张自性弥陀,唯心净土,妙悟本心,从而使见性的唯心净土和净土宗的极乐净土统一起来,参禅和念佛统一起来,两者一门深入。这是当时"禅净合一"佛教的基本主张。他又重视民间信仰,在《幻住庵清规》规定供奉的神明里,纳入大量道教和民间神祇,也体现当时佛教民俗化的总体趋势。他七岁通"市学",学《论》《孟》,接受传统文化教育,后来广交文人名士,有机会钻研诗文;又长年度过穷崖孤舟、草衣木食、徜徉山水、屏遁踪迹生活,给创作提供了丰富、独特材料。他的诗作把丛林禅颂、文人隐逸避世和易代遗民文学三个传统糅合起来,成就突出,在元代诗坛上独树一帜。

明本的诗歌包括佛门的赞、偈、颂(包括颂古)近七百首,包含律、绝、古各体。最有意趣、艺术上最为精到、值得玩味的是那些描写避地隐居情境、抒写放旷心怀的作品。这种题材的代表作有"四居"诗,即《船居十首己酉舟中作》《山居十首六安山中作》《水居六首东海州作》《廛居十首汴梁作》,皆为云游避地所作,写景述情,妙语联篇。如《船居十首己酉(至大二年,1309)舟中作》之一:

> 一瓶(指净瓶,僧人盛水具)一钵(僧人乞食用的托盘)寓轻舟,溪北溪南自去留。几逐断云藏野壑,或因明月过沧洲(滨水之地,古时常用指隐士居处)。世波汩汩(流水声)难同辙,人海滔滔孰共流。日暮水天同一色,且将移泊古滩头。

又《山居十首六安山(在庐州[今安徽合肥市]西去城七十里)中作》:

> 头陀(僧人,此指行脚乞食僧人)真趣在山林,世上谁人识此心?火宿篆盘(盘状焚香)烟寂寂,云开窗槛月沉沉。崖悬有轴长生画,瀑响无弦太古琴。不假修治(指修行)常具足,未知归者谩追寻。

如此抒写自己的闲云野鹤情怀,对于汩没在名利纷争中的生活表示鄙弃。这四组诗有句如《船居》的"随情系缆招明月，取性推蓬看远山"，"主张风月蓬三叶，弹压江湖舻一寻"；《山居》的"雪涧有声泉眼活，雨崖无路藓痕深"，"偷果黄猿摇绿树，冲花白鹿卧青莎"；《水居》的"波底月明天不夜，炉中烟透室长春"；《廛居》的"玩月楼高门巷永，卖花声密市桥多"；等等；并意趣盎然，精美可读。抒写同样情趣的律诗有描写吴门幻住庵生活的《雁荡除夜》：

> 茅屋三间冷似冰，灰头土面十余僧。扫除自己闲枝叶，不打诸方烂葛藤（指文字、语言，含义如葛藤蔓延纠结）。就手揭开新岁历，和光吹灭旧年灯。顶门别具摩酰眼（摩酰首罗天神有三眼，其中一眼竖生额头，又称"顶门眼"，高低一顾，万类齐瞻，彻底明了），越死超生似不曾。

绝句如《省庵》诗：

> 一声幽鸟到窗前，白发老僧惊昼眠。走下竹床开两眼，方知屋外有青天。

又有《田歌（留天童寺作）》诗：

> 村南村北春水鸣，村村布谷催春耕。手捧饭盂向天祝，明日插秧还我晴。

这样的小诗清新自然，禅意盎然，韵味特别深长。

另一组名作是绝句《梅花百咏》，是与冯子振的唱和之作。两人一题唱和达百首，有炫耀才情、争强斗胜意味。子振才思奔放，往往出奇制胜，而明本所和，亦雕镂尽致，壁垒相当。冯的原倡利用梅花来寄托对于美好事物的赞叹与追求，明本的和诗则更多抒写世事无常的感慨和摆脱尘劳的希冀。如《古梅》，原倡是：

> 天植孤山几百年，名花分占逋翁（宋诗人林逋，以"暗香""疏影"咏梅著称）先。只今起草新栽树，后世相看亦复然。

明本和作：

> 起如虬柏卧如槎，犹吐冰霜度岁华。山月江风常是伴，不知园馆属谁家。

明本另有咏梅七律百首。如此就一物一题反复吟咏，从不同侧面摹写物态，反复揣摩，似已通于参悟禅理的经验；又必须字斟句酌，驱遣文字，显然又借鉴了"文字禅"的技法。百首七律全都使用上平十一真同样韵字身、真、人、尘、春，首句入韵，逞奇斗巧的难度很大。其中两首：

> 征路愁迷黯动神，穿林入谷自寻真。亭亭有意冷移玉，黯黯无言空怅人。梦断阳台半云雨，泪空青冢几沙尘。余芳消歇繁华起，野外苍颜意自春。

> 横影伶仃似有神，半清浅处独呈真。数枝冲淡晚唐句，一种孤高东晋人。上苑清房谁耐雪，庐山玉峡肯蒙尘。是中天趣那能识，惜神东风漏泄春。

明本还有更似偈颂的《拟寒山》百首、《怀净土诗》一百零八首，述"禅净合一"教理，寓参禅之旨，以诗为偈，亦不乏诗意。

苍　雪

苍雪（1588—1656），名读彻，自号"苍雪"，晚年又号"南来"。父碧潭，为都讲僧。万历二十六年（1598）十一岁，随父亲祝发于昆明妙湛寺，然后即到滇黔佛教重镇的鸡足山，依水月大师，为侍者，管书记。水月名儒全，字周用，是当时遍历诸方的海内宗匠。苍雪在鸡足八年，内、外学接受了良好教养。年十九，慨然远游，入川，东下吴越。先到杭州云栖寺从明末"四大名僧"之一的云栖袾宏受沙弥戒；再到金陵从古心如馨律师受俱足戒；又听说有"明代第一诗僧"之称的雪浪洪恩结茅饭僧于苏州望亭，遂前往参谒。雪浪圆寂之后，巢松慧浸开法镇江甘露寺，他时年二十余，敝衣下坐，逢除夕，奋笔呈诗，一众惊异。后来又到太湖铁山，依一雨通润，与汰如明河同为入室弟子。雪浪之后，有所谓"巢讲雨笔"，即巢松慧浸的讲经说法、一雨通润的诗文创作，各擅其长；而苍雪兼而有之，因此诸方又有"巢、雨、苍、汰"之说。之后，住苏州支硎山中峰寺，声名大噪，所至贤士大夫希风礼足。清顺治十三年示寂于金陵宝华山，世寿六十九岁。苍雪善书画，更以诗名，王渔洋曾说"今日释子诗，以滇南读澈苍雪为第一"（《渔洋诗话》卷上）。有《南来堂集》传世。

　　苍雪生活在明末清初扰攘动乱时代，发扬大乘佛教积极入世精神，慈悲为怀，关注世事。在诗歌创作上他特别赞赏屈原、李白的浪漫主义传统，有《秦淮大社（结社）赋得投诗赠汨罗》诗说：

　　　　行吟遥想放（游放）江潭，遗事传闻自楚南。千古斯人沉不起，沧浪之水碧于蓝。湘缧（屈原投湘水死，故称湘缧）可吊魂安在，天帝无言问岂堪。兰佩荷衣（屈原《离骚》有句："纫秋兰以为佩"，"制芰荷以为衣"）长已矣，芦花蘸月影氉氉（sān sān，披散的样子）。

又《泊舟采石矶（在安徽省马鞍山市长江东岸，相传为李白醉酒捉月溺死之处）谒太白祠》诗说：

　　　　学士（李白曾为翰林学士）祠堂何处寻，峨嵋亭上月沉沉。诗才鹏翼垂天大，酒胆鲸鱼入水深。峭壁与人同卓立，流风到我又狂吟。可堪（犹不堪）不尽宫袍色（李白被唐玄宗赐黄色宫锦袍），化作秋山枫树林。

这样，正道直行、竭忠尽智、终于投渊自沉以明志的屈原，胸怀大志、笑傲王侯、同样以悲剧命运了结一生的李白，无论是人格还是诗才，都是他所神往并愿作为楷模的。

苍雪的诗气盛骨劲,想幽语隽。王渔洋曾有记载说:

> 南来苍雪法师名读澈,居吴之中峰,尝夜读《楞严》,明月如水,忽语侍者:"庭心有万历大钱一枚,可往捡取。"视之果然。师贯穿教典,尤以诗名。尝有句云:"斜枝不碍经行路,落叶全埋入定身。""一夜花开湖上路,半春家在雪山中。"此类甚多。己未二月,师弟子秋皋过访,说此。秋皋有句云:"鸟啼残雪树,人语夕阳山。"亦有家法。(《带经堂诗话》)

这里所引第二联诗出《别九玉徐公订铁山看梅》,全篇是:

> 我欲求闲不得闲,君诗删过又重删。灯前预定看梅约,岁暮遥怜破冻还。一夜花开湖上路,半春家在雪中山。停舟记取溪桥外,望见茅庵直叩关。

这首诗典型地体现了苍雪的风格:抒写超逸情怀,富禅思理趣,格律工稳,语丽情遥。

苍雪特工于近体,如《葑门(苏州城东门)化城庵留别社中诸友》:

> 相送了无意,临岐忽黯然。回看吴苑(吴地园林)树,独上秣陵(秦汉南京古称)船。春老还山路,江昏欲暮天。白鸥应怪我,聚散碧波间。

又《送朗瓤入匡山投礼憨大师》:

> 独向匡庐去,安禅第几重。九江黄叶寺,五老白云峰。落日眠苍兕,飞泉挂玉龙。到时应为我,致意虎溪松。

僧人生活环境本来窘狭,僧诗的境界多显得窄小,而苍雪写景咏物,善于捕捉鲜活的情境,把独自的感触融入其中,不见一般僧人的寒俭偏枯之态。如怀人之作《华山除夕有怀扈芷弟》:

> 极目黄云冻未消,扁舟隔断楚江潮。一身雪里逢除夜,两处灯前话岁朝。久客不归天际寺,送人常过涧边桥。笑看往

事何如梦,依旧东风到柳条。

如此在鲜明如画的景物描摹中,交织着世事沧桑的悲凉和宇宙悠远的永恒之感,表达得别有意趣,又不见痕迹地渗透着禅意佛理。

中年以后的苍雪声名藉甚,在教内外有相当崇高的地位,一直不忘民生疾苦。他这种题材的诗写得情真语切,如《赠蜀僧挝(zhuā,击)鼓篇》

> 打鼓发船船下滩,滩回石转几千盘。掉头拨尾鼓为令,尔自蜀(今四川)来非所难。轻衫短袖单搭帽,腰系丝绦(带子)三五道。势如擒虎不放松,初下一椎(打击;椎,指鼓槌)惊铁炮。一椎渐急一椎催,骤雨狂风大作雷。天门豁达(通畅)三十六,古宫铁树顿花开。腕无力兮心亦苦,宫商(五音中宫音与商音,此指音调)变尽声凄楚。满座闻之涕泪横,不见祢衡(汉末人,拒绝曹操召见,操怀忿,不欲杀之,罚作鼓吏,祢衡当众裸身击鼓,反辱曹操)三挝鼓。

这首诗的内容得自作者出川时的见闻,描写长江上拉船纤夫的艰辛,也充分表达了他的民胞物与情怀。古今有无数歌咏长江的诗篇,但这一题材却是少有人描写的。又《杂木林百八首》中的三首:

> 青天犬吠云,白日花无语。农心那(nuó,同"挪",移动)得月,偿租似求雨。

> 今秋山下田,莫问收几许。愁课(租税)不愁饥,那得上仓米(上等粮仓的好米)。

> 斗水卖十钱,掘井深何底。而我山中人,犹幸富于此。

这组诗描写大旱之年农民无以为生的困苦,以民歌体出之,真挚动人。特别是结尾,感念自己为僧犹富,利用对比表达真挚的同情、愧悔之心,抒写大乘佛教应有的慈悲胸怀。在当时佛门窳败腐化相当普遍的形势下,实在难得。

　　苍雪生逢动乱，易代之后，与往来酬唱者多遗民中的特立独行之士。他虽然身处"方外"，"遭际半生荒俭世"（《丁丑岁朝》），"惭愧真僧世未忘"（《海印庵解制赋谢吴太史骏公》），所作抒写故国麦黍之思，悲歌慷慨，被目之为"僧中遗老"。他有《胡清壑七十年逢鼎革》诗：

　　　　救世非无术，忧时莫问贫。画图聊引杖，诗版代催薪。白雪惊人句，青山不老身。何当七十叟，又作乱离民。

本来是祝寿之作，应当作应酬语，但在祝禧颂扬中深寓时事丧乱的感叹，在对怀才不遇的同情中注入了国破家亡的沉痛。

　　江南本来是文人荟萃之地。清室定鼎北京之后，建都南京的南明王朝曾一度成为抗清复明斗争的中心，汇集众多人才。苍雪与毛子晋、陈继儒、朱彝尊、姚希孟、朱鹤龄等一代著名人物相交往。在新朝巩固之后，这些人的进退出处不一。与苍雪交往最为深厚、唱和最为频繁的当属吴伟业。吴伟业（1609—1672），字骏公，号梅村，崇祯朝任翰林编修等职，参与复社，为海内贤士大夫领袖；曾参与南明王朝，以与奸臣马世英等不合，仅二阅月即罢归乡里；清顺治十年（1653），他被迫出仕北京，三年后奔母丧南归，隐居终身。吴梅村仕途多舛，无力挽救旧朝覆灭，又不得不违心出仕新朝，内心在眷怀故国和屈出异朝的矛盾中挣扎，诗作颇多感慨兴亡的篇章。苍雪与之唱和，比较起来，态度更为积极。如《丙戌立春晓望怀娄东吴司成梅村诸公》：

　　　　娄东百里别来长，梦破淮南国已亡。万井人烟沉下界，一时群动起东方。六街天外迎春色，半夜空中见海光。遥忆人龙当此际，九渊深处好潜藏。

丙戌（1646）是清王朝立国第三年，也就是南明王朝灭亡的次年。顺治二年五月，南明大臣赵之龙等献南京降清，继起者有福州的隆武政权、鲁王绍兴监国等。诗里"万井"一联，用"人烟沉下界"来形容金陵陷落南明灭亡,用"群动起东方"来表现各地继起的抗清势力,政治倾向表露得十分明显。

　　苍雪诗歌在生前已得到相当崇高的评价。就明末诗坛论,乱世文风衰敝,震烁一代的大家难以出现,可称道的主要是复社、几社成员和遗民诗人抒写国变时艰的激越、悲凉之音,苍雪卓荦特起,为诗坛增添了光彩。在佛教日渐衰敝之际,苍雪的诗歌创作也成为延续佛教文化传统的耀眼的业绩。

作品释例

贯休诗十二首(《禅月集》)

《酷吏词》

　　霰雨(雨雪交加;霰,xiàn,雪粒)潺潺(zhuó zhuó,雨声),风吼如斸(zhǔ,砍)。有叟有叟,暮投我宿。吁叹自语,云太守(古时州地方官,唐时为刺史)酷。如何如何? 掠脂剐肉(剜肉;剐,wō,转)。吴姬(吴地美女,古吴地相当于今江浙一带)唱一曲,等闲(随意)破(破费)红束(一束红色绢帛)。韩娥(古代歌女,据说其歌声绕梁三日不断)唱一曲,锦缎鲜照屋。宁知一曲两曲歌,曾使千人万人哭。不惟哭,亦白其头,饥其族。所以祥风(熏风,据说天下太平则熏风降)不来,和气不复。蝗兮螽(同"贼",食苗害虫)兮,东西南北!

《行路难》

　　君不见,道傍废井生枯木,本是骄奢贵人屋。几度美人照影来,素绠(白色绢帛编的井绳;绠,gěng,井绳)银瓶濯纤玉(指代美人的手;纤,细)。云飞雨散(风云变幻;"云雨"又喻男女欢会)今如此,绣闼(金绣装饰的密室;闼,tà,寝室左右小房间)雕甍(雕饰的屋脊)作荒谷。沸渭(喧闹)笙歌君莫夸,不应长是西家哭。休说遗编(指史书)行(流行)者几,至竟终须合天理,败他成此亦何功，苏、张（苏秦、张仪，战国著名策士）终作多言鬼。行路难，路难不在羊肠（小道）里。

《古意五首》之一

一雨火云尽，闭门心冥冥（渺茫）。兰花与芙蓉，满院同芳馨。佳人天一涯，好鸟鸣嘤嘤。我有双白璧，不羡于虞卿（战国时期策士，赵国上卿，受相印）。我有径寸珠，别是天地精（精华）。玩（玩赏）之室生白，萧洒身安轻。只应天上人，见我双眼明。

《怀智体道人》

柄笔思吾友，庭莺百啭时。惟应一处住，方得不相思。雪水淹门阃（kǔn，门槛），春雷折树枝。平生无限事，不独白云知。

《休粮（绝食，一种修行方法）僧》

不食更何求，自由（随自己意）终自由。身轻嫌衲（nà，袈裟）重，天旱为民愁。应器（僧人乞食所用的钵）谁将去，生台（寺院里施舍食物供禽虫啄食的台案）蚁不游。会须（该当）传此术，归共老山邱（同"丘"）。

《秋寄李频（？—876，诗人，曾担任建州［今福建建瓯市］刺史）使君二首》之二

务简（公务清减）趣（cù，促使）难陪，清吟共绿苔。叶和秋蚁落，僧带野风来。留客朝尝酒，忧民夜画灰（形容独自沉思）。终期冒风雪，江上见宗、雷（宗炳，雷次宗，两人都是南朝刘宋时期文人，从名僧慧远游，据传慧远在庐山与十八高贤结莲社，二人是成员）。

《晚泊湘江作》

烟浪漾秋色，高吟似有邻。一轮湘渚（zhǔ，水中小洲）月，万古独

醒人。岸湿穿花远,风香祷庙(到祠庙祈祷)频。只应谀佞(奉承献媚)者,到此不伤神。

《天台老僧》

独住无人处,松龛(kān,供奉神、佛的木阁或石室)岳雪侵。僧中九十腊(僧人受戒年岁),云外一生心。白发垂不剃,青眸笑转深。犹能指孤月(佛教以指譬教,以月比法,"指月"意指说法),为我暂开襟。

《苦热》

松桂昼不动,阳乌(指太阳,传说中在太阳里有三足乌)飞半天。稻麻须结实,沙石欲生烟。毒气仍干扇,高枝不立蝉。旧山多积雪,归去是何年。

《途中逢周朴(? —879,诗人,隐士)》

东西南北路,相遇共兴哀。世浊无知己,子从何处来。菊衰芳草在,程远宿烟(夜里的烟雾)开。倘遇中兴主,还应不用媒(指向中兴主举荐的媒介)。

《山居诗》(选二)

露滴红兰玉绕畦,闲拖象屣(xǐ,鞋)到峰西。但令心似莲花洁,何必身将槁木齐。古堑(壕沟)细香红树老,半峰残雪白猿啼。虽然不是桃源洞(用陶渊明《桃花源记》典),春至桃花亦满溪。

自古浮华能几几,逝波终日去滔滔。汉王(秦末项羽入函谷关后封刘邦为"汉王")废苑生秋草,吴主荒宫(吴王夫差,据传苏州灵岩山为其旧宫)入夜涛。满屋黄金机(指机巧功利之心)不息,一头白发气犹高。岂知知足金仙子(指僧人),甘露天香滴氄袍(毛制僧袍,氄,cuì,鸟兽细毛)。

齐己诗十二首(《白莲集》)

《耕叟》

春风吹蓑衣,暮雨滴箬笠(竹编斗笠,箬,ruò,一种叶大而宽的竹子)。夫妇耕共劳,儿孙饥对泣。田园高且瘦,赋税重复急。官仓鼠雀群,共待新租入。

《夏日草堂作》

沙泉带草堂,纸帐卷空床。静是真消息(消除一切声息),吟非俗肺肠。园林坐清影,梅杏嚼红香。谁住原西寺,钟声送夕阳。

《早梅》

万木冻欲折,孤根暖独回。前村深雪里,昨夜一枝开。风递幽香去,禽窥素艳(指白色梅花)来。明年如应律(顺应节气,古人使用律管来测定节气),先发映春台(春日登眺处)。

《寄镜湖(在今浙江绍兴市西南)方干(809—888?,诗人)处士》

贺监(唐贺知章,尝官秘书监,晚年辞官回乡,唐玄宗赐鉴湖一曲)旧山川,空来近百年。闻君与琴鹤,终日在渔船。岛露深秋石,湖澄半夜天。云门(此云门山在绍兴市南)几回去,题遍好林泉。

《送迁客(被贬谪的人)》

天涯即爱州(在今越南北部),谪(贬官)去莫多愁。若似(假若)承(接受)恩宠,何如傍主休。瘴昏铜柱(汉代马援在林邑国[今越南北部]立铜柱,以为领地标志)黑,草赤火山秋。应想尧阶下(唐尧宫廷之下),当时獬豸头(古代御史大夫等执法官戴獬豸冠;獬豸,xiè zhì,传说的一角异兽,能辨曲直)。

《过陈陶(894? —968?,诗人,曾隐居洪州西山)处士旧居》

一室贮琴樽,诗皆大雅(雅正)言。夜过秋竹寺,醉打老僧门。远烧(shào,野火)来篱下,寒蔬簇(cù,丛聚)石根。闲庭除鹤迹,半是杖头痕。

《听泉》

落石几万仞(八尺或七尺为一仞),远声飘冷空。高秋初雨后,半夜乱山中。只有照壁月,更无吹叶风。几曾庐岳听,到晓与僧同。

《登祝融峰(南岳衡山最高峰)》

猿鸟共不到,我来身欲浮。四边空碧落(指青天),绝顶正清秋。宇宙知何极,华夷见细流。坛(山峰上的祭坛)西独立久,白日转神州。

《老将》

逐虏与平戎(平定戎人),曾居第一功。明时(太平时期)不用武,白首向秋风。马病霜飞草,弓闲雁过空。儿孙已成立,胆气亦英雄。

《遣怀》

诗病相兼老病深,世医徒更费千金。余生岂必虚抛掷(指被遗弃),未死何妨乐咏吟。流水不回休叹息,白云无迹莫追寻。闲身自有闲消处,黄叶清风蝉一林。

《早莺》

何处经年绝好音,暖风催出啭乔林。羽毛新刷陶潜(陶潜字渊明,爱菊)菊,喉舌初调叔夜(嵇康字叔夜,善琴,临终奏一曲《广陵散》)琴。藏雨并栖红杏密,避人双入绿杨深。晓来枝上千般语,应共桃花说旧心。

《送泰禅师(玄泰,隐居南粤七宝台)归南岳》

石龛闲锁白猿边,归去途程半在船。林簇晓霜离水寺,路穿新烧(烧荒)入山泉。已寻岚壁(云雾缭绕的石壁)临空尽,却看星辰向地悬。有兴寄题红叶(唐时多红叶题诗故事)上,不妨收拾别为编。

明本诗十四首(《天目中峰和尚广录》,《天目中峰和尚杂录》)

《扣(问)皖山(又名潜山、天柱山,在今安徽省潜山县西北)隐者》

野人原上十五里,寒崖白日啼山鬼。万峰重叠路回旋,半间箸屋(竹屋;ruò,一种竹子)青松底。老僧荷锸(锹)入烟霞,满林摇落朱藤华。烧田种寒黍,劚(zhǔ,掘、砍)地栽胡麻。云根拨笋,涧底寻茶。粪火深埋魁芋种,砂瓶烂煮黄菁(蔓菁,花黄色,块根可食)芽。人谓隐者闲不足,何故山翁事驱逐(四处奔走)。山翁笑指溪上桃,庭前竹,春风几度更(gēng,变更)新绿。香岩(晚唐禅师智闲,住邓州香岩山)不作(起,指出世活动)灵云(晚唐禅师志勤,住福州灵云山)死,徒有是非喧两耳。争似侬家百不知,从教少室(山名,在今河南登封市北,传说菩提达摩住地)分皮髓(禅宗传说,菩提达摩居魏九年,西归之前,谓弟子道副"汝得吾皮",依次尼总持"得吾肉",道育"得吾骨",慧可"得吾髓")。

《船居述怀》

道人行处无途辙,买得船儿小如叶。终朝缩颈坐蓬窗,闻见觉知俱泯绝(完全丧失)。往来解缆(放开缆绳)横大江,逆风冲波千堆雪。或行或住人莫猜,两岸中流靡(没,这里作反语,没有不)经涉。也无桡(ráo,船桨)可擎,也无棹(zhào,另一类船桨)可举,更打船舷俱不许。古帆未挂天地空，森罗万象忘宾主（指主体和个体）。或随顺水下前滩，西天（指西方阿弥陀佛国土）此土无遮拦。古今千万个佛祖，出没沤华（水泡；华，同"花"）谁共看。我船有时撑不动，藏在蟭螟（jiāo míng，传说中一种小虫）眼睛孔。我船有时挽不回，五须弥顶波涛涌。我船不载空，百千奇货皆含容。我船不载有（对"空"而言，现象界的存在），毛发更教谁纳受。说有说无（义同"空"）谁辨的（明白），问著蒿工（撑船人）都不识。但见海东红日晒弯梁，柳西斜月穿芦席。有时四面云雨收，波光万里沉虚碧（清澈碧蓝，指天空）。当处不知我是船，亦复不知船是我。勿将空有论疏亲，船与非船无不可。归去来，是甚么。推开烟浪望云头，突出好山青朵朵。

《山居十首六安山（在庐州［今安徽合肥市］西去城七十里）中作》（选一）

胸中何爱复何憎，自愧人前百不能。旋（随意）拾断云修破衲，高攀危蹬阁枯藤。千峰环绕半间屋，万境空闲一个僧。除此现成公案（禅宗祖师、大德接引学徒的问答与动作，后人参详，作为判定迷悟准绳，如官府文书成例，故称公案）外，且无佛法继传灯（佛家传法，喻如灯火相传，破除迷暗）。

《水居十首东海州（今江苏连云港市海州区）作》（选一）

水边活计（指生活方式）最天然，物外相忘事事便。门柳每招黄蝶舞，岸莎常衬白鸥眠。雨蒸荷叶香浮屋，风搅芦花雪满船。不动舌根谈实相（根据大乘教理，实相即是空相），客来何必竖空拳（禅师往往以奇特动作示法，竖拳是一种）。

《山中访隐者》
半生心事寄烟霞，策杖（拄着手杖）闲过隐者家。啄木鸟啼山远近,采樵人语路横斜。乱风吹落青松子,细雨蒸开白豆花。不是少林(少林寺,在今河南登封市,禅宗祖庭)门下客,如何消得此生涯。

《题金山寺(在今江苏省镇江市西北金山上)》

半江涌出金山寺,一簇楼台两岸船。月到中霄成白昼,浪翻平地作青天。塔铃自触微风语,滩石常磨细浪圆。龙化楚人来听法(据佛教传说,常有五百龙听龙树菩萨说法),手擎珠献不论钱。

《松月》

天有月兮地有松,可堪松月趣无穷。松生金粉月生兔,月抱明珠松化龙。月照长空松挂衲,松回禅定月当空。老僧笑指松头月,松月何妨一处供。

《梅花百咏和冯学士海粟(冯子振,诗人,曲作家,明本友人)作》(选二)

见非恍惚梦非神,雪后霜前分外真。疏影暗消(宋林逋《山园小梅》诗有句:"疏影横斜水清浅,暗香浮动月黄昏。")三弄月,半联凄断独吟人。岁寒摇落孤根在,江驿(《荆州记》:"陆凯自江南以梅花一枝寄长安,与范晔,赠以诗曰:'折梅逢驿使,寄与陇头人。江南何所有,聊赠一枝春。'")荒凉往事尘。碎嚼幽香清可挹(yì,吸取),玉奴(唐玄宗妃杨太真小名)无复更临春。

玉箫起处暗惊神,曲缓瑶台(美玉砌的楼台)逸韵真。泉石几年云冷鹤,关山万里月愁人。香凝深雪调风味,影落寒窗枕隙尘。檀板(乐器,檀木制拍板)金尊(同"樽")久岑寂(寂静),微吟不减昔时春。

《林塘庵》

学得闲来便是闲,好山好水任盘桓(逗留)。林塘庵外湖山景,堪与杭州一样看。

《辞住院（担任寺院住持）》

千金难买一身闲，谁肯将身入闹蓝（僧伽蓝略称，寺院）。寄语满城诸宰相，铁枷自有爱人担。

《咏梅绝句百首》（选三）
《惜梅》

香销泥污意徘徊，掠地回风玉作堆。愁绝黄昏无一语，怕看孤月上窗来。

《疏梅》

依稀残雪浸寒波，桃李漫山奈俗何。潇洒最宜三二点，好花清影不须多。

《茅舍梅》

数椽草屋延清客，竹作疏篱护玉葩。不是玉堂（官殿）无分别，且和明月到山家。

苍雪诗十一首（《南来堂集》）

《枫江（此处应指寒山寺江边，用唐张继《枫桥夜泊》诗典）晚发》

月黑江村外，鸡鸣古戍（古旧营垒）边。才分渔火岸，正及稻花天。帆出树头去，船深波底眠。前程何所事，来往自萧然（空寂的样子）。

《胡清峚（胡梅，字白叔，号"清峚道人"，吴县人）七十年逢鼎革（改朝换代，指明、清易代）》

救世非无术，忧时莫问贫。画图聊引杖（持杖），诗版（题诗的木板）代炊薪。白雪惊人句，青山不老身。何当七十叟，又作乱离民。

《别九玉徐公（徐尔铉，字九玉）订铁山看梅》

　　我欲求闲不得闲，君诗删过又重删。灯前预订看梅约，岁暮遥怜破冻还。一夜花开湖上路，半春家在雪中山。停舟记取溪桥外，望见茅庵直叩关。

《华山除夕有怀扈芷弟》

　　极目黄云冻未消，扁舟隔断楚江潮。一身雪里逢除夜，两处灯前话岁朝。久客不归天际寺，送人常过涧边桥。笑看往事何如梦，依旧东风到柳条。

《山居四首》（选二）

　　鹤马遗踪自道林（道林寺，在湖南长沙市岳麓山东麓），相传野老尚堪寻。花开不择贫家地，鸟宿偏投嘉树阴。弃世久拼随世远，入山唯恐未山深。命根（佛教概念，寿命）断处名根断，十载应难负寸心。

　　匹夫有志实堪从，难夺三军气所钟。圣代唐虞如在上，隐沦巢、许（巢父、许由，传为尧时隐士）亦相容。楚狂（楚国狂人接舆）昔日歌衰凤（《论语》记载接舆歌而过孔子，曰"凤兮凤兮，何德之衰"云云），汉室今谁起卧龙（指诸葛亮，汉末隐居南阳卧龙岗）。草木余年能遂养，大夫何必受秦封（用秦始皇封禅泰山、封其松为五大夫典）。

《次韵吴骏公（吴伟业［1609—1672］，号梅村，骏公是字，明末清初诗人）见寄》

　　国破家何在，山深犹未归。不堪加皂帽（黑色帽子，小吏所戴），宁可着缁衣（黑色僧服）。夜气含秋爽，空香湿露微。遥怜玄度（晋许询字玄度，好泉石，隐于永兴西山，与王羲之等名士游）梦，时傍月乌飞。

《丙戌（1646，清顺治三年）立春晓望怀娄东（娄江源出太湖，流入长江，吴伟业是太仓人［今江苏太仓市］，地处娄江之东）吴司成（吴伟业明末担任南京国子监司业，相当于古代司成）梅村诸公》

娄东百里别来长，梦破槐南国已亡（用唐传奇李公佐《南柯太守传》淳于棼梦入槐安国事，以喻南明覆灭）。万井人烟沉下界，一时群动（群起暴动；指清兵南下各地掀起反清斗争）起东方。六街（指都城，唐时长安城左右六街）天外迎春色，半夜空中见海光。遥忆人龙（人中俊杰）当此际，九渊（九重之渊）深处好潜藏。

《丁亥（1647，清顺治四年）秋王奉常烟客（时敏）西田（别墅名，在今江苏太仓市城西）赏菊和吴宫詹（指太子詹事，明末吴伟业又曾担任东宫官属中允谕德）俊公韵二首》

东篱（用陶潜"采菊东篱下"典）寂历抱幽香，误认柴桑（陶潜柴桑人）是墨庄（指西田别墅）。霜下染来僧衲素（指黄色僧衣，比菊花色），风前翦去羽衣黄（道士亦着黄衣，此亦指菊色）。自甘野逸惟宜冷，未必秋心不向阳。草色也同霜色落，更从何处觅花王。

传来野圃成家世，漫比芙蓉老更妍。一笑正逢留客醉，满头争欲插花钿（金翠珠宝制成的花形首饰）。好看傲色严霜后，独耐秋寒晚节全。耻向西风斗红紫，避人终不受人怜。

附：吴伟业原唱《王烟客招往西田同黄二摄六王大子彦及家舅氏朱昭艺李尔公宾侯兄弟赏菊二首》

九秋风物令公香（汉末荀彧为守尚书令，据说衣袋有异香），三径（晋蒋诩归隐故里，舍中有三径，荆棘塞门）滋培处士庄。花似赐绯兼赐紫（唐宋时朝官"服色"有规定，三品以上紫色，五品以上绯色，谓超越品级赐予紫色或绯色；此指花色），人曾衣白（古印度佛教居士着白衣）对衣黄（僧衣黄色）。未堪醉酒师彭泽（陶潜曾任彭泽县令），欲借餐英（屈原《离骚》有句

"西餐秋菊之落英";落英,落花)问首阳(首阳山,相传伯夷、叔齐隐居处,地点旧说不一,或以为在今山西永济市南)。转眼东篱有何意,庄严金色是空王。

不扶自直疏还密,已折仍开瘦更妍。最爱萧斋(此指书斋;梁武帝造寺,令萧子云大书一"萧"字,后来李约买归,专为筑亭玩赏)临素壁,好因高烛耀华钿。坐来艳质同杯泛(古上巳日临水流筋宴饮),老去孤根仅瓦全。苦向邻家怨移植,寄人篱下受人怜。

《花朝前二日过访刘公旦庐墓》

披帷(拨开帷幕)斯在访溪干(水边),水树当门墓气寒。卧病但书殷甲子(用陶潜晋、宋易代后写作唯书甲子、不书新朝年号典),避人犹是汉衣冠。恩仇感切情何有,草木春深泪不干。日望故都吟更苦,举头远近问长安(长安是唐都城:此用《世说新语·夙慧》典,晋明帝司马绍幼时对答晋元帝司马睿曰:"举目见日,不见长安。"表示不忘故国)。

第六讲　禅文学

禅、禅宗、禅宗文献、"禅文学"

"禅"是梵文译音"禅那"的简化；又作"禅定"，则是汉语的音义合译。"禅宗"是中国佛教的一个宗派。佛教通行的修行方法之一的"禅"与"禅宗"的"禅"内容有关联，但两者不是一回事。小乘佛教"八正道"中有"正定"，大乘佛教发展为"六度"（六波罗蜜）之一的"禅定"，是集中精神、正审思维以契悟佛道的方法。中国人接受佛教，在中国思想文化土壤上加以改造、发挥，实现"中国化"，创造一系列宗派，禅宗是其中之一。在各宗派之中，这是一个更彻底地"中国化"的宗派，是容纳中国传统思想、适应中国思想文化土壤，特别受到中国知识阶层广泛欢迎的宗派。这个宗派的实际创始人是后来被称为禅宗四祖的道信，他活动在初唐即7世纪初。到7世纪中、后期、8世纪初，六祖慧能及其弟子神会提倡"南宗禅"，这个宗派走向成熟。以后递传几代，在中唐，造成笼盖诸宗的形势。至唐末五代，逐渐衰落，但作为佛教宗派，后来一直传承有绪，对于思想文化领域则持续发挥重大、重要的影响。

禅宗主张自性清净，自性自度，把成佛作祖的根据归结到每个人本来具有的清净本性，而实现成佛作祖的目标则决定于个人的觉悟。慧能以前的早期禅宗（被慧能弟子神会称为"北宗"）比喻心如明镜，要勤勤拂拭，清除染污，这是所谓"凝心入定，住心看净，起心外照，摄心内证"的心性修养功夫。发展到慧能的南宗禅，进一步廓除烦难的修证，树立"顿悟""见性"两大纲领。慧能《坛经》说：

> 自性常清净。日月常明，只为云复盖，上明下暗，不能了
> 见日月星辰。忽然惠风吹散卷尽云雾，万象森罗，一时皆现。

这样，认为每个人自性清净，本来具足，与见闻知觉无关，因此不必如北宗主张那样看心看净，认为那都是障道因缘；体道顿悟即可，不需要勤勤拂拭地渐修。《坛经》上又说：

> 此法门中，何名坐禅？此法门中，一切无碍，外于一切境
> 上念不起为坐，见本性不乱为禅。何名为禅定？外离相曰禅，
> 内不乱曰定。
> 故知不悟，即是佛是众生；一念若悟，即众生是佛。

这样，佛与众生只有悟与不悟的区别。顿悟则无修、无相、无念，随所住处恒安乐，随其心净则佛土净。这就把烦难修持变成心性觉醒功夫。后来宋人归纳禅宗宗义十六个字，所谓"不立文字，教外别传，明心见性，顿悟成佛"。禅宗作为从传统佛教分化出来的全新宗派，开创中国佛教发展的新局面。

唐代禅宗丛林集合大批思想活跃、学养高超的禅师。特别是慧能以下三、四、五、六几代，活动在中、晚唐时期，推动禅宗发展臻于鼎盛。慧能弟子著名的有青原行思、南岳怀让、荷泽神会、南阳慧忠、永嘉玄觉等人。但神会荷泽一系后来未能大显，得到弘传的主要是青原、南岳两系。两个系统中最重要的人物是南岳怀让弟子马祖道一和青原行思弟子石头希迁。道一晚年活动在洪州（今江西南昌市），称"洪州宗"，弟子知名者百余人。希迁住南岳衡山南寺，称"石头和尚"。二人一主江西，一主湖南，称"并世二大士"。

两系禅风有所不同：前者更重视哲理思辨，注重发挥禅思想；后者更注重践履，把禅悟贯彻到人生日用之中。马祖道一对禅思想的重大新发展是对"平常心"的肯定。慧能与神会把佛心归结为平凡人的清净心，但仍主张有"悟"与"未悟"的分别。而道一则直指"平常心"就是清净心，提出所谓"平常心是道"，认为行住坐卧，应机接物，穿衣吃饭，莫非佛道。因此道不要修，以至发展到背离经教，呵佛骂祖。马祖法嗣南泉普愿提出"还我本来面目"；百丈怀海说求佛是"骑牛觅牛"；兴善惟宽说"心本无损伤，云何要修理"；石头希迁法嗣丹霞天然说"佛之一字，永不喜闻"；等等。这类破除偶像崇拜的观念和行为在丛林中一时成为风气。因为肯定平常心就是佛心，所以每个人都是主人公，鼓吹作唯我独尊、不受外惑的人。发展到这一阶段的禅，已把心性修养功夫转变成任运随缘的生活。部分禅僧从而混迹世俗，与官僚士大夫更广泛地结交，出现诗僧、艺僧、孝僧等各类畸形人物。禅宗的这一发展，实际是中唐思想变动的结果。当时正是社会大转变时期，儒学内部也正在对古旧传统进行批判的改造。禅宗如此纯任主观，肯定个性，反对教条和偶像，乃是宗教形式之下表现的对于个性解放的要求，是当时思想领域十分激进的部分。

　　一代代禅师集合门徒，谈禅示法，著录为文字，留下一大批文献。不过今传这些文本的形成情形相当复杂。其中有些是较早时期的写本，如敦煌文书里保存的有关资料，包括慧能《坛经》、神会"语录"等；另外一些唐代禅师的语录基本是宋代编辑、刊刻的，其中有些或有早期写本为依据，但肯定均有或多或少的改动和增饰。特别是今存语录中记载的禅门师弟子对答勘辩的机锋语句和故事，更多是后人的"创作"。这样，今传这些语录的形成过程和这些禅师的真实思想就是有待深入研究的课题。如果研究禅宗发展史，这种研究就是第一位的工作。但今传这些文献作为所谓"禅文学"作品既经传世，历史上发挥过影响，其在文学上的价值和意义是毫无疑问的。

禅宗早期著述，例如道信的《入道安心要方便法门》、神秀的《绝观论》、神会的《五更转》等，采取的还是传统的论说或诗歌文体。随着禅宗的发展，具有鲜明特点的散体的禅史、语录和韵文的禅偈等新体裁陆续被创造出来，成为"禅文学"的主要形式。

禅史·语录·禅偈

禅史，或称"灯史"，是如灯火相传的禅宗的历史，是一代代禅师活动和说法的纪录。今存早期禅史有敦煌本杜朏撰《传法宝记》、净觉撰《楞伽师资记》、保唐宗（成都保唐寺禅师无住创立的一个南宗禅宗派）的《历代法宝记》，后来宋代还有惠洪撰《禅林僧宝传》三十卷、石室祖琇撰《僧宝正续传》七卷等。禅史与所有宗教文献一样，主旨在宣扬禅解而不是记录信史，所记载内容必然是有选择的，又必然多有夸饰甚至造作成分。特别是禅宗发展早期情形，当时还是新兴小派系，所存资料不多，后世弟子著录则更多出于传说。这些传说被经典化、神圣化，成为宣扬禅思想的材料。例如关于二祖慧可嗣法，南宋时期编撰的《五灯会元》有完整故事：

> ……时有僧神光者，旷达之士也。久居伊、洛，博览群书，善谈玄理。每叹曰："孔、老之教，礼术风规；《庄》《易》之书，未尽妙理。近闻达摩大士住止少林，至人不遥，当造玄境（至高境界）。"乃往彼，晨夕参承。祖常端坐面壁，莫闻诲励。光自惟曰："昔人求道，敲骨取髓，刺血济饥，布发掩泥，投崖饲虎。古尚若此，我又何人？"其年十二月九日夜，天大雨雪。光坚立不动，迟明，积雪过膝。祖悯而问曰："汝久立雪中，当求何事？"光悲泪曰："惟愿和尚慈悲，开甘露门（指如来教法），广度群品。"祖曰："诸佛无上妙道，旷劫精勤，难行能行，非忍而忍。

岂以小德小智,轻心慢心,欲冀真乘(佛乘),徒劳勤苦。"光闻祖
诲励,潜取利刀,自断左臂,置于祖前。祖知是法器,乃曰:"诸佛
最初求道,为法忘形;汝今断臂吾前,求亦可在。"祖遂因与易名
曰"慧可"。可曰:"诸佛法印,可得闻乎?"祖曰:"诸佛法印,匪从
人得。"可曰:"我心未宁,乞师与安。"祖曰:"将心来,与汝安。"可
良久曰:"觅心了不可得。"祖曰:"我与汝安心竟。"……

这是插在达摩传里的传法因缘,通过立雪、断臂、易名、安心四个情
节,塑造出慧可坚忍不拔、舍身求法的祖师形象。但考之事实,这
却是虚构、捏合起来的故事。最早记述较完整达摩故事的道宣《续
高僧传》里写慧可,只说"年登四十,遇天竺沙门菩提达摩游化嵩、
洛。可怀宝知道,一见恰之,奉以为师"等,并无"立雪"事,而在记
述那禅师弟子慧满居洛阳南会善寺时,说道"四边五尺许雪自聚
集,不可测也";其中有"断臂"情节,但却是"遭贼斫臂,以法御心",
而非自断其臂。道宣又写慧可后来"埋形河涘""纵容顺俗",对他
传法的态度和成绩似有微词。在开元(713—741)初编成的杜朏
《传法宝记》里有了简单的断臂故事,却又没有写立雪。到《楞伽师
资记》,才有慧可自述:"吾本发心时,截一臂,从初夜雪中立,直至
三更,不觉雪过于膝,以求无上道。"但这里又没有说为什么断臂。
直到大历(766—779)末年的《历代法宝记》,故事线索才清楚了:
"初事大师,前立,其夜大雪,至腰不移。大师曰:'夫求法不贪躯
命。'遂截一臂,乃流白乳……"综合上述材料,加以比对,可以发现
慧可形象的形成过程:人物经过想象、加工逐步完整、生动,这是与
创作文学典型"杂凑"起来的办法类似的。后来流传于禅门的祖师
达摩形象,如梁武问法、一苇渡江、少林面壁、付法说偈、只履西归等
充满传奇色彩的故事,同样是一代代后世弟子加工创造出来的。所
以从一定意义上说,不是达摩创造了禅宗,而是禅宗创造了达摩。就
禅宗史而言,祖师形象的形成反映宗门发展的过程;就禅文学而言,
这也是一批性格特色鲜明的文学典型被创造出来的过程。

　　禅文学创作另一大类是"语录"。六祖慧能《坛经》称为"经"，实际是他的说法纪录；他的弟子神会的著作有说法纪录《南阳和尚顿教解脱禅门直了性坛语》《菩提达摩南宗定是非论》《南阳和尚问答杂征义》等，有问有答，被胡适称作"语录"，不过仍是导师说法语气。真正具有特色的禅宗语录是中唐以后开放的禅门风气中的产物。当时禅宗已确立起"教外别传"格局，禅门师资教学也已形成全新方式：学人们游方参访，来往于有名望的禅宿门下；师资间扣问商量，相互试探禅解高下；为了不落言诠，问答之间就要破除常识情解，使用机锋俊语，这就是所谓"机缘问答"；祖师的言句、禅堂的问答成为学人研习的主要对象。当初还没有"语录"概念，纪录有名望的禅师的言句的"册子"叫做"语""语本""广语"等，在宗门流传，成为学人参学的新经典。把这些言句按传法统绪编撰，添加禅师生平、嗣法因缘、偈颂等，成为语录的合集，俗称"灯录"。如所有宗门文献一样，语录所述并非信史，作为史料使用要加以分析。今存最早的灯录《宝林传》十卷（佚存七卷）据考完成于德宗建中（780—783）年间，记载西土二十八祖和东土祖师行迹，到慧能为止。作者智炬知见有限，所述芜杂错乱，内容难以凭信。五代南唐泉州招庆寺静、筠二禅师于保大十年（952）著成《祖堂集》二十卷，包括过去七佛、西天二十八祖和中土禅师二百四十六人的事迹、言句，是现存最早的完整灯录。这部书按南宗观念记述，已分出青原、南岳二系。著者态度严谨，大体有当时流传的文献为凭据。不过由于编撰者局处闽南一方，对于其他地区的资料多有缺失。下一部受到重视的灯录是北宋真宗景德元年（1004）道原撰《景德传灯录》三十卷。"传灯"取义佛法灯火续续相传之喻。这部书按禅宗传承统绪著录五十二世一千七百零一人。第一、二两卷记载释迦牟尼前的过去七佛和达摩前的西天二十七祖，与中土禅宗无涉；第二十七卷记载禅宗以外名僧；又一千七百零一中九百五十四人"有目有文"即载有行迹和言句，其他人仅"有目无文"；第二十八卷

《诸方广语》补充重要十二家语录,第二十九、三十卷著录偈颂铭记。这部书在宋王朝统一局面下受朝命编撰,得以广取已有禅文献成果,有著名文人杨亿等参与撰写,是禅宗史料的总结性成果,不过却在相当程度上有失历史真实的原貌。《景德录》流行以后,续有李遵勖撰《天圣广灯录》、惟白撰《建中靖国续灯录》、南宋悟明撰《联灯会要》、正受撰《嘉泰普灯录》,各三十卷。鉴于"五灯"多有重复,南宋普济于理宗淳祐十二年(1252)删繁就简,博贯综要,合"五灯"为一,成《五灯会元》二十卷,是为后来最为流行的灯录书。以后同类著作续有撰著。不过禅宗的发展已经式微,所作徒增篇幅,已没有更大的价值和意义。后来比较重要且流行较广的有明瞿汝稷撰《指月录》三十九卷和朱时恩撰《居士分灯录》二卷等。语录的创作,从总体发展看,记载洪州、石头所代表的南宗禅极盛期部分,文字还比较质朴;洪州、石头之后到晚唐、五代,大兴参问请益之风,学人们朝参昔聚,激扬宗要;禅门间形成派系,相互争胜;禅客较量禅解,互斗机锋,这样从文学价值看,这一期的有关记载最富创造性,在历代文坛流传最广,也造成更大的影响。

禅师们表达禅解,多使用偈颂。禅偈成为禅文学的另一个主要体裁。有些置于语录的参问对答之中,有些是独立的,形式和内容多种多样。因为它们是阐扬禅解的,表达与风格不同于一般诗歌的"言志""缘情",可看作是解明禅理的特殊的说理诗。但它们与理学家枯淡寡味的说理不同,往往思致新颖,机锋隽语联翩,富于诗情,耐人寻味。

《坛经》与《神会录》

六祖慧能的说法纪录《坛经》是禅宗的根本经典。把中国和尚的说法称为"经"，这件事本身就具有象征意义：禅宗在佛陀的教法之外，另立起遵循的典据。这也表明禅宗在努力建设自成系统的中国佛教。

慧能（638—713），俗姓卢。其父行瑫，贬官到岭南新州（今广东新兴县）。他幼年家境贫困，龙朔元年（661）二十多岁，到黄梅（今湖北黄梅县）弘忍（禅宗五祖，今黄梅有五祖寺，为后世另建）处做服劳役的行者，得到器重，付法后回到岭南，混迹市廛；仪凤元年（676），在南海（今广东广州市）法性寺出家，次年到韶州（今广东韶关市）曹溪宝林寺，在那里弘扬新的禅法。新禅法的影响扩展到两京，广传朝廷上下道俗，得力于他的弟子神会的活动。神会（684—758），俗姓高，襄阳（今湖北襄阳市）人，自幼接受传统教养，出家后曾到荆州（今湖北荆州市）师事神秀三年，于大足元年（701）南抵曹溪，就学于慧能，成为上首弟子。开元十八年（730）及以后的两年间，他在中原的滑县（今河南滑县）连续举行无遮大会，树立南宗宗旨，攻击北宗，迅速扩大影响。天宝四年（745），他应请入居洛阳荷泽寺，表明这一派势力进一步扩展。"安史之乱"中他曾在洛阳开坛度僧，敛香火钱供应军需，以功受到朝廷荣崇，死后谥"真宗大师"。神会是极其热忱又很有能力的宗教活动家。他屡经挫折，不懈地为南宗做宣传。南宗禅得以发扬光大，得力于时代思潮的推动，也与神会坚持奋斗的精神和杰出的才能有直接关系。胡适当年编辑、出版《神会和尚遗集》，在卷首热情洋溢地说："南宗的急先锋，北宗的毁灭者，新禅学的建立者，《坛经》的作者，——这是我们的神会。在中国佛教史上，没有第二个人有这样伟大的功勋，永久的影响。"神会留下的著作前面已经提到，概称《神会语录》，阐扬慧能的禅思想，所以胡适做出他是《坛经》作者的大胆推断。

作为"禅文学"创作，《坛经》和《神会语录》均颇具特色，奠定了后来禅宗语录体的基本格局。《坛经》版本很多，历代流行的是元宗宝改订本，十品，两万多字。在敦煌写本里发现题"弟子法海集记"的《南宗顿教最上大乘摩诃般若波罗蜜经六祖惠能大师于韶州大梵寺施法坛经一卷》,为今存最早版本。这个写本出在中唐,只有一万两千字,已非慧能的原作,但较忠实地反映了慧能说法的原貌。全文可分为三部分五十七节。前一部分十一节叙说慧能生平,从家世、生缘到弘忍付法、南下岭南;中间三十六节是他说法的纪录;最后十节写他圆寂、结集《坛经》。全文取弟子记录形式,使用客观叙述语气。前一部分情节最富戏剧性,显然为后人所记述,编造成分较多,文学情趣也较强。其中除了描写主人公慧能,五祖弘忍思致的深沉机敏、同门神秀性格的高傲矜持,都摹写如画。如慧能面见弘忍一段:

> 弘忍和尚问惠能曰:"汝何方人?来此山礼拜吾,汝今向吾边复求何物?"惠能答曰:"弟子是领南人,新州百姓,今故远来礼拜和尚。不求余物,唯求作佛。"大师遂责惠能曰:"汝是领南人,又是獦獠(对南方少数族的蔑称),若为堪作佛!"惠能答曰:"人即有南北,佛性即无南北,獦獠身与和尚不同,佛性有何差别!"大师欲更共议,见左右在傍边,大师更不言。

慧能的对答内涵深刻,也表现了他思致的机敏,而弘忍听到后"不言",则透露僧团内部争斗气氛和弘忍多有心计。接下来写神秀和慧能题偈呈解,神秀的偈是:

> 身是菩提树,心如明镜台,时时勤拂拭,莫使有尘埃。

慧能的偈是:

> 心是菩提树,身如明镜台,明镜本清净,何处染尘埃。

两个偈利用同样的喻体,只在关键字上转换,巧妙地表达南、北二宗截然不同的宗旨,又把两人的学养、才能、性格生动地展现出来。如上所述,这样的故事,应包含后世弟子为阐发祖师禅思想而造作的成分。

　　慧能的说法，谆谆善诱，把新鲜、深刻的道理讲解得极其简明精粹。如："此法门中，何名座禅？此法门中，一切无碍，外于一切境界上念不起为坐，见本性不乱为禅。何名为禅定？外离相曰禅。内不乱曰定。""何名般若？般若是智惠。一切时中，念念不愚，常行智惠，即名般若行。一念愚即般若绝，一念智即般若生。""不悟，即是佛是众生；一念若悟，即众生是佛。"等等。《神会语录》则取论战姿态，语势滔滔，《菩提达摩南宗定是非论》宣扬"念不起为坐"，"见本性为禅"，集中力量批判北宗弟子的"凝心入定，住心看净，起心外照，摄心内证"的"教门"，强调南、北二宗间顿、渐的不同。又关于顿悟，《南阳和尚问答杂征义》里有志德法师曾问神会："禅师今教众生，唯求顿悟，何故不从小乘渐修？未有升九重之台，不由阶渐而能登者？"神会长篇作答：

　　　　恐畏所登者，不是九重之台，恐畏登著土堆胡冢。若实是九重之台，此是顿悟义。念于顿中而如登九重之台，要籍阶渐，终不向渐中而立渐义。理智兼怿，谓之顿悟。不由阶渐而解，自然故，是顿悟义。自心从本已来空寂者，是顿悟。即心无所住，为顿悟。存法悟心，心无所得，是顿悟。知一切法，是顿悟。闻说空，不著空，即不取不空，是顿悟。闻说我，不著我，即不取无我，是顿悟。不舍生死而入涅槃，是顿悟……若人见本性，即坐如来地。如来（是）见者，离一切诸相，是名诸佛。如是见者，恒沙妄念，一时俱寂。（如）是见者，恒沙净妙功德，一时等备。如是见者，名无漏智（离烦恼无染之清净智）。如是见者，名一字法门。如是见者，六度圆满。如是见者，名法眼净（分明见佛真谛）。如是见者，为无所得，即真解脱，即同如来知见，广大深远，无差别故。如是知者，是如来应正遍知。如是见者，放大智惠光，照无余世界。所以者何？世界者，即心也。心空寂，更无余念，故言照无余世界。

这样，他巧用比喻，援引经典，把佛教所追求的佛性、涅槃、般若等绝对的真实统统归于一念"顿悟"，对"自性"加以肯定；再三重复什么"是顿悟"，又利用一系列"如是见"的排比句，造成不可驳辩的气势。这样的文字，堪称论说辩难的一种范本。

语录：马祖道一、临济义玄

语录作为禅宗的新经典，从文章看则是一种新型的、具有多方面独创性的散文，是古典散文发展的新成就。

前面说过，慧能的《坛经》和被定名为《神会语录》的早期禅籍，已经利用语录体。就写作方法看，它们还没有形成更突出的特色。中唐时期禅宗大盛，大批禅师活动，宗风空前活跃，语录创作进入繁盛期。禅本是不可说的，传习、领悟要靠默契，因此禅家说法是不说而说，与中国传统语录（如《论语》《孟子》）的训谕教诲不同；禅门师弟子平等地对答勘辩，互斗机锋，大量使用象征、比喻、双关、暗示、联想等手法，"绕路说禅"；这些记录要反映对答的声情口吻，夹杂俚语俗谚，体现口语自由无碍、幽默活泼的风格；又借鉴先秦诸子论辩和六朝笔记小说如《世说新语》的表现技巧，把汉语长期发展形成的多义双关等表达的弹性发挥到淋漓尽致。胡适有《禅宗的白话散文》一文，他特别指出禅宗语录作为白话散文的价值：

> 白话语录的大功用有两层：一是使白话成为写定的文字，一是写定时把从前种种写不出来的字都渐渐地有了公认的假借字了。从此以后，白话的韵文与散文两方面都有了写定的文字了：白话的发展，谁也挡不住了，什么压力也压不住了。

这样，禅宗语录乃是中国散文发展史上的重大成就。而由于禅宗内部有不同派系，各派系门风不同，体现在语录里，就有直说与巧说、正说与戏说、多说与少说或不说等等不同。众多语录里特色最为突出的是马祖门下弟子名下的一批（如上已指出，今传唐人名下的语录，均非当时原编，但这无碍讨论它们的价值，特别是在作为文学作品接受的情况下），特别是其中呵佛骂祖、毁经灭教一派的，机锋峻烈，大胆活泼，特色极其鲜明。

马祖道一开创"洪州宗"，标识南宗禅走向纯熟。他说法的语录以上堂示法和机缘问答为主要内容，体现禅宗语录的典型形态。临济义玄是晚唐时期活动在成德镇即今河北南部地区的著名禅师，他把禅宗内部慢教轻定的峻烈宗风发扬到极致，也把禅宗语录的批判意识和叛逆性格发挥到极致。

道一（709—788），俗姓马，故称"马大师"，汉州什邡（今四川什邡市）人。初从资州处寂和尚出家，处寂是慧能门下所传保唐派禅师。玄宗开元（713—741）年间，他离开四川，来到南岳，参见怀让，侍奉十年，得到开悟；后来到建阳（今福建南平市建阳区）、临川（今江西抚州市临川区）、南康（今江西赣州市南康区）等地聚徒弘化；代宗大历年间（766—779），移住洪州（今江西南昌市）开元寺，四方学者云集，官僚士大夫聆风景从，入室弟子众多，著名者有百丈怀海、西堂智藏、南泉普愿等。后来弟子兴善惟宽、章敬怀晖、鹅湖大义等北上长安，在朝廷上下造成巨大影响，史称"洪州宗"。洪州禅的核心观念是道不远人，即心而证，法无所著，触境皆如，平常心是道，穿衣吃饭、扬眉瞬目、日常营为都是佛性的体现。如此张扬主观意识，否定一切外在限制与权威，进一步发展出禅门呵佛骂祖、毁经灭教一派。马祖弟子记录他的传法言句，宋初的《景德传灯录》里有《江西大寂道一禅师语》，宋人又编集《江西马祖道一禅师语录》，另有见于其他文献的相关记载，近人另整理成《马祖语录》的不同文本。现存所传言句哪些是他本人的，哪些是后人附会的，学界还没有一致意见，但某些段落保持原来说法面貌是可以肯定的。这一部分文字虽不像他的某些后辈那样尖锐激烈，但见解精辟深刻，简要明晰，如表达他主要禅解的一段：

> 道不用修，但莫污染。何为污染？但有生死心，造作趣向，皆是污染。若欲直会其道，平常心是道。何谓平常心？无造作，无是非，无取舍，无断常，无凡无圣。经云："非凡夫行，非贤圣行，是菩萨行。"只如今行住坐卧，应机接物，尽是道。

马祖语录在语言和表达上最具特点的是师弟子对答勘辨的"机缘问答"部分，如这样的段落：

> 大珠（慧海禅师，马祖弟子）初参祖。祖问曰："从何处来？"曰："越州（今浙江绍兴市）大云寺来。"祖曰："来此拟须何事？"曰："来求佛法。"祖曰："自家宝藏不顾，抛家散走作什么？我这里一物也无，求甚么佛法。"珠遂礼拜，问曰："阿那个是慧海自家宝藏？"祖曰："即今问我者是汝宝藏。一切具足，更无欠少，使用自在，何假向外求觅？"珠于言下自识本心，不由知觉，踊跃礼谢。师事六载后归，自撰《顿悟入道要门论》一卷。祖见之，告众云："越州有大珠，圆明光透自在，无遮障（遮蔽障碍）处也。"

这样的对答活泼风趣，逼肖口语，富于启发性，最后的比喻新颖鲜明，含义深刻。这种"机缘问答"乃是禅门创造的独特的表现形式。

义玄（？—867），俗姓邢，曹州南华（今山东东明县）人，南岳下第五世。大中八年（854），在镇州（今河北正定县）城东南滹沱河畔建临济禅院，得到镇帅王氏的支持；前此武宗（841—846在位）毁佛，河北藩镇不从，这里的佛教没受破坏。他接引门徒，声势大张，形成派系，称"临济宗"。他的弟子辈曾编辑"语录"，今传本也经宋人增编过，但应基本保持他说法的本来精神。他着重从否定方面发挥"清净心""一念心"观念，主张"心生万法""无佛无众生"，每个"真正学道人"都是"无位真人"，因此要"不为人惑""随处做主"，保持"历历孤明"的"本来面目",作"不受人惑"的大丈夫。作为禅观,他的见解破坏性极强,形之文字,义气雄豪,峻峭激烈,舒卷擒纵,杀活自在。如他说"乃至三乘十二分教,皆是拭不净故纸,佛是幻化身,祖是老比丘。尔还是娘生已否?尔若求佛,即被佛魔摄;尔若求祖,即被祖魔缚。尔若有求皆苦,不如无事";"尔欲得如法见解,但莫受人惑。向里向外,逢着便杀:逢佛杀佛,逢祖杀祖,逢罗汉杀罗汉,逢父母杀父母,逢亲眷杀亲眷,始得解脱。不与物拘,透脱自在";等等。大胆否定偶像,蔑视权威,雄辩滔滔,嬉笑怒骂,造成不可驳辩的强盛气势,成为特色突出的论说文字。另一方面,他又开宗门不说而说、拳打棒喝之风。如:

> 师有时谓众云:"山僧分明向你道:五阴身田内,有无位真人,堂堂露现,无毫发许间隔,何不识取!"时有僧问:"如何是无位真人?"师便打之,云:"无位真人是什摩不净之物!"

> 师问落浦:"从上有一人行棒,有一人行喝,还有亲疏也无?"落浦云:"如某甲所见,两个总不亲。"师云:"亲处作摩生?"落浦遂喝。师便打之。

> 因德山见僧参,爱趁打。师委得,令侍者到德山:"打汝,汝便接取柱杖,以柱杖打一下。"侍者遂到德山,皆依师指。德山便归丈室。侍者却归,举似师。云:"从来疑这个老汉。"

> 因僧侍立次,师竖起拂子。僧便礼拜。师便打之。后因僧侍立次,师竖起拂子。其僧并不顾。师亦打之。

利用拳打棒喝来截断常识情解,配合语言的暗示、联想功能,感情上造成震撼,以达到强烈的表达效果。这种宗风的价值与意义姑且不论,作为艺术手法是相当新颖、富于创造性的。从文学价值看,《临济录》体现鲜明的艺术特色,代表禅宗语录创作的水平与成就。

禅　偈

　　禅籍里文学性质浓郁的作品还有韵文的偈颂或称禅偈。中唐著名佛教学者宗密曾说："教也者，诸佛、菩萨所留经论也；禅也者，诸善知识所述句偈也。"（《禅源诸诠集都序》）这是把经论和禅偈分别当作"教"与"禅"的文献。晚唐著名禅师法眼文益又曾指出："宗门歌颂，格式多般，或短或长，或今或古……激昂后学，讽刺先贤，皆主意在文，焉可妄述。"（《宗门十规论》）即是说，禅偈形式多样，但其"主意在文"，即特别注重文采。禅宗偈颂创作一方面是延续外来佛典利用偈颂的传统，另一方面又借鉴中国传统诗歌创作的艺术手法。唐宋正是中国诗歌创作高度繁荣时期，许多禅师熟悉世俗诗歌，他们借鉴内、外典籍韵文写作的经验，创作出形式、语言和表现手法都特色鲜明、具有相当艺术水准的禅偈。

　　禅门偈颂有些是独立成篇的，而大部分夹述在对答言句当中；体裁大体可划分为两类：一类采取世俗诗歌包括民间歌谣形式，另一类是禅宿开悟、示法、明志、劝学、顺世等等机缘所作，还有后出的颂古、宗纲等，这是更富特性的禅偈。（因为如前所述，后出语录所述禅师故事多有增饰造作，有关偈颂的作者也大有疑问，以下所述姑且按灯录记载。）

　　早期作品大体采取传统诗歌体裁，独立成篇。例如神会的《南宗定邪正五更转》，今存十多个抄本。所谓"定邪正"，即是他在《定是非论》里说的"为天下学道者定宗旨，为天下学道者辨是非"。《五更转》本是六朝以来流行的俗曲，三、三、七句式，音律曲折多变化，胡适说神会的两首《五更转》"词都不算美，但这个《五更调》唱起来必是很哀婉动人的"，称赞是"有趣味的讽刺文学"。更著名、技巧更为纯熟的有题永嘉玄觉所作《永嘉证道歌》。这是一篇六十三段、三百四十四句、以三、三、七、七、七字为基本句式的长歌，语辞精美，表达更富于诗情。不过无论是从文献学角度考察，还是从内容看，这篇作品都不可能是初唐时期的玄觉写定的，据考最后写定应在晚唐。这篇长歌每一段描绘独立的意境，许多段落像是精美小诗；合起来又表达统一主题，如：

> 入深山，住兰若（小寺院，主要作为僧人修行之处），岑崟（cén yín，山高耸的样子）幽邃长松下。优游静坐野僧家，阒寂（寂静；阒，qù，空寂）安居实潇洒……

> 江月照，松风吹，永夜清宵何所为。佛性戒珠心地印，雾露云霞体上衣。

生动描摹清幽静谧的境界，烘托山居生活的优游自在，真切体现超离尘俗的精神追求。

石头希迁一系学人多度过山居乐道生活，在超脱凡俗的修道生活中体悟禅机，把禅情和玄思用如歌如颂的形式表现出来。如石头希迁的《草庵歌》：

> 吾结草庵无宝贝，饭了从容图睡快。成时初见茅草新，破后还将茅草盖。住庵人，镇（总）常在，不属中间与内外。世人住处我不住，世人爱处我不爱。庵虽小，含法界（此指宇宙万有），方丈老人（本指维摩诘，此指庵中真正得道的人）相体解。上乘菩萨信无疑，中下闻之必生怪。问此庵，坏不坏，坏与不坏主元在。不居南北与东西，基上坚牢以为最。青松下，明窗内，玉殿珠楼未为对。衲帔蒙头万事休，此时山僧都不会。住此庵，休作解，谁夸铺席图人买。回光返照便归来，廓达灵根（指心识）非向背。遇祖师，亲训诲，结草为庵莫生退。百年抛却任纵横，摆手便行且无罪。千种言，万般解，只要交（教）君长不昧（不糊涂）。欲识庵中不死人，岂离而今遮（这）皮袋（指

身体）。

这篇作品描述隐居草庵、不涉外缘、摆脱人间一切束缚的自由自在生活，抒写住庵人的清净自如心态：安于"结草为庵"的简陋生活，对"玉殿珠楼"表示轻蔑，张扬与世俗荣华富贵相对立的人生价值与生活方式；而所谓草庵虽有成坏，但基础牢固，隐喻人的灵明不昧的心性是不会败坏的。这样，赋予草庵以象征意义，又典型地体现出禅偈重思辨的特征；构思上把比喻与写实相结合，写法上则说理和描写并重，以形象的语言表达深刻的思致。还有署名懒瓒和尚和腾腾和尚的两首《乐道歌》，都是杂言歌行体，行文自由舒展，生动形象地抒写山居生活无为无事的心境。又这类作品更多汲取老、庄意识，表现的是更加"生活化"的禅、具有浓厚艺术情趣的禅，对禅宗的发展也发挥一定作用。

　　另一类开悟、示法、劝学、圆寂等不同机缘创作的禅偈，更重说理，艺术表现水平不一，也有许多值得玩味、相当优秀的篇章。这类禅偈多用象征、比喻手法，往往难得确解，费人参绎，许多成为后学体悟、讨论的对象。下面试作的解释，也只是本书作者的看法。

　　洞山良价在云岩县成处，问："和尚百年后，有人问还邈得师真也无，向他作摩生道？"云岩回答说："但向他道，只遮个（这个）汉是。"良价很久不能理解，总是心存疑惑。有一次过水睹影，大悟玄旨，因述一偈：

　　　　切忌随他觅，迢迢与我疏。我今独自往，处处得逢渠。渠今正是我，我今不是渠。应须与摩会，方得契如如。

前面说的"真"指写真，即肖像；洞山问是否可以画出先师肖像，意谓能否真正恢复、传承先师禅法。云岩答说"只遮个汉是"，洞山不解所谓。后来过水看见水中影像，忽然开悟：水里的影子和本人当然不是一码事，描摹出的老师肖像不等于老师。就是说，禅法要靠自悟，因而"切忌从他觅"；影像"是"本人又"不是"本人，从禅宿学习所得也是同样。

据传灵云志勤初次造访沩山灵佑，闻其教示，昼夜忘疲，一次偶睹春时桃花繁盛，喜不自胜，忽然发悟，作偈说：

> 三十年来寻剑客，几逢花发几抽枝。自从一见桃花后，直至如今更不疑。

他因而被沩山称赞"随缘悟达，永无退失"。这首偈可以这样理解：所"寻"之"剑"，如禅偈里常出现的"宝珠"等一样，指绝对的禅解。禅门常常把禅法比喻为"神剑"，意思是说它可以斩断凡情。灵云禅偈的意思是说，三十年来专心求道，看过多少次花开花落，直到这次见到桃花，心里疑惑才顿然消失了。花开花落本是宇宙间永恒规律的体现，正如禅理是如如不动的；可是以前却视而不见，是因为被常情所阻遏；透出凡情，体悟这个道理，从而疑念顿消了。

到中、晚唐，禅堂上、师资间商量问答，棒喝交驰，互斗禅机。在这种状况下创作的示法禅偈，注重发挥禅语多用比喻、象征、暗示、联想、多义等特点，务使其经得住揣摩，寄托更深微的内涵。

当初马祖弟子大梅法常有开悟偈曰：

> 摧残枯木倚寒林，几度逢春不变心。樵客遇之犹不顾，郢人（巧匠）那得苦追寻。

这首偈的立意比较明显：古人以松柏之后凋比喻人的志节，枯木逢春而不花，暗示不为荣华所诱，耐得起枯淡，以此表明安于寂寞、不慕凡情的心理。后来曹山本寂住曹山（江西临川县吉水山），割据江西的"钟陵大王"（实为"南平王"）钟传再三遣使迎请。第三次遣使时，使者说如不赴王旨，弟子一门便见灰粉。其时本寂附上这首古人偈（现存文本有几字改动），表示坚拒的决心。据说使回通偈，钟传遥望山顶礼拜。

南泉普愿法嗣长沙景岑以善诗偈著称，他的示法偈很有名：

> 百尺竿头不动人，虽然得入未为真。百尺竿头须进步，十
> 方世界是全身。

时有三圣和尚问："承师有言：'百尺竿头须进步。'百尺竿头则不问，百尺竿头如何进步？"景岑答："朗州山，澧州水。"进曰："更请和尚道。"景岑说："四海五湖王化里。"景岑用古代杂技缘橦作比喻：已经爬上百尺高竿，毫无畏惧，但偈里却说这还不算达到绝对境界，因为仍有所执着，应当更进一步，让自身与宇宙合一。三圣问"如何进步"，表明他显然仍摆脱不了执着；回答说"朗州山，澧州水"，意谓绝对境界就在具体的一山一水之中。三圣要求再进一步解释，又用五湖四海皆在王化之中作譬喻，以表明事事物物皆与绝对相契合，这就是所谓"立处皆真"的境界。这首禅偈不但包含深刻禅理，其中透露出的不断精进、永不满足的精神也是很感人的。

禅宿在去世时往往说偈付法，留下遗偈，这就是传法偈。这类临终付法事迹多出于传说，遗偈多数也应是弟子们神化先师的假托之作，其中颇有意味深刻、表达技巧也相当高超的。如归宗智常弟子五台智通名下的遗偈：

> 举手攀南斗，回身倚北辰。出头天外见，谁是我般人。

这是一个顶天立地的巨人形象，和李白"欲上青天览明月"那种遗世独立、超越群伦、绝对地肯定自我的精神境界相通。短短二十个字，可看作是一首富于浪漫精神的抒情小诗。

禅门各派、具体禅师风格不同，所作禅偈的表现风格也各种各样：有比喻暗示的"理语"，也有重在情趣的"诗语"。而且越是到后来，越是讲究语言技巧，往往也更富于"诗情"。北宋时圆悟克勤参五祖法演有一段轶事：

> ……方半月，会部使者解印还蜀，诣祖问道。祖曰："提刑少年，曾读小艳诗否？有两句颇相近：'频呼小玉（传说中吴王夫差的女儿，借指妻子或情人）元无事，只要檀郎（晋潘岳小字

檀奴，美姿容，借指夫婿或所爱慕男子）认得声。'"提刑应："喏喏。"祖曰："且仔细。"师适归，侍立次，问曰："闻和尚举小艳诗，提刑会否？"祖曰："他只认得声。"师曰："'只要檀郎认得声'，他既认得声，为什么却不是？"祖曰："如何是祖师西来意？庭前柏树子聻！"师忽有省，遽出。见鸡飞上栏杆，鼓翅而鸣，复自谓曰："此岂不是声？"遂袖香入室，通所得，呈偈曰："金鸭香销锦绣帏，笙歌丛里醉扶归。少年一段风流事，只许佳人独自知。"祖曰："佛祖大事，非小根劣器（根性器质低下）所能造诣，吾助汝喜。"祖遍谓山中耆旧曰："我侍者参得禅也。"由此，所至推为上首。

这里是用情人间心心相印的"认得声"，来比喻禅全靠自心领悟，不可言说，也不可替代；而用来示法的则是世俗"小艳诗"，和一般情诗无异。

禅偈对中国诗歌的贡献是多方面的。作为一种阐扬禅理的诗，众多作品给中国诗歌增添了"禅思""禅理""禅趣""禅机""禅语"等等，又提供特异的写作技巧、表现风格等。本来唐人已把诗歌艺术发挥至鼎盛，留下的开拓余地狭小，因此禅偈所作出的新开拓也就具有特殊意义，值得特别珍视。

作品释例

语录（选四篇）

《南宗顿教最上大乘摩诃般若波罗蜜经六祖惠能大师于韶州大梵寺施法坛经》一卷　兼受无相戒弘法弟子法海集记（节选）（杨曾文校写《六祖坛经》）

……五祖忽于一日唤门人尽来。门人集已，五祖曰："吾向汝说，世人生死事大，汝等门人终日供养（指供奉、修行等），只求福田

（喻求福报如种田），不求出离生死苦海。汝等自性迷，福门何可求。汝等总且归房自看，有智惠者自取本性般若之知，各作一偈呈吾。吾看汝偈，若悟大意者，付汝衣法（禅宗传说当初菩提达摩带来袈裟一件，后来被当作传法信证），禀为六代。火急急！"

　　门人得处分，却来各至自房，递相谓言："我等不须澄心用意作偈将呈和尚。神秀上座是教授师，秀上座得法后，自可依止，偈不用作。"诸人息心，尽不敢呈偈。大师堂前有三间房廊，于此廊下供养，欲画《楞伽变相》（描绘《楞伽经》大意的绘画），并画五祖大师传授衣法，流行后代为记。画人卢珍看壁了，明日下手。

　　上座神秀思惟：诸人不呈心偈，缘我为教授师。我若不呈心偈，五祖如何得见我心中见解深浅？我将心偈上五祖呈意，即善求法觅祖；不善，却同凡心夺其圣位；若不呈心偈，终不得法。良久思惟，甚难甚难。夜至三更，不令人见，遂向南廊下中间壁上题作呈心偈，欲求于法。若五祖见偈，言此偈语，若访觅我，我见和尚，即云是秀做；五祖见偈若言不堪，自是我迷，宿业（前世所作善恶因缘）障重（罪业深重），不合得法，圣意难测，我心自息。秀上座三更于南廊下中间壁上秉烛题作偈，人尽不知。偈曰：

　　　　身是菩提树（常绿乔木；释迦牟尼在菩提树下成道），心如明镜台。

　　　　时时勤拂拭，莫使有尘埃。

神秀上座题此偈毕，归房卧，并无人见。

　　五祖平旦遂唤卢供奉（此指匠人）来南廊下画《楞伽变》。五祖忽见此偈，请记（疑为"读讫"），乃谓供奉曰："弘忍与供奉钱三十千，深劳远来，不画变相了。《金刚经》云：'凡所有相，皆是虚妄。'不如留此偈，令迷人诵，依此修行，不堕三恶道，依法修行，有大利益。"大师遂唤门人尽来，焚香偈前。众人见已，皆生敬心。"汝等尽诵此偈者，方得见性。于此修行，即不堕落。"门人尽诵，皆生敬心，唤言"善哉"！五祖遂唤秀上座于堂内，问："是汝作偈否？若是汝作，应得吾法。"秀上座言："罪过！实是神秀作。不敢求祖位，但愿和尚慈悲，看弟子有小智惠、识大意否?"五祖曰："汝作此偈，见解，只到门前，尚未得入。凡夫依此偈修行，即不堕落。作此见解，若觅无上菩提(最高的智慧，佛智)，即不可得。须入得门，见自本性。汝且去，一两日思惟，更作一偈来呈吾。若入得门，见自本性，当付汝衣法。"秀上座去，数日作偈不得。

有一童于碓坊(春米作坊)边过，唱诵此偈。惠能及一闻，知未见性，即识大意。能问童子："适来诵者，是何偈?"童子答能曰："你不知大师言，生死事大，欲传衣法，令门人等各作一偈来呈吾看，悟大意即付衣法，禀为六代祖。有一上座名神秀，忽于南廊下书《无相偈》一首，五祖令诸门人尽诵，悟此偈者即见自性，依此修行即得出离(谓出离生死轮回)。"惠能答曰："我此踏碓八个余月，未至堂前，望上人引惠能至南廊下，见此偈礼拜，亦愿诵取，结来生缘，愿生佛地。"童子引能至南廊下，能即礼拜此偈。为不识字，请一人读。惠能闻已，即识大意。惠能亦作一偈，又请得一解书人，于西间壁上提著，呈自本心。不识本心，学法无益；识心见性，即悟大意。惠能偈曰：

　　　　菩提本无树，明镜亦无台。

　　　　佛性常清净，何处有尘埃。

又偈曰：

　　　　心是菩提树，身为明镜台。

　　　　明镜本清净，何处染尘埃。

院内徒众，见能作此偈，尽怪。惠能却入碓坊。

五祖忽来廊下，见惠能偈，即知识大意。恐众人知，五祖乃谓众人曰："此亦未得了。"

五祖夜至三更，唤惠能堂内，说《金刚经》。惠能一闻，言下便悟。其夜受法，人尽不知，便传顿教及衣："汝为六代祖，衣将为信，禀代代相传法，以心传心，当令自悟。"五祖言："惠能！自古传法，气如悬丝,若住此间,有人害汝,即须速去!"

能得衣、法,三更发去。五祖自送能至九江驿,登时便别。五祖处分:"汝去,努力! 将法向南,三年勿弘此法,难去已后,弘化善诱,迷人若得心开,汝悟无别。"辞违已了,便发向南……

神会《菩提达摩南宗定是非论》下卷(节选)(胡适校敦煌唐写本《神会和尚遗集》)

远法师(崇远,开元十八、十九、二十年神会在滑州宣扬南宗宗旨,参与论辩)问:"禅师既口称达摩宗旨,未审此禅门者有相传付嘱,为是得说只没说?"

和上答:"从上以来,具有相传付嘱。"

又问:"相传□□已来,经今几代?"

和上答:"经今六代。"……

远法师问:"能禅师已后,又传授人不?"

答:"有。"

又问:"传授者是谁?"

和上答:"已后应自知。"

远法师问:"如此教门岂非是佛法? 何故不许?"

和上答:"皆为顿、渐不同,所以不许。我六代大师一一皆言,单刀直入,直了见性,不言阶渐。夫学道者须顿见佛性,渐修因缘,不离是生,而得解脱。譬如母顿生子,与乳,渐渐养育,其子智慧自然增长。顿悟见佛性者,亦复如是,智慧自然渐渐增长。所以不许。"

远法师问:"嵩岳普寂禅师,东岳降魔藏禅师,此二大德皆教人坐禅,凝心入定,住心看净,起心外照,摄心内证,指此以为教门。禅师今日何故说禅不教人坐? 不教人凝心入定,住心看净,起心外照,摄心内证,何名坐禅?"

和上答:"若教人坐,[教人]凝心入定,住心看净,起心外照,摄心内证者,此是障菩提。今言坐者,念不起为坐;今言禅者,见本性为禅。所以不教人坐身住心入定。若指彼教门为是者,维摩诘不应诃舍利弗宴坐(《维摩经》记载维摩诘示疾,佛陀命大弟子探问,舍利弗曾回忆在林中宴坐,受到维摩诘讥诃,谓禅不在坐)。”

远法师问:“何故不许普寂禅师称为南宗?”

和上答:“为秀和上在日,天下学道者号此二大师为‘南能’‘北秀’,天下知闻。因此号,遂有南、北二宗。普寂禅师实是玉泉(神秀曾住荆州[今湖北荆州市]玉泉寺)学徒,实不到韶州(今广东韶关市,慧能住韶州曹溪南华寺),今口妄称南宗,所以不许。”

远法师问:“何故不许普寂禅师?”

和上答:“为普寂禅师口虽称南宗,意拟灭南宗。”

远法师问:“何故知意拟灭南宗?”

和尚叹言:“苦哉,苦哉!痛哉,痛哉!不可耳闻,何期眼见!开[元]二年(714)中三月内,使荆州刺客张行昌诈作僧,取能和上头。大师灵质(指身体)被害三刀,盛续(疑为碑铭作者)碑铭经磨两遍。又使门徒武平一等磨却韶州大德碑铭,别造文报,镌向能禅师碑,□立秀禅师为第六代,□□□□及传袈裟所由。又今普寂禅师在嵩山竖碑铭,立七祖堂,修《法宝记》,排七代数,不见著能禅师。□能禅师是得传传付嘱人,为[人]天师,盖国知闻,即不见著。如禅师(法如,住嵩山)是秀禅师同学,又非是传授付嘱人,不为人天师,天下不知闻,有何承禀,充为第六代?普寂禅师为秀和上竖碑铭,立秀和上为第六代,今修《法宝记》,又立如禅师为第六代。未审此二大德各立为第六代,谁是谁非,请普[寂]禅师子细自思量看!”

远法师问:“普寂禅师开法来数十余年,何故不早较量,定其宗旨?”

和上答:“天下学道者皆往决疑,问真宗旨,并被普寂禅师倚势唱使(指使)门徒拖出。纵有疑者,不敢呈问,未审为是为非。昔释迦如来在日，他方诸来菩萨及诸声闻，一切诸外道等诘问如来，一一皆善具答。我韶州大师（指慧能）在日，一切人来征问者，亦一一皆善具答。未审普寂禅师依何经论，不许借问，谁知是非？长安三年（702），秀和上在京城内登云花（云华寺）戒坛上，有网律师大仪□□于大众中借问秀和上：‘承闻达摩有一领袈裟相传付嘱，今在大禅师处不？’秀和上云：‘黄梅忍大师传法袈裟今见在韶州能禅师处。’秀和上在日指第六代传法袈裟在韶州，口不自称为第六代数。今普寂禅师自称为第七代，妄竖秀和上为第六代，所以不许。”

　　尔时和上告远法师及诸人等：“莫怪作如此说。见世间教禅者多，于学禅者极其缭乱。恐天魔波旬及诸外道入在其中，惑诸学道者灭于正法，故如此说。久视年（700），则天召秀和上入内，临发之时，所是道俗顶礼和上，借问‘和尚入内去后，所是门徒若为修道？依止何处？’秀和上云：‘韶州有大善知识，元是东山忍大师付嘱，佛法尽在彼处。汝等诸人如有不能自决了者，向彼决疑，必是不可思议，即知佛法宗旨。’又普寂禅师同学，西京清禅寺僧广济，景龙三年（709）十一月至韶州，经十余日，遂于夜半入和上房内，偷所传袈裟。和尚喝出。其夜惠达师、玄悟师闻和尚喝声，即起看，至和上房外，遂见广济师把玄悟师手，不遣作声。其玄悟师、惠达师入和上房看和上，和上云：‘有人入房内，申手取袈裟。’其夜所是南北道俗并至和上房内，借问和尚：‘入来者是南人、北人？’和上云：‘唯见有人入来，亦不知是南人北人。’众人又问：‘是僧是俗？’‘亦不知是僧是俗。’和上的的（清楚）知，恐畏有损伤者，遂作此言。”

　　和上云：“非但今日，此袈裟在忍大师处三度被偷。忍大师言，其袈裟在信大师处一度被偷。所是偷者，皆偷不得。因此袈裟，南北道俗极其纷纭，常有刀棒相向。”

　　远法师问曰：“普寂禅师名字盖国，天下知闻，众口共传为不可思议，何故如此苦相非斥？岂不与身命有仇？”

　　和上答曰：“读此论者，不识论意，谓言非斥。普寂禅师与南宗有别，我自料简（清理）是非，定其宗旨。我今为弘扬大乘，建立正法，令一切众生知闻，岂惜身命！"

远法师问："修此论者不为求名利乎？"

和上答曰："修此论者，生命尚不惜，岂以名利关心？"

道一《江西大寂道一禅师语》（《景德传灯录》卷二八）

江西大寂道一禅师示众云："道不用修，但莫污染。何为污染？但有生死心，造作趣向，皆是污染。若欲直会其道，平常心是道。何谓平常心？无造作，无是非，无取舍，无断常，无凡无圣。经云：'非凡夫行，非贤圣行，是菩萨行。'只如今行住坐卧，应机接物，尽是道。道即是法界（此指宇宙万有），乃至河沙（恒河沙数）妙用，不出法界。若不然者，云何言心地法门（指禅宗心法）？云何言无尽灯（喻传法如一灯燃百千灯，明终不尽）？

"一切法皆是心法，一切名皆是心名。万法皆从心生，心为万法之根本。经云：'识心达本源，故号为沙门。'名等，义等，一切诸法皆等，纯一无杂。若于教门中得随时自在，建立法界，尽是法界；若立真如，尽是真如；若立理，一切法尽是理；若立事，一切法尽是事。举一千从，理事无别，尽是妙用，更无别理，皆由心之回转。譬如月影有若干，真月无若干；诸源水有若干，水性无若干；森罗万象有若干，虚空无若干；说道理有若干，无碍慧（指佛慧）无若干。种种成立（指存在），皆由一心也。建立亦得，扫荡亦得，尽是妙用，尽是自家。非离真而有立处，立处即真，尽是自家体。若不然者，更是何人？

"一切法皆是佛法。诸法即解脱，解脱者即是真如。诸法不出于真如。行住坐卧，悉是不思议用，不待时节。经云：'在在处处，则为有佛。'佛是能仁（释迦牟尼异译，这里双关字面义），有智慧，善机性，能破一切众生疑网，出离有无等缚，凡圣情尽，人法俱空，转无等轮（谓传播佛法；无等，平等；转……轮，转法轮），超于数量，所作无碍，事理双通。如天起云，忽有还无，不留碍迹；犹如画水成文，不生不灭，是大寂灭。

"在缠（烦恼）名如来藏，出缠名大法身。法身无穷，体无增减，能大能小，能方能圆。应物现形，如水中月，滔滔运用，不立根栽。

"不尽有为，不住无为。有为是无为家用，无为是有为家依（依止）。不住于依，故云如空无所依。

"心生灭义，心真如义。心真如者，譬如明镜照像，镜喻于心，像喻诸法，若心取法即涉外因缘，即是生灭义；不取诸法，即是真如义。

"声闻闻见佛性，菩萨眼见佛性。了达无二，名平等性。性无有异，用则不同。在迷为识，在悟为智；顺理为悟，顺事为迷。迷即迷自家本心，悟即悟自家本性。一悟永悟，不复更迷，如日出时，不合于暗，智慧日出，不与烦恼暗俱。

"了（透彻）心及境界，妄想即不生；妄想既不生，即是无生法忍。

"本有今有（谓佛性是"本有"还是"今有"），不假修道坐禅；不修不坐，即是如来清净禅。

"如今若见此理真正，不造诸业，随分（随顺本分）过生，一衣一衲，坐起相随，戒行增熏（熏习），积于净业。但能如是，何虑不通？久立，诸人珍重。"

附：《祖堂集》卷一五《汾州和尚（无业禅师，马祖弟子）》（节录）

　　汾州和尚……后闻洪州（今江西南昌市）马大师禅门上首，特往瞻礼。师身逾六尺，屹若立山。马大师一见异之，曰："魏魏佛堂，其中无佛。"师礼而问曰："三乘至教，粗亦研穷。常闻禅门即心是佛，实未能了。伏愿指示。"马大师曰："即汝所不了心（没有彻底觉悟的心）即是，更无别物。不了时即是迷，了时即悟；迷即是众生，悟即是佛道。不离众生别更有佛也。亦如手作拳、拳作手也。"师言下豁然大悟，涕泪悲泣，白马大师言："本将谓佛道长远，勤苦旷劫（久远之劫，极长时间），方始得成。今日始知法身实相，本自具足，一切万法，从心化生，但有名字，无有实者。"马大师云："如是，如是。一切心性，不生不灭，一切诸法，本自空寂。是故经云：'诸法从本来，常自寂灭相。'又云：'毕竟空寂舍（喻空寂境界）。'又云：'诸法空为坐。'此则诸佛如来住无所住处。若如是知，即是住空寂舍，坐法空座，举足下足，不离道场，言下便了，更无渐次，所谓不动足而登涅槃山（喻涅槃境界）。"

义玄《镇州临济慧照禅师语录》（节录）

问："如何是心心不异处？"师云："尔拟问，早异了也。性、相各分，道流，莫错！世、出世诸法，皆无自性，亦无生性，但有空名，名字亦空。尔只么认他闲名为实，大错了也。设有，皆是依变之境（因缘和合境界）。有个菩提依（依止），涅槃依，解脱依，三身依，境智依，菩萨依，佛依。尔向依变国土中觅什么物？乃至三乘十二分教（又称"十二部经"，佛教经典的一种分类，即长行、重颂、孤起、因缘、本事、本生、未曾有、譬喻、论议、无问自说、方广、记别或授记），皆是拭不净（粪便）故纸，佛是幻化身，祖是老比丘。尔还是娘生已否？尔若求佛，即被佛魔摄；尔若求祖，即被祖魔缚。尔若有求皆苦，不如无事。有一般秃比丘向学人道：佛是究竟，于三大阿僧祇劫修行果满，方始成道。道流，尔若道佛是究竟，缘什么八十年后向拘尸罗城双林树间侧卧而死去（佛陀世寿八十岁，在拘尸罗城双林树间侧卧寂灭）。佛今何在？明知与我生死不别。尔言三十二相（三十二大人相，佛陀神圣相貌的三十二种主要特征）、八十种好（八十种微妙好，佛陀神圣相貌的八十种微小特征）是佛，转轮圣王应是如来，明知是幻化。古人云：'如来举（起，指示现）身相，为顺世间情，恐人生断见（认为一切寂灭的邪见），权且立虚名。假言三十二，八十也空声，有身非觉体（有知觉的实体），无相乃真形。'尔道佛有六通（六神通：天眼通、天耳通、他心通、宿命通、神足通、漏尽通）是不可思议，一切诸天、神仙、阿修罗、大力鬼亦有神通，应是佛否？道流，莫错，只如阿修罗与天帝释战，战败，领八万四千眷属入藕丝孔中藏，莫是圣否？如山僧所举，皆是业通（又称报通，依宿业自然而得的神通）、依通（依凭药力、咒术等而所现神通）。夫如佛六通者不然：入色界不被色惑，入声界不被声惑，入香界不被香惑，入味界不被味惑，入触界不被触惑，入法界不被法惑，所以达六种色、声、香、味、触、法，皆是空相，不能系缚此无依（即无着，无所执着）道人。虽是五蕴漏质（指烦恼垢染之身；漏，有漏，污染），便是地行神通。道流，真佛无形，真法无相。尔只么幻化上头作模作样，设求得者，皆是野狐精魅，并不是真佛，是外道见解。夫如真学道人，并不取佛，不取菩萨、罗汉，不取三界殊胜，迥（全然）无独脱，不与物拘。乾坤倒覆，我更不疑；十方诸佛现前，无一念心喜；三涂（三恶道）地狱顿现，无一念心怖。缘何如此？我见诸法空相，变即有，不变即无，三界唯心，万法唯识。所以梦幻空花，何劳把捉？唯有道流目前现今听法底人，入火不烧，入水不溺，入三涂地狱如游园观（园林风景），入饿鬼、畜生而不受报。缘何如此？无嫌底法，尔若爱圣憎凡，生死海里沉浮。烦恼由心故有，无心烦恼何拘？不劳分别取相，自然得道须臾。尔拟傍家（依别人门户）波波地（勤苦劳碌的样子）学得，于三祇劫中终归生死，不如无事，向丛林中床角头交脚坐……道流，出家儿且要学道。只如山僧，往日曾向毗尼（又译"毗奈耶"，律藏）中留心，亦曾于经论寻讨，后方知是济世药、表显之说，遂乃一时抛却，即访道参禅。后遇大善知识，方乃道眼分明，始识得天下老和尚知其邪正，不是娘生下便会，还是体究练磨，一朝自省。道流，尔欲得如法见解，但莫受人惑。向里向外，逢著便杀：逢佛杀佛，逢祖杀祖，逢罗汉杀罗汉，逢父母杀父母，逢亲眷杀亲眷，始得解脱，不与物拘，透脱自在。如诸方学道流，未有不依物出来底。山僧向此间从头打：手上出来手上打，口里出来口里打，眼里出来眼里打，未有一个独脱出来底，皆是上（谓迷恋）他古人闲机境（指无益的机锋境界）。山僧无一法与人，只是治病解缚。尔诸方道流，试不依物出来，我要共尔商量，十年五岁并无一人，皆是依草附叶、竹木精灵、野狐精魅，向一切粪块上乱咬瞎汉，枉消他十方信施（信徒的施舍），道我是出家儿，作如是见解。向尔道：无佛无法，无修无证，只与么傍家拟求什么物？瞎汉头上安头，是尔欠少什么。道流，是尔目前用底，与祖佛不别。只么不信，便向外求。莫错，向外无法，内亦不可得。尔取山僧口里语，不如休歇无事去。已起者莫续，未起者不要放起，便胜尔十年行脚（禅师出行参访）。约山僧见处，无如许多般，只是平常著衣吃饭，无事过时。尔诸方来者，皆是有心求佛、求法、求解脱、求出离三界痴人……大德，但有声名文句，皆悉是依变，从脐轮气海中鼓激，牙齿敲磕，成其句义，明知是幻化。大德，外发声语业，内表心所法（心所有法，指各种心理现象），以思有念，皆悉是依。尔只么认他著底依为实解，纵经尘劫（如尘点之劫，极长时间），只是依通。三界循还，轮回生死，不如无事。相逢不相识，共语不知名。今时学人不得，盖为认名字为解，大策子（册子，记录祖师言句的文书）上抄死老汉语，三重五重复子裹，不教人见，道是玄旨，以为保重。大错，瞎屡生！尔向枯骨上觅什么汁？有一般不识好恶，向教中取意度，商量成于句义，如把屎块子向口里含了，吐过与别人，犹如俗人打传口令相似，一生虚过也。道我出家，被他问着佛法，便即杜口无词，眼似漆突，口如榼担，如此之类，逢弥勒出世，移置他方世界，寄地狱受苦。大德，尔波波地往诸方觅什么物，踏尔脚板阔，无佛可求，无道可成，无法可得。外求有相佛，与汝不相似，欲识汝本心，非合亦非离。道流，真佛无形，真道无体，真法无相，三法混融，和合一处，辨既不得，唤作忙忙（茫茫）业识众生……"

偈颂（选八首）

神会《五更转·南宗定邪正》（胡适校敦煌唐写本《神会和尚遗集》）

一更初。妄想真如不异居，迷则真如是妄想，悟则妄想是真如。　念不起，更无余，见本性，等空虚。有作有为非解脱，无作无求是功夫。

二更催。大圆宝镜（指清净自性）镇安台，众生不了攀（缘）（谓向外驰求）病，由斯障闭心不开。　本自净，没尘埃，无染著，绝轮回。诸行无常是生灭，但观实相见如来。

三更侵。如来智慧本由心，以佛为佛乃能见，声闻、缘觉不知音。　入山谷，坐禅林，入空定（断绝了一切灵识的入定，即佛法反对的"无记空"），便凝心，（一坐）还同八万劫，只为担麻不重金。

四更阑。法身体性不劳看，看即住心便作意（心虑），作意还同妄（想）团。　放四体，莫攒顽（精神委顿），任本性，自观看。善恶不思由不念，无思无念是涅槃。

五更分。菩提无住本无根，过去舍身求不得，吾师（普）遂不忘恩。　施法药（比喻说法），大张门，去（禁）障（障碍隔膜），拨浮云。本与众生开佛眼，皆令见性免沉沦。

玄觉《永嘉证道歌》（节录）（《景德传灯录》）

行亦禅，坐亦禅，语默动静体安然。纵遇锋刀常坦坦，假饶毒药也闲闲。我师得见燃灯佛（释迦牟尼以前过去"七佛"最后一位，曾为释迦牟尼授记，预言他将在贤劫即现世这一劫成佛），多劫曾为忍辱仙（根据本生故事，释迦牟尼在前世曾为忍辱仙人，被歌利王分割其身）。

心镜明，鉴无碍，廓然莹彻周沙界（三千大千世界，谓如恒河沙数）。万象森罗（纷然罗列的各种事象）影现中，一颗圆光非内外。

一性圆通一切性，一法遍含一切法。一月普现一切水，一切水月一月摄（包容）。

心是根，法是尘，两种犹如镜上痕。痕垢尽除光始现，心法双忘性即真。

天然《骊龙珠（骊龙是传说中大海里黑色的龙，据说其颔下有宝珠）吟》（《祖堂集》）

骊龙珠，骊龙珠。光明灿烂与人殊。十方世界无求处，纵然求得亦非珠。珠本有，不升沉，时人不识外追寻。行尽天涯自疲极，不如体取自家心。莫求觅，损功夫，转求转觅转元无。恰如渴鹿趁（追逐）阳焰，又似狂人在道途。须自体，了分明，了得不用更磨莹。深知不是人间得，非论六类（即六道）及生灵。虚用意，损精神，不如闲处绝纤尘。停心息意珠常在，莫向途中别问人。自迷失，珠元在，此个骊龙终不改。虽然埋在五阴山（指人身；五阴，五蕴），自是时人生懈怠。不识珠，每抛掷，却向骊龙前作客。不知身是主人公，弃却骊龙别处觅。认取宝，自家珍，此珠元是本来人。拈得玩弄无穷尽，始觉骊龙本不贫。若能晓了骊珠后，只这骊珠在我身。

自在《三个不归颂》（《祖堂集》）

割爱辞亲异俗迷，如云似鹤更高飞。五湖四海随缘去，到处为家一不归。

劳节苦形守法威（佛法的威严），幸逢知识（善知识）决玄微。慧灯（比喻佛慧如明灯）初照昏衢朗，唯报自亲二不归。

峭壁幽岩往还稀，片云孤月每相依。经行宴坐闲无事，乐道逍遥三不归。

龙山《示法偈》（《景德传灯录》）（潭州龙山和尚是马祖法嗣，良价问他："和尚见什么道理，便住此山？"龙山答说："我见两个泥牛

斗入海,直至如今无消息。"然后作颂。)

三间茅屋(指自己身体)从来住,一道神光万境闲。莫作是非来辨我,浮生(谓人生飘忽不定)穿凿(深究)不相关。

伏牛自在小师《明志偈》(《祖堂集》)(伏牛自在放弟子外出行脚时作颂说:"放汝南行入大津,碧潭深处养金鳞。等闲莫与凡鱼伴,直透龙门便出身。"弟子回答作偈。)

鱼龙未变(据说黄河里的鱼溯流上至龙门,跃过将变为龙;龙门在今陕西韩城县和山西河津县之间)志常存,变时还教海气浑。两眼不曾窥小水,一心专拟透龙门。千回下网终难系,万度垂钩誓不吞。待我一朝鳞甲备,解将云雨洒乾坤。

景岑《劝学偈》(《景德传灯录》)

万丈竿头(指杂技攀高竿)未得休,堂堂有路少人游。禅师愿达南泉去(在池州,今安徽贵池县,景岑的师傅南泉普愿住处,这里指南泉达到的境界),满目青山万万秋。

儒假大德《劝学偈》(《祖堂集》)(雪峰义存初出家时,有儒假大德送给他以下三首偈。)

光阴轮谢又逢春,池柳亭梅几度新。汝别家乡须努力,莫将辜负丈夫身。

鹿群相受岂能成,鸾凤终须万里征。何况故园贫与贱,苏秦花锦(战国策士苏秦年轻时贫穷,后来佩六国相印,衣锦还乡)事分明。

原宪守贫(孔子弟子原宪安贫乐道,据说他穿粗布衣吃蔬食,安之若素)志不移,颜回安命(孔子弟子颜回也以乐道安贫著名,据说他一箪食,一瓢饮,不改其乐)更谁知。嘉禾未必春前熟,君子从来有用时。

第七讲　俗曲辞和通俗诗

佛教俗文学的价值与意义

荷兰学者许理和曾提出：

> 佛教曾是外来文学之影响的载体，因此，我们还应更多地关注它对中国俗文学所造成的影响。（《佛教征服中国·第二版序言》）

中国民间通俗文学创作乃是民众生活与精神状态的真实反映。其中相当一部分是有关佛教内容的。它们一方面生动而真切地表现了民众宗教信仰与宗教生活的实态；另一方面对于佛教的进一步发展和演变又起着一定的推动作用。因而无论是从佛教发展角度，还是从一般社会思想与文学创作角度，都如许理和所说是"应更多地关注"的。

唐代以前佛教题材的通俗文学作品如今留存较少，而今存宋元以后的资料则又十分庞杂。这样，唐代以前或宋代以后的相关研究都十分困难。所幸敦煌发现的俗文学资料中，佛教内容的所占比重相当大，大体是唐五代时期作品。而唐代作为中国古代文化发展的兴盛时期，其俗文学发展状况又具有一定典型性。因此利用敦煌的（当然还有其他文献存留的材料）作为标本，大体可以窥知中国古代佛教影响民间文学创作的情况及其所取得的成就。

所谓"俗文学"是个十分模糊的概念，它常常被当作"民间文学""民间口头创作"的同义语，又往往指称表达浅俗的作品而等同于"通俗文学"。实际上，古代民间创作在民众间流传，旋生旋灭，如今著录成文本的作品基本都经过文人的加工；另一方面，历代又多有文人有意识地写作内容浅显、语言通俗的作品而普及到民间。所谓佛教"俗文学"，应当泛指民间创作和通俗易懂、在民众间广泛流传的作品，有些实出于文人或僧侣笔下。

这一讲介绍佛教"俗文学"属于韵文的三部分作品：敦煌曲辞、王梵志诗、寒山诗。前面提到敦煌写本里的"俗文学"抄本，内容十分丰富，包括前一讲介绍的"禅文学"和下面还要讲到的变文，敦煌曲辞和完整的王梵志诗集是在其中发现的；寒山诗则历来有刻本流行。

敦煌佛教曲辞

唐五代是佛教俗文学十分兴旺发达的时代。这是中国佛教发展的鼎盛时期，特别是众多佛教宗派形成，其中禅与净土更在社会上、在群众中得到广泛普及。另一方面，唐王朝国势强盛，经济繁荣，给民众教育提供了坚实的物质基础。敦煌遗书和吐鲁番文书里发现许多《千字文》《兔园策府》《太公家教》之类通俗读物写本，直观地反映民众文化普及情形。敦煌歌词里有一些劝学内容的，例如说："奉劝有男须入学，莫推言道我家贫……纵然未得一官职，笔下方圆养二亲。""三更半，到处被他笔头算。纵然身达得官职，公事文书争处断。"文化在民众间普及，民众普遍具有读写能力，为俗文学包括佛教俗文学的创作和普及提供了客观条件。

敦煌写本里的曲辞，是当时民众间流行的歌唱的词文。据今人整理，总数达一千三百余首，其中大部分是唐五代流行的民间俗曲。这些曲辞相当一部分是佛教内容的。这一类曲辞有些留有作者名字，包括南宗祖师神会、著名诗僧贯休和僧人法照、褒中、真觉、圆鉴、智严等，计二百余首，其中多有当时佛门著名人物。神会的《五更转》前面已提到过。另有中唐时期的法照，是十分活跃、广有影响的净土大师。另外的佚名之作，多应出自下层僧侣和民众之手。它们被记录下来，在法会吟唱，在民间流传，是表达信仰的寄托，也是宣扬佛教的手段。

这些佛教内容的曲辞与当时流行的一般曲辞一样，体裁多种多样。学者分类定名，有单调的"杂曲"，有复调的"联章"；"联章"又分为"普通联章""重句联章"（每一段有重复句子）、"定格联章"（每段格式固定，如《五更转》，曲子按五更排列；《十二时》，按十二个时辰排列）等。它们有些有调名，有些没有调名。有调名的曲子如《五更转》《十二时》是南朝流传下来的传统民歌体裁，多数则是当朝流行的新曲，新曲中包含正在兴盛起来的曲子词。各种体裁功能不同。大体说来，联章包容量大，更宜于叙述故事；单调的曲子类似短篇诗歌，宜于述情明理。

从内容分析，佛教题材的曲辞大体可分为三种类型：一种是宣教的，是僧侣或信仰者向他人说教的作品，它们通俗地演说轮回报应等基本教理、教义，鼓吹吃斋修道、行善制恶、皈依佛门，等等，这类作品居多数；一种则是抒情的，或表达对佛陀、佛法的赞美，或抒发修道的决心和体验，等等；还有些是叙事的，如述说佛传故事。但不论是什么内容，基本都体现普通民众的通俗信仰，例如联章

《求因果·修善》十一首的两段：

> 有福之人登彼岸，免受三途难。无福之人被弃遗，未有
> 出缘期。　　努力回心归善道，地狱无人造。轮回烦恼作菩
> 提，生死离阿鼻（无间地狱）。
>
> 普劝阎浮世界人，修善莫因循。切须钦敬自家身，莫遣
> 受沉沦。　　今生果报前生种，惭愧生珍重。来生更望此生
> 身，修取后来因。

这类浅显易懂的曲辞，配合委婉的曲调，在法会上、在大众中歌唱，
是会发挥煽情作用的。

唐代宗派佛教发达，净土和禅最具群众性，曲辞里表现净土信
仰和禅宗观念的不少。如被定名为《三归依》的四首作品，是宣扬
归依净土的。第一、二两首是：

> 归依佛，大圣释迦化主。兴慈愿，救诸苦。能宣妙法甚深
> 言，闻者如沾甘露。慈悲主，接引众生，同到净土。
>
> 到净土，五色祥云满路。双童引，频伽（又译作"迦陵频
> 迦"，妙音鸟，住极乐净土）舞。一回风动响珊珊，闻者轻搥阶
> 鼓。慈悲主，接引众生，同到净土。

中唐时期净土大师法照活动在朝野，影响相当大。他提倡"五会念
佛"，把歌咏赞佛当作宣教的重要手段。他本人写过不少喻俗的曲
辞，在敦煌卷子里即保留两组《归去来》。他以宗师身份创作并传
唱这类作品，有力地扩展了宣教声势。表达禅宗观念的如《无相
珠》十首，禅宗祖师多以"如意珠""骊龙珠"等比喻清净自性的明净
透彻、圆满无缺，这一组作品前面有一首七言四句诗，像似总序或
提纲：

> 念珠出自王宫宅，旷劫年来人不识。有人识得难凡夫，隐
> 在中山舍卫国。

接着十首从不同角度对明珠进行描绘和形容,如第三、四、五首:

> 智慧珠,明皎洁,上下通明四维彻。念念常思无相珠,须
> 臾灭尽恒沙业。

> 奉劝人,勤念珠,念珠非有亦非无。非空非实非来去,来
> 去中间一物无。

> 亦非有,亦非无,常思持念白毫珠。本无即有能空相,离
> 有能无法界居。

这里是利用比喻来表现禅宗"顿悟见性"观念,写法类似禅门偈颂。

值得注意的是长篇联章叙事作品。拟调名为《证无为》的曲子二十七首演说悉达太子出家修道因缘,从初学道写到破魔,有连贯的情节;体例是每段五、五、七、五言四句,后面缀以"释迦牟尼佛"赞佛声。虽然文字不多,但颇能捕捉事件的矛盾冲突,加以生发,写得比较有情趣。如太子出家、离别耶输陀罗那几段,述说角度不断变换,情境描绘相当生动,辞采也比较精美。又《维摩经》歌辞,学者利用三个写卷整理成《五更转兼十二时》凡二十八首("五更"各一首,"十二时"各二首,其中缺子时一首)的长篇曲辞,把十大弟子、四位菩萨受维摩呵难和文殊问疾概括在一天"十二时"之中,整体像是哲理诗。其中有些诗句是根据经文概括出来的,如"维摩说疾贪爱生,众生疾损我还愈""本性原来无损增,只为迷愚有言语""呵嗔原是大菩提,何须宴坐除烦恼"等等,表达相当精辟。对于一个个佛弟子被讥呵的故事,都用几句歌辞加以概括,相当生动,如关于舍利弗一段:

> 日昳(dié,日过午偏西)未,日昳未,居士室中天女侍。声
> 闻神变不知他,舍利怀惭花不坠。

> 花不落,心有畏,无明相中妄生二。将知未晓法性空,滞
> 此空花便为耻。

舍利弗在佛弟子中智慧第一,维摩诘的宅神天女以香花散着其身,

虽以神通力去之而不得，复转之使为女身。歌辞里这两节文字就是演说这段故事，用以衬托维摩诘神通广大。这种"复合联章"，实际已是金、元曲"带过曲"（如元乔梦符《雁儿落带得胜令》等例）的滥觞。还有失调名的《五台山赞》十八首，分别描画五台山东、南、中、西、北台的壮丽，夹叙佛光寺、清凉寺胜迹，表扬文殊菩萨灵应以及新罗王子等求法事迹，相当全面、具体地反映了唐代五台山信仰的实况。最长的"定格联章"作品有署名智严的《十二时·普劝四众依教修行》，计四个卷子，被整理为一套一百三十四首的长篇联章作品。一个卷子后面有"学子薛安俊"书写题记，题年号"同光二年"（924）。但根据内容考订，其祖本应出于宣宗大中年间（847—860）以前。作者智严是郦州开元寺观音院主，曾西行求法，东归后，发愿焚身五台山供养文殊。民间传唱作品本来具有流动性质，今本与智严创作的祖本有多大距离已难以考定。全套作品按十二时加上收尾分十三段，除收尾六首外，其余各段八首至十三首不等；每首五句，三、三、七、七、七，三句式，仄韵。这是唐代流行的民歌形式。这套标明主旨是"普劝四众依教修行"的歌词篇幅长，容量大，除了宣扬轮回果报、劝人修行、赞扬佛法等内容之外，还有对人情世态相当真切、详悉的描绘，真实地展现出当时社会生活的一些侧面和不同阶层的精神面貌。如第一段：

　　鸡鸣丑，鸡鸣丑，曙色才能分户牖。富者高眠醉梦中，贫人已向尘埃走。

　　或城隍（城池），或村薮，矻矻波波（勤劳不懈的样子）各营构。下床开眼是欺瞒，举意用心皆过咎。

　　或刀尺，或秤斗，增减那容夸眼手。只知劳役有为身，不曾戒约无厌口。

　　吃腥膻，饮醲酒，业障痴心难化诱。也知寺里讲筵（指"俗讲"）开，却趁寻春玩花柳。

　　命亲邻，屈朋友，抚掌高歌饮醲酎。为言恩爱永团圆，将谓荣华不衰朽。

妻子情，终不久，只是生存诈亲厚。未容三日病缠绵，隈（通"偎"，靠近）地憎嫌百般有。

嘱亲情，托姑舅，房卧资财暗中袖。更若夫妻气不和，乞求得病谁相救。

兄弟亡，男女幼，财物是他为主首。每逢斋七（死后逢七日的斋会，唐时流行"七七斋"风俗）尚推忙，更肯追修添福佑。

像这样的段落，意在宣传信仰，而揭露社会上贫富不均，批评世情的贪婪、冷酷，客观上暴露了社会上伦理堕落特别是宗教信仰败坏的实情，是有一定现实意义的。

鲁迅曾说过：

……大众并无旧文学的修养，比起士大夫文学的细致来，或者会显得所谓"低落"的，但也未染旧文学的痼疾，所以它又刚健、清新。无名氏文学如《子夜歌》之流，会给旧文学一种新力量，我先前已经说过了；现在也有人绍介了许多民歌和故事。还有戏剧，例如《朝花夕拾》所引《目连救母》里的无常鬼的自传，说是因为同情一个鬼魂，暂放还阳半日，不料被阎罗责罚，从此不再宽纵了——

"哪怕你铜墙铁壁！

哪怕你皇亲国戚！……"

何等有人情，又何等知过，何等守法，又何等果决，我们的文学家做得出来么？（《且介亭杂文·门外文谈》）

敦煌佛教俗文学作品大抵也可作如是观。它们比起文人的创作来，当然欠精致，欠修饰，思想上、艺术上也存在这样那样的缺陷和局限，但往往显示鲜活的情趣和旺盛的生命力，表达也更为真切、质朴，具有一般文人作品中难以见到的优点和长处，对于文学的发展也具有独特的价值与意义。

王梵志诗

　　王梵志和寒山,还有与寒山关联的拾得、丰干,是几位历史上朦胧恍惚的人物。从现有记载看,还不能令人信服地描述这些人的生平事迹,而归属到他们名下的诗作,稳妥地说应是唐代民间通俗诗的结集。

　　晚唐严子休(冯翊子)的《桂苑丛谈》记载王梵志:说隋代黎阳(今河南浚县)城东十五里有位王德祖,家里有一棵沙果树,长个斗大瘤子,三年之后朽烂,剥出个婴儿;七岁会说话,问自己是谁养活的、姓氏名谁,王德祖告诉他:从树上生,所以称为梵天,后来更名梵志;在王家养育,姓王。他长大后写诗规劝世人,颇有深意。原来他是菩萨显化。这样的故事显然是后出的,应是在王梵志名下的诗作广泛流传后编造的。现存资料里最早引用王梵志诗的是禅宗史书《历代法宝记》,其中记载禅师保唐无住(714—774)说法曾引用"王梵志诗":"惠眼近空心,非开髑髅孔。对面说不识,饶你母姓董。"又苏联所藏一个敦煌王梵志诗写卷,卷末有题记:"大历六年(771)五月□日抄王梵志诗一百一十首沙门法忍写之记。"这是王梵志诗结集流传的最早实证。中唐著名佛教学者宗密在其《禅源诸诠集都序》里记述"达摩宗枝之外"的禅道,说有一类"或降其迹而适性,一时间警策群迷",举出"志公、傅大士、王梵志之类"做例子,可知当时教内对王梵志诗已相当重视,并已经有他和宝志、傅大士一样乃是菩萨显化的说法。晚唐范摅《云溪友议》卷下《蜀僧喻》条录有王梵志诗十二首,讲到南宗禅师玄朗(马祖道一弟子南泉普愿法孙),其中说:

　　　　……或由愚士昧学之流,欲其开悟,别吟以王梵志诗。梵

志者,生于西域林木之上,因以梵志为名。其言虽鄙,其理归
真,所谓归真悟道,徇俗乖真也。

这是基于佛教立场的评论。宋代王梵志诗传播颇广,留有不少作
品或断句,但似无刻本流传,所以后来诗集湮没,以至清人编唐诗
总集《全唐诗》没有收王梵志诗。直到在敦煌写本里发现一批抄
本,方可推测当年流传情形。这些写本经学者整理、校订、刊布,项
楚收录 390 首诗的《王梵志诗校注》是总结性的成果。

现存王梵志诗,除散见于文献者外,敦煌三十六个写本可分为
三卷本、法忍抄本和一卷本三个系统。其中三卷本内容和形式丰
富多样,艺术上更具特色;法忍抄本大体类似;一卷本包括九十二
首五言四句小诗,类似训世格言,思想与艺术均缺乏深度。根据内
容所涉及历史事件、典章制度、社会风俗等各方面考察、分析,三卷
本的创作不会晚于唐玄宗开元(713—741)年间;法忍抄本里已多
有南宗禅观念,产生年代应稍后,有大历六年纪录,应形成于盛唐;
一卷本王梵志诗应是唐时流行的童蒙读本,有些篇章是根据《太公
家教》改编的,应编写于晚唐。至于散见于禅籍、笔记小说、诗话里
的王梵志诗,情况复杂,应是王梵志诗流行过程中不断制作并附会
至其名下的,部分可能是宋人拟作。关于作者,根据所涉及历史背
景、作品内容和体制等方面判断,基本应是社会下层僧、俗和一般
平民等。

能够代表王梵志诗思想和艺术水准的是三卷本所收作品。这
些诗有表现世俗内容的,更多是佛教题材的。表现世俗内容的大
体是两类,一类是暴露民间疾苦的,另一类是表达伦理训喻的。就
前一类说,自唐初到开元年间,正是唐王朝逐步繁荣、昌盛时期,这
一时期文人创作里暴露民间疾苦的作品不多,王梵志诗里却有不
少大胆揭露社会矛盾、痛切诉说民众苦难的篇章。后一类表达道
德训喻内容的作品宣扬安贫乐天、恪守孝道、知恩图报等善行,指
斥贪婪、吝啬、愚痴、不慈不孝、嫌贫爱富等恶行,虽然不是直接宣

扬宗教信仰,却多内涵佛教意趣,引导人倾心信仰。如:

> 吾富有钱时,妇儿看我好。吾若脱衣裳,与吾叠袍袄。吾出经求去,送吾即上道。将钱入舍来,见吾满面笑。绕吾白鸽旋,恰似鹦鹉鸟。邂逅(偶然)暂时贫,看吾即貌哨(丑陋)。人有七贫("七"指频频)时,七富还相报。图财不顾人,且看来时道。

这首诗揭露嫌贫爱富的世态相当生动、逼真,讽刺意味明显、尖刻,讲富贵不可久恃,讲报应,已渗透佛教轮回报应观念。

王梵志诗多写佛教题材,反映当时佛教在社会上的势力及其影响,也因为僧、俗信众热衷这种通俗诗形式。唐代佛教各宗派宗义不同,有些甚至相互矛盾、对立,反映在王梵志诗里,内容必然比较驳杂。有些作品浅显地讲说一般的佛教义理,如根据首句拟题《一身元本别》《以影观他影》《非相非非相》等,就知道它们是宣说佛教基本教义的;而法忍抄本里有些篇章则表现新兴的禅宗宗义,如《吾有方丈室》《回波尔时大贼》《心本无双无只》等,显然宣扬禅宗自性清净观念;另有更多作品表现民间通俗信仰,如《沉沦三恶道》《受报人中生》《生住无常界》《愚夫痴机机》《出家多种果》《有钱不造福》《福门不肯修》等。这后一类作品体现一般民众对佛教的理解,如《身强避却罪》:

> 身强避却罪,修福只心勤(殷勤)。专意涓涓(连续不断地)念,时时报佛恩。得病不须卜,实莫浪求神。专心念三宝,莫乱自家身。十念(十遍称名念佛)得成就,化佛(佛的化身)自迎君。若能自安置,抛却带因身。

这里要求人避罪修福,专心念佛,永报佛恩,说这样得病不必卜卦算命,也不用胡乱拜神,死前自会有化佛来迎,往生西方。这是民众信仰心的直白表露,反映他们的朴素愿望。再如《饶你王侯职》:

> 饶你王侯职,饶君将相官。娥眉珠玉珮,宝马金银鞍。锦

> 绮嫌不著,猪羊死不飡。口中气新断,眷属不相看。

这是对那些自恃荣华富贵的王侯将相的诅咒,也是对于沉迷世间享乐的贪愚人的警告。此外还有些宣扬戒酒、戒肉、戒杀等内容的作品,则表明在民间对佛教的理解里,宗教戒律往往是与世俗伦理一致的。这也是中国民众接受佛教的一个重要特点。

值得注意的是,在佛教题材的王梵志诗里,有一部分是揭露、批判僧尼腐败、堕落的。如:

> 寺内数个尼,个个事威仪。本是俗人女,出家挂佛衣。徒众数十个,诠择补纲维(指寺院主事僧尼)。——依佛教,五事(五戒)总合知。莫看他破戒,身自牢住持。佛殿元不识,损坏法家衣。常住(寺僧共有资财)无贮积,家人受寒饥。众厨空安灶,粗饭当房炊。只求多财富,余事且随宜。富者相过重,贫者往还希。但知一日乐,忘却百年饥。不采生缘(生死因缘)瘦,唯愿当身肥。今日损却宝,来生更若为。

唐时僧、道免除租税力役,寺、观成了流民谋取生计的逋逃薮;另一方面,寺院经济扩张,积累大量资财,僧团风气腐化,造成严重社会问题。这一篇讽刺"俗人女""出家",只求衣食丰足,安乐度日,反映当时寺院生活真实的一面。诗里说"常住"空虚了,家人也不再能沾光避免饥寒,这是站在平民立场说话。又如《道人头兀雷》,描写有些僧人"每日趁斋家,即礼七拜佛。饱吃更索钱,低头著门出。手把数珠行,开肚元无物"等等,揭露堕落僧尼的行径,指斥教团内部戒律败坏。作为历史资料,这类作品暴露了当时佛教的真实状况;另从一定意义说,对佛教现状的批判也反映中国人传统上对待宗教的理性态度。

另有《古来服丹石》《玉髓长生术》《请看汉武帝》等则是站在佛教立场批判道教的。例如《道士侧头方》:

> 道士侧头方,浑身总著黄(黄衣)。无心礼拜佛,恒贵天尊

（原始天尊，道教主神）堂。三教同一体，徒自浪褒扬。一种沾贤
圣，无弱亦无强。莫为分别想，师僧自说长。同尊佛道教，凡俗
送衣裳。粮食逢医药，垂死续命汤。敕取一生活，应报上天堂。

这里宣扬"三教合一"观念，批评道士拒斥佛教的褊狭，表明在当时
民众一般信仰里，佛、道二教已少有差别了。

　　一卷本九十二首五言小诗，前七十二首是一般训世格言，后二
十首是佛教内容的。属于前一类的如：

　　　　兄弟须和顺，叔侄莫轻欺。财物同箱柜，房中莫畜私。
　　　　尊人共客语，侧立在旁听。莫向前头闹，喧乱作鸦鸣。

这是一般处事方法或伦理原则的说教。佛教内容的则对教义做通
俗宣传，如：

　　　　世间难舍割，无过财色深。丈夫须达命，割断暗迷心。
　　　　布施生生富，悭贪世世贫。若人苦悭惜，劫劫受辛勤。

从这些警句式的作品可以透视当时民众的道德风尚和宗教意识，
也表明佛教对于社会的伦理价值。

　　从上面所引各篇可以看出王梵志诗的艺术特色：语言朴素无
华，多用口语；表达力求浅俗，较少藻饰；内容富于哲理，多有训世
警语，它们往往出自亲切的人生体验；对世态人情有透彻的了解，
能够用一种冷峻眼光来审视和揭露；面对人生苦难又怀抱一种内
在的乐观态度，常常流露出幽默感；等等。这些特点是在一般文人
作品中较少见到的。

寒山诗

　　寒山诗的情况，与王梵志诗类似：同样大多数篇章是五言通俗

诗,作者难于考定;内容也同样庞杂而佛教题材占相当大的比重。但寒山诗的创作时期显然较王梵志诗为后,并流传有宋人辑成的集子。而由于创作时期、背景不同,寒山诗的思想内容和表现形式又呈现与王梵志诗不同的特色。

现存有关寒山的最早记载同样出于晚唐。较完整的资料是五代时著名道士杜光庭《仙传拾遗》的记载,略曰:寒山子大历(766—779)中隐居天台翠屏山,好作诗,每得一篇一句,辄题于树间、石上,有好事者随而录之,得三百余首,桐柏征君徐灵府集而序之,分为三卷,行于人间;十余年忽不复见,咸通(860—874)十二年,忽有贫士诣毗陵(今江苏常州市)道士李褐乞食,即寒山子。杜光庭早年曾入天台山学道,善诗文。他对天台地区的高人逸士以及相关传说有所了解并加以记录,是合乎情理的。文中提到的徐灵府也是道士,作有《天台山记》,据推测是9世纪初人物,也曾活动在天台山,亦善诗。原始的《寒山子诗集》由他采编,甚或参与创作,是十分可能的。

禅宗曹洞宗祖师本寂(840—901)的传记里说他曾"注《对寒山子诗》,流行宇内",所说"注"与"对"连接起来意思不明确:是给寒山诗作注解还是与寒山唱和?有人推断今存寒山诗就是本寂作的。不论如何,已经有寒山诗在晚唐流行是肯定的。大概也是在这一时期,出现一篇伪托贞观年间台州刺史闾丘胤作的《寒山子诗集序》,其中记述了颇有戏剧性的寒山、拾得故事,说寒山本是隐居天台山寒岩的"贫人风狂之士",经常到国清寺止宿;拾得则是"国清库院走使",在厨房作伙夫;两人成了朋友,叫呼快活,形似疯狂;闾丘胤前来寻访,寒山退入岩穴,其穴自合,拾得亦迹沉无所;吕"乃令僧道翘寻其往日行状,唯于竹木石壁书诗,并村墅人家厅壁上所书文句三百余首,及拾得于土地堂壁上书言偈,并纂集成卷"。文中又说"寒山文殊,遁迹国清;拾得普贤,状如贫子",把他们当作显化的菩萨。

比起王梵志诗的命运来,寒山诗幸运得多:宋代已有刻本传世,并与传说相合,收诗三百余首。它们广受称赞,也留下更多可供研究的资料。

作为隐士称作寒山子,作为佛教徒称为寒山,人物面貌已相当模糊,相关记载更多无稽成分。而且从今传三百首诗内容看,也不像是一人所作。当然不能武断地否定确有"寒山"其人存在,进而也不能排斥他是寒山诗作者之一。又和王梵志诗相比较,寒山诗文字更多修饰,更多使用事典,参之以诗中所反映的时代背景、典章制度以及诗作形式、格律等,可以推断这些诗是不同阶层众多人士的创作成果。又现存寒山诗有相当一部分表现南宗禅观念,显然作于禅宗兴盛之后。估计诗集主体应结成于开元(713—741)以后。其中有些篇章直接说到创作意图,如"家有寒山诗,胜汝看经卷""有人笑我诗,我诗合典雅。不烦郑氏笺,岂用毛公解""都来六百首,一例书岩石"等等,像是对创作的解释和总结,显然是诗集形成以后陆续制作出来的。今传拾得诗(丰干诗仅存二首,应同样)则应是模仿寒山诗陆续作出的。

寒山诗的题材同样有世俗的和宗教的两部分。世俗内容主要是讽刺世相,劝喻世人,和王梵志诗大体相同,同样具有浓厚的伦理说教色彩。值得注意的是,其中多有倾诉下层士人的遭遇和不平、宣扬隐逸高蹈观念的。特别是对世人贪渎不足、迷恋富贵的心态及其所造成的恶果,揭露得十分透彻和痛切。如:

> 贤士不贪婪,痴人好炉冶(指铸钱)。麦地占他家,竹园皆我者。努膊觅钱财,切齿驱奴马。须看郭门外,磊磊松柏下。

首联"炉冶"指铸钱,是说贤人不贪婪,愚痴人才爱好钱财,他们广占田园,聚敛财富,恶毒地剥削奴仆,到头来一死了之。这是对贪得无厌的富人的诅咒,也是对人的贪欲本性的批判。"贪、嗔、痴"乃佛法所说的"三毒",这样的作品观念上显然与佛教有关联。有些作品揭露世态丑陋，流露悲观厌世观念，如这样形容人生：

> 人生在尘蒙，恰似盆中虫。终日行绕绕，不离其盆中。
>
> 三界人蠢蠢，六道人茫茫。贪财爱淫欲，心恶若豺狼。

这些也是基于对人间世相相当深刻的观察，与佛说"苦谛"相通，客观上也会引导人到宗教中寻求安慰。寒山诗里还有不少鼓吹隐逸避世的篇章：

> 登陟寒山道，寒山路不穷。溪长石磊磊，涧阔草蒙蒙。苔滑非关雨，松鸣不假风。谁能超世累，共坐白云中。
>
> 粤自居寒山，曾经几万载。任运遁林泉，栖迟观自在。寒岩人不到，白云常靉靆（缭绕漂浮）。细草作卧褥，青天为被盖。快活枕石头，天地任变改。

如此宣扬摆脱名缰利索束缚，美化无为无事、乐道逍遥的人生，表达的是失意士大夫的心理，观念则与南宗禅相通，描绘的境界也和禅门那些乐道歌谣类似。如此再迈出一步，就陷没于出世的宗教幻想之中了，如：

> 世间何事最堪嗟，尽是三途造罪楂。不学白云岩下客，一条寒衲是生涯。秋到任它林落叶，春来从你树开花。三界横眠闲无事，明月清风是我家。

这就把出家修道看作理想的人生了。

寒山诗表现佛教题材的也可分为两大类。有些篇章教人出家修道、造福行善，惧之以轮回报应，诱之以来世福利，这是民间信仰的常态。如：

> 世有多解人，愚痴徒苦辛。不求当来善，唯知造恶因。五逆十恶辈，三毒以为亲。一死入地狱，长如镇库银。
>
> 不行真正道，随邪号行婆。口惭神佛少，心怀嫉妒多。背后噇（chuáng，大吃大喝）鱼肉，人前念佛陀。如此修身处，难

应避奈河（传说地狱里渡亡人的河）。

这类作品内容与王梵志诗类似，显然产生在同样背景之下。与王梵志诗不同的是那些宣扬南宗禅"心性"观念的篇章，它们显然和南宗禅的兴盛，和南宗禅语录、禅偈创作有直接关系。例如这样的诗：

> 岩前独静坐，圆月当天耀。万象影现中，一轮本无照。廓然神自清，含虚洞玄妙。因指见其明，月是心枢要。

南宗禅常用"月""珠"比喻自性清净，寒山诗一再说到"吾心似明月，碧潭秋皎洁""心意不生时，内外无余事""明珠元在我心头"等等，都是阐扬南宗禅的心性观念的。再如：

> 蒸砂拟作饭，临渴始掘井。用力磨甎甓，那堪将作镜。佛说元平等，总有真如性。但自审思量，不用闲争竞。
>
> 我见出家人，不入出家学。欲知真出家，心净无绳索。澄澄孤玄妙，如如无倚托。三界任纵横，四生不可泊。无为无事人，逍遥实快乐。

磨砖作镜是南岳怀让开导马祖道一的著名典故，是说明自性自悟、"道不要修"的。前一首直接使用这个典故。后一首说真出家则无为无事，逍遥度日，表达的也是习禅者心得。这些内容都与南宗宗义相通。

寒山诗里同样有一批"佛教问题诗"。与王梵志诗不同的是，有些篇章宣扬"不要求佛果，识取心中宝""天真元具足，修证转差回"等，直接否定佛教修持，显然是基于禅的立场。又有些揭露僧风的败坏，对"教下"进行批判：

> 语你出家辈，何名为出家。奢华求养活，继缀族姓家。美舌甜唇嘴，谄曲心钩加。终日礼道场，持经置功课。炉烧神佛香，打钟高声和。六时学客春，昼夜不得卧。只为爱钱财，心

中不脱酒……

有的篇章指出读经无益：

> 我见人转经，依他言语会。口转心不转，心口相违背。心
> 真无委曲，不作诸缠盖。但且自省躬，莫觅它替代。可中作得
> 主，是知无内外。

对富人虚求福报更极尽讽刺之能事：

> 我见凡愚人，多畜资财谷。饮酒食生命，谓言我富足。莫
> 知地狱深，唯求上天福。罪业如毗富（毗富罗山，在今印度比
> 哈尔邦南部，佛经中常用以形容广大无际），岂得免灾毒。财
> 主忽然死，争共当头哭。供僧读文疏，空见鬼神禄。福田一个
> 无，虚设一群秃。不如早觉悟，莫作黑暗狱。狂风不动树，心
> 真无罪福。寄语兀兀人，叮咛再三读。

对佛教法事如此痛加抨击，对僧人肆意詈骂，颇能触及当时僧风的
弊端，显然也与中唐呵佛骂祖的禅风有关系。

寒山诗形成期间较长，作者群更为复杂，作品风格更为多样。
它们多是五言古体，韵律较自由，也有格律精致的近体诗和个别骚
体篇章；多有训喻之词，富于理趣；对世态人情的摹写体察入微，富
于讽刺、幽默意味，体现浓厚的主观感情色彩；表达泼辣、率直，更
多地使用民间口语、俗谚和比喻、象征、联想、谐音、双声叠韵、歇后
等修辞手段，这是"以俗为雅"的手法，在浅俗中求创新，如此等等，
形成鲜明的艺术特色。比起王梵志诗来，寒山诗整体更精致，显示
出较高的写作技巧。这决定于作者群中多有文化素养更高的下层
士大夫，也和禅宗的兴盛、诗坛风气的变化有关系。

宋代王梵志诗和寒山诗曾广泛流行。禅门把他们的诗句作为
参悟的公案，并直接影响偈颂创作。特别是寒山诗，得到苏轼、王
安石、黄庭坚、陆游等文坛耆宿的普遍推重，其语言运用、表现方法

给诗坛提供借鉴,对宋诗艺术风格的形成发挥了一定作用。"寒山体"成为独具特色的诗体,后世历代有不少人拟作。总之,寒山诗和王梵志诗乃是中国诗歌史上内容与形式都富于创意、具有特色的一份遗产,对诗歌艺术有所贡献。

值得注意的是,20世纪后半叶,寒山和寒山诗又被西方"发现",被译介到世界许多国家,受到人们的欢迎,在思想、文化领域造成一定影响,再度显示了这些作品的生命力。

作品释例

敦煌曲辞八首(任半塘编著《敦煌歌辞总编》)

《杨柳枝·老催人》

春去春来春复春,寒暑来频。月生月尽(月亮圆缺)月还新,又被老催人。 只见庭前千岁月,长在长存。不见堂上百年人,尽总化微尘。

《劝诸人一偈》(失调名)

劝君学道莫言说,言说性恒空。不断贪痴爱,坐禅浪用功。

用功计法数(如三界、五蕴、十二因缘等),实是大愚庸。但得无心想,自合太虚空。

《取性游·悟真如》

行住坐卧纤毫无,影逐身随转移了,悟真如,没生老,人人尽有菩提道。

口为贪爱逞无明,旷劫轮回受鞭拷,镬(huò,大锅)汤煎,并碓捣,受罪人人见阎老(阎王)。

假饶地狱历多年,只为波叱(地狱之苦)不肯了,劝世人,莫草草(不认真),须将智慧内外照。

广求财物为他人,死后三途独自到,业者(指作恶业的人)多,无业少,所以佛说三乘教(声闻、缘觉、菩萨三乘)。

《禅门·十二时》

夜半子,减睡还须起。端坐正观心,掣却无明蔽(对觉悟"无明"的遮蔽)。

鸡鸣丑,摘(tī,揭露)木看窗牖。明来暗自除,佛性心中有。

平旦寅,发意断贪嗔。莫教心散乱,虚度一生身。

日出卯,取镜当心照。明知内外空,莫更生烦恼。

食时辰,努力早出尘。莫念时时苦,回向涅槃因。

隅中巳,火宅难居止。专修解脱身,莫著求名利。

正南午,四大无梁柱。须知假合空,万物皆无主。

日昳未,造恶莫相累。恒将败坏身,流浪生死地。

晡时申,须见未来因。自躯终不保,终归一微尘。

日入酉,观身非长久。念念不离心,数珠恒在手。

黄昏戌,归依须暗室。无明亦无际,何时逢慧日(佛法如日照临)。

人定亥,吾今早已悔。驱驱不暂停,万物皆失坏。

《南宗赞·五更转》

一更长,一更长,如来智慧化(教化)中藏。不知自身本是佛,无明障闭自慌忙。　　了(了结)五蕴,体皆亡,灭六识,不相当。行住坐卧常作意,则知四大(指人身)是佛堂。

一更长,二更长,有为功德(有所造作的善行,如礼佛斋僧等)尽无常。世间造作应不久,无为(涅槃第一义谛为无为法)法会体皆亡(无实体的空相)。　　入圣位(佛果之位),坐金刚(佛成道处为金刚座),诸佛国,遍十方。但知十方原贯一(指佛道),决定得入于佛行。

二更长,三更严,坐禅习定苦能甜。不信诸天甘露蜜,魔军眷属出来看。　　诸佛教,实福田,持斋戒,得升天。升天终归还堕落,努力回心取涅槃。

三更严,四更阑,法身体性本来禅。凡夫不念生分别,轮回六趣心不安。　　求佛性,向里看,了佛意,不觉寒。广大劫来常不悟,今生作意断悭贪。

四更阑,五更延,菩提种子坐红莲(指莲花台座,佛座)。烦恼泥中常不染,恒将净土共金颜(指佛陀)。　　佛在世,八十年,般若意,不在言。夜夜朝朝恒念经,当初求觅一言诠(阐明)。

《望月婆罗门》

望月婆罗门,青霄(天空)现金身。面带黑色齿如银。处处分身千万亿,锡杖(僧人所持禅杖)拨天门,双林(佛陀涅槃处)礼世尊。

望月陇西生,光明天下行。水晶宫里乐轰轰。两边仙人常瞻仰,鸾舞鹤弹筝,凤凰说法听。

望月曲弯弯,初生似玉环。渐渐团圆在东边。银城周回星流遍,锡杖夺天关,明珠四畔悬。

望月在边州,江东海北头。自说亲向月边游。随佛逍遥登上界,端坐宝花楼,千秋似万秋。

《证无为·太子赞》(二十七首选十四首)

听说牟尼佛,初学修道时,归宫启告父王知,道我证无为。释迦牟尼佛(重复歌唱的叠句)。

　　……

太子生七日,摩耶欲归天,姨母(摩诃波阇波提夫人)收养经七年,六艺(礼、乐、射、御、书、数)有三端(文士笔端、武士锋端、辩士舌端)。释迦牟尼佛。

恩养亲生子，七岁成文章，六艺周备体（身体）无常，生死难抵当。释迦牟尼佛。

婚娶年十八，嫔后与耶输（耶输陀罗），更加婇女（宫女）二千余，美貌世间无。释迦牟尼佛。

太子无心恋，笙歌不乐观，惟留娱乐意忡忡（chōng chōng，忧虑不安），只欲游四门。释迦牟尼佛。

东门见老病，南门见患人，西门见死丑形容，北门见真僧。释迦牟尼佛。

袈裟常挂体，瓶钵（净瓶和钵盂）镇（总是）随身，常念弥陀转法轮，救度世间人。释迦牟尼佛。

……

耶输焚香火，太子设誓言：三世共汝结姻缘，背我入深山。释迦牟尼佛。

……

寂净青山好，猛兽共同缘，崚嶒（léng céng，山岭高峻）石阁与天连，藤萝绕四边。释迦牟尼佛。

孤山高万仞，雪岭入层霄，寒多树叶土成条，太子乐逍遥。释迦牟尼佛。

……

雪岭南面峻，太子坐盘陀（不平的巨石），六贼（色、声、香、味、触、法等六境，以眼、耳、鼻、舌、身、意为媒介，劫掠功能法财，故比之为贼）翻作六波罗（六波罗蜜），修道苦行多。释迦牟尼佛。

只见飞虫过，夜叉万余多，石壁斑点绣纹窠（指佛陀修道时恶魔在石壁上造成的诱惑他的幻影；窠，图样）、树动吹法螺（佛教所用螺号）。释迦牟尼佛。

岭上烟云起，散盖复山坡，彩画石壁奈人何，太子出娑婆（娑婆世界）。释迦牟尼佛。

唯留三乘教，悟者向心求，但行如是舍凡流，成佛是因由。释迦牟尼佛。

法照《归去来·宝门开》

归去来，宝门开，正见弥陀升宝座，菩萨散花称善哉。称善哉。

宝林看，百花香，水鸟树林念五会（法照提倡"五会念佛"，是"称名念佛"的一种形式），哀婉慈声赞法王（阿弥陀佛，其前身为法藏国王）。赞法王。

共命鸟（佛教传说里所说两首一身、心识虽别、果报相同的鸟），对鸳鸯、鹦鹉、频伽说妙法，恒叹众生住苦方。住苦方。

归去来，离娑婆，常在如来听妙法，指授西方是释迦。是释迦。

归去来，见弥陀，今在西方现说法，拔脱众生出爱河。出爱河。

归去来，上金台（佛法说上品往生的人有金台迎接），势至、观音来引路，百法（佛教教理区分法数一百种）明门应自开。应自开。

王梵志诗九首（项楚《王梵志诗校注》）

《城外土馒头》

城外土馒头（指坟），馅草在城里。一人吃一个，莫嫌没滋味。

《吾家昔富有》

吾家昔富有，你穷身欲死。你今初有钱，与我昔相似。吾今乍无（谓穷）初，还同昔日你。可惜好靴牙（制靴面料），翻作破皮底。

《出家多种果》

出家多种果，花蕊竞来新。庵罗（果树名，俗称油柑）能逸（急速）熟，获得未来因。后园多桃李，花盛乱迎春。花繁条结实，何愁子不真。努力勤心种，多留与后人。新人食甘果，惭荷（惭对；荷，负荷）种花人。悉达（悉达多）追远福，学道莫辞贫。但能求生路，同证四果（须陀洹果、斯陀含果、阿那含果、阿罗汉果）身。

《贫穷田舍汉》

贫穷田舍汉，庵子（草屋）极孤栖。两共（双方）前生种，今世作夫妻。妇即客（客作，受雇佣）春捣，夫即客扶犁。黄昏到家里，无米复无柴。男女空饿肚，状似一食斋（佛教戒律，每日午前一食）。里正（乡官）追庸调（田租和力役，唐代实行租庸调法），村头共相催。幞头巾子（一种折上头巾）露，衫破肚皮开。体上无裈（满裆裤）裤，足下复无鞋。丑妇来恶骂，啾唧（吵骂声）搦（惹）头灰。里正被脚蹴，村头被拳搓。驱将见明府（县令），打脊趁（追赶）回来。租调无处出，还须里正倍（同"赔"）。门前见债主，入户见贫妻。舍漏儿啼哭，重重逢苦灾。如此硬穷汉，村村一两枚。

《相将归去来》

相将归去来（指死后往生），阎浮不可停。妇人应重役，男子从征行。带刀拟斗杀，逢阵即相刑（刑杀）。将军马上死，兵灭他军营。血流遍荒野，白骨在边庭（边疆）。去马犹残迹，空留纸上名。关山千万里，影灭故乡城。生受刀光苦，意里极星星（通"惺惺"，清醒）。

《天下浮逃人》

天下浮逃（避役流亡）人，不啻（何止）多一半。南北掷踪藏（踪迹），诳他暂归贯（返回本籍）。游游（流浪）自觅活，不愁应户役。无心念二亲，有意随恶伴。强处出头来，不须曹主（主人）唤。闻苦即灭藏，寻常拟相算。欲似鸟作群，惊即当头（分头）散。心毒无忠孝，不过浮游汉。此是五逆（杀父、杀母、害阿罗汉、斗乱众僧、起恶意于如来所等五种将招致堕无间地狱报应的恶业大罪）贼，打杀何须案（审理）。

《世间慵懒人》

世间慵懒人，五分向（大约）有二。例著一草衫，两膊成山字。

出语嘴头高,诈作达官子。草舍原无床,无毡复无被。他家人定
(夜深人静)卧,日西展脚睡。诸人五更走,日高未肯起。朝庭(街
坊)数十人,平章(议论)共博戏(赌博)。菜粥吃一盏,街头阔(形容
叉开两脚)立地。逢人若共语,荒(乱)说天下事。唤女作家生(家
奴的子女),将儿作奴使。妻即赤体行,寻常饥欲死。一群病癞(麻
风病)贼,却搦(使得)父母耻。日月甚宽恩,不照五逆鬼。

《我昔未生时》

我昔未生时,冥冥无所知。天公强生我,生我复何为。无衣使
我寒,无食使我饥。还你天公我,还我未生时。

《道人头兀雷》

道人(僧人)头兀雷(形容头颅滚圆),例头肥特肚(大腹便便)。
本是俗家人,出身胜地(优越地位)立。饮食哺(吃)盂中,衣裳架上
出。每日趁(赶赴)斋家,即礼七拜佛。饱吃更索钱,低头著门出。
手把数珠行,开肚元无物。生平未必识,独养肥没忽(肥胖的样
子)。虫蛇能报恩,人子何处出。

寒山诗十三首(项楚《寒山诗注》)

《吾心似秋月》

吾心似秋月,碧潭清皎洁。无物堪比伦,教我如何说。

《众星罗列夜明深》

众星罗列夜明深,岩点孤灯月未沉。圆满光华不磨莹(打磨光
亮),挂在青天是我心。

《久住寒山凡几秋》

久住寒山凡几秋,独吟歌曲绝无忧。蓬扉不掩常幽寂,泉涌甘

浆长自流。石室(岩洞)地炉砂鼎(陶鼎;鼎,炊事器皿)沸,松黄(松花,常服轻身健体)柏茗(柏枝煎的茶)乳香瓯(茶香满瓯;乳,茶乳;瓯,盆、盂类瓦器)。饥餐一粒伽陀药(一种解毒药,比喻佛法破解一切烦恼之毒),心地调和倚石头。

《生前大愚痴》

生前大愚痴,不为今日悟。今日如许贫,总是前生作。今日又不修,来生还如故。两岸各无船,渺渺难济渡。

《我见利智(聪明伶俐)人》

我见利智人,观者便知意。不假寻文字,直入如来地。心不逐诸缘(各种因缘,指外物),意根(意识,六根之一)不妄起。心意不生时,内外无余事。

《常闻国大臣》

常闻国大臣,朱紫(朝廷上品高官服色)簪缨(束发用簪,官帽用缨)禄(禄位,做官)。富贵百千般,贪荣不知辱。奴马满宅舍,金银盈帑(tǎng,收藏钱财的仓库)屋。痴福暂时扶,埋头作地狱。忽死万事休,男女当头哭。不知有祸殃,前路何疾速。家破冷飕飕,食无一粒粟。冻饿苦凄凄,良由不觉触(觉悟)。

《鹿生深林中》

鹿生深林中,饮水而食草。伸脚树下眠,可怜(可羡)无烦恼。系之在华堂(华美庭堂),肴膳(食物;肴,作熟的鱼、肉等菜;膳,饭食)极肥好。终日不肯尝,形容转枯槁。

《重岩我卜居》

重岩我卜居,鸟道绝人迹。庭际何所有,白云抱幽石(唐诗人骆宾王有《白云抱幽石》诗）。住兹凡几年，屡见春冬易。寄语钟鼎家（富贵人家；钟鼎，钟鸣鼎食），虚名定无益。

《今日岩前坐》

今日岩前坐，坐久烟云收。一道清溪冷，千寻碧嶂头（山峰）。白云朝静影，明月夜光浮，身上无尘垢，心中那更忧。

《东家一老婆》

东家一老婆，富来三五年。昔日贫于我，今笑我无钱。渠（他）笑我在后，我笑渠在前。相笑倘不止，东边复西边。

《欲得安身处》

欲得安身处，寒山可长保。微风吹幽松，近听声愈好。下有斑白人，喃喃诵黄老（黄帝和老子之书，指道教经典）。十年归不得，忘却来时道。

《若人逢鬼魅》

若人逢鬼魅，第一莫惊懅。捺硬（坚韧）莫采渠，呼名自当去。烧香请佛力，礼拜求僧助。蚊子叮铁牛，无渠下手处。

《有人把椿树》

有人把椿树，唤作白旃檀（檀香木，寺院用以燃烧祀佛）。学道多沙数，几个得泥丸（"泥洹""涅槃"的异译）。弃金却担草，谩（欺骗）他亦自谩。似聚沙一处，成团亦大难。

第八讲 变 文

广义和狭义的"变文"

前面已经介绍敦煌石窟发现的《坛经》《神会录》,还有韵文作品王梵志诗和民间曲辞等。这些久已佚失的作品,都是古代佛教文学的成就(当然还有另外许多领域的价值)。此外还发现一批叙事体作品,它们内容丰富,体裁多样,表现手法多姿多彩,多有佛教题材的。其中艺术特色最突出、价值最高的当属"变文"。

"变文"作为文体概念,目前存在广义和狭义的不同理解。广义上人们把敦煌石窟中发现的、基本是韵、散结合的讲唱体叙事作品统称为"变文";另一种看法则把这些作品按体制不同加以划分,具体划分方法不一,大体分为变文、俗讲文、因缘(缘起,另有押座文、解座文)、词文、诗话、话本、赋等类别。这样,所谓"变文"文体就有广义、狭义之分。按后一种看法,从渊源、形制又可概括为两大类:变文、讲经文、因缘属于佛教通俗宣传的"唱导"和"俗讲"的产物,而词文、诗话、话本、民间俗赋等则由中国传统的通俗文学发展而来。前者的内容基本是佛教的(变文中有世俗题材的,是后出的),是典型的佛教文学;后者题材多样,有佛教的,世俗内容的也很多。作为民间流行的文学样式，这些体裁相互影响，后来发展的情形不一。如讲经文，是佛教法会上俗讲法师讲唱的底本，宋代以降，佛教形态变化了，这种宣教形式也随之衰落了。由之演变出来的变文文体命运也同样。当然，它们作为讲唱文体发展的一个阶段，被后来宝卷、鼓词、弹词等说唱艺术延续。而词文、诗话、话本、俗赋等乃是在本土传统中发展起来的文体，后来蔚为大国的宋元话本和章回小说等与之有渊源关系。总体说来，敦煌这批叙事文学作品价值巨大，影响深远，特别是其中佛教题材部分，作为佛教文学的珍贵成果，值得重视。

讲经文

讲经文是俗讲法师"俗讲"的底本。

俗讲是由正式讲经演化而来。佛教在中国传播，面向群众宣讲佛经，发展出转读和唱导两种形式。转读即诵读佛经，佛经文体多是韵、散结合的，转读韵文有一定曲调，对于后来讲唱文体的发展起了推动作用；唱导则是通俗、形象的宣讲方式，宣讲导师在讲经过程中插入相关故事情节以加强效果，形成叙事体制。依此方向继续发展，形成俗讲。俗讲作为寺院里的法事，保存了讲经形式，分段落讲解经文；借鉴儒家讲学制度，由"法师"和"都讲"两个人来主持，由都讲诵读经文，法师加以铺衍讲说；宣讲中有讲有唱，段落间有相互呼应的语句如"高着声音唱将来""经提名目唱将来"等提示。唐玄宗开元十九年朝廷有诏书说"近日僧徒，此风尤甚，因缘讲说，眩惑州闾，溪壑无厌，唯财是敛，津梁自坏，其教安施。无益于人，有蠹于俗。或出入州县，假托威权；或巡历乡村，恣行教化"，一度加以禁止，限令宣讲者还俗，州县官检控不力也要治罪。

可见当时这种宣讲形式的兴盛，已造成社会问题。以后朝廷又曾几度禁断，但不能奏效。到中晚唐时期，京师在朝廷支持之下举行的俗讲规模相当盛大。韩愈在元和（806—820）末年所作《华山女》一诗批判朝廷崇道，写女道士通过"道讲"即道教的俗讲与佛教争夺群众，一开头写佛教情形：

街东街西讲佛经，撞钟吹螺闹宫庭。广张罪福资诱胁，听众狎恰排浮萍。

"街东街西"指长安朱雀门大街东西各大寺，在京城通衢大道上的俗讲听众人头攒动，震动宫廷。晚唐时期作为郊祭庆典一部分，在京城敕建大寺由朝廷主持俗讲，名僧宣导，规模盛大，与道讲一并举行。当时出现一些俗讲技艺精湛的僧人如文溆，据说在长安城俗讲第一，唐敬宗曾亲自到兴福寺听他俗讲，文宗朝任命他为"内供奉、三教讲论、赐紫、引驾起居大德"。时人赵璘有记载说："有文淑（溆）僧者，公为聚众谈说，假托经论，所言无非淫秽鄙亵之事。不逞之徒转相鼓扇扶树，愚夫、冶妇乐闻其说。听者填咽寺舍，瞻礼崇奉，呼为'和尚'。教坊效其声调以为歌曲。"（《因话录》）他后来受到惩处，被流放边地，原因不明，或许与他的活动干乱风俗有关。这类记述，表明当时俗讲通俗化、世俗化程度，也反映宗教法会上的俗讲具有游艺性质，讲经文已成为供欣赏的文学作品了。

敦煌写卷里发现的讲经文，以讲《维摩诘经》的为最多，还有讲《阿弥陀经》《法华经》《父母恩重经》《金刚经》《佛报恩经》《弥勒上升经》的，都是当时流行经典；另外还有《长兴四年中兴殿应圣节讲经文》《说三归五戒讲经文》（拟题）等。这当然只是当时流行的大量讲经文的一小部分，从中可以看出当时俗讲的大致情形。

《维摩经》讲经文文学价值相当高，并能够体现变文的文体特征。现存写本七件，均为长篇片段。胡适曾说《维摩经》为大乘经典中的一部最有文学趣味的小说"，"鸠摩罗什的译笔又十分畅达。

所以这部书渐渐成为中古时代最流行，最有势力的书"（《海外读书杂记》）。又如前面介绍大乘经指出的，《维摩经》塑造在家居士维摩诘形象，调和了"方外"与世俗伦理的矛盾，在中国特别受到欢迎。根据现存七个片段行文的不同风格，可以推断它们应属于两个系统的不同文本。又这些片段所述内容都限于经文前五品中的四品，应当是有整部经的讲经文的。据现存片段的篇幅推算，整部讲经文应当有百卷左右、数十万字。大概因为这样的篇幅一般讲说者难以掌握，也不适于对群众宣讲，所以留下的文本只是片段。

《维摩经》第一《佛国品》从佛陀在毗耶离城庵罗树园向众比丘、菩萨、天、人说法起，对五百长者子宝积说"若菩萨欲得净土，当净其心，随其心净则佛土净"的道理；第二《方便品》维摩诘出场，描写这位在家居士的生活与性格，写他为说法而"示疾"；第三《弟子品》、第四《菩萨品》写佛陀吩咐十大弟子、四位菩萨前往"问疾"，他们全都加以推托，回忆往日与维摩交往被讥诃的经过；第五《文殊师利问疾品》，叙说佛陀命文殊师利问疾，文殊师利前往，众菩萨、声闻、百千天、人随从，维摩诘空其丈室接待，两人进行论辩。整部经文这前五品情节富于戏剧性，人物交锋尖锐，至文殊前往"问疾"情节达到全经的高潮。现存讲经文内容集中在前五品，也是其内容及其富于戏剧性的表现决定的。现存"维摩变相"的石刻、壁画，主要也集中刻画、描绘二大士对谈场面。

讲经文体遵循经典义疏格式。如 S. 4571 号卷子，从《佛国品》开头讲起，首先疏释"如是"（开头已不存）、"我闻""一时"等等，然后对经文一句句加以解说。不过与一般讲经条分缕析、寻根讨源地去疏解词句和义理不同，而是用通俗的语言来演说大义，在讲说过程中进行自由发挥。这种发挥大体有两种方式：一种是针对经文中讲述义理部分，铺展开来作通俗解释，这种情况又多用比喻来加强效果；另一种是针对经文中富于故事性的段落加以铺陈。这样的部分往往堆砌词藻，描绘形容，使用对偶、排比、夸饰等手段，造成鲜明的艺术效果。这也是讲经文中艺术表现最为充分的部分。例如一个"《文殊问疾》弟(第)一卷"里文殊进入维摩诘住的毗耶离城一段。先是都讲诵经：

> 经云："于是文殊"乃至"入城"。(经文是："于是文殊师利与诸菩萨、大弟子众及诸天、人，恭敬围绕，入毗耶离大城。")

然后法师宣讲：

> 文殊受敕，领众前行。声闻五百同随，菩萨八千为伴。于是庵园会上，听众无边，陪大士尽往于毗耶，从文殊同过于方丈。时当春景，千花竞笑于园林；节届青阳(春天)，万木皆荣于山野。由是文殊师利，亲往方丈之中，遂设威仪，排批(排比)行李(指队伍仪仗等)。于是宝冠覆顶，璎珞严身，辞千花台上世尊，问一丈室中居士。龙神引路，菩萨前迎，瑞气盈空，天花映日。幢幡乃双双排路，龙节(符节)而队队前行，毫光与晃日争光，雅乐与梵音(诵经声)合杂。菩萨八千侍从，声闻五百同行，一时礼别慈尊，尽赴维摩问疾。是时也，人浩浩，语喧喧，杂沓云中，欢呼日下。遏翠微之瑞气，散缭绕之祥霞。肉发[髻]峨峨，珠衣灼灼。曳六铢(六铢衣，天衣，极其轻妙；二十四铢为一两)之妙服，戴七宝之头冠，爇金缕以叠重，动香气而逦迤。领雄雄之师子，举步可以延风；座千叶之莲花，含水烟之翠色。领天徒之众类，离佛会之庵园。天女天男，前迎后绕，空中化物，云里遥瞻。整肃威仪，指挥徒众。毗耶城里人皆见，尽道神通大煞生。
>
> 文殊队仗实堪夸，暂别牟尼圣主家，
>
> 迎引仙童千万队，相随菩萨数河(恒河)沙。
>
> 金冠玉佩辉青目，云服珠璎惹翠霞，
>
> 狮子骨仑(昆仑奴，唐代来自南洋的奴仆)前后引，翻身却坐宝莲花。

断（声腔标注）　队仗高低满路排，层层节节映金台，

金炉玉案空中现，龙节幢幡雾里开。

菩萨相随皆跃跃，声闻从后乐咳咳（嬉笑的样子），

未容开眼分明见，早到维摩会里来。

实希有，法中王，示迹权为妙吉祥（文殊师利的又一意译），

金紫曜明衣内宝，眉间时放白毫光。

花台瑞相时时现，莲座希奇别有名，

倾［顷］剋［刻］便过方丈室，争趋愿礼法中王（法王，佛陀）。

断　声闻浩浩满虚空，菩萨喧喧入室中，

伞盖云头盈路下，幡花雾里响玲珑。

龙神驭莘莘（拟声词）皆弹指（捻指，表示欢喜的动作），赞叹文殊紫麿（紫磨金，上品金）容，

遍满维摩方丈室，若凡若圣万千重。

断　相随听众数无边，尽立文殊宝座前，

八部罢吟鱼梵曲（梵音歌赞；相传曹植在鱼山制梵呗），四王队仗绕金莲。

空中只见天花坠，云里惟闻龙脑（龙脑香）烟，

万亿听徒由［犹］浩浩，千群圣众闹喧喧。

经　文殊队仗实奇哉，凡圣相随百万垓，

菩萨两边违［围］宝座，声闻四面绕花台。

庵园会上遥瞻礼，方仗筵中瑞彩开，

居士见文殊入室内，如何排枇也唱将来。

这里文体韵、散结合，韵文就散文叙述加以发挥，有时插入偈颂（或称为"断诗"，简称为"断"），多用七言句，夹杂三、三、七句式，或七言夹带一个衬字的八字句。这种七言为主的句式适于叙述故事，早在汉魏乐府里已经出现，唐人歌行大量使用，在讲经文中普及开来。散文部分基本是浅俗的骈体文，并多使用华丽词藻和夸饰渲染的表现方法。韵文的演唱用来加深听众印象，个别地方也起到

组织情节的作用。就韵、散相配合方式看,讲经文里韵文和散文还没有分别承担不同任务,还算是讲唱文体的初级形式。再如P.2292号卷子《持世菩萨》弟(第)二里叙说魔波旬从一万二千天女出场一段:

> ……其魔女者,一个个如花菡萏,一人人似玉无殊。身柔软兮新下巫山,貌娉停[婷]兮才离仙洞。尽带桃花之脸,皆分柳叶之眉。徐行时若风飒芙蓉,缓步处似水摇莲亚。朱唇旖旎,能赤能红;雪齿齐平,能白能净。轻罗拭体,吐异种之馨香;薄縠挂身,曳殊常之翠彩。排于坐右,立于宫中。青天之五色云舒,碧沼之千般花发……于是魔王大作奢花,欲出宫城,从天降下。周回捧拥,百匝千遭,乐韵弦歌,分为二十四队。步步出天门之界,遥遥别本住宫中。波旬自乃前行,魔女一时从后。擎乐器者喧喧奏曲,嚮[响]聒清宵;爇香火者澹澹烟飞,氤氲碧落。竞作奢花美貌,各申窈窕仪容。擎鲜花者共花色无殊,捧珍珠者共珍珠不异。琵琶弦上,韵合春莺;箫笛管中,声吟鸣凤。杖敲揭[羯]鼓,如抛碎玉于盘中;手弄秦筝,似排雁行于弦上。轻轻丝竹,太常之美韵莫偕;浩浩唱歌,胡部之岂能比对。妖容转盛,艳质更丰。一群群若四色花敷,一队队似五云秀丽。盘旋碧落,宛转清宵。远看时意散心惊,近睹者魂飞目断。从天降下,若天花乱雨于乾坤;初出魔宫,似仙娥芬霏于宇宙。天女咸生喜跃,魔王自已欣欢……

这里极尽夸饰形容之能事,仿佛再现了唐代宫廷舞乐的宏伟场面。文中说到"太常之美",指的是宫廷中太常寺太乐署的舞乐;"胡部"则指自六朝后期流入中原、隋唐时纳入燕乐的"胡部新声";大量使用排比和铺张技法,显然对辞赋多所借鉴,也和当时流行的民间俗赋的写作风格类似。从艺术发展形态看,程式化的形容、过度的藻饰等,艺术表现显得幼稚,但却是民间文学创作的一般特色,适合民众的欣赏趣味。

讲经文里值得注意的还有讲《父母恩重经》的两件。这是在民众间十分流行的伪经,以浅显语言讲述父母养育子女的艰辛,抨击不孝,宣扬孝道。讲经文里说:

> 经书各有多般理,皆劝门徒行孝义;
>
> 只怕因循不报恩,故于经上明宣示。
>
> 劝门徒,诸弟子,暮省朝参勤奉侍;
>
> 永永交[教]君播好名,长长不见逢灾累……
>
> 慈母德,实堪哀,十月三年受苦灾;
>
> 冒热冲寒劳气力,回干就湿费心怀。
>
> 忧怜不啻千千度,养育宁论万万回;
>
> 既有许多恩德事,争合孤负也唱将来。

这里宣扬的是深浸中国民众心理的传统仁孝观念。佛教信仰与传统伦理相融合、相适应,也正体现了中国佛教的典型特质。

严格说来,讲经文乃是佛经义疏向文学创作过渡的形态。无论是韵散结合的行文方式还是语言表达、艺术技巧,都给以后的说唱文艺以及一般文学创作开拓了发展余地。陈寅恪曾指出,由讲经文可"推见演义小说文体原始之形式,及其嬗变之流别,故为中国文学史绝佳资料"。但讲经文要遵守佛教讲经体制,又受到原典制约,限制了艺术上的创造与发挥。由讲经文进一步发展为变文,才开创出艺术表现的广阔天地。

与讲经文相关联的还有因缘(缘起)和押座文、解座文。本来僧侣讲经与说法有所不同。相沿下来,"俗讲方面也有两种,一种即韵白相间之讲经文,也是由法师与都讲协作的;至于与说法相应的,则是说因缘,由一人讲说,主要择一段故事,加以编制敷衍,或径取一段经文或传记,照本宣科,其旨总不外阐明因果……"(周绍良《唐代变文及其它·代序》)。因缘所演说的故事有些取自佛典片段，有些采自民间传说。习惯上讲经文应用于大型法会，说因缘则在较小型的集会上。又敦煌写卷里有一批"押座文"，是在开始俗讲或说因缘前转读的七言句组成的诗篇，间或夹杂一些说白。"押座"取镇压之意，让听众安静，酝酿听讲情绪。这也是后来宋元话本"入话"的滥觞。如《故圆监大师二十四孝押座文》，从目连救母讲起，讲到"二十四孝"里的王祥、郭巨、老莱子等，结尾的一段：

> 孝心号曰真菩萨，孝行名为大道场，
> 孝行昏衢为日月，孝心苦海作梯航。
> 孝心永在清凉国，孝行长居悦乐乡。
> 孝行不殊三月雨，孝心何异百花芳。
> 孝心广大如云布，孝心分明似日光。
> 孝行万灾咸可度，孝心千祸总能禳。
> 孝为一切财中宝，孝是千般善内王。
> 佛道孝为成佛本，事须行孝向耶娘……

这是宣扬中土传统孝道。又俗讲完了，读诵一种诗篇，是为"解座文"，取解散听众之意。

押座文、解座文随意发挥的空间更大些。

变　文

由讲经文进一步发展，脱离经典而专门讲说故事，形成"变文"，成为独立的讲唱文学体裁。这是指前面说的狭义的"变文"。"变文"一语的本来意义，是学术界长期争论的问题。如今一般认可的看法是，佛、道二教描绘仙、佛及经中变异之事的图像，称为"变相"；把这些故事叙述出来，称为"变文"。敦煌写本里有些题目明确记载为"变文",如《降魔变文》《大目乾连冥间救母变文》《舜子至孝变文》；还有单称"变"的，如《八相变》《破魔变》《刘家太子变》等。变文不只表现佛教内容，还有世俗题材的，例如描述历史人物伍子胥、王昭君或现实人物张义潮、张淮深等等。从敦煌现存作品看，佛教的与世俗题材的作品约各占一半。后一类变文应当是佛教变文流行之后出现的，表明一种宗教文艺形式在流行中逐渐世俗化，进而演变成社会上流行的一般讲唱文艺形式了。

变文作为更成熟的讲唱文学，已经有专业化的艺人队伍吟唱讲说，包括以宣讲变文为职业的僧尼；演出地点则已不限于寺院而有相对独立的"变场"；演出形式往往有画卷即"变相"相配合，遂成为演唱和绘画结合的综合表演艺术。变文的叙说和歌唱交替；韵文基本是七言句，隔句用韵；划分段落有"处"（如《大目乾连冥间救母变文》"目连向前问其事之处"，"腾空往至世尊处"）、"若为"（如《降魔变文》"舍利弗共长者商度处，若为……"，"合国人民咸皆瞻仰处，若为……"）等字词照应，或用"道何言语"（如《破魔变文》"魔王当尔之时，道何言语"，"姊妹三个，道何言语"）、"若为陈说"（如《昭君变》"乃哭明妃处，若为陈说"，"遂出祭词处，若为陈说"）来提示。这后两点可作为识别变文体裁的标志。

佛教题材的变文多是演说佛经里的故事，如《破魔变》取自《佛所行赞》，《降魔变文》取自《贤愚经》卷一〇《须达起精舍品》，《频婆娑罗王后宫彩女功德意供养塔升天因缘变》取自《撰集百缘经》卷六《功德意供养塔升天缘》。今存《目连变文》是演绎中土伪经《净土盂兰盆经》里的目连传说的。作为面向民众的讲唱文学，变文与讲经文相比较，构造情节、叙述故事、塑造人物、描绘场景都具有更广阔、自由的发挥空间，艺术表现显然前进一大步。

《目连救母变文》现存三种十一件，亦可见其流传之广泛。这篇作品无论是思想内容还是艺术表现都可说是变文的典型。有一部《佛说盂兰盆经》，旧题西晋竺法护译，今人多以为是中土人士伪撰,其中说"神通第一"的佛弟子目犍连以天通眼见其亡母在地狱中受苦,求佛救济,佛告以在七月十五僧自恣日(按印度佛教规定,夏天雨季安居,结束的一天请众僧随意举出自己过犯并在众僧面前忏悔,以求改正,称"自恣")备珍馔为七世及现世亡父母供养十方大德及众僧,亡父母即可解脱倒悬之苦,往生天人之中,在世父母则寿命百年,无病无灾。这部经典宣扬孝道,自南北朝广泛流行,并形成"盆供"风俗。到唐代出现的《净土盂兰盆经》又添加了目连母子过去世本事,形成相当曲折、生动的情节。在详略不同的《目连救母变文》里,以这个故事为素材,述说在俗时的目连名为罗卜,父母双亡,终三年之丧后,出家为佛弟子,得阿罗汉果,以道眼寻访双亲;首先到天堂访问亡父,从父亲那里得知亡母平生铿吝造恶,坠入地狱;遂到地狱寻访,在冥路上得到阎王指点,遍历十王厅,知道生母现在阿鼻地狱;他遍巡包括刀山剑树地狱、铜柱铁床地狱等处,目睹种种罪罚恐怖景象;后来借助在婆罗林接受的世尊所赐十二环锡杖,打破地狱之门,直赴阿鼻地狱,终于和母亲相会;但因为他自己并没有力量超度亡母,遂请佛施行救济,使母亲免遭地狱之苦而转生饿鬼道;目连受世尊教示,设盂兰盆斋,以此功德母亲得以转生畜生道,然后又复女人身,最后终于灭罪修福,往生忉利天。在相当细致而又煽情的叙写中,地狱巡游和救母是重点部分,极力渲染地狱惩罚折磨的惨毒和受刑者的痛苦与恐怖,突出表现目连为寻母、救母而不畏艰辛、百折不挠的精神。例如《大目乾连冥间救母变文》写到母子在地狱相会的情景:

　　……狱卒[主]行至弟七隔中,迢[招]碧幡,打铁鼓,弟七隔中有青提夫人已否? 其时青提(夫人在)弟七隔中,身上下四十九道长钉,鼎[钉]在铁床之上,不敢应狱主。狱主更问:"弟七隔中有青提夫人已否?""若看觅青提夫人者,罪身即是。""早个缘甚不应?""恐畏狱主,更将别处受苦,所以不敢应狱主。"狱主报言:"门外有一三宝(指僧人),剃除髭发,身披法

服，称言是儿，故来访看。"青提夫人闻语，良久思惟，报言狱
主："我无儿子出家，不是莫错？"狱主闻语，却回行至高楼，报
言和尚："缘有何事，诈认狱中罪人是阿娘，缘没事谩语？"目连
闻语，悲泣雨泪。启言狱主："贫道解（来）传语错。贫道小时
名罗卜，父母亡没已后，投佛出家，剃除髭发，号曰大目乾连。
狱主莫嗔，更问一回去。"狱主闻语，却回至弟七隔中，报言罪
人："门外三宝小时字罗卜，父母终没已后，投佛出家，剃除髭
发，号曰大目乾连。"青提夫人闻语："门外三宝，若小时字罗
卜，即是儿也。罪身一寸肠娇子。"狱主闻语，扶起青提夫人，
提拔四十九道长钉，铁锁锁腰，生杖围绕，驱出门外，母子相
见处：

　　□□□□□□□，生杖鱼鳞似云集。
　　千年之罪未可知，七孔之中流血汁。
　　猛火从娘口中出，蒺篱步步从空入。
　　由〔犹〕如五百乘破车声，腰脊岂能于管拾。
　　狱卒擎叉左右遮，牛头把锁东西立。
　　一步一倒向前来，目连抱母号咷泣。
　　哭曰"由如不孝顺，殃及慈母落三涂。
　　积善之家有余庆，皇天只没杀无辜。
　　阿娘昔日胜潘安，如今憔悴顿摧溅。
　　曾闻地狱多辛苦，今日方知行路难。
　　一从遭祸耶娘死，每日坟陵常祭祀。
　　娘娘得食吃已否，一过容颜总憔悴。"
　　阿娘既得目连言，呜呼怕搦泪交连：
　　"昨与我儿生死隔，谁知今日重团圆。
　　阿娘生时不修福，十恶之愆皆具足。
　　当时不用我儿言，受此阿鼻大地狱。
　　阿娘昔日极芬荣，出入罗帏锦障行。

那堪受此泥梨苦，变作千年饿鬼行。

口里千回拔出舌，凶[胸]前百过铁犁耕。

骨节筋皮随处断，不劳刀剑自凋零。

一向须臾千过死，于时唱道却回生。

入此狱中同受苦，不论贵贱与公卿。

汝向家中勤祭祀，只得乡间孝顺名，

纵向坟中浇历[沥]酒，不如抄写一行经。"

目连哽噎啼如雨，便即回头谘狱主：

"贫道虽是出家儿，力小那能救慈母。

五服之中相容隐，此即古来贤圣语。

惟愿狱主放却娘，我身替娘长受苦。"

狱主为人情性刚，嗔心默默色苍芒：

"弟子虽然为狱主，断决皆由平等王。

阿娘有罪阿娘受，阿师受罪阿师当。

金牌玉谏[简]无揩洗，卒亦无人辄改张。

受罪只今时以至，须将刑殿上刀枪。

和尚欲得阿娘出，不如归家烧宝香。"

目连慈母语声哀，狱卒擎叉两畔催。

欲至狱前而欲倒，便即长悲好住来。

青提夫人一个手，托着狱门，回顾盼言："好住来，罪身一寸长肠娇子"处：

"娘娘昔日行悭妒，不具来生业报因。

言作天堂没地狱，广杀猪羊祭鬼神。

但悦其身眼下乐，宁知冥路拷亡魂。

如今既受泥梨苦，方知反悟悔自家身。

悔时悔亦知何道，覆水难收大俗云。

何时出离波咤苦，岂敢承望重作人。

阿师是如来佛弟子，足解知之父母恩。

> 忽若一朝登圣觉，莫望[忘]娘娘地狱受艰辛。"
> 目连既见娘娘别，恨不将身而自灭。
> 举身自扑太山崩，七孔之中皆洒血。
> 启言"娘娘且莫入，回头更听儿一言。
> 母子之情天生也，乳哺之恩是自然。
> 儿与娘娘今日别，定知相见在何年。
> 那堪闻此波咤苦，其心楚痛镇悬悬。
> 地狱不容相替代，唯知号叫大称怨。
> 隔是不能相救济，儿亦随娘娘身死狱门前。"
> 目连见母，却入地狱，切骨伤心，哽噎声嘶，遂乃举身自扑，由
> [犹]如五太山崩，七孔之中皆流迸血。良久而死，复乃重苏，
> 两手按地起来，政[整]顿衣裳，腾空往至世尊之处……

这里文体与讲经文的差别是散文叙述和韵文渲染的不同功能被分开了。利用长篇韵文反复吟唱，一再重复、夸张地描绘地狱恐怖，造成一唱三叹的艺术效果。又与《盂兰盆经》的内容相比，变文把主题进一步转化、深化了：《盂兰盆经》着重宣扬向僧人施食以拯救前世、在世祖先、父母，变文则把救母变成唯一重点，更加突出颂扬目连的孝心：他的诚挚孝心终于战胜业报规律，打破地狱的铜墙铁壁，具有不可抵挡的巨大的救济功能。这样，施食的说教演变成美好人性的颂歌，是这篇变文最为动人之处，也是它长久得到人们欢迎的重要原因。这个目连救母故事后来广传人口，被戏曲、小说和各种民间文艺体裁加以表现、发挥，创造出无数作品。

《破魔变》和《降魔变文》都取材佛传。如上所述，它们分别是根据《佛所行赞》和《贤愚经》的相应段落加以生发的。《破魔变》表现的是释迦"八相成道""降魔"一段。这也是许多佛传里着重加以描写的。变文演绎成情节复杂、生动的故事，说释迦太子雪山修道，六载苦行，当腊月八日之晨下山于熙连河沐浴，接受牧女献乳供养。此时震动魔宫，魔王恐惧如来出世，遂设计闹乱释迦。先是

派遣魔军,施行神变,但是:

> 魔王神变总骋了,不能动摇我如来:
> 宝剑才挥刃即亡,弓欲张而弦即断,
> 擎山撮海骋神通,方梁偏木遍虚空,
> 拟害如来三界主,恰似落叶遇秋风……

魔王不得不抽军返回魔宫,但愤怒之情未息,又派遣三魔女前往诱
惑。变文里把魔女诱惑的情节变化为对话:

> 第一女道:"世尊,世尊,人生在世,能得几时? 不作荣华,
> 虚生过日。奴家美貌,实是无双,不合自夸,人间少有。故来
> 相事,誓尽千年。不弃卑微,永共佛为琴瑟。"
> 女道:"劝君莫证大菩提,何必将心苦执迷?
> 我舍慈亲来下界,情愿将身做夫妻。"
> 佛云:"我今愿证大菩提,说法将心化群迷。
> 苦海之中为船筏,阿谁要你做夫妻。"

第二女愿为世尊"扫地焚香取水","看家守舍";第三女"情愿长擎
座具",然而都被佛陀严词拒绝。魔女不信世尊之言,漫发强词,轻
恼于佛。佛垂金色臂,指魔女身,魔女化为丑陋老母。这样,在佛、
魔的激烈冲突中表现了佛陀求道的坚强意志,歌颂了他与邪恶斗
争无所畏惧、不屈不挠的精神。《破魔变》首尾齐全,前有押座文,
后有解座文,最后有记录天福九年(944)净土寺沙门愿荣书写。当
时统治沙洲一带的是继张氏任归义军节度使的曹氏曹元深。从这
篇押座文可知变文表演寓有祝颂之意,或许就是在祝贺统治者的
仪式上讲唱的。《降魔变文》讲的则是给孤独长者须达购得祇陀太
子园林请佛陀安居说法的著名故事。之所以讲唱"破魔""降魔"故
事,应有象征被祝颂者威震四方、战无不胜的意思。

　　现存世俗题材的变文里有六篇是讲历史故事的,两篇是讲当
代故事的。张议潮于大中年间起义,驱逐吐蕃镇将,率瓜、沙等河

西十一州内附，是晚唐历史上的重要事件。当地文人以这一轰动一时的重大历史事件为题材编撰变文，体现这一文体的现实功能。有关古代题材的两篇变文则是选取历史上著名人物和事件加以演绎的。

在中晚唐至五代，变文成为民众间流行的娱乐形式。晚唐吉师老《看蜀女转昭君变》诗说：

> 妖姬未著石榴裙，自道家连锦水濆。檀口（女子红艳的嘴唇）解知千载事，清词堪叹九秋文。翠眉颦处楚边月，画卷开时塞外云。说尽绮罗当日恨，昭君（王昭君）传意向文君（卓文君）。

《昭君变》今存，从这首诗可以知道当时演唱的实况。这位"蜀女"当是专业的"演变"艺人。这也表明变文在晚唐已演化为一般民间曲艺形式了。变文这种文艺体裁后来在社会变动中逐渐湮没、消失，被新的文艺形式取代了。然而它当年确实创造了讲唱艺术的一个高峰，并作为宝贵的文化遗产潜移默化地、长远地影响到后来。

附论：话本

附带说说敦煌写本里发现的话本。这是繁荣的宋代话本小说的先期产物，是唐代"说话"文学创作成就的一部分。

敦煌发现的话本题材多样：有历史故事（如《韩擒虎话本》《苏武李陵执别词》等）、民间传说（如"秋胡"故事），也有宗教故事；其中《叶净能诗》内容是道教的；与佛教有关的有《庐山远公话》和"唐太宗入冥"两篇。

　　《庐山远公话》叙说慧远传说，大概情节是：慧远从师傅旃檀之命，到庐山化成寺修道，说《涅槃经》，感得千尺潭龙前来听法；后来被寿州贼白庄劫掠为奴，又被卖到东都崔相公家，因为会念《涅槃经》，得到崔相公器重，取名"善庆"；时福光寺内有道安和尚讲经，自慧远弟子云庆和尚受得《涅槃经疏抄》，慧远随从崔相公到寺内听讲，与道安比赛讲论，终于折服之，慧远遂为崔相公叙说因缘；崔相公将此事奏上皇帝，慧远被迎请入宫供养，最后辞归庐山。这整篇故事结构紧凑，首尾完整，作为话本，形态已相当成熟；情节是随意捏合的，多神奇成分，夹杂叙说佛理；作品中的一些描写，如买卖奴仆情形，寺院比赛讲经，乃是社会世相的真实写照。慧远作为古代高僧，有慧皎《高僧传》流行，一般僧、俗对其生平事迹应多有了解。而这篇话本情节基本出于虚构，所写道安与慧远关系更远悖历史事实，整体上是把高僧事迹传说化、艺术化了，这也表现出说话创作者丰富的想象力和创造性。

　　敦煌写卷 S. 2630 号、王国维等定名为《唐太宗入冥记》的残卷经今人考定，也是早期话本。唐太宗到冥府游历的传说，唐初张鹭在《朝野佥载》里已记载唐太宗梦入地狱被"冥官问六月四日"事。话本对情节又有所生发，描写也更加细致。其中写到唐太宗生魂被拘入冥，阎王使人勘问武德三年至五年杀六十四人之罪（这是武德九年六月四日"玄武门之变"杀太子建成、齐王元吉及其诸子的讹传），判官催子玉是阳间的辅阳县尉，让他审问当朝皇帝，他十分忧惧；这催子玉原来是著名术士李淳风的朋友，他本为皇帝所司，太宗又带来李淳风的书信，经请求，蒙允许不和建成、元吉对质；判官则以自己在阳间位卑，讨好太宗更改名录，让他再归阳道做十年天子，因而得到阳间蒲州刺史兼河北廿四道采访使之职，官至御史大夫，赐紫金鱼袋，仍赐辅阳县。由于现存作品是残卷，只存上述部分情节。从中可以看出，在这篇作品里已不重渲染地狱的恐怖，而利用人物关系表现强烈的讽世内涵；人物兼治阴阳二界的构想十分奇特,在后来的小说、戏曲里广泛运用;唐太宗和崔子玉这一对人物在阴、阳二界地位反差悬殊,处境都显得尴尬,作品里作了相当细腻、真切的描绘;而如此把具有雄才大略的当朝先帝当作嘲讽对象,立意更奇辟、大胆。唐太宗入冥故事后来被写到小说《西游记》里,并被演绎成《唐王游地府》章回小说。

上述敦煌写卷里的讲经文、变文、话本作为一代叙事文学的成就,其价值与意义是多方面的。重要一点是,它们不仅为后来的讲唱文艺,也为小说、戏曲的兴盛开拓了道路,从而显示佛教在推动中国叙事文学发展中所发挥的重要作用。

作品释例

讲经文(选一篇)

《维摩诘经讲经文·文殊问疾弟一卷》(黄征、张涌泉《敦煌变文校注》)

经云:"佛告文殊师利,汝行诣维摩诘问疾。"

白(说白标注)　言佛告者,是佛相命之词。缘佛于会上,告尽圣贤,五百声闻,八千菩萨,从头(谓一一)遣问,尽日不任。皆被责呵,无人敢去。酌量才辩,须是文殊。其他小小之徒,实且故非难往,先来妙(善)德(菩萨名),亦是不堪。今仗文殊,便专问去。于是有语告文殊曰:

断诗(唱词声腔标注)　三千界内总闻名,皆道文殊艺解(指对佛法的把握与理解)精,

体似莲花敷一朵,心如明镜照漂清。

常宣妙法邪山碎,解演真乘(佛法)障海(烦恼深广)倾,

今日筵(法会)中须授敕,与吾为使广严城(维摩诘所住毗耶离城意译)。

白　于是庵园(庵罗园)会上,敕唤文殊:"劳君暂起于花台(莲台),

听我今朝敕命。吾为维摩大士染疾毗耶,金粟上人(佛教谓维摩居士是金粟如来化身)见(同"现")眠方丈。会中有八千菩萨,筵中见五百个声闻,从头而告尽遍差(chāi,差遣),至低而无人敢去。舍利子(舍利弗的异译)聪明第一,陈情而苦不堪任;迦叶是德行最尊,推辞而为年老迈。十人(佛陀十大弟子)告尽,咸称怕见维摩;一会遍差,差着者怕于居士。吾又见告于弥勒,兼及持世(菩萨名)上人,光严(菩萨名)则辞退千般,善德乃求哀万种。堪为使命,须是文殊。敌论维摩,难偕妙德(文殊师利的意译)。汝今与吾为使,亲往毗耶,诘病本之因由,陈金仙(佛陀)之恳意。汝看吾之面,勿更推词,领师主之言,便须受敕。况乃汝久成证(正)觉,果(佛果)满三祇(三阿僧祇劫),为七佛(释迦牟尼出世前过去七佛:毗婆尸佛、尸弃佛、毗舍浮佛、拘留孙佛、拘那含牟尼佛、迦叶佛、释迦牟尼佛)之祖师,作四生(胎生、卵生、湿生、化生、一切生物)之慈父,来辞妙喜(维摩诘本是妙喜国无动如来),助我化缘(指施行教化)。下降娑婆,尔现于菩萨之相。你且身严璎珞,光明而似月舒空;顶覆金冠,清净而如莲映水。一名超于法会,众圣难偕;词辩回播于筵中,五天(五天竺,古印度全境)赞说。慈悲之行广布,该(遍及)三途六道之中;救苦之心遍施,散三千界之刹(国土)内。当生之日,瑞相十般(文殊师利诞生时有十种祥瑞:光明满室、甘露垂庭、地涌七珍、仓变金黍、象具六牙、猪诞龙豚、鸡生凤子、马生麒麟、神开伏藏、牛生白泽),表菩萨之最尊,彰大士之无比。而又眉弯春柳,舒扬而宛转芬芳;面若秋蟾(月亮),皎洁而光明晃曜。有如斯之德行,好对维摩;具尔许之威名,堪过丈室(维摩诘居室,面积方丈)。况以居士见染缠痾,久语而上算(上好的计谋)不任,对论多应亏汝。勿生辞退,便仰前行。领大众而速别庵园,逞威仪而早过方丈。龙神尽交引路,一伴同行;人天总去相随,两边围绕。到彼见于居士,申达慈父(佛陀)之言,道吾忧念情深,故遣我来相问。"

佛有偈告赞文殊:

"牟尼(释迦牟尼)会上称宣陈,问疾毗耶要显真,

受敕且希离法会,依言勿得有辞辛。

维摩丈室思吾切,卧病呻吟已半旬,

望汝今朝知我意,权时(暂且)作个慰安人。"

又有偈告文殊曰:

断(声腔标注) "八千菩萨众难偕,尽道文殊足弁才,

身作七仙师主久,名标三世号如来。

神通解灭邪山碎,智慧能销障海摧,

为使与吾过丈室,便须速去别花台。

平侧(声腔标注)　世尊会上告文殊,为使今朝过丈室,

传吾意旨维摩处,申问殷勤勿得迟。

前来(从前)会里众声闻,个个推词言不去,

皆陈大士维摩诘,尽道毗耶我不任。

众中弥勒又推辞,筵内光严申恳款(恳切心意),

八千大士无人去,五百声闻没一个过。

汝今便请速排谐(安排),万一与吾为使去,

威仪一队相随逐,衔敕毗耶问净名(维摩诘的意译)。

菩萨身为七佛师,久证功圆三世佛(过去伽叶诸佛,现在释迦
牟尼佛,未来弥勒诸佛),

亲辞净土来凡世,助我宣扬转法轮。

巍巍身若一金山,荡荡众中无比对,

眉分皎洁三秋月,脸写芬芳九夏(夏季九旬)莲。

堪为丈室慰安人,堪共维摩相对论,

堪将大众庵园去,堪作毗耶一使人。

便依吾敕赴前程,便请如今别法会,

若逢大士维摩诘,问取根由病所因。

文殊德行十方闻,妙德神通百亿说,

能摧外道皆归正,能遣魔军尽隐藏。

　　　依吾告命速前行，依我指踪过丈室，

　　　殷勤慰问维摩去，巧着言词问净名。”

经（声腔标注）　是时圣主振春雷，万亿龙神四面排，

　　　见道文殊亲问病，人天会上喜咍咍（hāi hāi，嬉笑的样子）。

　　　此时便起当筵立，合掌颙然（温恭的样子）近宝台，

　　　由赞净名名称煞，如何白佛也唱将来。

　　　经云："文殊师利"乃至"诣彼问疾"。

　　　此唱经文分之为三：一、文殊谦让白佛；二、赞居士，经云道："彼上人者"至"皆以得度"；三、托佛神力，敢往问疾。经云："虽然，□（当）承佛圣旨……"且第一，文殊蒙佛告敕，起立筵中，欲申师资（师弟子）之恩，谦让自己之事，合十指掌，立在筵中，启三界慈尊，向于会上。

　　　文殊有偈白佛：

断　"特蒙慈父会中宣，感激牟尼争不专，

　　　自揣荒虚无弁海，度量智惠未周圆。

　　　金人（佛陀）既遣过方丈，妙德须遵大觉仙（佛陀），

　　　去即不辞为使去，幸凭圣力赐恩怜。”

　　　又有偈赞维摩：

断　"方丈维摩足弁才，词江浩浩泉难偕，

　　　能谈妙法邪山碎，解讲真经障海隈（山水深曲处）。

　　　六通每朝兴教网，三途长日救轮回，

　　　虽为居士同凡辈，心似秋蟾雾里开。”

白　陈情谦让，多为使于毗耶，赞彼净名，表上人之难对。声闻五百，证八智（证欲界四谛之四法智，证上二界四谛之四类智，合为八智）于身中；菩萨三千，超十地（菩萨五十二位修行中第五个十位）于会上。文殊虽承圣旨，当日思寸（忖）千般，只拟辞退于筵中，又怕逆如来之语；只欲使于方丈，有耻众内之高人，世尊若差我去时，今日定当过丈室。

时文殊有偈：

断 "既蒙圣主遣殷勤，不敢推辞向会陈，

衔敕定过方丈室，宣恩要见净名尊。

金冠动处祥光现，月面舒时瑞色新，

此日圣贤皆总去，吾为首领尽陪轮（随车陪行）。"

白 文殊受佛告敕，起立花台，整百宝之头冠，动八珍之璎珞。香风飒飒，摇玉佩以珊珊（玉佩声）；瑞色氤氲，惹珠衣而沥沥。适蒙慈悲圣主，会上宣阳（扬）；大觉牟尼，筵中告语。千般赞叹，何以胜当，百种谈论，实斯悚惕（惊惧）。世尊遣交为使，往问维摩，彼上之人，难为酬对。况文殊虽居菩萨之位，理未通和，于佛会之中，言出非众。世尊敕交为使，不敢退辞。衔佛命而多恐不任，仗圣力而必应去得。伏以维摩居十，具四般之才弁（四才：身、言、书、判），告以难偕；现广大之神通，卤莽（粗疏）不易。深达实相，善契诸佛之心；无滞词锋，法式菩萨之语。总持（"陀罗尼"的意译，经咒）秘密（经咒为秘密语），无不通和（完全了解），上中下类之音，悉皆尽会。今我若自往问，实愧不任，须仗圣威，然乃去得。由是文殊受敕，大众忻然。庵园草草尽商量，随从文殊过丈室。

侧 文殊启白慈悲主，蒙佛会中尽告语，

教往毗耶问净名，自惭词浅如何去。

世尊处分苦丁宁，不敢筵中陈恳素（真情），

若遣毗耶问净名，遥凭大圣垂加护。

维摩诘，金粟主，四智三身功久具，

若遣须交问净名，遥凭大圣垂加护。

弁才无碍是维摩，深入诸佛之意趣，

问疾毗耶恐不任，遥凭大圣垂加护。

世尊会上特申宣，遣往毗耶方丈去，

对敌维摩恐不任，须凭大圣垂加护。

我今艺解实非堪，狂（枉）受如来垂荫覆，

　　　问疾毗耶恐不任，遥凭大圣垂加护。

　　　金粟尊，号调御（调御大夫，佛尊号之一），示现白衣毗耶住，

　　　既沐如来教问时，遥凭大圣垂加护。

　　　往毗耶，辞化主（教化之主，佛陀），逶巡即是登途去，

　　　今朝衔敕问维摩，遥凭大圣垂加护。

断　既蒙圣主遣殷勤，今日当为问疾人，

　　　衔敕定应离法会，捧恩须是往宣陈。

　　　此时对论除迷执，这遍谈扬显正真，

　　　必使天龙开道眼，教伊八部（天龙八部众：天、龙、夜叉、乾闼
婆、阿修罗、迦楼罗、紧那罗、摩睺迦）悟深因。

经　文殊会上启情怀，遥赞维摩足辩才，

　　　此即定应衔敕去，全须仗托我如来。

　　　声闻会里喧喧闹，菩萨筵中浩浩催，

　　　虽乃未离于圣主，何人论说唱将来。

　　　经云："于是众中"乃至"皆欲随从"。

　　　由是文殊受敕，为使毗耶，将传圣主之言，垂问维摩大士。会
上有八千个菩萨，筵中五百个声闻，见文殊问疾毗耶，尽愿相命为
伴。三三五五，皆愿随车。不论天众、夜叉，咸道陪充传（侍）从。
于是人、天浩浩，龙众喧喧，空中散百种之花，地上排七珍之宝。帝
释、梵王之众，捧玉幢于师子座前；龙王、夜叉之徒，执宝幢于菩萨
四面。虽即未离于佛会，威仪已出于庵园。螺（法螺）钹系玲玑（象
声词）之声，音乐奏嘈囋之曲。阿修罗等，调飐玲玲之琵琶；紧那罗
王，敲驳莘莘之羯鼓。乾闼婆众，吹妙曲于云中；迦楼罗王，奏箫韶
于空里。是时庵园会上，圣众无边，文殊将别于世尊，大众咸言于
侍从。比丘尼等，争爇旃檀之香；优婆夷徒，各竞焚于龙脑。尽乞
随于大士，齐声同白世尊，愿佛听许从文殊，往问维摩居士去。慈
尊听许，大众欢忻。围七佛之祖师，过一丈之石室。

侧吟（声腔标注）　维摩卧疾于方丈，佛敕文殊专问当，

宣与天龙及鬼神,满空满路人无量。

佛敕下,排仪仗,帝释、梵王亦令往,

不拣迦楼、乾闼婆,鼓乐清歌任吹唱。

紧那罗,药叉(夜叉的异译)将,要去如来不拦障,

赞法摧邪左右排,浩浩喧喧皆悦畅。

烈英雄,皆拒抗,卓荦神姿魔胆丧,

外振威楞(威武的样子)蕴内慈,当时总愿趋方丈。

万万千千皆倜傥(豪迈的样子),势似沧溟排巨浪,

杂踏奔腾尽愿行,队队丛丛皆别样。

菩萨僧,小或长,尽白慈尊愿随往,

善男善女亦陪行,一一如来无吝障。

排枇了,甚爽朗,箫瑟箜篌筝留响,

炉焚沉檀(沉香和檀香)杂宝香,万万千千皆合掌。

文殊谦,世尊奖,菩萨、声闻小为长,

便须部领众人行,不要迟疑住时晌。

文殊辞,尽瞻仰,衔命毗耶论义广,

为看维摩说法功,一齐礼别黄金相(指佛陀)。

到彼中,见法匠,切磋琢磨要爽朗,

普使人天悟正真,一齐礼谢黄金相。

沐慈尊,总容放,去入毗耶宿因曩(前世因缘),

得遇论空二上人,一齐礼谢黄金相。

散香花,乘宝象,狮子(文殊师利坐骑)金毛最为上,

去送文殊问疾源,一齐暂别黄金相。

语喧喧,乐响亮,妙德威风上中上,

八千菩萨与声闻,一齐暂别黄金相。

经平(声腔标注)　大人菩萨此时排,围绕文殊百万垓(万万为垓),

或执宝花空里散,或呈妙曲响俳佪。

龙神走雾于前引,鬼卒飞云从后摧(催),

　　既别世尊说法会，不知威仪何似唱将来。

　　经云："于是文殊"乃至"入城"。

白　文殊受敕，领众前行。声闻五百同随，菩萨八千为伴。于是庵园会上，听众无边，陪大士尽往于毗耶，从文殊同过于方丈。时当春景，千花竞笑于园林；节届青阳，万木皆荣于山野。由是文殊师利，亲往方丈之中，遂设威仪，排批（比）行李。于是宝冠覆顶，璎珞严身，辞千花台上世尊，问一丈室中居士。龙神引路，菩萨前迎，瑞气盈空，天花映日。幢幡乃双双排路，龙节而队队前行，毫光与晃日争辉，雅乐与梵音合杂。菩萨八千侍从，声闻五百同行，一时礼别慈尊，尽赴维摩问疾。是时也，人浩浩，语喧喧，杂沓云中，欢呼日下。遍翠微之瑞气，散辽绕之祥霞。肉发（髻）峨峨，珠衣灼灼，曳六铢之妙服，戴七宝之头冠，蹙金缕以叠重，动香气而逦迤。领雄雄之师子，举步可以延风；坐千叶之莲花，含水烟之翠色。领天徒之众类，离佛会之庵园。天女天男，前迎后绕，空中化物，云里遥瞻。整肃威仪，指挥徒众，毗耶城里人皆见，尽道神通大煞生。

　　文殊队仗实堪夸，暂别牟尼圣主家，
　　迎引仙童千万队，相随菩萨数河沙。
　　金冠玉佩辉青目，云服珠璎惹翠霞，
　　狮子骨仑（昆仑奴，指力士）前后引，翻身却坐宝莲花。

断　队仗高低满路排，层层节节映金台，
　　金炉玉案空中现，龙节幢幡雾里开。
　　菩萨相随皆跃跃，声闻从后乐咳咳，
　　未容开眼分明见，早到维摩会里来。
　　实希有，法中王，示寂权为妙吉祥（文殊师利菩萨号），
　　金紫曜明衣内宝，眉间时放白毫光。
　　花台瑞相时时现，莲座希奇别有名，
　　倾（顷）刬（刻）便过方丈室，争趋愿礼法中王。

断　声闻浩浩满虚空，菩萨喧喧入室中，

伞盖云头盈路下，幡花雾里响玲珑。

龙神驭莘莘皆弹指，赞叹文殊紫磨容，

遍满维摩方丈室，若凡若圣万千重。

断　相随听众数无边，尽立文殊宝座前，

八部罢吟鱼梵曲，四王队仗绕金莲。

空中只见天花坠，云里惟闻龙脑烟，

万亿听徒由浩浩，千群圣众闹喧喧。

经　文殊队仗实奇哉，凡圣相随百万垓，

菩萨两边违（围）宝座，声闻四面绕花台。

庵园会上遥瞻礼，方仗筵中瑞彩开，

居士见文殊入室内，如何排枇也唱将来。

变文（选一篇）

《目连缘起》（黄征、张涌泉《敦煌变文校注》）

　　昔有目连慈母，号曰青提夫人，住在西方。家中甚富，钱物无数，牛马成群。在世悭贪，多饶杀害。自从夫主亡后，而乃霜居，唯有一儿，小名罗卜。慈母虽然不善，儿子非常道心，拯恤孤贫，敬重三宝，行檀布施，日设僧斋，转读大乘，不离昼夜。偶因一日，欲往经营，先至堂前，白于慈母："儿拟外州经营求财，侍奉尊亲。家内所有钱财，今拟分为三分：一分儿今将去，一分侍奉尊亲，一分留在家中，将施贫乏之者。"娘闻此语，深惬（qiè，合于）本情，许往外州，经营求利。

　　一自儿子去后，家内恣情：朝朝宰杀，日日烹庖，无念子心，岂知善恶。逢师僧时，遣家僮打棒；见孤老者，放狗咬之。不经旬日之间，罗卜经营却返。欲见慈母，先遣使报来。慈母闻道儿归，火急铺设，花幡缭绕庭院，纵横草秽狼藉。一两日间，儿子便到，跪拜起居（询问起居安好）："自离左右多时，且喜阿娘万福。"阿娘见儿来欢喜："自汝去向他州，我在家中，常修善事。"

儿于一日行到邻家，见说慈母日不曾修善，朝朝宰杀，祭祀鬼神，三宝到门，尽皆凌辱。闻此语，惆怅归家，问母来由，要知虚□（实）。母闻说已，怒色向儿："我是汝母，汝是我儿，母子之情，重如山岳。出语不信，纳他人之闲词，将为是实。汝若今朝不信，我设咒誓，愿我七日之内命终，死堕阿鼻地狱。"儿闻此语，雨泪向前，愿母不赐嗔容，莫作如斯咒誓。

慈母作咒，冥道（阴间）早知。七日之内，母身将死，堕阿鼻地狱，受无间之余殃。罗卜见母身亡，状若天崩地减（地陷）。三年至孝（古制孝子守丧三年），累七（逢七日）修斋。思忆如何报其恩德，唯有出家最胜，况如来在世。罗卜投佛出家，便得神通第一，世尊作号，名曰大目连。三明（宿命明、天眼明、漏尽明）六通具解，身超罗汉。既登贤圣之位，思报父母之深恩，遂乃天眼观占二亲托生何处。慈父已生于天上，终朝快乐逍遥；母身堕在阿鼻，日日唯知受苦。

目连慈母号青提，本是西方长者妻。

在世悭贪多杀害，命终之后堕泥犁（"地狱"的音译）。

身卧铁床无暂歇，有时驱逼上刀梯。

碓捣（捣）硙磨身烂坏，遍身恰似淤青泥。

于是目连见于慈母堕在地狱，遂白佛言："如来，请陈上事：慈母前生修善，将为死后升天。今且堕在阿鼻，此事有何所以？目连虽证罗汉，神通智惠未全。不了慈亲罪因，雨泪佛前启告。"

神通弟子目犍连，缓步登时白佛言：

"唯愿世尊慈愍我，得知慈母罪根源。

母在世时修十善，将为死后得升天。

自从一旦身亡后，何期慈母落黄泉。"

于是世尊闻唤目连近前："汝今谛听吾言，不要聪聪（同"匆匆"）啼哭。汝母在生之日，都无一片善心。终朝杀害生灵，每日期（欺）凌三宝。自作自受，非天与人。"

"今既堕在阿鼻受苦,何日得出?"

我佛慈悲告目连:"不要匆匆且近前。

汝母在生多杀害,悭贪广造恶因缘。

三途受苦应难出,一堕其中万万年。

自作之时还自受,有何道理得生天?"

目连闻金口所说,不觉闷绝(晕过去)号咷。既知受罪因缘,欲往三途拔救,切恨神通力小,难开地狱之门:"我今欲见阿娘,力小不能自往。伏愿世尊慈念,少借威光。忽若得见慈亲,生死不辜恩德。"

目连闻说事因由,闷绝号咷雨泪流:

"哀哀慈母黄泉下,乳哺之恩不易酬。

我今欲见慈亲面,地狱难行不可求。

愿佛慈悲方便力,暂时得见死生休。"

于是世尊威力不可思议,目连告诉再三,我佛哀怜恳切,借十二环锡杖、七宝之钵盂,方便又赐神通,须臾振锡腾空,倾尅(顷刻)便登地狱。

目连蒙佛赐威雄,须臾直(掷)钵便腾空。

去住由如弹指顷,乘云往返疾如风。

手托钵盂携净水,振锡三声到狱中。

重门关锁难开得,振锡之时总自通。

其地狱者,黑壁千重,乌门千仞,铁城四面,铜苟(狗)喊呀(含牙),红焰黑烟,从口而出。其中受罪之人,一日万生万死。或刀山剑树,或铁犁耕舌,或洋铜灌口,或吞热铁火丸,或抱铜柱,身体焦然烂坏,枷锁杻械不曾离身。牛头每日凌迟,狱卒终朝来拷,镬汤煎煮,痛苦难当。受罪既苦不休,所以名为无间。目连慈母,堕在其中。受罪早经数岁,煎煮不曾休歇。差恶(丑陋)身体干枯,岂有平生之貌。目连欲见其母,求他狱卒再三。一心愿见慈亲,不免低颜哀恳。

　　是时慈母闻唤数声，抬身强强起来，状似破车无异。于是牛头把棒，狱卒擎叉，夜叉点领罪人，鬼使令交逐后，须臾领出，得见慈亲。目连雨泪向前，抱母掩泪再三，借问："不知体气（体质）如何？在生修善既多，何得今朝受苦？"

　　目连见母泪乌呼，良久之间气不苏：

　　"自离左右经年岁，未审娘娘万福无？

　　在世每常修十善，将为生天往净方（土）。

　　因甚自从亡没后，阿娘特地落三途？"

　　慈母告目连："我为前生造业，广杀猪羊，善事都总不修，终日恣情为恶。今来此处，受苦难言。浆□（水）不曾闻名，饮食何曾见面，浑身遍体，总是疮疾。受罪既旦夕不休，一日万生万死。"慈母唤目连近前："目连，目连！

　　我缘在世不思量，悭贪终日杀猪羊。

　　将为世间无善恶，何期今日受新（斯）殃。

　　地狱每常长饥渴，煎煮之时入镬汤。

　　或上刀山并剑树，或即长时卧铁床。

　　更有犁耕兼拔舌，洋铜灌口苦难当。

　　数载不闻浆水气，饥羸遍体尽成疮。"

　　于是目连闻说，心中惆怅转加："慈母既被凌迟，旧日形容改变。一自娘娘崩背，思量无事报恩。遂乃投佛出家，获得神通罗汉。今有琼浆香饭，我佛令遣将来。母苦饥渴多时，香饭琼浆便吃。

　　"目连见母被凌迟，如何受苦在阿鼻。

　　遍体尽皆疮癣甚，形骸苦考（枯槁）改容仪。

　　累岁不闻浆水气，干枯渴乏镇长饥。

　　娘娘且是亲生母，我是娘娘亲福（腹）儿。

　　自从老母身亡后，出家侍佛作阇梨（师僧）。

　　香饭琼将（浆）都一钵，愿母今朝吃一匙。"

目连手擎香饭，充济慈母之饥。奈何苦业又深，争那悭贪障重。浆水来变作铜汁，香饭欲餐变成猛火。即知悭贪障重，所招恶业如斯。奉劝座下门徒，一一须生觉悟。莫纵无明造业，他时必堕三途。今朝觉悟修行，定免如斯恶业。

母为生前造罪多，积集悭贪结网罗。

毁佛谤僧无敬信，不曾将口念弥陀。

死堕三途无间狱，终朝受罪苦波波。

见饭之时成猛火，水来近口作减（咸）河。

目连见其慈母，饭食都总不餐。且知慈母罪深，雨泪浑揾（晕倒）自扑。慈母却归地狱，依前受苦不休。目连振锡却回，告诉如来悲泣："适奉世尊威力，令往地狱之中。见母受罪千重，一日万死万生。所奉琼浆钵饭，□□□□□□。唯愿圣主慈悲，更赐方圆救济。"目连心中孝顺，再三告诉如来。唯愿赐母之方，得离三途之苦。

目连见母泪漼漼（泪流满面的样子），须臾躄地自浑揾。

母即依前归地狱，目连振锡返身回。

才到佛前头面礼，放声大哭告如来：

"母向三途作饥鬼，冥冥数载掩泉台（传说死后所去黄泉和望乡台）。

受罪千重难说尽，自言万计转悲哀。

世尊更赐威光便，免交慈母受迍（zhūn，患难）灾。"

佛以慈悲极切，教化万般方便，设法千重，悲心万种。遂告目连曰："汝能行孝，愿救慈亲，欲酬乳哺之恩，其事甚为希有。汝至众僧解夏之日（雨季安居完结之日，七月十五日），罗汉九旬（安居三月）告毕之辰（即自恣日：安居圆满后，大众反省，自宣己罪，相互忏悔），贤圣得（果）于祇园，罗汉腾空于石室，办香花之供养，置盂兰之妙盆（中国佛教习俗，解夏之日，盛设饮食，奉施佛僧），献三世之如来，奉十方之贤圣。仍须恳告，努力虔诚，诸佛必赐神光，慈母必离地狱。但若依吾教敕,便为孝顺之因。慈悲教法流传,直至于今不绝。"世尊道:"目连,目连!

汝须努力莫为难,造取些些好果盘。

待到众僧解夏日,罗汉腾空尽喜欢。

诸佛慈悲来救济,必赐神通惠眼观。

都设上来诸供养,救母三途受苦酸。

早愿慈亲离地狱,免在三途吞铁丸。

佛在世时留此教,故今相劝造盂兰。"

目连闻金口所说,甚是喜欢,依教奉行,办诸供养。于是幡花满座,珠宝百味珍羞,炉焚海岸之香,供设苏陀(甘露)蜜味。献珍馔千般羞味,造盂兰百宝装成,虔心供养如来,启告十方诸佛。愿救泥犁之苦,休居恶道之中,冥官狱卒休嗔,恶业冤家解脱。

目连依教设香花,百味珍羞及果瓜。

奉献十方三世佛,愿儿慈母离冤家。

冥冥业道(指所作善恶,为通三途之道)生悲念,狱卒牛头及夜叉。

放舍阿娘生净土,莫教业道受波咤。

于是盂兰既设,供养将陈,诸佛慈悲,便赐方圆救济。目连慈母得离阿鼻地狱,免交遭煎苦之忧。盖缘恶增深,未得生于人道,托阴(荫)王城内,化为女苟(狗)之身。终朝只向街衢,每日常餐不净。

目连供佛说殷勤,不惮劬劳受苦辛。

稽首十方三世佛,心心唯愿救慈亲。

慈母当时离地狱,又向王舍作苟(狗)身。

终日食他人不净,罪深由(犹)未得人身。

于是目连天眼观见慈母已离地狱,将身又向王城化作苟(狗)身受苦。目连心中孝顺,行到王城,步步俯近苟(狗)边,□(狗)见沙门欢喜。目连知是慈母,不觉雨泪向前,遂问阿娘:"久居地狱,受苦多时,今乃得离阿鼻,深助娘娘。今在人间作苟(狗),何如地狱之时?"阿娘被问来由,不觉心中欢喜,告儿目连曰:"我在阿鼻地狱,受苦皆是自为。闻汝广设盂兰,供养十方诸佛。今得离于地狱,化为母苟(狗)之身。不净乍可(只可)食之,不欲当时受苦。

　　"阿鼻受苦已多时,不论日夜受凌迟。

　　今日喜欢离地狱,深心惭愧我娇儿。

　　汝设盂兰将供养,故知佛力不思议。

　　我乍人间食不净,不能时向在阿鼻。"

　　目连见母作苟(狗),自知救济无方,火急却来白佛:"适如来教敕,广陈救母之方,依前教不敢有违,尽依处分。又蒙佛慈悲之力,阿娘得出阿鼻地狱。自知罪业增深,又向王舍作苟(狗)。愿佛慈悲,怜念母子情深,即愿请陈救母之方。"

　　"吾今赐汝威光,一一事须记取:当往祇园之内,请僧四十九人,七日铺设道场,日夜六时礼忏,悬幡点灯,行道放生,转念大乘,请诸佛以虔成(诚)。"

　　目连依教奉行,便置道场供养,虔心圣主,愿救慈亲。蒙我佛之威光,母必离于地狱,生于天上。

　　慈亲作苟(狗)受迍殃,恶业须交一一当。

　　今朝若欲生天去,结净依吾作道场。

　　七日六时常礼忏,炉焚海岸六铢香。

　　点灯行道悬幡盖,救拔慈亲恰相当。

　　目连蒙佛赐威光,依教虔诚救阿娘。

　　不惮劬劳申供养,投佛号咷哭一场。

　　贤圣此时来救济,世尊又施白豪光。

　　皆是目连行孝顺,慈亲便得上天堂。

　　将知目连行孝,慈亲便离三途。千般万计虔诚,一种方圆救济。奉劝座下弟子,孝顺学取目连。二亲若也在堂,甘旨且须侍奉。父母忽然崩背,修斋闻法酬恩。莫学一辈愚人,不报慈亲恩德。六畜禽兽之类，由怀乳哺之恩。况为人子之身，岂不行于孝顺。且如董永卖身，迁殡葬其父母，感得织女为妻。郭巨为母生埋子，天赐黄金五百斤。孟宗泣竹，冬月笋生。王祥卧冰，寒溪鱼跃。慈乌返报，书史皆传。跪乳之牛，从前且说。

　　上来讲赞目连因，只是西方罗汉僧。

　　母号青提多造罪，命终之后却沉轮（沦）。

　　奉劝闻经诸听众，大须布施莫因循。

　　托若专心相用语，免作青提一会人。

　　须觉悟，用心听，闲念弥陀三五声。

　　火宅忙忙何日了，世间财宝少经营。

　　无上菩提勤苦作，闻法三途岂不惊。

　　今日为君宣此事，明朝早来听真经。

　　　　　　　　　　　　　　　　　　　　界道本真记

第九讲　古代诗人与佛教

儒释交流形成传统

　　佛教大约在两汉之际传入中国,经过三百年左右,到晋、宋时期,被广大知识阶层所接受,开始对中国的思想、文化领域发挥重大影响。从此文人中所谓"真乘法印,与儒典并用"(柳宗元《送文畅上人登五台遂游河朔序》)逐渐形成传统。

　　关于中国知识阶层接受佛教影响,汤用彤概括指出:

　　　　溯自两晋佛教隆盛以后,士大夫与佛教之关系约有三事:一为玄理之契合,一为文字之因缘,一为生死之恐惧。(《隋唐佛教史稿》)

中国古代知识阶层遵循立德、立功、立言"三不朽"原则,又坚守"不孝有三,无后为大"的伦理,与佛教出世之道本相枘凿。但作为外来知识系统的佛教,又确实具有重大思想、文化价值。当佛典传译渐多,佛法弘扬渐广,必然引起他们的关注,以至如王国维所说"佛教之东,适值吾国思想凋敝之后。当此之时,学者见之,如饥者之得食,渴者之得饮"(《论近年的学术界》)。而他们所关注、热衷、接受者,即主要在这里所说的"玄理""文字"和"生死之恐惧"三个方面。

　　"玄理",指佛教教理,这是具有重大与丰富价值的思想理论体系。如"我法两空"的般若空观、心性本净的人性论、富于辩证内涵的认识论等等,不只让人们感到新鲜独特,更可补充传统思想的不足,开创思想认识的新领域、新境界。"文字",主要是前面介绍的翻译经典文章,它们作为外来文化的载体,输入了新的语汇、新的表达方式、新的表现风格,成为历代文人从事创作的丰富、良好的滋养。"生死之恐惧",属于所谓"终极关怀"层面,涉及个人解脱、救济课题,佛教在这方面给出的答案、设计的出路,对于儒家传统教育出来的文人,特别是当他们面临人生困境的时候,也有相当大的吸引力。由于历代王朝基本执行"三教"并立方针,思想文化领域儒、道、佛"三教"或儒、释二者兼收并蓄、并行而不悖,社会上儒以治世、道以治身、佛以治心或儒以治外、佛以治内成为普遍的信条,文人中"外儒内释""阳儒阴佛"成为相当流行的风气。这也促使佛教更普遍、更有力地对他们的生活、思想、创作发挥影响。

　　不同时代的不同文人接受佛教的具体情况不同,体现在文学创作中也不相同。就接受情况说,显然可分出不同层次:有些人是虔信程度不同的信仰者;有些人注重研习、吸收佛教的思想理论成果;有些人赞赏佛教的人生态度和生活方式;还有些人欣赏佛典的文章,以至只是把阅读佛书、游览寺院、和僧侣交往作为生活的点缀;等等。一般说来,在中国儒家思想居统治地位的文化环境中,文人间很少有对宗教狂热、痴迷的心态。文人削发出家的不多,把佛教作为唯一信仰或坚持戒律、修持的人也很少。唐宋以后居士佛教盛行,有些人受菩萨戒,礼佛斋僧,自认为或被看作佛门弟子,但他们居家为宦,多持守儒家纲常,对待信仰采取相对自由、融通态度。宗教的核心是信仰,这种自由、融通的姿态则体现信仰心的淡漠和游移。就佛教自身发展说,作为知识精英的文人的这种态度成为限制它在社会上、在思想文化领域扩展影响的重要因素；而如就佛教对中国思想文化发挥影响而言，这种状况却又不完全是负面的。正因为人们不是采取非理性的、盲目崇拜的心态对待佛教，与它保持着一定距离，才使它能够被更多的人接纳，人们也有可能批判地汲取其有价值的内容，并在众多文化领域做出积极的、独创的发挥。也正由于怀抱不同程度的理性态度，历代文人才能够自主地利用佛教提供的资源从事创作，取得具有独立价值的成果。

谢灵运

　　谢灵运（385—433），陈郡阳夏（今河南太康县）人，出生于会稽始宁（今浙江上虞市）。谢氏是东晋以来高门，"王、谢"并称，历来被视为六朝士族的代表。灵运祖父谢玄是东晋名将，在著名的秦、晋"淝水之战"里担任晋军前军都督。灵运家世为晋重臣，本人袭封康乐公，曾担任幕府参军等职务。刘裕代晋立宋，他被降爵为侯，后起用为散骑常侍，转太子左卫率。灵运负才自傲，自以为宜参权要，既不见重，又遭到猜忌，心怀愤懑，终以构扇异同，非毁执政，永初三年（422）出为永嘉（今浙江温州市）太守。郡有名山水，遂肆意游邀，所至辄为诗咏，并与僧法勖、僧维等人游，写下佛学名著《辨宗论》。少帝景平二年（424）秋，他称疾去职，回到故乡始宁，度过山居修道生活，又与昙隆、法流等诸道人游。这也是他信佛更加精进的时候。宋文帝刘义隆元嘉三年（426），被召为秘书监，受命撰《晋书》。他仍称疾不朝，游行无度，遂被讽令自解。元嘉五年，他祈假再度东归始宁，与弟谢惠连、何常瑜等畅游山水，吟咏唱和，率领义故门生数百，凿山浚湖，寻峰陟岭，在深山幽谷间寻幽探胜,直至临海(今浙江临海市)。元嘉七年,会稽太守孟顗本为灵运所轻,遂构嫌隙,诬以有异志。灵运诣阙上表,虽未被治罪,但朝命不使东归,被任命为临川(今江西抚州市)内史,在郡游放,又被有司纠弹。他屡遭排遣,遂有逆志,被送廷尉治罪,徙送广州。元嘉十年四十九岁,在广州被杀。原有集二十卷(或作十五卷),久佚。

谢灵运结交慧远等名僧,晚年曾参与《大涅槃经》的"改治",对佛法素养深厚。当时有高僧竺道生提出阐提有性、顿悟成佛等新说,综合儒、释两家心性理论进行发挥,他作《辨宗论》加以解说、赞许,认为是对中国佛教思想发展的重要贡献。在文学史上他以写作山水诗著名,又是在文学创作中第一位显示佛教影响实绩的文人。

谢灵运写过许多护法作品,如《无量寿佛颂》《维摩经十譬赞》等赞佛和赞颂经典诗颂;《庐山慧远法师诔》《昙隆法师诔》是纪念高僧的诔文,写得文情并茂,一唱三叹,把景仰恋慕之情表达得淋漓尽致。刘勰《文心雕龙》里指出:"宋初文咏,体有因革,老庄告退,而山水方滋。"实现这一转变的代表人物就是谢灵运。他现存诗可确定写作年代的六十余首,多是永初三年初任永嘉太守时畅游山水的作品。当时他结交僧人,一面得游赏胜景之乐,一面辨析佛教义理。他在对自然景物的描写中融入宗教体验,如《过瞿溪山(在永嘉[今浙江温州市]西南)僧》诗:

迎旭凌绝嶝,映沜(露水)归溆浦(水边)。钻燧断山木,掩岸墐(用泥土涂塞)石户。结架非丹甍(屋脊),藉田(借民力种田)资宿莽(经冬不死的草)。同游息心客,暧然若可睹。清霄扬浮烟,空林响法鼓。忘怀狎鸥鲦(tiáo,白鲦),摄生驯兕虎。望岭眷灵鹫,延心念净土。若乘四等观(慈、悲、喜、舍),永拔三界苦。

瞿溪山在永嘉西南三十五里。面对荒凉静谧的山水,诗人内心的一切妄念都消释净尽了;听到伽蓝法鼓声,更滋生起皈依佛法的信心。在永宁、安固二县中间,渚山溪涧凡有五处,谢灵运在南面第一谷创立石壁精舍,作《石壁立招提精舍(僧房)》诗:

> 四城有顿踬(指佛陀在俗为太子时出游四城门看到生、老、病、死不如意事;顿踬,绊倒),三世(过、现、未三世)无极已(无限期)。浮欢昧(模糊)眼前,沉照(深入观照)贯终始。壮龄缓前期,颓年迫暮齿。挥霍(急速)梦幻顷,飘忽风电起。良缘迫(同"速",及)未谢,时逝不可俟。敬拟(向往)灵鹫山(在古印度摩揭陀国王舍城东北,佛陀曾在此居住、说法多年),尚想祇洹(祇洹,即祇树给孤独园)轨,绝溜飞庭前,高林映窗里。禅室栖空观,讲宇(讲堂)析妙理。

诗人把自己创建的精舍比拟为佛陀说法的灵鹫山和祇洹精舍。在永恒、阒寂的山水风光中,他痛感人世虚幻,沉浸在宗教玄想境界里。

如果说上面两首诗还有捃扯事典的痕迹,那么另一些作品则把宗教感情融入对于山水胜景的生动描绘中,佛教义理被化为精神体验生动地表现出来。如《石壁精舍还湖中作诗》:

> 昏旦变气候,山水含清晖。清晖能娱人,游子淡忘归。出谷日尚早,入舟阳已微。林壑敛暝色,云霞收夕霏。芰荷迭(更)映蔚(相互辉映),蒲稗相因依。披拂趋南径,愉悦偃东扉。虑澹物自轻,意惬(心情愉悦)理无违。寄言摄生(养生)客,试用此道推。

这里抒写在石壁精舍与道人们讲论之后的感受:"虑澹物自轻,意惬理无违"——看到在夕阳映照下大自然一片生机,体会到一种超然物外的愉悦。这是高蹈出世的禅悦境界。他的诗更多有描摹自然景物的十分生动的句子,如"白云抱幽石,绿篠媚清涟"(《过始宁墅诗》)、"池塘生春草,园柳变鸣禽"(《登池上楼》)、"扬帆采石华,挂席拾海月"(《游赤石进帆海诗》)等等,这些诗句不仅描绘出如画的境界,那种对待自然的物我一如的体验渗透宗教情怀,颇能感动人心。他曾感慨"天下良辰、美景、赏心、乐事,四者难并"(《拟魏太子邺中集诗八首序》)。诗人所谓"赏心",不只是一种玩赏的眼光和态度,而是物我一如、心物交融的轻安愉悦心态。这显然与佛家宇宙观和人生观有直接关联,也体现古代好佛文人一种典型心态。

谢灵运可说是文学史上第一位真正的"慧业文人"。他作为文人统合儒、释的榜样,对后代产生巨大、深远的影响。

王　维

王维以"诗佛"著称,生前友人即称赞他是"当代诗匠,又精禅理"(苑咸《酬王维》),文学史上他被看作是深受佛教影响的典型人物。

王维(701?—761),字摩诘,太原祁(今山西太原市)人。母亲崔氏师事神秀弟子普寂,王维自幼生活在虔信佛教的家庭中。开元九年(721),他及进士第,受到诸王驸马、豪右贵势器重,正值禅宗"东山法门"在朝野兴盛起来的时候。王维生逢"开元盛世",和当时一般读书人一样,有志于凭借政能文才效力当世。这种豪情壮志,在他早年所写的那些踔厉风发的诗歌里有鲜明生动的反映。可是后来仕途并不顺利,特别是对他有拔擢知遇之恩的贤相张九龄于开元二十四年(736)罢相,这件事被历史家看作是标志唐王朝兴衰的分界线,成为王维个人命运与心态的转折点。此后虽然他官职不断迁转,但志不得施,思想明显地趋向消极,自陈"中年颇好道"(《终南别业》),对佛教更加倾心。开元末年,王维以殿中侍御使身份知南选，在南阳遇见正在大力宣扬南宗禅的神会并向其请益，这是他亲近新兴的南宗禅的重要机缘。后来曾受神会请托写《能禅师碑》，是现存有关慧能和南宗禅最早的可靠文献之一。天宝（742—756）年间，王维的官职屡经迁转，但朝政腐败，国事日非，他基本取消极自保态度，亦官亦隐，与世浮沉。他得到宋之问在蓝田辋川的别业，和友人裴迪等优游闲放，赋诗酬唱，并更尽心地参禅习佛。"安史之乱"，叛军占领长安，他被迫接受伪职；两京收复后被论罪，其弟王缙请削官为赎，得以贬降为太子中允，后累迁至给事中。这一时期他更加消沉，奉佛也更加虔诚，以至终老。

王维对于佛教怀抱真挚的信仰心，又是诚笃的实践家。他礼佛、读经、坐禅、斋僧、施庄为寺等等，认真度过奉佛生活。他写过一些赞佛（如《赞佛文》）、赞观音（如《绣如意轮像赞》）、赞净土（如《给事中窦绍为亡弟驸马都尉于孝义寺浮图画西方阿弥陀变赞》）的文字，诗作更受到正在兴盛的禅宗的影响。

王维的信仰体现当时士大夫佛教的典型特征，即把宗教追求作为应对人生患难的手段，从中寻求慰藉。他早年心怀大志，经国济民的志愿不得施展，心中自会有怨抑不平。这在他的作品里屡屡有所表现。可是他并没有把心中的不平发展为对世事的揭露、抨击或批判，而是采取消极退避、委顺随缘态度。这和他的教养、地位、性格有关系，而佛教特别是禅宗的影响也是起作用的重要因素。他的《送綦毋校书弃官还江东》诗是送友人回乡隐居的，开头慨叹"明时久不达，弃置与君同"，对朝廷遗弃贤才微露讽刺之意，最后却归结到"余亦从此去，归耕为老农"，表示要超然隐逸了。他的不少作品都体现这样的思维逻辑。《冬日游览》写都城繁华，揭露冠盖征逐的腐败，最后却徒然感伤老病无能："相如方老病，独归茂陵宿"；《送别》诗前面说"既至君门远，孰云吾道非"，对自己的理想充满自信，但结尾却说"吾谋适不用，勿谓知音稀"，仍然是知音难得、无可奈何的哀伤。贯穿王维诗歌的这一主旋律正反映社会矛盾对他精神的压力,因而他那种高蹈超脱的人生观念也不能说没有一定批判意义,但总体倾向却是消沉的、悲观的。

　　相对于佛教给予他思想意识的消极影响,王维的诗歌创作艺术却从佛教,特别是禅宗得到更多滋养。他度过长期、认真的修道生活,佛教信仰已转化为人生践履。特别是他所亲近的南宗禅,对于他已不单纯是一种心性理论,更深浸到他思想深处而成为亲切的感受、体验。这样,在王维的诗里,佛理和禅思被融合为浓郁的诗情和新鲜的美感,开拓出艺术表现的新领域、新境界。如《终南别业》:

> 中岁颇好道,晚家南山陲。兴来每独往,胜事(美好事物)空自知。行到水穷处,坐看云起时。偶然值林叟,谈笑无还期。

这首诗抒写他终南隐逸生活的情趣,除第一句点出"好道"之外,全篇不用一字理语。但那种安逸自得、毫无羁束的情趣,正是禅悦的境界。特别是"行到水穷处,坐看云起时"一联,白云、流水的意象成为生动的象征,抒写出物我无间、随遇而安的乐道情怀,后来成为禅门参悟的话头。

　　王维创作的主要成就是山水田园诗。他的这类作品能够鲜明地描摹自然风光静谧恬淡的境界,萧散闲逸的禅趣渗透其间,古人称赞它们"字字入禅"。比较谢灵运往往在景物描摹之后拖个玄言"尾巴",王维在艺术表现上显然前进一大步。更值得赞赏的是,王维诗在高简闲淡的总风格之下,又体现多种不同的艺术特色。如《山居秋暝》:

> 空山新雨后,天气晚来秋。明月松间照,清泉石上流。竹喧归浣女(洗衣女子),莲动下渔舟。随意春芳歇,王孙(贵族子弟;《楚辞·淮南小山〈招隐士〉》:"王孙游兮不归,春草生兮萋萋。")自可留。

这里描绘的境界清新自然,景物如画。而如《过香积寺》:

> 不知香积寺(在长安[今陕西西安市]城南),数里入云峰。
> 古木无人径,深山何处钟。泉声咽危石,日色冷青松。薄暮空
> 潭曲,安禅制毒龙(佛法比喻烦恼如毒龙)。

这里的景色则幽寂清冷,萧瑟肃穆,呈现出禅意冷峻超逸的一面。特别是他的一些五言绝句,短短二十个字描摹一个景象片断,情景交融,意味迥永,如《皇甫岳云溪杂题五首·鸟鸣涧》:

> 人闲桂花落,夜静春山空。月出惊山鸟,时鸣春涧中。

《辋川集·辛夷坞》:

> 木末芙蓉花,山中发红萼。涧户寂无人,纷纷开且落。

这样的诗读起来让人身世两忘,万念俱寂。

　　禅之所以能够入诗,是因为禅宗的禅已形成一种心灵境界、人生体验、现实感受、生活态度。当然,以禅入诗做得成功,除了需要对禅意、禅趣有深切领会,还要有表达上的技巧。在这两个方面,王维都是成功的。这样从总体看,佛教信仰,包括习禅当然给王维的人生带来相当大的消极影响,但他的诗歌艺术,特别是他的写作方法、艺术风格的形成,却在很大程度上得力于佛教,主要是禅宗。他从而也成为佛教滋养中国文人和文学创作的又一个卓越典型。

白居易

　　白居易(772—846),字乐天,晚年号香山居士、醉吟先生。文学史上,他以和李绅、元稹等人提倡和创作"新乐府"得盛名,所作"讽喻诗"针砭时事,激烈陈词,成为以诗干政,"为时""为事"而作

的典范,在当时、对后代影响至巨。他又倾心宗教。他曾热心地求仙访道,尝试过炼丹,长期服用云母散等"仙药"。他形容自己是"白衣居士紫芝仙,半醉行歌半坐禅"(《自咏》),就是说,他是把所向往的神仙生活与佛教的修持实践等同看待的。实际他一生更为热衷的是佛教。对佛教他所推重的内容颇为庞杂,主要是禅与净土。这两者是当时最为流行的两个佛教宗派,宗义本是对立的,他却一并宗奉之,因而也算是开启后来"禅净合一"潮流端倪的人物。

白居易不像王维那样长期专注地度过习禅修道生活,也不是如下面将要介绍的柳宗元那样认真钻研佛教义理并多有心得。对他来说,佛教主要是提供了一种理想的人生态度、生活方式和审美理念。因而影响深浸到日常生活之中,体现在精神世界与创作实践层面。他给自己的诗作分类,"讽喻诗"之外另三类是"闲适诗""感伤诗"和"格律诗"。这三类作品都是抒写自己的生活与心态的,其中许多渗透着宗教的、主要是佛教的观念、感受与情绪。

白居易早年为准备科举考试拟作《策林》,其中有《议释教》一篇,对佛教蠹国害民加以尖锐抨击。可是他又终生习佛,老而弥笃。这典型地反映了当时文人对待佛教的矛盾姿态:即在身为朝廷命官或准命官的"公"的立场上,作为治国方策,根据儒家大义要批判佛教;但基于个人的"私"的立场,对佛教又采取通融、理解、赞赏、支持的态度。

白居易才华卓著,立志颇高,但忠言见忌,不断受到排挤、打击。元和十年(815)他被贬江州(今江西九江市),近旁的庐山是佛、道二教圣地。他更热衷于从宗教中寻求安慰,合炼丹药就是在这个时期。他在《郡斋暇日忆庐山草堂兼寄二林僧舍三十韵多叙贬官以来出处之意》诗中说:

> 谏诤知无补,迁移分(本分)所当。不堪匡圣主,只合事空王(佛陀)。

政治上失意,感到对时势无力俾补,不得不走"事空王"的"独善"之路。他在给友人元稹叙说自己心迹的《与元九书》中又说:

> ……古人云:"穷则独善其身,达则兼济天下。"仆虽不肖,常师此语。大丈夫所守者道,所待者时。时之来也,为云龙,为风鹏,勃然突然,陈力(施展才力)以出;时之不来也,为雾豹,为冥鸿,寂兮廖兮,奉身而退。进退出处,何往而不自得哉! 故仆志在兼济,行在独善。奉而始终之,则为道;言而发明之,则为诗。

他就这样确立处事行事的总原则,而佛、道正是体现他"独善"之志的一种人生方式。白居易的时代,马祖道一的"洪州禅"正兴盛起来。他在长安曾向兴善惟宽请益,在江州结交归宗智常,晚年在洛阳与嵩山如满为空门友,这几位都是马祖高足。洪州禅主张穿衣吃饭、扬眉瞬目的日常营为都是道,把南宗"明心见性"、顿悟自性的禅发展为随缘应用、肯定"平常心"的禅。南宗禅的"无念""无相"之说本来与老、庄思想有密切关联,洪州禅则把庄、禅进一步统合起来。白居易早年作《游悟真寺诗》说:

> 身著居士衣,手把《南华篇》(《庄子》)。终来此山住,永谢区中缘(世间因缘)。

他是把老、庄与"释梵"等同看待的。在江州作《睡起晏坐》诗又说:

> 淡寂归一性,虚闲遗万虑。了然此时心,无物可譬喻。本是无有乡,亦名不用处。行禅与坐忘,同归无异路。

下有注曰:"道书云'无何有之乡',禅经云'不用处',二者殊名而同归。"长庆元年(821)作《新昌新居四十韵书事因寄元郎中张博士》诗说:

> 大抵宗庄叟,私心事竺乾。浮荣水划字,真谛火生莲。梵部经十二(印度佛典分十二部),玄书字五千(《老子》)。是非

都付梦,语默不妨禅。

这样,对白居易,佛、道一致,禅、教一致,真谛与世法一致,乐天无
为、优游自在的生活也就等同于禅,等同于修道实践了。体现在他
的诗里,则是一种潇洒闲淡、悠然自得、不为物扰的人生态度,如
《送王十八(名质夫,白居易友人)归山寄题仙游寺》:

> 曾于太白峰(在长安城南)前住,数到仙游寺里来。黑水
> 澄时潭底出,白云破处洞门开。林间暖酒烧红叶,石上题诗扫
> 绿苔。惆怅旧游无复到,菊花时节羡君回。

又《西湖晚归回望孤山寺赠诸客》:

> 柳湖松岛莲花寺,晚动归桡出道场。卢橘子低山雨重,棕
> 榈叶战水风凉。烟波澹荡摇空碧,楼殿参差倚夕阳。到岸请
> 君回首望,蓬莱宫在海中央。

这是两首参访寺院的诗,全然不用禅语,但那种超然自得、无虑无
忧的意趣溢于言外,诗情与禅趣融合无间。他如此自保、自适,避
世韬晦,是受到打击之后的自我慰安之道,在当时具体环境下,却
并不完全是消极的。庄、禅修养使他保持心理的清净镇定,处患难
不惧不馁,无忮无求;而这又是一种"以退为进"手段:进退不萦于
怀,苦乐不滞于心,百炼钢化为绕指柔,时刻等待实现济世利民宏
愿的时机。

　　到晚年,白居易对净土又十分热衷。在他的净土信仰里明显
体现普度众生的理想,而不是单纯追求自救的。另一方面,他在
《重修香山寺毕题二十二韵以纪之》诗中又说:

> 南祖(南宗禅祖师,指慧能)心应学,西方社可投。生宜知
> 止足,次要悟浮休(谓人生短暂;《庄子·刻意》:"其生若浮,其
> 死若休。")。

这里的"西方社"指东晋慧远的庐山结社。他羡慕庐山儒、释交游

的风流余韵。他作文说洛阳西郊山水之盛龙门为首,龙门游观之盛香山为首,自己作为"山水主",做到了"足适""身适""心适"。但他终究不能忘情世事。晚年住龙门香山,主持开龙门八节滩,有《开龙门八节石滩二首》诗说:

> 他时相逐西方去,莫虑尘沙路不开。

他又是把这种解救民众疾苦的事业当作往生的"净业"看待了。

在白居易的创作中,最有价值的当然是那些"惟歌生民苦"的讽喻现实的诗篇。占作品绝大部分的抒写"感伤""闲适"情致的诗作,包括宣扬佛教的作品,思想、艺术价值则不可一概而论。这后一类作品从总体看内容比较空泛,格调比较消沉,不少谈佛说禅的篇章运笔粗率,但颇有些篇章抒写放舍身心、超绝万缘的旷达胸怀,表达有为有守、不慕荣利的情致,时时又流露出现实压迫下内心矛盾、痛苦的隐微,如此等等,所表现的又不只是灰心灭志的悲观,也不完全是无所用心、无所事事的颓废,往往给人以相当深切的感动。

白居易诗表达上走平易浅显一路,传说他的诗做到所谓"老妪能解"。这种艺术风格和表达方式与他接受禅的影响也有直接关系。所谓"性海澄渟平少浪,心田洒扫净无尘"(《狂吟七言十四韵》),"身觉浮云无所著,心同止水有何情"(《答元八郎中杨十二博士》),这样的精神境界体现为美学观念,表现为诗情,必然是纯净浅显的。另在表现手法、语言运用等具体艺术技巧上,白居易诗对当时流行的禅宗诗偈和言句亦有所借鉴。

柳宗元

柳宗元(773—819),字子厚,是与韩愈并称的唐代"古文运动"

另一位领袖。他的诗歌、辞赋创作成绩也十分突出,又以杰出的革新政治家和进步思想家身份彪炳史册。中唐时期造成重大影响的"永贞革新",他是主要参与者之一;革新失败被流贬到南方,一斥不复,终老于柳州(今广西柳州市)任所。他的佛教信仰与他的思想、创作有直接关联。

与唐代另外两位和佛教关系甚深的作家王维、白居易比较,柳宗元另有特点。王维受南宗禅影响较深,白居易则更多地接受洪州禅和净土信仰。他们信仰的诚笃情形不同,但都把佛教当作安身立命的依据。而柳宗元则具有思想家善于思辨、长于论理的品格。他是唐代文人中少数对佛教教理进行过认真探讨并有深入理解者之一。佛教教理给他的理论思想提供了重要资源。他代表古代文人习佛的另一种典型。

柳宗元曾说:"余自幼学佛,求其道,积三十年。"(《送巽上人赴中丞叔父召序》)他一生认真习佛,和社会背景、家庭环境有关系。特别是"永贞革新"失败,贬永州(今湖南永州市)司马,他身心受到极大打击,遂更多地习染佛说。他初到永州,既无官守,又无居所,寄居在龙兴寺,住持重巽是天台九祖湛然再传弟子,柳宗元称赞他是"楚之南""善言佛"的第一人。他从重巽研习天台教理。他学佛又不专主一宗,也倾心禅与净土。元和十年(815),柳宗元任柳州刺史,应岭南节度使、广州刺史马总之请,作《曹溪第六祖赐谥大鉴禅师碑》,其中转述马总的看法说:

> 自有生物,则好斗夺相贼杀,丧其本实,悖乖(惑乱)淫流(放纵),莫克返于初。孔子无大位,没以余言持世,更杨、墨、黄、老益杂,其术分裂。而吾浮图(此指佛陀)说后出,推离还源,合所谓生而静(《礼记·乐记》:"人生而静,天之性也。")者。梁氏(梁武帝)好作有为(指舍身出家、造寺等),师达摩讥之,空术益显。六传至大鉴(慧能)……其道以无为为有,以空洞为实,以广大不荡为归;其教人,始以性善,终以性善,不假

耘锄，本其静矣。

这实际也是柳宗元对禅宗的看法。他认为禅与儒术可引导人"性善"，二者是相一致的。

柳宗元作为积极的政治家，从"有益于世用"出发肯定佛教。他认为杨、墨、申、韩、刑名、纵横等百家杂说都"有以佐世"，"释氏"也是其中之一。涉及对佛教的态度，他与韩愈间进行过长期、激烈的争论，他在《送僧浩初序》里说：

> 儒者韩退之与余善，尝病余嗜浮图（此指佛教）言，訾（责怪）余与浮图（此指僧人）游。近陇西李生础自东都来，退之又寓书（寄信）罪余，且曰："见《送元生序》，不斥浮图。"浮图诚有不可斥者，往往与《易》《论语》合，诚乐之，其于性情奭然不与孔子异道……退之所罪者其迹也。曰髡而缁（剃光头，穿僧衣），无夫妇父子，不为耕农蚕桑而活乎人，若是，虽吾亦不乐也。退之忿其外而遗其中，是知石而不知韫（藏）玉也。吾之所以嗜浮图之言以此。与其人游者，未必能通其言也。且凡为其道者，不爱官，不争能，乐山水而嗜闲安者为多。吾病世之逐逐然唯印组（官印和组绶，象征做官；组绶是佩印的带子）为务以相轧（倾轧）也，则舍是其焉从？吾之好与浮图游以此。

这是说，对于佛教徒背离传统伦理、不事生产，他是反对的；他所赞赏的是佛说与《易》《论语》相合的一面。他并不赞同檀施供养、因果报应的佛教，而特别强调佛教心性观念及其在实践方面的优长。因而他构筑自己的理论体系，也从佛教教理中吸取滋养。如他借鉴佛教般若"空"观，批判唯心主义的"天命"观，反对鬼神、符瑞、封禅之类迷信，借以发挥朴素的唯物观念；他的"统合儒、释"观念体现唐代思想、学术领域批判地融会"三教"的潮流；等等。在这些方面，对于宋代"新儒学"建设都有开拓之功，在后代造成深远影响。

柳宗元的议论文字多借鉴佛典论书的议论技巧，以精赅细密见长，不同于韩愈的气势雄健、倡狂恣睢。他的寓言文在散文史上具有特殊的价值与地位，明显汲取了佛典譬喻故事写法。他散文创作最重要的成就是山水游记。他笔下的弃置在南荒的美好自然景物具有浓厚的象征意味。他在自然山水中体会到"心凝神释，与万物冥合"（《始得西山宴游记》），"悠然而虚者与神谋，渊然而静者与心谋"（《钴鉧潭西小丘记》）的境界。这种境界是与禅悟相通的。他的有些诗作禅意盎然，如《巽公院五首》，其中《禅堂》一诗：

> 发地（指构筑禅堂）结菁茅（菁茅本指一种香草，这里是指构筑禅堂的茅草），团团抱虚白。山花落幽户，中有忘机（没有机心，内心无所计较）客。涉有本非取，照（观照）空不待析。万籁（大自然的一切声音，指万物）俱缘生，杳然（深幽的样子）喧中寂。心境本同如（如法），鸟飞无遗迹。

这里描写禅堂那种空有双亡、心物一如的清静愉悦的禅境，表现高蹈超越、摆脱尘滓的精神追求。又如《晨诣超师院读禅经》：

> 汲井漱寒齿，清心拂尘服。闲持贝叶书（指佛经），步出东斋读。真源了无取，妄迹世所逐。遗言冀可冥（冥想），缮性何由熟。道人（僧人）庭宇静，苔色连深竹。日出雾露余，青松如膏沐。淡然离言说，悟悦心自足。

在这样的诗里，禅悟转化为诗语，造成清劲纡余的艺术情趣。

佛教当然带给柳宗元一些消极东西，比如他时时流露出虚无或颓唐意识，又曾宣扬对于净土的迷恋。他在《永州龙兴寺修净土院记》中说：

> 中州之西数万里，有国曰身毒（"印度"的异译），释迦牟尼如来示现之地。彼佛言曰：西方过十万亿佛土，有世界曰极乐，佛号无量寿如来。其国无有三恶（三恶道）八难（见佛闻法有障难的八处：一地狱；二饿鬼；三畜生；四郁单越，以乐报殊

胜,而总无苦故也;五长寿天,色界无色界长寿安稳之处;六聋盲喑哑;七世智辨聪;八佛前佛后无佛法之处),众宝以为饰;其人无有十缠(十种妄惑缠缚众生:一无惭,二无愧,三嫉,四悭,五悔,六睡眠,七掉举,八昏沉,九嗔忿,十覆)九恼(亦称"九难""九横",佛在此世间所遭遇的九种灾难,文繁不录),群圣以为友。有能诚心大愿归心是土者,苟念力(专念之力)具足,则往生彼国,然后出三界之外,其于佛道无退转者,其言无所欺也。

从总体看,这样的文章很难说是表现他内心信仰的真实之语,但仍可体现他的思想与创作的消极方面。

苏　轼

苏轼(1037—1011),字子瞻,一字和仲,号东坡居士,眉州眉山(今四川峨眉山市)人。他如古代许多士大夫出身的文人官僚一样,以儒术立身,奋励有经世志,向往朝政清明而天下治平,虽经百般挫折而不屈不挠地奋斗。在文学领域,他诗、文、词等各体创作兼擅,领袖文坛,引导后进。他有《易传》等经学著作,又旁通百家杂学,老、庄、仙、侠都有所用心;并精书法、绘画、音律等艺术;对于佛法,他亦相当热衷且有甚深领悟,乃是代表一代文化成就的人物。

苏轼族出寒门,信仰佛教亦有家学渊源。他的母亲程氏笃信佛教。仁宗嘉祐元年(1056),乐全居士张方平领益州,苏轼的父亲苏洵得到荐举,遂带领他和苏辙兄弟到汴京(今河南开封市),拜谒翰林学士欧阳修,受到誉扬。嘉祐二年(1057),苏轼与苏辙同及进士第,从此步入仕途。

　　治平四年(1067)神宗即位,召王安石为翰林学士,朝政进入革新变法的动荡时期。苏轼政治态度持重保守,受到革新派排挤,自熙宁四年(1071)至元丰(1078—1085)初先后外放到杭州、密州(今山东诸城市)、徐州、湖州为地方官。首先到杭州任通判。这里自吴越以来佛教兴盛,佛刹林立,高僧云集,苏轼延续古来儒、释交游传统,与僧人交往,诗文酬唱。元丰二年(1079),苏轼在湖州被捕入狱,新党对其诗文深文周纳,罗织罪名,弹劾他"指斥乘舆","包藏祸心"。这就是中国文网史上有名的"乌台诗案"。他饱受折磨和屈辱,被流贬至黄州(今湖北黄冈市),名义是团练副使,实为系囚。初到黄州,他寄居佛寺,随僧蔬食。身经磨难之后,他进一步亲近佛说,寻求心理安慰。他说:

　　　　……既而谪居于黄,杜门深居……后读释氏书,深悟实相(大乘佛教的实相即空相),参之孔、老,博辩无碍,浩然不见其涯也。(苏辙《亡兄子瞻端明墓志铭》)

在黄州,他取号东坡居士。白居易当年贬忠州(今重庆市忠县),曾种花东坡,苏轼取名表示羡慕并有意仿效白居易经患难不败不馁的乐天精神,也和白居易一样结交方外,倾心禅悦。

　　神宗死后,王安石变法破产,苏轼回朝,但仍坚持遇事不随作风,又与执政相龃龉。元祐四年(1089),再次被斥知杭州。至哲宗绍圣(1094—1098)年间,新党再度执政,苏轼又连遭流贬,由英州(今广东英德市)、惠州(今广东惠州市)而远至儋州(今海南儋州市)。在暑热偏僻的南国,他更热衷佛禅。其妾朝云学佛,陪伴他一起到惠州,绍圣三年(1096)死在那里,弥留时咏《金刚经》"六如偈",死后苏轼为制铭,并作《悼朝云诗》云:

　　　　伤心一念偿前债,弹指三生断后缘。归卧竹根无远近,夜灯勤礼塔中仙。

从这些可见苏轼家庭的宗教气氛。徽宗即位,他遇赦北归,于建中靖国元年(1101)逝世于归途中的常州。

苏轼在学养方面，主张儒、释、道相容并蓄，对于佛教的因果报应之说、观念上的消极颓唐方面有相当清醒的认识，认为这类说教是"为愚夫未达者"所设的"荒唐之说"。但他一生对佛法的倾心是一贯的。对于他的文学成就，特别是对于形成他独特的创作风格，佛教起了重要作用。

苏轼熟悉《金刚》《维摩》《圆觉》等大乘经，佛教基本教义如我法两空、人生如梦等观念和禅的自性情净、"明心见性"，华严的事理圆融、无碍自在教理被他化为诗思抒写出来，形成深刻的理致和特殊的情趣。例如他早年所写的《和子由渑池怀旧》诗：

> 人生到处知何似，应似飞鸿踏雪泥。泥上偶然留指爪，鸿飞那复计东西。老僧已死成新塔，坏壁无由见旧题。往日崎岖还记否，路长人困蹇驴嘶。

大乘佛教主张宇宙万法变动不居，如幻如化；苏轼在这里利用具象的"雪泥鸿爪"作比喻，抒写出变幻不定、难以追寻的人生历程和兄弟间亲情的温馨与可贵。意境近似的还有《正月二十日与潘郭二生出郊寻春忽记去年是日同至女王城作诗乃和前韵》诗：

> 东风未肯入东门，走马还寻去岁春。人似秋鸿来有信，事如春梦了无痕。江城白酒三杯酽，野老苍颜一笑温。已约年年为此会，故人不用赋《招魂》。

这里也是利用"秋鸿"意象，更直接地抒写"事如春梦"的感受，表达人生无常的怅惘。苏轼作品中抒写同类观念的不少，文如《赤壁赋》、词如《念奴娇·赤壁怀古》等。可贵的是，虽然他对于人世的变幻无常时时流露出无可奈何的哀愁，但表述中又总是隐含着人情的温暖和人生的依恋，透露出积极、乐观的底蕴。

禅追求一念清净、身心皆空、无所挂碍的境界，是苏轼常常向往的。他有《书焦山纶长老壁》诗：

> 法师住焦山,而实未尝住。我来辄问法,法师了无语。法
> 师非无语,不知所答故。君看头与足,本自安冠履。譬如长鬣
> (长胡须)人,不以长为苦。一日或人问,每睡安所措(不知所
> 措)。归来被上下,一夜着无处。辗转遂达晨,意欲尽镊去。
> 此言虽鄙浅,固自有深趣。持此问法师,法师一笑许。

这一篇幽默地写了一个长须人的尴尬处境:一旦他对长须有了"自
觉",就不知所措、夜不成眠了。这里所表现的禅的"无念""无相"、
无所执着的道理,又通于庄子的齐物逍遥精神,庄、禅被融而为
一了。

苏轼对待佛教,不只是作为感情上的依托,还注重学理上的义
解,因而他的诗文往往又体现特有的佛学理趣。如另一首同样风
趣幽默的小诗《赠眼医王生彦若》,写这位医生能够在谈笑自若间
为人挑出眼翳,既不用幻术,也不用符咒,而是意识到"形骸一尘
垢,贵贱两草木",因而能够做到"鼻端有余地,肝胆分楚蜀"。这让
人想起《庄子》"庖丁解牛"故事。庖丁的技艺"依乎天理",掌握天
理的关键在重内不重外,即保养精神的健全。苏诗写的眼医也同
样,他的内心体认万物等一的平等观,破执去缚,无所计较,动手术
时也就不会焦灼疑虑,从而保证顺利成功。苏轼在颍州,作《轼在
颍州与赵德麟同治西湖……》诗说:

> 太山秋毫两无穷,巨细本出相形中。大千(大千世界)起
> 灭一尘里,未觉杭颍谁雌雄(好坏,高低)。

杭州是繁华巨郡,颍州是偏僻小州,但从事理圆融、自在成立的观
念看,二者是等无差别的;意识到这一点,也就能够心无厚薄、得丧
一如了。苏轼面对人生的波折起伏,总能够这样用超脱的理致来
排遣,气度潇洒旷达,正和他对于佛教教理的深刻体认有关系。

宋诗有所谓"以文字为诗,以才学为诗,以议论为诗"(严羽《沧
浪诗话》)的艺术特征,如果从创作方法的积极角度来评价,苏轼诗

乃是体现这一特征的典型。他善于把佛、老、庄、禅等的义理化为诗思巧妙地抒写出来。他作文也一样。历史上论文有"苏如海"之说，是指其风格的浩瀚无涯，随事曲注、无所不用的博大精深。这也可说是苏轼全部创作的总格调。而做到这一点，得益于他的佛教修养是颇多的。

作品释例

谢灵运诗二首、颂一篇（黄节《谢康乐诗注》）

《登池上楼（在永嘉，今浙江温州市）》

潜虬（潜龙；《易经·乾》："潜龙勿用。"）媚幽姿，飞鸿响远音。薄霄（逼近云霄；薄，通"迫"）愧云浮，栖川怍（zuò，惭愧）渊沉。进德智所绌（chù，退缩），退耕力不任。徇禄（营求俸禄，指做官）反穷海，卧疴（卧病）对空林。衾枕昧（违背）节候，褰开（揭开；褰，张开）暂窥临。倾耳聆波澜，举目眺岖嵚（山高峻的样子）。初景革绪风（余风），新阳改故阴（谓冬去春来）。池塘生春草，园柳变鸣禽。祁祁（众多的样子）伤豳歌（《诗经·豳风·七月》："春日迟迟，采蘩祁祁。"），萋萋感楚吟（《楚辞·招隐士》："王孙游兮不归，春草生兮萋萋。"）。索居易永久，离群难处心。持操岂独古，无闷（《易经·干·文言》："遁世无闷。"）征（征求）在今。

《游南亭（在永嘉）》

时竟夕澄霁（清澄如雨后天晴），云归日西驰。密林含余清，远峰隐半规（半圆形）。久痗（mèi，忧伤）昏垫（水患，多雨）苦，旅馆（客舍）眺郊岐。泽兰渐被径，芙蓉始发池。未厌（满足）青春（春光）好，已睹朱明（太阳）移。戚戚感物叹，星星白发垂。药饵情所止，衰疾忽在斯。逝将候秋水，息景（归隐闲居；景，同"影"）偃（安卧）旧崖。我志谁与亮（明白），赏心惟良知。

《无量寿佛颂》

法藏长王宫(据《无量寿经》,过去世自在王佛时,有一国王闻佛说法,出家号法藏,发四十八庄严国土、利乐有情大愿),怀道出国城。愿言四十八,弘誓拯群生。净土一何妙,来者皆清英。颓年(晚年)欲安寄,乘化好晨征(早晨出发远征,谓及早出发)。

王维诗八首、文一篇(赵殿成《王右丞集笺注》)

《登辨觉寺(在庐山)》

竹径从初地(出发地,双关"欢喜地",大乘菩萨修习十地的第一地),莲峰(莲花峰,在庐山)出化城(化城寺)。窗中三楚尽(西、东、南三楚,自淮水到江汉、江东广大地区),林上九江(指注入彭蠡湖的江水)平。软草承趺坐(跏趺坐,僧人盘膝坐姿),长松响梵声(诵经声)。空居法云外(法云,喻佛法广大无边;此双关在高山之上),观世得无生。

《终南(终南山,在唐都城长安城南)别业》

中岁颇好道,晚家南山陲(chuí,山脚)。兴来每独往,胜事空自知。行到水穷处,坐看云起时。偶然值林叟,谈笑无还期。

《叹白发》

宿昔朱颜成暮齿,须臾白发变垂髫(tiáo,头发下垂;古时儿童不束发)。一生几许伤心事,不向空门(佛门)何处销。

《春日上方(佛寺)即事》

好读《高僧传》,时看辟谷方。鸠形将刻杖(鸠为异鸟,古制杖头雕刻鸠形以赐老者),龟壳用支床(龟象征长寿)。柳色春山映,花明夕鸟藏。北窗桃李下,闲坐但焚香。

《蓝田山（在长安[今陕西西安市]城南）石门精舍》

落日山水好，漾舟（荡舟）信归风。玩奇不觉远，因以缘源穷（探寻源头到穷尽）。遥爱林木秀，初疑路不同。安知清流转，偶与前山通。舍舟理轻策（手杖），果然惬（qiè，满足）所适。老僧四五人，逍遥荫松柏。朝梵（早晨作梵。"作梵"是唐时寺庙礼佛仪式里赞佛歌唱，这里指读经声）林未曙，夜禅山更寂。道心及牧童，世事问樵客。暝宿长林下，焚香卧瑶席（形容卧席珍贵；瑶，一种宝玉）。涧芳（涧边鲜花）袭人衣，山月映石壁。再寻畏迷误，明发更登历（登临）。笑谢桃源人（用陶潜《桃花源记》典），花红复来睹。

《清溪（在入蜀途中）》

言入黄花川，每逐清溪水。随山将万转，趣（趋走）途无百里。声喧乱石中，色净深松里。漾漾泛菱荇（荇菜，多年生水生植物），澄澄映葭苇（芦苇）。我心素已闲，清川澹如此。请留盘石上，垂钓将已矣。

《山中寄诸弟妹》

山中多法侣（求法同伴），禅诵自为群。城郭遥相望，惟应见白云。

《积雨辋川庄作》

积雨空林烟火迟，蒸藜炊黍饷东菑（zī，耕种一年的田地）。漠漠水田飞白鹭，阴阴夏木啭黄鹂。山中习静（指幽居生活）观朝槿（木槿花朝开夕凋），松下清斋折露葵。野老与人争席罢，海鸥何事更相疑（《列子·黄帝》："海上之人有好沤[鸥]鸟者，每旦之海上，从沤鸟游，沤鸟之至者百住而不止。其父曰：'吾闻沤鸟皆从汝游，汝取来，吾玩之。'明日之海上，沤鸟舞而不下也。"海鸥相疑，谓有机心）。

《请施庄为寺（王维把长安城南辋川庄园施舍为佛寺，后称清凉寺）表》

臣维稽首（叩头至地；稽，qǐ）：

臣闻罔极之恩（无穷尽的恩惠，指父母养育之恩；罔，wǎng，没有），岂有能报，终天（谓至死；天，天年）不返，何堪永思？然要欲强有所为，自宽其痛，释教有崇树功德，宏济幽冥（指死后境界）。臣亡母故博陵县君崔氏（王维母亲姓崔，因为儿子在朝廷做官被封博陵县君，博陵是崔姓郡望），师事大照禅师（禅宗北宗神秀弟子普寂谥号）三十余岁，褐衣（粗布衣）蔬食，持戒安禅（坐禅），乐住山林，志求寂静。臣遂于蓝田山营山居一所，草堂精舍，竹园果林，并是亡亲宴坐（坐禅，指静修）之余，经行之所。臣往丁凶衅（不幸事故；衅，xìn，罪过），当即发心，愿为伽蓝（佛寺；伽，qié），永劫追福。比（从前）虽未敢陈请，终日常积恳诚。又属元圣中兴（指唐朝廷平定"安史之乱"），群生受福，臣至庸朽，得备周行（朝官行列），无以谢生，将何答施？愿献如天之寿，长为率土（普天下）之君。惟佛之力可凭，施寺之心转切。效微尘于天地，固先国而后家。敢以鸟鼠（形容自身卑贱）私情，冒触天听（指报告给皇帝），伏乞施此庄为一小寺，兼望抽诸寺名行僧（有道行的僧人）七人，精勤禅诵，斋戒住持，上报圣恩，下酬慈爱。无任恳款（诚挚恳切）之至。

白居易诗七首、文三篇（朱金城《白居易集笺校》）

《自觉二首》（选一）

朝哭心所爱，暮哭心所亲，亲爱零落尽，安用身独存？几许平生欢，无限骨肉恩，结为肠间痛，聚作鼻头辛。悲来四肢缓，泣尽双眸昏，所以年四十，心如七十人。我闻浮图教（佛教），中有解脱门，置心为止水，视身如浮云。抖擞（指去贪离着）垢秽（烦恼）衣，度脱生死轮，胡为恋此苦，不去犹逡巡（徘徊不前）。回念发弘愿，愿此见在身，但受过去报，不结将来因。誓以智慧水，永洗烦恼尘，不将恩爱子,更种悲忧根。

《不二门(唯一真正法门)》

两眼日将暗(昏花),四肢渐衰瘦。束带剩昔围(腰带宽松;剩,剩余),穿衣妨(嫌)宽袖。流年似江水,奔注无昏昼。志气与形骸,安得长依旧?亦曾登玉陛(指在朝做官;陛,宫殿台阶),举措多纰缪(错误)。至今金阙籍(朝官名录;阙,宫廷),名姓独遗漏。亦曾烧大药(炼丹;大药,丹药),消息(指炼丹时药物在鼎炉里的消长变化)乖火候(火候不对)。至今残丹砂(朱砂,炼丹使用药物),烧干不成就。行藏(指出仕或退居)事两失,忧恼心交斗。化作憔悴翁,抛身在荒陋(其时白居易为忠州[今重庆忠县]刺史)。坐看老病逼,须得医王(指佛陀)救。唯有不二门,其间无夭寿(寿命长短;夭,短命而亡)。

《读禅经》

须知诸相皆非相,若住(执着)无余(无余依涅槃,身智灰灭的涅槃)却有余(有余依涅槃,谓阿罗汉惑业已尽,但身体尚在)。言下忘言(谓无言说)一时了,梦中说梦(谓有言说)两重虚。空花岂得兼求果,阳焰如何更觅鱼。摄(取)动是禅禅是动,不禅不动即如如。

《春晚登大云寺(江洲[今江西九江市]大云寺)南楼赠常禅师(智常,南宗禅师,马祖道一弟子)》

花尽头新白,登楼意若何?岁时春日少,世界苦人多。愁醉非因酒,悲吟不是歌。求师治此病,唯劝读《楞伽》(指四卷本《楞伽阿跋多罗宝经》,是唐代禅宗宗奉的主要经典之一)。

《春游西林寺(在庐山)》

下马西林寺,翛然(自由自在的样子;翛,xiāo)进轻策(轻松地挂杖前行)。朝为公府吏(白居易时任江州司马),暮作灵山客。二月匡庐(庐山,据相传殷周之际有匡俗兄弟七人结庐于此)北,冰雪始消释。阳丛抽茗牙(茶的嫩芽),阴窦(背阴处的泉眼;窦,孔洞)泄泉脉。熙熙(和乐的样子)风土暖,蔼蔼(云烟缭绕的样子)云岚(云雾;岚,山中雾气)积。散作万壑(山间众多沟壑)春,凝为一气碧。身闲易澹泊,官散(散漫;指为官司马无公务)无牵迫。缅彼十八人(东晋时慧远在庐山结社往生西方,后来有十八高贤结白莲社的传说;十八人中即有下面注解提到的僧人慧永、慧远和居士宗炳、雷次宗等)。古今同此适(原注:昔永、远、宗、雷等十八贤同隐于西林寺)。是年淮寇起(元和九年[814],淮西节度使吴少阳死,其子吴元济叛乱),处处兴兵革(指战事)。智者(指文臣)劳思谋,戎臣(武将)苦征役。独有不才者,山中弄(玩赏)泉石。

《闲卧》

薄食当斋戒,散班(散官行列,无职守)同隐沦。佛容为弟子,天许作闲人。唯置床临水,都无物近身。清风散发卧,兼不要纱巾(古人以纱巾绾发)。

《开龙门八节石滩(龙门山在洛阳城南,与香山东、西夹峙伊水)诗二首并序》(选一)

东都龙门潭之南,有八节滩、九峭石,船筏(竹、木编成的船)过此,例反(经常翻船)破伤。舟人橶师(划桨的人;"橶",同"楫",船桨),推挽束缚,大寒之月,裸跣(光脚;跣,赤脚)水中,饥冻有声,闻于终夜。予尝有愿,力及则救之。会昌四年(844)有悲智僧道遇,适同发心,经营开凿。贫者出力,仁者施财。於戏(同"呜呼")!从古有碍之险,未来无穷之苦,忽乎一旦尽除去之。兹吾所用适愿(满足心愿)快心,拔苦施乐者耳,岂独以功德福报(做功德求福报)为意哉!因作二诗,刻题石上。以其地属寺,事因僧,故多引僧言见志。

七十三翁旦暮身（谓旦暮间就会死去），誓开险路作通津（通途；津，渡口）。夜舟过此无倾覆，朝胫（小腿）从今免苦辛。

十里吒滩变河汉（此谓大河），八寒阴狱化阳春（原注：八寒地狱，见《佛名》及《涅槃经》，故以八节滩为比）。我身虽殁心长在，暗施慈悲与后人。

《游大林寺（庐山寺院）序》

余与河南元集虚、范阳张允中、南阳张深之、广平宋郁、安定梁必复、范阳张特（以上人名前面的地名是该人郡望）、东林寺（庐山寺院）沙门法演、智满、士坚、利辩、道深、道建、神照、云皋、息慈、寂然凡十七人，自遗爱草堂（遗爱寺边草堂，白居易曾经营、居住）历东、西二林，抵化城（化城寺），憩峰顶（峰顶院），登香炉峰，宿大林寺。大林穷远，人迹罕到。环寺多清流、苍石、短松、瘦竹。寺中唯板屋木器，其僧皆海东（指朝鲜半岛，当时的新罗国）人。山高地深，时节绝晚，于时孟夏月（夏季第一个月，七月），如正、二月天。梨、桃始华（开花），涧草犹短，人物（指人情）风候与平地聚落不同，初到恍然若别造（造访）一世界者。因口号（顺口诵出）绝句云：

人间四月芳菲（花草）尽，山寺桃花始盛开。长恨春归无觅处，不知转入此中来。

既而周览屋壁，见萧郎中存（萧存曾为金部员外郎）、魏郎中弘简（魏弘简曾为户部郎中）、李补阙渤（李渤曾为右补阙）三人（三人曾隐居庐山）姓名、文句（题写的诗文），因与集虚辈叹且曰：此地实匡庐间第一境。由驿路至山门，曾无半日程，自萧、魏、李游，迨（及，到）今垂（近）二十年，寂廖无继来者。嗟乎！名利之诱人也如此。

时元和十二年四月九日。乐天序（作序文；古人聚众游历往往写诗，结集起来作序记叙以为纪念）。

《苏州南禅院白氏文集序》

唐冯翊（píng yì，今陕西大荔县）县开国侯（当时朝廷加给白居易的封爵号）太原（白居易的郡望）白居易，字乐天，有文集七帙（包书的封套；当时的书是卷轴装），合六十七卷，凡三千四百八十七首。其间根源五常（仁、义、礼、智、信），枝派六义（风、雅、颂、赋、比、兴），恢（阐发）王教而弘（弘扬）佛道者，多则多矣。然寓兴（寄托感兴）、放言（言无顾忌）、缘情（依情而发）、绮语（专意修饰文词）者，亦往往有之。乐天，佛弟子也，备闻圣教，深信因果，惧结来业（来生业报），悟知前非。故其集家藏之外，别录三本。一本置于东都（今河南洛阳市）圣善寺钵塔院律库（律藏书库）中，一本置于庐山东林寺经藏中，一本置于苏州南禅院千佛堂内。夫惟悉索弊文归依三藏（经、律、论，即全部佛经）者，其意云何？且有本愿，愿以今生世俗文字放言绮语之因，转为将来世世赞佛乘、转法轮（弘扬佛法）之缘也。三宝在上，实闻斯言。

开成四年（839）二月二日，乐天记。

《画西方帧（西方净土变绘画；帧，zhēn，画幅）记》

我本师释迦如来说言，从是西方过十万亿佛土，有世界号极乐，以无八苦（生苦、老苦、病苦、死苦、爱别离苦、怨憎会苦、所求不得苦、五取蕴苦）、四恶道（地狱、恶鬼、畜生、阿修罗）故也。其国号净土，以无三毒五浊业故也。其佛号阿弥陀，以寿无量，愿（救世本愿）无量，功德、相好（大人相和随形好）、光明无量故也。谛观（真实观察）此娑婆世界、微尘众生，无贤愚，无贵贱，无幼艾（yì，老年人），有起心归佛者，举手合掌，必先向西方；怖厄（恐怖困苦）苦恼者，开口发声，必先念阿弥陀佛；又范金（以金属做模型，指铸造佛像）合土（指以泥土塑造佛像），刻石织文（指刺绣佛像），乃至印水、聚沙、童子戏者，莫不率以阿弥陀佛为上首（主位），不知其然而然。由是而观，是彼如来有大誓愿于此众生，此众生有大因缘于彼国土明矣。不然者，东、南、北方，过去、见在、未来佛多矣，何独如是哉！

　　唐中大夫（白居易的散官号）、太子少傅（职官号）、上柱国（勋官号）、冯翊县开国侯（封爵）、赐紫金鱼带（所赠服饰）白居易，当衰暮之岁，中风痹之疾。乃舍俸钱三万，命工人杜敬宗按《阿弥陀》《无量寿》二经，画西方世界一部，高九尺，广丈有三尺。阿弥陀佛坐中央，观音、势至二大士侍左右，天人瞻仰，眷属（指佛弟子）围绕，楼台伎乐，水树花鸟，七宝严饰，五彩彰施（广张施设），烂烂煌煌，功德成就。弟子居易焚香稽首，跪于佛前，起慈悲心，发大弘愿：愿此功德回施一切众生，一切众生有如我老者，如我病者，愿皆离苦得乐，断恶修善，不越南部（南赡部洲），便睹西方，白毫大光，应念来感，青莲上品（上品往生者足下有七宝莲花），随愿往生，从见在身，尽未来际，常得亲近而供养也。欲重宣此愿而偈赞曰：

　　极乐世界清净土，无诸恶道及众苦。愿如老身病苦者，同生无量寿佛所。

柳宗元诗六首、文二篇（《柳河东集》）

《构法华寺（在永州）西亭》

　　窜身楚南极，山水穷险艰。步登最高寺，萧散任疏顽（懒散顽钝）。西垂下斗绝，欲似窥人寰。反如在幽谷，榛翳（草木丛生）不可攀。命童恣披翦，葺宇（修建屋宇）横断山。割如判清浊，飘若升云间。远岫攒（集中）众顶，澄江抱清湾。夕照临轩堕，栖鸟当我还。菡萏（荷花）溢嘉色，筼筜（一种节长而竿高的竹子）遗清班。神舒屏（弃）羁锁（羁束枷锁），志适忘忧潺。弃逐久枯槁，迨今始开颜。赏心难久留，离念来相关。北望间亲爱，南瞻杂夷蛮。置之勿复道，且寄须臾间。

《巽公院（永州［今湖南永州市］龙兴寺僧人重巽居住院落；巽公，重巽，天台宗僧人）五首》（选一）

《净土堂》

结习（烦恼）自无始（原初状态），沦溺（沦陷沉溺）穷（穷尽）苦源。流形（指轮回）及兹世，始悟三空门（我空、法空、空空）。华堂开净域（净土，这里指净土变相），图像焕且繁。清泠（清凉）焚众香，微妙歌法言。稽首愧导师（指佛陀），超遥谢（脱落）尘昏（被烦恼所蒙蔽；尘，尘垢，烦恼）。

《酬娄秀才寓居开元寺早秋夜月病中见寄》

客有故园思，潇湘生夜愁。病依居士室（典据维摩方丈），梦绕羽人（羽人之国，不死之民，见《山海经》）丘。味道怜知止（"知止不殆"，见《老子》），遗名得自求。壁空残月曙，门掩候虫秋。谬委（托付）双金（优质黄金；《文选·拟四愁》有句："美人遗我绿绮琴，何以赠之双南金。"）重（此指对方赠诗有所寄托），难征（求）杂珮（玉佩）酬。碧霄无枉路，徒此助离忧。

《赠江华（道州［今湖南道县］治下县名）长老（僧人尊称）》

老僧道机（修道的灵机）熟，默语心皆寂，去岁别舂陵（道州古称舂陵），沿流此投迹（投身）。室空无侍者，巾屦唯挂壁。一饭不愿余，跏趺便终夕。风窗疏竹响，露井寒松滴。偶地（遇地）即安居，满庭芳草积。

《与浩初上人（僧人尊称）同看山寄京华亲故》

海畔尖山似剑铓，秋来处处割愁肠。若为（怎么）化得身千亿，散上峰头望故乡。

《戏题石门（法华寺石门精舍）长老东轩》

石门长老身如梦，栴檀成林手所种。坐来念念非昔人，万遍《莲花》（《妙法莲华经》）为谁用？如今七十自忘机，贪爱都忘筋力微。莫向东轩春野望，花开日出雉皆飞（古乐府有《雉朝飞操》，说有七十岁牧牛人无妻，在野外见到野雉雌雄相随，伤感而作；雉，野鸡）。

《永州龙兴寺西轩记》

永贞年（唐顺宗年号，仅一年[805]），余名在党人（朋党分子；指参与"永贞革新"），不容于尚书省（唐王朝中央行政机关；被贬前，柳宗元为尚书省的礼部员外郎），出（被贬斥）为邵州（担任邵州[今湖南邵阳市]刺史），道（在道）贬永州司马（州府官员；柳宗元时为"员外置"，没有具体职务）。至则无以为居，居龙兴寺西序之下（西厢房；西序，西墙）。余知释氏之道且久，固所愿也。然余所庇之屋甚隐蔽，其户北向，居昧昧（昏暗的样子）也。寺之居于是州为高，西序之西，属（zhǔ，临）当大江（指潇水）之流。江之外，山谷林麓甚众。于是凿西墉（yōng，墙）以为户。户之外为轩，以临群木之杪（miǎo，树梢），无不瞩也。不徙席、不运几而得大观。

夫室，向者（原来的）之室也。席与几，向者之处也。向也昧，而今也显，岂异物耶？因悟夫佛之道，可以转惑见为真智（正智，佛智），即（登）群迷（各种迷惑）为正觉，舍大暗为光明。夫性岂异物耶？孰能为余凿大昏之墉（比昏惑如高墙），辟灵照之户（比灵明如门户），广应物之轩（窗户）者，吾将与为徒（志同道合）。

遂书为二，其一志（指书写）诸户外，其一以贻（奉送）巽上人焉。

《永州龙兴寺修净土院记》

中州之西数万里，有国曰身毒（古"印度"异译），释迦牟尼如来示现之地。彼佛言曰：西方过十万亿佛土，有世界曰极乐，佛号无量寿如来。其国无有三恶八难，众宝以为饰；其人无有十缠九恼，群圣以为友。有能诚心大愿归心是土者，苟念力具足，则往生彼国，然后出三界之外，其于佛道无退转者，其言无所欺也。晋时庐山远法师（慧远）作《念佛三昧咏》（念佛歌赞，已经失传），大劝于时；其后天台颙大师（智颙，天台宗创始人）著《释净土十疑论》（作者有疑问），弘宣其教，周密微妙，迷者咸赖焉。盖其留异迹（神异事迹）而去者甚众。

永州龙兴寺，前刺史李承晊及僧法林置净土堂于寺之东偏，常奉斯事（指供养净土），逮今余二十年，廉隅（棱角，指建筑物的边缘）毁顿（毁坏），图像崩坠。会巽上人居其宇下，始复理焉。上人者，修最上乘（佛乘），解第一义（最高的义理，佛义），无体空析色（体悟空观，解析色法）之迹，而造乎真源，通假有借无之名（假借"有""无"概念），而入于实相（诸法实相，空相），境与智合，事与理并。故虽往生之因，亦相用不舍。誓葺（qì，修理）兹宇，以开（开导）后学。有信士图为佛像，法相甚具焉。今刺史冯公（名冯叙）作大门以表其位，余遂周延四阿（四周；阿，建筑曲折处），环以廊庑，缋二大士（慧远和智颙）之像，缯盖（丝绸伞盖）幢幡（经幢旗幡；幢，圆筒形伞盖，上书经文），以成就之。

呜呼！有能求无生（无生法，解脱轮回法门）之生者，知舟筏之存乎是。遂以《天台十疑论》书于墙宇，使观者起信焉。

苏轼诗八首、文二篇（《东坡全集》）

《和子由（苏轼弟苏辙）四首·送春》

梦里青春可得追，欲将诗句绊（留住）余晖。酒阑（饮酒将尽）病客惟思睡，蜜熟黄蜂亦懒飞。芍药樱桃俱扫地，鬓丝禅榻（禅床）两忘机。凭君借取《法界观》（唐代僧人宗密所著《注华严法界观门》，是阐释华严宗义著作）（原注：来书云近看此书，余未尝见也），一洗人间万事非。

《闻辨才（名元净，杭州上天竺寺住持）法师复归上天竺（杭州天竺山上著名观音道场）以诗戏问》

道人出山去，山色如死灰。白云不解笑，青松有余哀。忽闻道人归，鸟语山容开。神光出宝髻（指佛像；宝髻，佛像上的螺髻），法雨洗浮埃。想见南北山，花发前后台。寄声问道人，借禅以为诙（开玩笑）。何所闻而去？何所见而回？道人笑不答，此意安在哉！昔年本不住，今者亦无来。此语竟非是，且食白杨梅。

《书双竹（杭州双竹寺，又名广严寺）湛师房》二首之一

暮鼓朝钟自击撞，闭门孤枕对残釭（油灯）。白灰旋拨通红火，卧听萧萧雪打窗。

《法惠寺横翠阁（在杭州）》

朝见吴山（又名胥山）横，暮见吴山从。吴山故多态，转侧为君容。幽人起朱阁（指寺院殿堂），空洞更无物。惟有千步冈，东西作帘额。春来故国归无期，人言悲秋春更悲。已泛平湖思濯锦（又名锦江，岷江流经成都附近一段；据说此水濯锦，鲜润异常，故名），更看横翠忆峨眉。雕栏能得几时好，不独凭栏人易老。百年兴废更堪哀，悬知草莽化池台。游人寻我旧游处，但觅吴山横处来。

《秀州（今浙江嘉兴市）报本禅院（后改名本觉寺）乡僧（同乡僧人，苏轼是四川眉山[今四川峨眉山市]人）文长老方丈（寺庙住持）》

万里家山一梦中，吴音渐已变儿童。每逢蜀叟谈终日，便觉峨眉翠扫空（形容峨嵋山青翠横出天空）。师已忘言真有道，我除搜句百无功。明年采药天台去，更欲题诗满浙东。

《端午遍游诸寺得禅字》

肩舆（乘轿子）任所适，遇胜辄留连。焚香引幽步，酌茗开净筵

（素斋）。微雨止还作，小窗幽更妍。盆山不见日，草木自苍然。忽登最高塔，眼界穷大千（大千世界）。卞峰（卞山，在湖州）照城郭，震泽（今江苏太湖）浮云天。深沉既可喜，旷荡亦所便。幽寻未云毕，墟落生晚烟。归来记所历，耿耿（心事重重）清不眠。道人亦未寝，孤灯同夜禅。

《泛颍（颍水，流经颍州；"元祐更化"时期苏轼继续受到排斥，由知杭州移刺颍州[今安徽阜阳市]）》

我性喜临水，得颍意甚奇。到官十日来，九日河之湄（岸边）。吏民相笑语，使君（州官称呼）老而痴。使君实不痴，流水有令姿（美丽风姿）。绕郡十余里，不驶（疾速）亦不迟。上流直而清，下流曲而漪（波纹）。画船（雕画的楼船）俯明镜，笑问汝为谁。忽然生鳞甲，乱我须与眉。散为百东坡，顷刻复在兹。此岂水薄相（戏弄），与我相娱嬉。声色与臭味，颠倒眩（迷惑）小儿。等是儿戏物，水中少磷缁（变化）。赵、陈、两欧阳（赵德麟、陈履常、欧阳季默、欧阳叔弼，皆苏轼在颍友人），同参天人师（佛陀）。观妙（指体悟佛法）各有得，共赋泛颍诗。

《昔在九江与苏伯固（名监坚，苏轼朋友）唱和，其略曰："我梦扁舟（小舟）浮震泽，雪浪横空千顷白。觉来满眼是庐山，倚天无数开青壁。"盖实梦也。昨日又梦伯固手持乳香婴儿示予，觉而思之，盖南华（南华寺，唐时名中兴寺，在今广东韶关市曹溪，禅宗六祖慧能道场）赐物也。岂复与伯故相见于此耶？今得来书，知已在南华相待数日矣。感叹不已，固先寄此诗》

扁舟震泽定何时？满眼庐山觉又非。春草池塘惠连梦（谢灵运梦见弟弟谢惠连，得到"池塘生春草"诗句，自以为有神助），上林鸿雁子卿归（子卿，苏武字；汉代苏武被匈奴俘虏，羁留不得归，汉使者欺骗匈奴单于说汉天子在上林苑射雁，雁足系有帛书，谓苏武等在某沼泽里，单于不得不放回苏武）。水香知是曹溪口，眼净同看古佛衣（相传达摩祖师从西天带来古佛袈裟一件，师弟子相传，传到慧能那里，为得法依据）。不向南华香火社，此生何处是真依（真正皈依）。

《黄州（今湖北黄冈市）安国寺记》

元丰二年（1079）十二月，余自吴兴守（湖州知州；湖州，今江苏湖州市）得罪（被诬诗文诽谤朝廷，逮捕论罪），上不忍诛，以为黄州团练副使，使思过而自新焉。其明年二月至黄，舍馆粗定，衣食稍给，闭门却扫（不再打扫门径，闭门谢客），收召魂魄，退伏思念，求所以自新之方。反观从来举意动作，皆不中道（不合道义），非独今之所以得罪者也。欲新其一，恐失其二，触类而求之，有不可胜（承受）悔者。于是喟然叹曰：道不足以御气（控制心气），性不足以胜习（战胜习惯），不锄其本而耘其末，今虽改之，后必复作，盍（hé，何不）归诚佛僧，求一洗之！

得城南精舍，曰安国寺，有茂林修竹，陂池（池塘；陂，bēi，池塘）亭榭，间一二日辄往。焚香默坐，深自省察，则物我两忘，身心皆空，求罪垢（罪过）所从生而不可得。一念清净，染污（指烦恼）自落，表里翛然，无所附丽（依附），私窃乐之。旦往而暮还者，五年于此矣。寺僧曰继连，为僧首（寺院住持）七年，得赐衣（朝廷赐袈裟），又七年当赐号。欲谢去，其徒与父老相率留之。连笑曰："知足不辱，知止不殆。"（语见《老子》；殆，危）卒谢去。余是以愧其人。七年，余将有临汝之行（临汝，汝州［今河南临汝县］；苏轼自黄州改任汝州团练副使）。连曰："寺未有记。"具石请记之，余不得辞。寺立于伪唐（南唐）保大二年（944），始名护国，嘉祐八年（1063）赐今名。堂宇斋阁，连皆易新之。严丽深稳，悦可人意，至者忘归。岁正月，男女万人会庭中，饮食作乐，且祠瘟神，江淮旧俗也。

四月六日，汝州团练副使眉山苏轼记。

《书〈金光明经〉后》

　　轼之幼子过,其母同安郡君(苏轼妻子封号)王氏讳闰之,字季章,享年四十有六,以元祐八年(1093)八月一日卒于京师,殡(假葬)于城西惠济院。过未免丧(丧期结束;古制子为父母服三年之丧)而从轼迁于惠州(苏轼贬宁远军节度副使,惠州安置;惠州,今广东惠州市),日以远去其母之殡为恨也。念将祥除(古制父母死去两周年祭礼称"大祥",至期除灵为"祥除"),无以伸罔极之痛,故亲书《金光明经》四卷,手自装治,送虔州(今江西赣州市)崇庆禅院新经藏中,欲以资(助)其母之往生也。泣而言于轼曰:"书经之劳微矣,不足以望丰报,要当口诵而心通,手书而身履之,乃能感通佛祖,升济(指超升)神明。而小子愚冥,不知此经皆真实语耶? 抑寓言耶? 当云何见? 云何行?"

　　轼曰:善哉问也! 吾常闻之张文定公安道(张方平,字安道,死后谥"文定",苏轼友人)曰:"佛乘无大小,言亦非虚实,顾我所见如何耳。"万法一致也。我若有见,寓言即是实语;若无所见,实、寓皆非。故《楞严经》云:若一众生未成佛,终不于此取涅槃。若诸菩萨急于度人,不急于成佛,尽三界众生皆成佛已,我乃涅槃。若诸菩萨觉知此身无始以来皆众生相(以下"四生"):冤亲拒受,内外障护(心烦恼等为内障,惑于外境为外障),即卵生相(如诸鸟等依卵壳而生者);坏彼成此,损人益己,即胎生相(如哺乳动物处胎中而生者);爱染(指贪欲)留连,附记有无,即湿生相(如蚊、蛇依湿气而生者);一切勿变,为己主宰,即化生相(如中有、诸天自然而生者)。此四众生相者,与我流转,不觉不知,勤苦修行,幻力成就,则此四相,伏(调伏)我诸根,为涅槃相,以此成佛,无有是处。此二菩萨,皆是正见。乃知佛语,非寓非实。今汝若能为流水长者(《金光明经·流水长者子品》:流水长者子以大象运水解救干涸池鱼),以大愿力象,取无碍法水,以救汝流浪渴涸之鱼;又能观诸世间,虽甚可爱,而虚幻无实,终非我有者,汝即舍离,如萨埵王子舍身(本生故事里主人公,曾舍身饲饿虎);虽甚可恶,而业所驱迫,深可怜悯者,汝即布施,如萨埵王子施虎。行此施舍,如饥就食,如渴求饮,则道可成,佛可成,毋可拔也。

过再拜稽首,愿书其末。绍圣二年(1095)八月一日(此日苏轼妻子去世恰满两周年)。

第十讲　古典小说、戏曲与佛教

佛教对小说、戏曲发展的影响

佛教对中国的小说、戏曲创作影响十分巨大。这种影响体现在思想内容与艺术形式、表现方法等方方面面。之所以如此,和中国文化与小说、戏曲发展的总体态势有关系。

在中国文化传统中,"文学"观念形成较迟。直到魏晋时期,"文学的自觉"方始明晰。在先秦形成的文化概念中,"文学"与文章、学术是结合在一起的。所谓"四部分,文集立"是晋代荀勖的事。在这样的传统中,文学创作,主要体裁是诗(韵文,包括赋)和文(散文,包括诸子、史传、政论等),其内容则基本是写实的。"文"如论说、史传、碑志、书序等,都是应用文字;"诗"的"言志""缘情",所言基本是修身、齐家、治国、平天下之志,所缘则基本是忠孝、仁爱之情。而且许多是应实际需要的酬唱之作。对这种传统如何评价且置而不论,可以肯定注重"写实"和"实用"的诗文留给艺术想象与虚构的空间是相当狭小的。而宗教信仰奠基于悬想。如上所述,佛教经典,特别是"佛教文学"的思想内容与思维方式与中土固有传统大为不同,重要一点就是构思出于想象,表达善用虚构。而虚构乃是小说、戏曲创作的根本特征。六朝志怪、志人小说是小说创作的滥觞。以晋干宝《搜神记》为代表的志怪小说尚未脱离神话传说的框架，以刘义庆《世说新语》为代表的志人小说则保持辑录奇闻轶事的格局，当时佛教正兴盛起来，佛教的感应、灵验故事被纳入志怪题材，这即是鲁迅所说的"释氏辅教之书"大量出现，在艺术表现上的重要贡献就是推进了文学创作中的虚构，这样，从小说发展初期，佛教就起了积极的推动作用。

在小说和后来戏曲的进一步发展中，佛教一直在发挥这种作用。鲁迅说"唐人始有意为小说"，指的是唐传奇，而成熟的小说创作则始于宋话本；充分发展形态的戏曲同样形成于宋代。宋代小说、戏曲的繁荣大体与城乡经济发展、市民阶层壮大同步，又和佛教发展的形势密切相关。小说、戏曲是不同的文艺样式，但兴盛于同一社会背景之下，创作遵循的原则是大体相同的：它们都不是字面意义的"写实"的产物而基本出于虚构，它们又基本不是供字面意义的"实用"而是供欣赏、娱乐的；又比较诗文基本作为士大夫阶层产物，小说、戏曲有更深厚的民间渊源，作者多是活跃在社会下层的知识分子，作品更多表现城乡民众的生活和感情，也更多为一般民众所接受和欣赏。这些也决定了小说、戏曲与宗教，包括佛、道二教和各种民间宗教的发展相互作用、相互交流的关系。就佛教说，一方面继续为小说、戏曲提供表现内容，又直接影响作者、作品的表现形式，其主要一点就是艺术虚构；另一方面，到宋代，适逢中国思想文化的重大转折时期，理论色彩淡薄的"禅、净合一"的佛教在城乡民众间盛行，所谓"家家阿弥陀，户户观世音"成为习俗，"通俗化""民俗化"的佛教也就成为小说、戏曲这种通俗文学样式的重要表现内容，以至如梁启超所说：

> 然自元明已降，小说势力入人之深，渐为识者所共认。盖全国大多数人之思想业识，强半出自小说。（《告小说家》）

梁启超只论小说,实际戏曲也同样。

这样,宋元到明清,小说、戏曲代替诗文成为文学创作的主流,无论是思想内容还是艺术表现,佛教都对他们持续地发挥重大影响。

"释氏辅教之书"

鲁迅在《中国小说史略》里用两个专章介绍"六朝之鬼神志怪书",其中一个主要部分是"释氏辅教之书",如宋刘义庆《宣验记》、齐王琰《冥祥记》、隋颜之推《集灵记》等。他指出这类书"大抵记经像之显效,明应验之实有,以振耸世俗,使生敬信之心,顾后世则或视为小说"。从构思看,这类作品与一般志怪小说一样,把佛教灵验报应故事纳入现实的时间、地点、环境、背景之中,即当作真实的奇闻轶事来记述;而表现则更多悬想与夸诞,不少篇章有较复杂的情节,叙写细致,形成一定艺术特色。

这类辅教作品以观音灵验传说最为典型。辑录这类故事,南北朝时期有三部专书:宋傅亮撰《光世音应验记》、宋张演撰《续光世音应验记》、齐陆杲撰《系观世音应验记》,三部书总共记载八十六个故事。这些观音传说的唯一主题是解危济难。而值得注意的是,所述不是贪、嗔、痴"三毒"等宗教意义上的灾难,而是被杀害、被囚系、逢怨贼等暴力行为的灾祸。这些故事已透露出当时人对于被统治、被欺压的朦胧自觉,并急迫地提出救济解脱的要求。如《系观世音应验记》的《释开达》条:

> 道人释开达,以晋隆安二年(398)北上垄(指边界)掘甘草。时羌(指拓跋族建立的北魏)中大饿,皆捕生口(俘虏)食之。开达为羌所得,闭置栅里,以择食等伴肥者,次当见及。

开达本谙（熟悉）《观世音经》，既急，一心归命，恒潜讽诵，日夜不息。羌食栅人渐欲就尽，唯余开达与一小儿，以拟明日当食之。开达急夜诵经，系心（专心）特苦。垂欲成晓，羌来取之。开达临急愈至，犹望一感（感应）。忽然见有大虎从草趋出，跳距大叫。诸羌一时怖走。虎因栅作一小穿（穴），足得通人，便去。开达仍将小儿走出，逃叛得免。

隆安二年（398）即道武帝天兴元年，时当北魏立国伊始，正是史载发展生产、安定民生的兴盛时期，而民间饥馑情形如此。在如此非人力可抗拒的可怕的灾祸面前，人们求救于观音，正表明他们改变命运、摆脱苦难的心愿。这类传说为了宣扬观音灵验，往往构想出极度夸张、违反常识的情节。例如临刑折刀。陆杲《系观世音应验记》里记载，晋太元（376—396）中有人被枉作贼，把观音金像戴在颈发中供养，受刑时刀折，三遍易刀，颈终无异。同样的情节还见于晋高荀、宋杜贺救妻司马氏、宋惠和道人等传说。在隋侯白《旌异记》所记载同类传说里主名是孙敬德：

> 元魏天平（534—537）中，定州募士孙敬德防于北陲，造观音金像。年满将还，常加礼事。后为劫贼横引（强加罪名），禁于京狱，不胜拷掠，遂妄承罪，并断死刑，明旦行决。其夜，礼拜忏悔，泪下如雨……少时，依稀如梦：见一沙门，教诵《观世音救生经》……比至平明，已满一百遍。有司执缚向市，且行且诵，临欲加刑，诵满千遍。执刀下斫，折为三段，不损皮肉，易刀又折。凡经三换，刀折如初。监当官人，莫不惊异，具状闻奏。丞相高欢表请其事，遂得免死。敕写此经传之，今所谓《高王观世音》是也……

这个故事把折刀传说与"高王"（指东魏丞相高欢）联系起来，作为《高王观世音经》的缘起。后来高王观世音信仰流传久远，在唐、宋时期的笔记、小说里经常出现有关故事。

另一类故事是宣扬佛教教义的。例如宋刘义庆《幽明录》里
《赵泰》条，宣扬轮回报应，地狱恐怖。据传赵泰以宋太始五年
(469)七月十三日夜半忽然心痛而死，停尸十日后复活，自说初死
时被捉入铁锡大城勘问，以无恶犯，被任为水官监作吏，后转水官
都督总知地狱事，从而得以按行地狱，倍谙地狱之苦；然后又访问
了佛度人的"开光大舍"和经地狱考治、受更变报的"受变形城"；在
开光大舍见泰山府君对佛作礼，这是把本土"泰山治鬼"（道教传说
人死魂皆归泰山，由泰山府君治理）信仰融入到故事之中了；在受
变形城又看到男女以善恶事状分别托生为虫豸、鸟兽和鬼趣；后来
召都录使者检其纪年之籍，发现他尚有算（寿命）三十年，遂被遣还
魂。与之类似的还有康阿得故事，内容是康阿得死，三日还苏，说
死后被捉入几重黑门，见府君，以尚有余算三十五年被放还：

> 府君曰："今当送卿归，欲便遣卿案行地狱。"即给马一匹，
> 及一从人，东北出，不知几里，见一城，方数十里，有满城上屋，
> 因见未事佛时亡伯、伯母、亡叔、叔母，皆著杻械，衣裳破坏，身
> 体脓血。复前行，见一城，其中有卧铁床上者，烧床正赤。凡
> 见十狱，各有楚毒，狱名"赤沙""黄沙""白沙"，如此"七沙"，有
> 刀山剑树，抱赤铜柱，于是便还……

然后他又到"福舍"，见佛弟子福多者升天，福少者住其中；又见到
事佛后亲属。这里"七沙"地狱的名目是中土杜撰的；"福舍"也是
佛典里不见的虚构；升天则是神仙观念；"府君"应指泰山府君；地
狱官府的面貌，从建筑到吏役，则都是按现世官府情形设想的。这
样的作品，情节已相当曲折，构想新奇诡异，描摹比较细致、生动，
作为小说富于创意，在内容与表现技巧方面都有所开拓。

有的作品直接借鉴翻译佛典的故事情节加以生发。典型的如
梁吴均《续齐谐记》里的《阳羡书生》，构思取自康僧会译《旧杂譬喻
经》第二十一经《梵志做术》，前面第三讲作品举例曾经引录，可参

看。这类作品更直接地体现了佛教的影响。

唐传奇

鲁迅在《中国小说史略》中又曾说：

> 传奇者流，源盖出于志怪，然施之藻绘，扩其波澜，故所成
> 就乃特异，其间虽亦或托讽喻以纾牢愁，谈祸福以寓惩劝，而
> 大归则究在文采与意想，与昔之传鬼神明因果而外无他意者，
> 甚异其趣矣。

这样，唐传奇已是成熟的文言小说，无论是内容还是艺术表现都较
志怪小说前进了一大步。唐传奇的创作同样受到佛教相当大的影
响，但是这种影响的具体形态已和南北朝志怪里那些"记经像之显
效，明应验之实有，以振耸世俗，使生敬信之心"的灵验报应传说大
不相同。作为文学作品，相当重要的一点是它们乃是相当自觉的、
出于虚构的创作，并不以弘扬佛法、鼓吹信仰为基本目的。

　　佛教仍给唐传奇创作提供材料与借鉴。明显的例子，如《杂宝
藏经》第二十四经《婆罗那比丘为恶生王所苦恼缘》，其中讲太子婆
罗那从佛弟子迦㫋延出家，一次在园林静坐，宫人们看他年少美
貌，围绕左右，国王嫉妒，用棘杖痛打，使他闷绝躄地，良久乃苏，遂
决心舍戒还俗，迦㫋延施展神通，让他入梦，梦中舍戒还家，居于王
位，集合军队，与原来的国王争战，失败被擒，颈上系枷，持至冢间
欲斩，路上见到迦㫋延，哀求救济，即从睡梦惊觉，遂觉悟愚痴，决
意出家。这个故事讲人生是苦，如梦如幻，鼓励人出家修道。它的
"遇师——入梦——觉悟"的情节提供了一个结构框架，被后来的
小说、戏曲作者所利用。如宋刘义庆《幽明录》里有"焦湖庙祝"

故事：

> 宋世焦湖庙有一柏枕，或云玉枕，枕有小坼。时单父县人
> 杨林为贾客，至庙祈求。庙巫谓曰："君欲好婚否？"林曰："幸
> 甚。"巫即遣林近枕边，因入坼中，遂见朱楼琼室，有赵太尉在
> 其中，即嫁女与林，生六子，皆为秘书郎，历数十年，并无思归
> 之志。忽如梦觉，犹在枕傍，林怆然久之。（《太平广记》卷二
> 八三）

发展到唐传奇，有两篇著名作品——李公佐的《南柯太守传》和沈
既济的《枕中记》，利用了同样的构思，写主人公遇到明师，被引导
入梦，在梦境历经荣华富贵、人世坎坷，梦醒后觉悟到一切皆空。
《南柯太守传》的结尾说主人公因而觉悟：

> 感南柯之浮虚，悟人世之倏忽，遂栖心道门，绝弃酒色。

《枕中记》则由主人公出面说：

> 夫宠辱之道，穷达之运，得丧之理，死生之情，尽知之矣。
> 此先生所以窒吾欲也。敢不受教！

这样，这些作品借鉴佛典中提供的构思方式，敷衍出更复杂、曲折
的情节，更加耐人寻味，思想内容则超越单纯的信仰而另有寄
托了。

再一个例子，《大唐西域记》里记录的"烈士池"传说，讲印度婆
罗疕斯国数百年前有一隐士求仙术，其方法是筑建坛场，命一烈士
执长刀立坛隅，屏息绝言，自昏达旦，求仙者中坛而坐，手按长刀，
口诵神咒，迟明即可登仙；隐士行访烈士，让他依方行事，将晓，他
却忽发声叫，仙术垂成而败；原来他受命后，昏然若梦，变异屡起，
他都能忍住不语，后被杀害，托生南印度大婆罗门家，受业冠婚，丧
亲生子，仍忍而不语；年过六十五，其妻说："若不语者，当杀汝子。"
因止其妻，遂发此声；烈士悲事不成，愤恚而死。在这个故事里修

道事败垂成，是由于"魔"的扰乱，以说明"立志"求道的不易。牛僧孺所作传奇集《玄怪录》里有《杜子春》一篇，写杜子春为仙人看守丹炉，接受试练，终于失败，正是借鉴上面的情节。不过把故事地点移到中国，写一位神仙为了试练落魄贫困的杜子春，带他到华山云台峰合炼丹药，嘱以"勿语，虽尊神、恶鬼、夜叉、猛兽、地狱，及君之亲属为所囚缚，万苦皆非真实，但当不动不语耳，安心莫惧，终无所苦"；杜子春谨守丹炉，接受各种恐怖试验，以至有大将军引牛头狱卒，拿来大镬汤，传命肯言姓名即放，不肯言，即当心叉取，置之镬中，又不应；接着执其妻来，捽于阶下，鞭捶流血，或射或斫，或煮或烧，妻子苦不可忍，号哭哀求，雨泪庭中，且咒且骂，子春终忍住不语，将军令取锉碓，将其妻从脚寸寸锉之，妻叫哭愈急，竟不顾之；后来他也被杀死，配生宋州王勤家，为哑女，出嫁到卢氏家：

> 数年，恩情甚笃，生一男，仅二岁，聪慧无敌。卢抱儿与之言，不应。多方引之，终无辞。卢大怒曰："昔贾大夫之妻鄙其夫，才不笑尔。然观其射雉，尚释其憾。今吾陋不及贾，而文艺非徒射雉也，而竟不言。大丈夫为妻所鄙，安用其子！"乃持两足，以头扑于石上，应手而碎，血溅数步。子春爱生于心，忽忘其约，不觉失声云："噫！"噫声未息，身坐故处，道士者亦在其前，初五更矣……

像这样，故事情节更复杂，描摹更细致，利用人物对话来渲染场面，烘托气氛，造成强烈的效果。这是借鉴佛教故实来发挥艺术创造的又一范例。就作品内容说，原来的印度传说是宣扬"立志"的重要的，而《杜子春》的结局则表明人的情欲不可抑制。这篇作品情节曲折，内在的矛盾冲突深刻而激烈，赢得中国文人的喜爱，被不少人取作小说、戏曲的创作素材。

在艺术创造上更进一步，则利用佛教某个观念来构思情节，表达另外的主题。如"神不灭"是佛教的基本观念之一，按照通俗理解,即"灵魂""肉体"可以分开,从而鬼魂可以成为作品里表现的"人物",有具体的形象,有鲜明的性格。例如《霍小玉传》里的女主人公霍小玉,死后的鬼魂终于向负心情人李益报仇,塑造了一个热情刚烈、爱憎分明、嫉恶如仇的年轻女性典型。又牛僧孺《玄怪录》里有饶州刺史齐推女和湖州参军韦会夫妇的故事:韦赴调,送妻回娘家,被梁朝陈将军阴魂所杀;她的鬼魂找到韦会,告知他求助于有秘术的田先生;韦会不畏屈辱,终于在田先生帮助下使妻子重生,但因为尸体已破坏,再生的只是生魂。这篇作品也是颂扬生死不渝的爱情的。

由"灵魂不死"观念发展出"离魂"的构想,早在志怪小说《搜神记》《搜神后记》《幽明录》里已用来构造情节,如《幽明录》里的"庞阿":

> 巨鹿有庞阿者,美容仪,同郡石氏有女曾内睹阿,心悦之。未几,阿见此女来诣。阿妻极妒,闻之,使婢缚之,送还石家,中路遂化为烟气而灭。婢乃直诣石家说此事。石氏之父大惊,曰:"我女都不出门,岂可毁谤如此。"阿妇自是常加意伺察之。居一夜,方值女在斋中,乃自拘执以诣石氏。石氏父见之,愕眙曰:"我适从内来,见女与母共作,何得在此?"即令婢仆于内唤女出。向所缚者奄然灭焉。父疑有异,故遣其母诘之。女曰:"昔年庞阿来厅中,曾窃视之,自尔仿佛即梦诣阿。及入户,即为妻所缚。"……既而女誓心不嫁。经年,阿妻忽得邪病,医药无征,阿乃授币石氏女为妻。(《太平广记》卷三八五)

写作这个"离魂"传说,显然意在宣扬神魂脱离肉体的灵异。而到唐传奇,则是利用离魂、负魂等构想来构造情节更奇妙、曲折的故事。如唐陈玄佑的《离魂记》:

> 天授三年,清河张镒因官家于衡州。长女早亡,幼女倩

娘，端妍绝伦。镒外甥王宙，幼聪悟，美容范，镒每曰："他时当
以倩娘妻之。"后各长成，常私感想于寤寐，后有宾寮之选者，
求之镒，许焉。女闻郁抑，宙亦深恚恨，托以常调，请赴京，含
恨上船。日暮，至山郭数里，夜半，闻岸上行声甚速，问之，乃
倩娘也。曰："与君寝梦相感，今将夺我此志。知君深情不易，
是以亡命来奔。"宙惊喜，匿之于船，连夜遁去，倍道至蜀。凡
五年，生两子，与镒绝信。其妻泣思父母，宙哀之，与俱归衡
州。独身先至镒家，首谢其事。镒曰："倩娘病在闺中数年，何
其诡说也？"宙曰："见在舟中。"镒大惊，促使人验之，果见倩娘
在船。疾走报镒，室中女闻，喜而起，饰妆更衣，笑而不语，出
与相迎，翕然而合为一体，其衣裳皆重。其家以事不正，秘之。
（《玉芝堂谈荟》卷六）

这个离奇的离魂故事颂扬一对青年男女的热烈爱情，特别是少女
倩娘的一往情深、对爱情执着、大胆的追求表现得更是十分动人。
这一题材被后人屡屡袭用，特别是创造出一系列优秀剧目。又唐
传奇孟棨《本事诗》的《崔护》一篇是死而复生的爱情故事，说崔护
姿质甚美，举进士落第，清明日独游城南，得居人庄，酒渴求饮，遇
一女子，"独倚小桃斜柯伫立，而意属殊厚，妖姿媚态，绰有余妍"，
二人情不自胜；崔护嗣后不复至此，一年后再到这里，见房门扃锁，
遂题诗而去；而女子自见崔护，精神恍惚，及见题诗，绝食数日而
死；后来崔护哭临女尸，却又复活，遂成眷属。这个故事后来也被
改编为戏曲，流传甚广。如这类作品，主题已与佛教无涉，只是佛
教故实提供了情节的依据与结构的思路。

它如李公佐《谢小娥传》写孤女复仇，而又归之"神道不昧""暗
与冥会"的报应之理；李朝威《柳毅传》写爱情故事，女主人公是龙
女，属水下龙宫的龙的家族；等等；或是观念，或是题材，都普遍地
接受了佛教的影响。

话本和章回小说

　　如前所述，宋元以来，民众的宗教信仰（佛教信仰是其主要部分），成为小说、戏曲表现的重要内容，而小说、戏曲又成为在民众间传播佛教的重要媒介。从另一角度看，这一时期佛教对小说、戏曲创作的影响主要已不在宣扬教理、教义或借用题材、掌故，而是更进一步渗透到作品的思想内涵和艺术表现的深层，有机地融入作品的主题、结构、人物塑造、语言运用等等之中。这也体现了佛教影响文学创作的深广程度。

　　宋代"说话"分为小说、说经、讲史、合声（生）四家。现存宋代《大唐三藏取经诗话》讲唐僧取经故事，即是说经底本。又有"说参请"，述说宾主参禅悟道之类情事，如《清平山堂话本》里的《五戒禅师私红莲记》即属于这一类。这篇作品讲说宋代钱塘净慈寺僧五戒和明悟二禅师甚为相得，五戒犯了色戒，后来托生为苏轼；明悟托生谢氏，出家为佛印，二人相交为诗友，后来苏轼终老，为大罗天仙，佛印则为至尊古佛。作品表现二人间宿世的友情，利用游戏笔法，随意生发，构成两世果报的结构。后来《醒世恒言》里的《佛印师四调琴娘》，《古今小说》里的《明月和尚度翠柳》《明悟禅师赶五戒》都是延续这样的手法创作的。宋元话本和后来的拟话本里这类演绎佛教题材的篇章不少。但如《五戒禅师私红莲记》等，则更多体现娱情戏谑的意味，基本已看不出有什么信仰的意义。

　　话本中除了直接利用佛教题材的作品之外，有更多世俗题材的作品在更深广的层面反映佛教观念的影响。宋话本《错斩崔宁》写的是"十五贯戏言成巧祸"的富于现实意义的故事，从情节看，创作者对冤案根由是有清醒认识的。但其中写到众人追拿崔宁时说

"天网恢恢，疏而不漏"，案情大白时众人说"今日天理昭然"，说话人又劝说官吏"冥冥之中，积了阴骘"，等等，全篇贯穿这类业报说教，最后是大娘子一心礼佛、超度亡灵的结局。这篇作品把现实生活中众多冤狱的矛盾冲突典型化，对封建制度下官吏愚执、法治严酷和小民的痛苦无告做了深刻揭露和批判，主题是相当深刻的，但佛教观念又这样贯穿其中。这也是当时民众信仰实态的真切反映。后来的拟话本更多类似情况。如《警世通言》卷十七《陆五汉硬留合色鞋》，写浮浪弟子张荩与潘寿儿有情，无赖陆五汉乘暗夜骗奸了潘寿儿并杀了她的双亲，杀人罪名却落到张荩头上，后来张荩使银子买通牢狱看守，得以和潘寿儿对证，案情终于大白。按小说情节进行客观分析，案情大白的关键是张荩对看守行贿，这正反映现实中吏治的腐败、法制的黑暗，暴露了"金钱"的力量，但在张荩受尽陷害后却说："这也是前世冤业，不消说起。"而这种观念又正和故事开场诗相照应："爽口食多应损胃，快心事过必为殃。""奸赌两般都不染，太平无事作家人。"所以张荩得以剖白后，"吃了长斋"，改过行善。许多话本、拟话本表现具有现实意义的主题，创作者却往往以因果报应的"规律"构造情节，或直接出面对故事加以"解说"。

不少话本利用阴阳二界、鬼魂复仇之类构思，情节离奇，造成强烈的艺术效果。如《醒世通言》里的《闹樊楼多情周胜仙》，写女主人公周胜仙与范二郎相恋，在假死后被盗墓人掘出，又去寻范二郎，误被范二郎用汤桶打死，她的阴魂仍然到狱中与范二郎相会，并把恋人解救出来；《古今小说》里的《杨思温燕山思故人》，写金人南侵后杨思温在燕山观灯，见到嫂嫂郑意娘，意娘叙说靖康南渡时与丈夫被掳经历，实际她是个鬼魂；《古今小说》卷二二《游酆都胡毋迪吟诗》，写元朝人胡毋迪读秦桧《东窗录》和文天祥《文文山丞相遗稿》，感到二者遭遇不公，因而斥骂天道，冥府使者引领他游酆都，看到秦桧等所受苦罚，从而意识到天道报应的公平无私。这些作品都是传世名篇,主题不同,思想价值有高下,但都以不同形式体现佛教的思想观念和思维方式的影响。

后来明清文人创作的文言短篇小说情况类似。如《聊斋志异》谈狐说鬼,内容具有高度思想性和强烈现实性。蒲松龄在《聊斋志异自序》中明确说:

> 盖有漏根因,未结人天之果;而随风荡堕,竟成藩溷之花。茫茫六道,何可谓无其理哉! 独是子夜荧荧,灯昏欲蕊;萧斋瑟瑟,案冷疑冰。集腋为裘,妄续《幽冥》之录;浮白载笔,仅成孤愤之书。寄托如此,亦足悲矣!

在叙写因果报应的背后,《聊斋》更多地寄托了"孤愤"之情,从而体现出更高的思想、艺术价值。同样如袁枚的《子不语》、纪昀的《阅微草堂笔记》等,也多写灵验报应、因果轮回等鬼神怪异之事,不过"孤愤"的抒写淡薄了,反映佛教的影响更直接也更突出了。这就造成署名无碍居士的《警世通言叙》所说:

> 余阅之,大抵如僧家因果说法度世之语,譬如村醪市脯,所济者众,遂名之曰《警世通言》……于是乎村夫稚子,里妇估儿,以甲是乙非为喜怒,以前因后果为劝惩,以道听涂说为学问,而通俗演义一种,遂足以佐经书史传之穷。

正是这样,佛教的思想观念、思维方式、习俗、语言等等渗透到作品的创作之中,这些作品流行又助长了佛教的传播(作为"教化"内容,其作用相当复杂,效果并不完全是负面的)。

长篇小说创作接受佛教影响,首先表现为直接以佛教内容作题材,如《西游记》《封神演义》《南海观音传》《济公传》等。但就上述几部作品与佛教的关系看,只有《南海观音传》是替观音信仰做宣传的,其他都有另外的主题。当然,他们的创作以不同方式、不同程度地利用了佛教提供的资源,也表达佛教的某些观念,佛教的影响是相当显著的。另有更多作品题材和主题与佛教无涉,佛教的观念同样贯穿其中,则体现佛教更广泛也更深刻的影响。如《金瓶梅词话》是我国第一部文人独立创作的、描写世态人情的长篇小说,反映社会生活的内容相当深广,其中贯穿因果报应观念:西门庆贪欲不足,终至家庭破败,荒淫而死,作者直接出面评论说"为人多积善,不可多积财;积善成好人,积财惹祸胎";结尾处"普静师荐拔群冤",小玉窃看冤魂——托生,普静和尚向吴月娘点化李哥本是西门庆转身,而吴月娘好善念经也得到善报。终卷诗说:

> 闲阅遗书思惘然,谁知天道有回环。西门豪横难存嗣,经济颠狂定被歼。楼、月善良终有寿,瓶、梅淫佚早归泉。可怜金莲遭恶报,遗臭千年作话传。

这在观念上就把整个故事纳入因果报应的框架之中了。《红楼梦》则更明显、更典型地以"色空""如梦"观念来"解说"故事。整部作品从开头空空道人的说教、甄士隐的《好了歌》到结尾贾宝玉出家、宝玉对薛宝钗感叹"我们生来已陷于贪嗔痴爱中",终于和一僧一道飘然远去。甲戌本《脂砚斋重评石头记》卷首《凡例》最后有诗说:

> 浮生着甚苦奔忙,盛席华筵终散场。悲喜千般同幻渺,古今一梦尽荒唐……

当然这部作品的主题并不是佛教的,其中直接或间接地表现的佛教观念也并无碍其表达积极的主题,但不可否认佛教影响确实渗透在作品的主题思想、情节组织、人物刻画以至语言运用等等之中。

由"讲史"发展出历史演义小说,作为章回小说的重要一体,往往用佛教的轮回报应观念来"解释"历史现象、人物命运。这类小说中最优秀的代表作品《三国演义》,其全部情节的发展,从汉室衰亡、桃园三结义、三分天下直到诸葛亮赍志以殁、刘蜀终于败亡,贯穿着强烈的宿命色彩。作者更常常直接出面,用因果报应解释作品情节的发展。更多的广泛流行的公案小说则往往直接把阴骘、宿命、冤冤相报作为解破案情的关键。如在民间广泛流传的《包公案》《施公案》《海公案》等,一方面表扬清官,抑恶扬善,一方面宣扬天道公平、善恶果报的"规律"。

另如佛教宣扬的慈悲、施舍、护生(不杀生)等观念,常常贯穿在各类小说作品之中。篇幅所限,这里不具体说明了。

这样,宋元以来,小说创作中已很少有像六朝志怪那样直接替佛教做宣传的"辅教"之作,但佛教的影响还是相当大的。就思想内容说,众多小说作品贯穿轮回报应、阴骘宿命、人生如梦之类观念,它们深入人心,在社会生活和民众心理中起着儒家"三纲五常"的道德教化起不到的作用;在艺术表现上,如阴阳二界、鬼魂复仇等等,构成超乎一般想象的奇妙的情节,写出激动人心的故事。这样从一定意义说,佛教的影响比六朝那些志怪作品更加深入一步。小说里表现的佛教实际反映民众中流行的佛教的一种具体形态,对于推动佛教的进一步发展起着重要作用。这种相互影响,体现佛教与小说创作二者的密切关系。

戏　曲

古代印度戏剧艺术十分发达。根据近代在新疆发现的梵剧剧本,有的学者据以推测梵剧或曾影响中国戏剧艺术的形成。而晋宋以来流行"浴佛""行像"等仪式,则确实可看作是戏曲表演艺术的萌芽;南北朝以来兴盛的佛教舞乐,也肯定是推动中国戏剧艺术发展的重要因素。至宋代,戏剧艺术样式趋于成熟。孟元老《东京梦华录》记载汴梁(今河南开封市)中元节七夕至十五日演出《目连经救母》杂剧,表明最早的戏剧活动即与佛教有关联。"目连救母"后来成为各种戏曲的重要题材。明万历年间郑之珍(1518?—1595)编撰《新编目连救母劝善戏文》,全本分上、中、下三卷,题目列出一百出,另四出《善人升天》《擒沙和尚》《观音生日》《僧背老翁》没有列入目录,实际共计一百零四出,是当时流行的目连戏的汇编。到清代,张照(1691—1745)又改编为《劝善金科》,是供宫廷演出使用的十本、二百四十出的大戏。至于流行在民众间的各种民间剧种里的目连戏不计其数。目连戏这一发展状况乃是戏曲与佛教密切关系的典型例证。

明初朱权《太和正音谱》把杂剧分为十二科,其中"神头鬼面科"是表现神、鬼和佛、菩萨的。清吕天成《曲品》又依据题材把明清传奇划分为六门:"一曰忠孝,一曰节义,一曰仙佛,一曰功名,一曰豪侠,一曰风情。"宋、元以来戏曲作品如小说的情形一样,有些直接以佛教故事为题材。杂剧如元郑廷玉《布袋和尚忍字记》,演述传说中弥勒菩萨化身布袋和尚的事迹,这是中国本土通俗化的弥勒信仰传说;刘君锡《庞居士误放来生债》,描写唐代居士庞蕴皈依佛法故事,是宣扬居士观念的;明叶宪祖《北邙说法》,内容描写北邙寺僧空禅师向成为天神的甄好善和成为恶鬼的路为非讲说佛法;《鱼儿佛》,般演观音度脱凡人的传说;等等。明、清传奇中佛教题材的作品则有屠隆的《昙花记》、苏元俊的《梦境记》、罗懋登的《香山记》、吴德修的《偷桃记》、金怀玉的《妙相继》、智达的《归元镜》、张宣彝的《海潮音》、蒋士铨的《庐山会》等。从总体比例看,佛教题材的剧目虽然不算多,但如目连戏、观音戏等"神佛剧"被普遍演出于庆贺、节祭等场合,依例是传统剧码。因此在全部民间戏剧活动中,佛教作品所占实际比重是相当大的,以至清人慨叹"近来牛鬼蛇神之剧充塞宇内"。

直接以佛教故事为题材的作品往往带有浓厚说教意味,人物塑造和艺术表现都受到较大局限。这也和那些直接自佛教取材的小说情形类似。对于另外大量一般题材的作品,佛教往往造成更为深刻的、潜移默化的影响。元代大戏曲家关汉卿的世情戏《窦娥冤》《望江亭》和公案戏《鲁斋郎》《蝴蝶梦》等,即多掺杂因果报应等佛教观念。它们利用冤魂告状（如《窦娥冤》里屈死的窦娥游魂找到身为廉访使的父亲窦天章诉冤）、鬼魂托梦（如《西蜀梦》里被害的关公和张飞的鬼魂往西川给刘备托梦）等情节，作品的主题在于揭露、批判罪恶与卑劣，张扬道义与善良，佛教观念在作品内容中被向积极的方向发挥了，往往又被利用为极富表现力的艺术构思手段。另如元末高则诚（1305？—1359）的《琵琶记》是根据南戏《赵贞女》改编的，写蔡伯喈贪恋富贵、遗弃妻子赵五娘的故事；同时期流行的"四大传奇"《拜月亭》（传为元人施惠作）、《白兔记》《荆钗记》《杀狗记》，俗称"荆、刘（《白兔记》写刘知远事）、杀、拜"，是继承南戏传统、广受民众欢迎的作品，它们都是爱情故事，表扬贞孝节烈，抨击嫌贫爱富，情节模式则是为善者夫妻团圆富贵、作恶者受到惩罚的"大团圆"结局，显然都体现佛教业报轮回观念的影响。再如明代汤显祖（1550—1616）的代表作品"临川四梦"，表现强烈的重情、贵生意识，反映当时先进的、具有积极意义的思想潮流，但佛教的虚无出世、忍辱求安等观念同样渗透其中。特别是《邯郸梦》《南柯梦》，分别取材唐传奇《枕中记》和《南柯记》，对富贵利禄进行批判，却看不到积极的出路，只好把人生表现为"空花梦境"，流露浓重的"净世纷纷蚁子群"的悲观、虚无观念和"人生如梦"意识。沈璟（1553—1610）重视音律，开创所谓"吴江派"，对戏曲艺术颇多贡献，其《双鱼记》取材马致远的《荐福碑》，《红蕖记》取材唐传奇《郑德麟传》，都宣扬生死有命的宿命论；《桃符记》里决定主人公刘天仪、裴青莺命运的，也是轮回报应的"规律"。清传奇最重要的作者是"南洪（昇）北孔（尚任）"。洪昇（1645—1704）的名著《长生殿》敷衍白居易《长恨歌》和陈鸿的《长恨传》，把陈旧的唐明皇和杨贵妃的爱情悲剧表现得动人心扉，其主题在"垂诫"，具有强烈的现实意义，但作者在《自序》里说："清夜闻钟，夫亦可以遽然梦觉矣"；在情节安排上，最后让李、杨"一悔能教万孽清"，终于"居忉利天宫，永为夫妇"，又表现出浓重的宗教忏悔观念。历史题材作品里经常出现的反面人物如曹操（如杂剧徐渭《狂鼓史渔阳三弄》）、秦桧（如元杂剧《东窗事犯》、明传奇无名氏《东窗记》、姚茂良《精忠记》、李梅实《精忠旗》等）、严嵩（传奇无名氏《鸣凤记》，或以为王世贞撰）等，描写他们在现世猖狂得意，为非作歹，陷害忠良，但报应之理不爽，终于逃避不了"阴报"。清代戏剧家余治作《庶几堂乐府》，收录二十八个剧本，在《自序》里明确说：

> 余不揣浅陋，拟善恶果报新戏数十种，一以王法天理为主，而通之以俗情……于以佐圣天子维新之化，贤有司教育之功，当亦不无小补也。

这种看法实际也在指导着许多剧作家的创作。这样总起来看，就思想内容说，佛教对戏曲创作的影响是相当广泛、深入的。优秀作品利用佛教的轮回报应、四大皆空之类教理作为批判现实、惩恶扬善、发抒愤慨的依据，也有不少作品用来推行统治阶级的道德教化，起到迷惑民众、麻痹意志的作用。这两方面都体现佛教对戏曲创作的影响，而两方面的作用往往又是难以截然分开的。

　　相对于在戏曲创作的思想观念层面所发挥的影响，佛教对于开拓表现领域、丰富表现方法所起的作用更为积极，也更为有益。在佛教的悬想世界里，"有情"的范围被大为扩展了：佛、菩萨，"三界""六道"里各种天神、恶魔等，包括护法诸神"天龙八部众"，还有许多幻想的神灵、鬼怪，人死为鬼，这就给戏曲创作提供一大批具有特色的新"人物"；在佛教神通变化和六道轮回教理基础上，形成神通、变形、分身、幻化（化人、化物、化现某种境界）、魔法、异变（地动、地裂、大火、大水等）、再生、转生、离魂、幽婚、梦游、入冥（地狱）、升天、游历它界（龙宫、大海等）等构想，大为丰富了戏曲构思和表现手段。从佛教观念衍化的情节往往是荒诞离奇的，利用来编造故事难免简单化、程式化，不少剧目穿插浅俗枯燥的说教，如此等等，显得趣味幼稚、低俗，但是，一些优秀作者却能够借助佛教提供的资料演绎出幻想的人物、奇妙的情节,描绘出富于浪漫情趣和神奇色彩的场面,取得魅力不凡的艺术效果。值得注意的是,中国的小说、戏曲作品,同一题材往往重复创作,利用不同体裁"改编",如小说改编为戏剧,杂剧改编为传奇,等等;又由于有些人物、故事在民众中广为流传,为民众喜闻乐见,不断被充实以民间的才情智慧,有才能的文人、艺人加以借鉴,从事创作,推陈出新,也显示他们的才情智慧。在这样的过程中,佛教的消极因素往往被扬弃,积极的内涵则往往得以升华,从而对于小说、戏曲的发展,对于文人的创作发挥更积极的作用。

这一讲的"作品释例"只选录六朝"释氏辅教之书"里的几则和唐传奇一篇。话本小说、章回小说、元曲、明清传奇作品多,篇幅长,不便列举,名作、名篇大家基本又有所了解,就省略了。

作品释例

张演《续光世音应验记》(孙昌武点校
《观世音应验记三种》,选一则)

《徐义》

符坚("十六国"前秦国主)既遭寿春之败(晋孝武帝太元十八年[383]在寿阳[即寿春]东淝水与东晋交战失败,前秦灭亡),兵革锋起,部曲(军队)离散,坚亦寻死。子丕在邺(符坚南下时命其子符丕守邺;邺,今河北省临漳县),便自崇立,树置百官。时犹钲鼓日动(仍有战事;钲和鼓都是行军作战的打击乐器),士将旰食(晚吃饭,谓战事紧急;旰 gàn,迟)。尚书徐义(前秦右丞相)为贼所获(被后燕慕容永俘虏),仍被羁。复连手发于野树,埋其两足。众共防守,终晨逮夜。义素奉佛,乃自归(皈依)于光世音菩萨,虑苦意专。有顷,忽尔假寐,梦有人谓之曰:"今事亟(紧急)矣,乃寐眠乎?"义乃惊起,见左右悉眠。试自奋动,手发摧然自解。因尔拔足,亦即得脱。力欲越众人走,而脚痛痹,不得蹑(niè,踏)地,身犹倚树。时一帅急惊曰:"梦失罪人,其然乎?"时夜胧月(月色朦胧),遥足相见,并对云:"犹在也。"各复还卧。脚少间(好一些),去行百余步,隐道侧丛草中,裁(同"才")得藏身,便闻相追寻声。人骑四出,秉火(拿着火把)盖野。其所隐甚微(隐蔽),而竟得免脱。天明贼散,义走归邺寺,投众僧。具为惠严法师说其事。

陆杲《系观世音应验记》(孙昌武点校
《观世音应验记》三种,选一则)

《高荀》

　　高荀,荥阳(今河南荥阳市)人也,居北谯(今安徽亳州市)中,惟自横忿。荀年五十,□吏政不平,乃杀官长,又射二千石(州郡长官)。因被坎(设陷阱),辄锁颈,内土硎(坑)中。同系有数人,共语曰:"当何计免死?"或曰:"汝不闻西方有无量佛国,有观世音菩萨,救人有急难归依者,无不解脱。"荀即悚惕,起诚念,一心精至,昼夜不息。因发愿曰:"若我得脱,当起五层塔供养众僧。"经三四日,便钳锁自脱。至后日,出市(古刑人于市)杀之,都不见有钳锁。监司问故,荀其以事对。监司骂曰:"若神能助汝,破颈不断则好。"及至斩之,刀下即折。一市大惊,所聚共视。于是须令绞杀,绳又等断。监司方信神力,具以事启,得原(宽免)。荀竟起塔供僧,果其誓愿(郭缘生《述征记》云:高荀寺在京县,晋太元[376—396]中造,荀乃自卖身及妻子以起之。戴祚《记》[戴祚有《西征记》二卷]亦道如此之)。

王琰《冥祥记》(周叔迦、苏晋仁校注《法苑珠林》,选一则)

《赵泰》

　　晋赵泰,字文和,清河贝丘(今山东临清市)人也,祖父京兆太守(京兆尹,治理京城长官)。泰,郡举孝廉(当时实行乡里选举制度，孝廉为科目之一），公府辟（征辟做官），不就，精思典籍，有誉乡里。当晚乃膺仕（应征做官），终于中散大夫。

泰年三十五时，尝卒（同"猝"，急促）心痛，须臾而死。下尸于地，心暖不已，屈伸随人。留尸十日，平旦，喉中有声如雨，俄而苏活。

说初死之时，梦有一人，来近心下。复有二人乘黄马，从者二人，夹扶泰掖，径将东行，不知可（大约）几里。至一大城，崔嵬高峻，城色青黑状锡。将泰向城门入，经两重门，有瓦屋可数千间。男女大小亦数千人，行列而立。吏著皂衣，有五六人，条疏（清理）姓字，云当以科呈（判定呈报）府君（指冥界长官）。泰名在三十。须臾，将泰与数千人男女一时俱进。府君西向坐，简视（察看）名簿讫，复遣泰南入黑门。有人著绛衣，坐大屋下，以次呼名，问生时所事，作何孽罪，行何福善："谛（真实）汝等辞，以实言也。此恒遣六部（古制朝廷六部：吏、户、礼、兵、刑、工）使者，常在人间，疏记善恶，具有条状，不可得虚。"泰答："父兄仕宦皆二千石。我少在家，修学而已，无所事也，亦不犯恶。"乃遣泰为水官监作使，将二千余人，运沙裨（补）岸，昼夜勤苦。

后转（升迁）泰水官都督，知（掌管）诸狱事。给泰马兵，令按行（视察）地狱。所至诸狱，楚毒各殊。或针贯其舌，流血竟体；或被头露发，裸形徒跣，相牵而行，有持大杖，从后催促；铁床铜柱，烧之洞然（火红的样子），驱迫此人，抱卧其上，赴即焦烂，寻复还生；或炎炉巨镬，焚煮罪人，身首碎坠，随沸翻转，有鬼持叉，倚于其侧，有三四百人，立于一面，次当入镬，相抱悲泣；或剑树高广，不知限量，根茎枝叶，皆剑为之，人众相訾（怨恨），自登自攀，若有欣意，而身手割截，尺寸离断。泰见祖、父母及二弟在此狱中，相见涕泣。

泰出狱门，见有二人赍（jī，拿）文书来，语狱吏，言有三人，其家为其于塔寺中悬幡烧香，救解其罪，可出福舍。俄见三人自狱而出，已有自然衣服，完整在身。南诣一门，云名开光大舍，有三重门，朱采照发。见此三人即入舍中，泰亦随入。前有大殿，珍宝周饰，精光耀目，金玉为床。见一神人，姿容伟异，殊好非常，坐此座上。边有沙门立侍甚众，见府君来，恭敬作礼。泰问："此是何人，府君致敬？"吏曰："号名世尊，度人之师，有愿令恶道中人皆出听经，时云有百万九千人皆出地狱，入百里城，在此到者，奉法众生也。行虽亏殆（缺欠），尚当得度，故开经法。七日之中，随本城作善恶多少，差次（逐一）免脱。"泰未出之顷，已见十人升虚而去。

出此舍，复见一城，方二百余里，名为受变形城。地狱考治（拷问）已毕者，当于此城更受变报。泰入其城，见有土瓦屋数千区，各有坊巷。正中有瓦屋高壮，阑槛采饰，有数百局吏，对校文书。云杀生者当作蜉蝣，朝生暮死；劫盗者当作猪羊，受人屠割；淫泆者作鹤鹜獐麇；两舌（言语反复，拨弄是非）者作鸱枭鸺鹠；捍债者为驴骡牛马。

泰按行毕，还水官处。主者问泰："卿是长者子，以何罪过，而来在此？"泰答："祖、父、兄弟皆二千石，我举孝廉，公府辟，不行。修志念善，不染众恶。"主者曰："卿无罪过，故相使为水官都督。不尔，与地狱中人无以异也。"泰问主者曰："人有何行，死得乐报？"主者言："唯奉法弟子精进持戒得乐报，无有谪罚也。"泰复问曰："人未事法（奉行佛法）时所行罪过，事法之后得除以不？"答曰："皆除也。"语毕，主者开縢篋（藤编的匣子），检泰年纪，尚有余算（命定年龄）三十年在，乃遣泰还。临别，主者曰："已见地狱罪报如是，当告世人，皆令作善。善恶随人，其犹影响（谓迅速），可不慎乎！"

时亲表内外候视泰者五六十人，同闻泰说。泰自书记（记录），以示时人。时晋太始五年（269）七月十三日也。乃为祖、父母、二弟延请僧众，大设福会；皆命子孙改意奉法，课劝精进。时人闻泰死而复生，多见罪福，互来访问。时有太中大夫武城（今山东武城县）孙丰、关内侯常山（今河北正定县）郝伯平等十人，同集泰舍，款曲（周详）寻问，莫不惧然，皆即奉法也。

侯白《旌异记》(鲁迅《古小说钩沉》,选一则)

《孙敬德》

元魏(东魏)天平(魏孝静帝年号,534—537)中,定州(今河北定县)募士(征募的军人)孙敬德防于北陲(北部边疆),造观音金像。年满将还,常加礼事。后为劫贼横引(诬陷),禁于京狱。不胜拷掠(拷打),遂妄承罪,并断死刑,明旦行决(处死)。其夜,礼拜忏悔,泪下如雨。启曰:"今身被枉(冤枉),当是过去枉他。愿偿债毕,誓不重作。"又发大愿云云。言已,少时,依稀如梦:见一沙门,教诵《观世音救生经》。经有佛名,令诵千遍,得度苦难。敬德欻(xū,忽然)觉,起坐缘(跟随)之,了无参错。比至平明,已满一百遍。右司执缚向市,且行且诵,临欲加刑,诵满千遍。执刀下斫,折为三段,不损皮肉。易刀又折。凡经三换,刀折如初。监当官人,莫不惊异,具状闻奏。承相高欢(东魏权臣,曾任北魏大丞相,后专擅东魏朝政)表请其事,遂得免死。敕写此经传之,今所谓《高王观世音》是也。敬德放还,设斋报愿,出存访像,乃见项上有三刀痕。乡郭(城乡)同睹,叹其通感。

牛僧孺《玄怪录》(程毅中点校《玄怪录》,选一则)

《杜子春》

杜子春者,周、隋间人,少落魄,不事家产,然以心气闲纵(放纵),嗜酒邪游,资产荡尽,投于亲故,皆以不事事(不务正业)之故见弃。方冬,衣破腹空,徒行长安中,日晚未食,彷徨不知所往,于东市西门,饥寒之色可掬,仰天长吁。有一老人策杖于前,问曰:"君子何叹?"子春言其心,且愤其亲戚疏薄也,感激(感慨不平)之气,发于颜色。老人曰:"几缗(mín,一千文)则丰用?"子春曰:"三五万则可以活矣。"老人曰:"未也,更言之。""十万。"曰:"未也。"乃言:"百万。"曰:"未也。"曰:"三百万。"乃曰:"可矣。"于是袖出一缗，曰："给子今夕，明日午时俟子于西市波斯邸（波斯人开的商铺），慎无后期。"及时，子春往，老人果与钱三百万，不告姓名而去。子春既富，荡心复炽，自以为终身不复羁旅（流落异乡）也，乘肥（肥马）衣轻（轻裘），会酒徒，征丝管歌舞于倡楼，不复以治生为意。一二年间，稍稍而尽。衣服车马，易贵从贱，去马而驴，去驴而徒（徒步），倏忽如初。既而复无计，自叹于市门，发声而老人到，握其手曰："君复如此奇作，吾将复济子，几缗方可？"子春惭不对。老人因逼之，子春愧谢而已。老人曰："明日午时，来前期处。"子春忍愧而往，得钱一千万。未受之初，愤发以为从此谋生，石季伦（晋石崇字季伦，以豪奢著称）、猗顿（战国富商）小竖（小子，鄙称）耳。钱既入手，心又翻然，纵适之情，又却如故。不三四年间，贫过旧日。复遇老人于故处，子春不胜其愧，掩面而走。老人牵裾止之，曰："嗟乎！拙谋也（谋生拙劣）。"因与三千万，曰："此而不瘥，则子贫在膏肓矣。"子春曰："吾落魄邪游，生涯馨尽。亲戚豪族，无相顾者，独此叟三给我，我何以当（报）之？"因谓老人曰："吾得此，人间之事可以立，孤孀（孤儿寡妇，此指无依无靠族人）可以衣食，于名教复圆矣。感叟深惠，立事之后，唯叟所使。"老人曰："吾心也。子治生毕，来岁中元（中元日，七月十五日），见我于老君双桧下。"子春以孤孀多寓淮南，遂转资扬州，买良田百顷，郭中起甲第，要路置邸百余间，悉召孤孀分居第中，婚嫁甥侄，迁祔（迁枢附葬）族梾（停放异地待葬棺木；梾，chèn，棺材），恩者煦（xù，施恩之）之，仇者复（抵偿）之。

既毕事，及期而往。老人者方啸于二桧之阴，遂与登华山云台峰，入四十里余，见一居处，室屋严洁，非常人居。彩云遥覆，鸾鹤飞翔，其上有正堂，中有药炉，高九尺余，紫焰光发，灼焕窗户。玉女九人，环炉而立，青龙白虎，分据前后。其时日将暮，老人者不复俗衣，乃黄冠绛帔士（道士戴黄冠、披绛帔）也，持白石三丸，酒一卮，遗子春，令速食之。讫，取一虎皮铺于内西壁，东向而坐，戒曰："慎勿语，虽尊神、恶鬼、夜叉、猛兽、地狱，及君之亲属为所囚缚，万苦皆非真实，但当不动不语耳，安心莫惧，终无所苦。当一心念吾所言。"言讫而去。

　　子春视庭，唯一巨瓮，满中贮水而已。道士适去，而旌旗戈甲，千乘万骑，遍满崖谷来，呵叱之声动天，有一人称大将军，身长丈余，人马皆着金甲，光芒射人。亲卫数百人，拔剑张弓，直入堂前，呵曰："汝是何人，敢不避大将军！"左右竦（sǒng，持）剑而前，逼问姓名，又问作何物，皆不对。问者大怒，摧斩，争射之，声如雷，竟不应。将军者拗怒而去。俄而猛虎、毒龙、狻猊（jùn ní，一种狮子）、狮子、蝮蛇万计，哮吼拏攫而争前，欲搏噬，或跳过其上。子春神色不动。有顷而散。既而大雨滂澍（雨大），雷电晦暝，火轮走其左右，电光掣其前后，目不得开。须臾，庭际水深丈余，流电吼雷，势若山川开破，不可制止，瞬息之间，波及坐下。子春端坐不顾。有顷而散。将军者复来，引牛头狱卒，奇貌鬼神，将大镬汤而置子春前，长枪刃叉，四面匼匝（kē zā，周匝环绕），传命曰："肯言姓名即放，不肯言，即当心叉取置之镬中。"又不应。因执其妻来，捽（zuó，投）于阶下，指曰："言姓名免之。"又不应。及鞭捶流血，或射或斫，或煮或烧，苦不可忍。其妻号哭曰："诚为陋拙，有辱君子。然幸得执巾栉（手巾梳篦；栉，zhì，梳子），奉事十余年矣。今为尊鬼所执，不胜其苦。不敢望君匍匐拜乞，望君一言，即全性命矣。人谁无情，君乃忍惜一言。"雨泪庭中，且咒且骂。子春终不顾。将军曰："吾不能毒汝妻耶！"令取锉碓，从脚寸寸锉之。妻叫哭愈急，竟不顾之。将军曰："此贼妖术已成，不可使久在世间。"敕左右斩之。斩讫，魂魄被领见阎罗王。王曰："此乃云台峰妖民乎？"捉付狱中。于是镕铜、铁杖、碓捣、砲磨、火坑、镬汤、刀山、剑林之苦，无不备尝。然心念道士之言，亦似可忍，竟不呻吟。狱卒告受罪毕，王曰："此人阴贼，不合得作男身，宜令作女人。"配生宋州（今河南商丘市）单父县丞王勤家。

　　生而多病，针灸、药医之苦，略无停日。亦尝坠火堕床，痛苦不济,终不失声。俄而长大,容色绝代,而口无声,其家目为哑女。亲戚相狎,侮之万端,终不能对。同乡有进士卢珪者,闻其容而慕之,因媒氏求焉。其家以哑辞之。卢曰:"苟为妻而贤,何用言矣,亦足以戒长舌之妇。"乃许之。卢生备礼,亲迎为妻。数年,恩情甚笃,生一男,仅二岁,聪慧无敌。卢抱儿与之言,不应,多方引之,终无辞。卢大怒曰:"昔贾大夫之妻鄙其夫,才不笑尔(《左传》记载叔向语:"昔贾大夫恶[丑],娶妻而美,三年不言不笑,射雉获之,其妻始笑而言。"),然观其射雉,尚释其憾。今吾陋不及贾,而文艺非徒射雉也,而竟不言。大丈夫为妻所鄙,安用其子!"乃持两足,以头扑于石上,应手而碎,血溅数步。子春爱生于心,忽忘其约,不觉失声云:"噫!"噫声未息,身坐故处,道士者亦在其前,初五更矣。见紫焰穿屋上天,火起四合,屋室俱焚。

道士叹曰:"措大(鄙称,贫寒失意的读书人)误余乃如是!"因提其髻,投水瓮中。未顷火息。道士前曰:"出!吾子之心,喜怒哀惧恶欲皆能忘矣,所未臻者,爱而已。向使子无噫声,吾之药成,子亦上仙矣。嗟乎!仙才之难得也。吾药可重炼,而子之身犹为世界所容矣。勉之哉!"遥指路使归。子春强登基观焉,其炉已坏,中有铁柱大如臂,长数尺。道士脱衣,以刀子削之。子春既归,愧其忘誓,复自效以谢其过,行至云台峰,无人迹,叹恨而归。

附:《大唐西域记》卷七《婆罗痆斯国》(季羡林等《大唐西域记校注》)

施鹿林东行二三里,至窣堵波(覆钵式塔),傍有涸池,周八十余步,一名"救命",又谓"烈士"。

闻诸先志(记载)曰:数百年前有一隐士,于此池侧结庐屏迹(隔绝踪迹),博习技术,究极神理,能使瓦砾为宝,人畜易形,但未能驭风云,陪仙驾,阅图(图书)考古,更求仙术。其方曰:"夫神仙者,长生之术也。将欲求学,先定其志,筑建坛场,周一丈余,命一烈士,信勇昭著,执长刀,立坛隅,屏息绝言,自昏达旦；求仙者中坛而坐，手按长刀，口诵神咒，收视反听，迟明登仙。所执铦（xiān，锋利）刀变为宝剑，陵虚履空，王诸仙侣。执剑指麾，所欲皆从，无衰无老，不病不死。"是人既得仙方，行访烈士，营求旷岁（多年），未谐心愿。后于城中遇见一人，悲号逐路。隐士睹其相，心甚庆悦，即而慰问："何至怨伤？"曰："我以贫窭，佣力自济，其主见知，特深信用，期满五岁，当酬重赏。于是忍勤苦，忘艰辛，五年将周，一旦违失，既蒙答辱，又无所得，以此为心，悲悼谁恤？"隐士命与同游，来至草庐，以术力故，化具肴馔。已而令入池浴，服以新衣，又以五百金钱遗之，曰："尽当来求，幸无外也。"自时厥后，数加重赂，潜行阴德（私下恩惠），感激其心。烈士屡求效命，以报知己。隐士曰："我求烈士，弥历岁时，幸而会遇，奇貌应图（与图书所示相应），非有他故，愿一夕不声耳。"烈士曰："死尚不辞，岂徒屏息？"于是设坛场，受仙法，依方行事，坐待日曛（xūn，黄昏）。曛暮之后，各司其务。隐士诵神咒，烈士按铦刀。殆将晓矣，忽发声叫。是时空中火下，烟焰云蒸，隐士疾引此人入池避难。已而问曰："诫子无声，何以惊叫？"烈士曰："受命后，至夜分，昏然若梦，变异更起。见昔事主躬来慰谢，感荷厚恩，忍不报语。彼人震怒，遂见杀害，受中阴身（佛教主张轮回中死后生前有过渡状态，是为"中阴"，或谓中阴身如小儿），顾尸叹惜。犹愿历世不言，以报厚德。遂见托生南印度大婆罗门家，乃至受胎出胎，备经苦厄，荷恩荷德，尝不出声。洎乎受业、冠（古男子成年举行冠礼，一般在二十岁）婚、丧亲、生子，每念前恩，忍而不语，宗亲戚属咸见怪异。年过六十有五，我妻谓曰：'汝可言矣。若不语者，当杀汝子。'我时惟念，已隔生世，自顾衰老，唯此稚子，因止其妻，令无杀害，遂发此声耳。"隐士曰："我之过也。此魔娆耳。"烈士感恩，悲事不成，愤恚而死。

　　免火灾难，故曰"救命"；感恩而死，又谓"烈士池"。

结束的话

  宗教，主要是几大世界性宗教的内容大体包含三个大的层面：一是信仰，它是先验的、绝对的，构成宗教的核心；二是思想，几个主要的世界性宗教都形成、发展系统的教理，作为思想理论本是论证信仰的，但它们又具有丰富的、有价值的内涵，成为人类历史发展中所取得的认识成果的重要构成部分；三是文化系统，各宗教都积极参与哲学、美学、文学、史学、民俗学、各类艺术等众多文化领域的创造与建设，各文化领域的发展与宗教密切相关联。以上三个层面是相互关联、相互作用的。主要由于有后两个层面，宗教的影响就不限于信众，更会吸引全社会各阶层的人参与，与整个社会活动与发展密切关联。也正因此，宗教在信仰的意义与作用之外，在思想、文化领域取得的丰硕成果，就成为人类历史积累的、值得珍重的文化遗产。就中国历史上的具体情形而论，由于儒学占据思想意识领域统治地位，历代王朝基本执行"三教并立"的文化政策，佛教不可能定于一尊而确立为唯一的、绝对的信仰权威；但由于佛教本身具有丰富文化内涵，中国高度发达的文化环境又给佛教文化的发展提供了优越条件，基于内外种种机缘，中国佛教在思想、文化层面取得的成就突出与巨大，所发挥的作用也十分积极和显著。佛教文化从而成为中国传统文化的三大支柱之一，"佛教文学"则是其中一个重要构成部分。

  就中国"佛教文学"讲，其意义与价值也有不同层面。佛教的文化活动本是附属于佛教信仰，为佛教服务的。从这个角度说，佛教文学是弘法宣教的手段。这是它的基本价值，也决定了它的基本性质。但它在长远的历史发展中积累起大量作品，它们具有独立的、不可替代的思想与艺术价值，作为文学遗产至今仍可供阅读与欣赏，又给文学创作与发展提供丰富、宝贵的借鉴，从而成为历史遗留的宝贵文化成果，是中国文学遗产中重要的、不可忽视的构成部分。也因此，讲古典文学，佛教文学应当占一席重要地位；读古典作品，佛教文学不可忽略。

以上选择十个题目，对中国佛教文学的历史发展和取得的成就简略加以介绍，意在引起对文化遗产这一部分的重视。读者通过这十讲应当得出一个印象，即在中国悠久、优秀的历史文化传统中，作为佛教对中国文化贡献的一部分，佛教文学的成就是巨大而丰硕的；另一方面也会意识到，中国佛教文学作品这庞大的堆积长期以来是被人们严重轻忽了，讲文学史，很少有人提到佛教文学的成就，这是对文化遗产的严重的疏略。这种局面是应引起关注并加以改变的。近年情形虽有所改善，但无论是重视的力度，还是研究的成果，都是远远不够的。

也是基于这样的学术环境，加上个人水平的限制，以上十讲对"佛教文学"的介绍不能不是简略和粗疏的：讲到的部分远不充分、细致，有许多重要内容没有涉及。只希望抛砖引玉，引起更多人特别是年轻人对"佛教文学"的兴趣和关注。对于从事人文、社会科学研究，佛教文学是虽然艰深但却开拓空间广阔、趣味无限的领域；对于一般读者，佛教文学提供的大批作品可以丰富读书生活，汲取思想滋养，得到艺术熏陶。而把视野拓展到佛教文学、佛教文学领域，无论对于知识积累还是对于文化素养，都是有益的事。